KB092180

www.b-books.co.kr

www.b-books.co.kr

관계의 정의

관계의 정의

초판 1쇄 찍음 2018년 8월 24일
초판 1쇄 펴냄 2018년 8월 31일

지은이 | 이윤이
펴낸이 | 정 필
펴낸곳 | (주)뿔미디어

기획 · 편집 | 이영은
표지 디자인 | 우 물

출판등록 | 2002년 9월 11일 (제1081-1-132호)
주소 | 경기도 부천시 원미구 소향로 17, 303(두성프라자)
전화 | 032)651-6513 / 팩스 | 032)651-6094
E-mail | dahyangs@naver.com
블로그 | http://blog.naver.com/dahyangs
비북스 | http://b-books.co.kr

값 9,000원

ISBN 979-11-315-9226-7 03810

※파본은 구입하신 서점에서 교환하여 드립니다.
※이 책은 (주)뿔미디어를 통해 독점 계약되었습니다.
저작권법에 의해 보호를 받는 저작물이므로 무단 전재와 무단 복제를 엄금합니다.

이윤이 장편소설

DAHYANG ROMANCE STORY

관계의 정의

결국, 너를 사랑하게 되었다

contents

1. 충동

기약 없는 관계를 시작하다

· 일러두기

본문 중에 외국어 대화는 「」로 표기했습니다.

주말 저녁 10시, 영진은 AMC에서 영화를 보고 가끔씩 들르는 바에 갔다. 〈JAY'S BAR〉는 루프탑 라운지 바인데, 윌리스나 존 핸콕 타워에 비하면 어림없지만 야경이 제법 볼 만한 곳이었다.

영진은 바에 앉아 도수가 높지 않은 칵테일을 주문했다. 가볍게 한잔하고 일어날 생각이었다. 일행이 없었고, 몇 번 보지 않은 바텐더와 얘기를 주고받을 만큼 스스럼없는 성격도 아니라 자연스레 휴대폰에 고개를 처박고 있었다.

영진은 포털 사이트 연예란에 유명한 배우와 모 재벌가 3세의 스캔들 기사를 심드렁하게 읽었다. 함께 백화점은 갔지만 사귀는 사이가 아니며, 함께 호텔 수영장에서 단둘이 놀았지만 데이트는 아니란다.

그래, 돈은 받았지만 뇌물은 아니라 이거지.

영진이 픽 웃으며 지갑을 꺼내 자리에서 일어서려는데 전화가 왔다. 징그럽게 낯익은 번호는 징그럽게 오래 만난 전 남자 친구 김세웅. 받기 싫지만 같은 직장이라 어쩔 수 없이 통화 버튼을 눌렀다.

"어, 김 과장."

이 작자와 자기야 여보야 온갖 낯간지러운 호칭으로 부르던 게 겨우 1년 전이었다.

— 영진아. 나 어제 결혼했어. 알지?

"미친 새끼."

입 밖으로 욕이 튀어나왔다. 어제 결혼한 놈이 전화를 하고 앉아 있으니 욕이 나올 수밖에.

"결혼했다고 자랑하냐? 이거 완전 또라이 새끼 아냐. 어제 결혼한 새끼가 왜 전화질이야."

— 그래, 욕해 줘. 더 심한 욕을 해도 다 들을게.

이보다 더 심한 욕은 이미 1년 전에 다 했다. 숫자, 사람, 생식기, 동물이 들어가는 온갖 욕은 다 퍼부어 줬던 것 같다.

— 네 목소리가 너무 듣고 싶어서 전화했어. 그러니까 욕이든 뭐든 아무 말이나 좀 해 줄래?

이게 마조히스트가 됐나, 별 미친 소리를 다 듣겠다.

"김세웅 과장, 시카고는 지금 토요일 밤 10시야. 업무 얘기는 여기 시간으로 월요일 아침 9시 이후로 하고, 사적인 전화는 앞으로 절대 하지 마. 한 번만 더 이런 전화 하면 녹음해서 네 와이프랑 네 처가에 퀵 발송 해 버릴 테니까. 그리고 그 녹음 파일 대대손손 보관해서 네 자식, 네 자식의 자식, 그 자식의 자식의 자식한테까지 다 돌릴 거야, 내가."

통화 종료 버튼을 누르고 전화기를 던질 기세로 팔을 치켜들었지만, 이내 전원을 끄고 소중하게 트렌치코트 주머니 속에 넣었다. 새로 장만한 휴대폰은 소중하다. 천 불 넘게 주고 산 새 전화기를 박살 낼 수는 없었다.

"내가 얘기 좀 들어 줄까요?"

익숙하게 들리는 우리말에 영진은 고개를 들었다.

"아, 사장님."

강요한, 서른도 되지 않은 젊은 남자라 유학 온 학생인 줄 알았다. 당연히 파트타이머인 줄 알았는데, 여기 사장이란다. 게다가 이 빌딩 주인이라고 했다. 어느 그룹인지 몰라도, 모 대기업 소유의 빌딩인 것으로 알고 있는데, 그 말인즉, 강요한은 재벌이었다.

요즘은 재벌이라면 신물이 났다. 김세웅이 준재벌 집 데릴사위로 들어갔기 때문이다.

김세웅의 와이프라는 여자가 회사까지 찾아와 내밀던 봉투가 생각날 때면 지금도 분노로 손이 떨렸다. 위자료라고 하는데, 하마터면 봉투를 들어 여자의 뺨을 후려칠 뻔했었다.

"저 지금 사장님하고 말할 기분이 아니에요. 한가하면 보드카나 한 잔 줘요, 스트레이트로."

눈치가 젬병은 아닌지 강요한은 별말 없이 진열된 보드카를 따서 한 잔 가득 내밀었다.

아무리 홧김이라도 이렇게나 많이 마셔도 되는 술인가 싶지만, 일단 절반을 비웠다. 독한 액체가 식도를 타고 배 속으로 넘어가는 느낌이 끔찍하게 적나라하다. 영진은 입을 틀어막고 진저리를 쳤다.

"더 줘요?"

강요한이 재미있다는 얼굴로 술병을 내밀자 영진은 얼른 잔을 옆으로 치웠다.

"즐거운 주말 저녁인데 구급차에 실려 나가고 싶지 않아요."

"폭음하고 확 뻗어 버리는 것도 나쁘지 않은데."

"돌았어요? 내가 그딴 놈 때문에 폭음해서 속 버리고, 두통에 시달리고. 누구 좋으라고 그 짓을 해요."

강요한과 몇 번 얘기를 나눈 적은 있지만 사적인 얘기는 한 번도 한 적이 없었다. 그런데 어쩌다 보니 막장 드라마 같은 과거지사를 들켰고, 엉겁결에 처음 보는 남자 앞에서도 떠벌려 버렸다.

"형은 위스키 언더락?"

분명히 옆이 비어 있던 것 같은데, 온통 검정색으로 차려입은 남자가 말없이 잔을 가져갔다. 강요한과 닮은 얼굴이 형제인 모양이라고 생각했지만, 곧 관심에서 멀어졌다.

보드카를 더 마실 생각이 없어져 지폐를 꺼내 바에 올려 두고 자리에서 일어났다.

"가벼운 걸로 한 잔 더 하고 가요, 영진 씨. 우리 형도 혼자 왔고, 영진 씨도 혼자 왔고."

이유는 그것뿐? 더 들을 필요가 없다 싶어 영진은 몸을 돌렸다.

"영진 씨도 사람 때문에 괴롭고, 우리 형도 사람 때문에 괴롭고. 그냥 가지 말고, 둘이 같이 한잔해요."

전혀 상관없는 두 사람을 엮으려 드는 강요한이 피곤해진 영진은 바에서 나가려 했다. 정말 나가려 했는데…….

"거기까지만 해라, 강요한."

걸음을 멈추게 한 건 순전히 남자의 목소리 때문이었다. 듣기 좋게 낮은 목소리. 충동적으로 영진은 뒤를 돌아보았다. 가장 먼저 남자의 생김이 눈에 들어왔다. 작은 얼굴에 큼지막한 이목구비가 다 들어가 있다. 쌍꺼풀 없이 크게 휘어진 눈매가 매력적이다.

"강 사장님 형님이세요?"

영진은 저에게 관심 없어 보이는 남자를 찬찬히 살펴보다가 강요한에게 물었다.

"사촌 형이에요."

"그럼 이분도 재벌?"

"같은 재벌이지만 나보다 돈도 많고, 머리도 좋고, 성격도 우리 형 정도면 재벌치고 나쁘지 않고. 지금 부족한 게 딱 하나 있다면……."

"여자?"

영진이 말을 가로채며 노골적으로 낯선 남자를 훑었다.

남자의 사촌 동생이라는 사람이 둘을 엮어 주려고 저렇게 애를 쓰고 있는데, 계속 무시하는 것도 예의가 아니다. 영진은 남겨 둔 보드카를 털어 마시고 처음 본 남자에게 제안했다.

"나하고 잘래요?"

김세웅 같은 놈은 재벌하고 결혼도 하는데, 이까짓 하룻밤쯤이야.

"생각 있어요?"

재차 묻자 남자의 잘 정돈된 눈썹이 꿈틀했다. 거절당할지도 모른다고 생각했지만, 남자가 일어섰다.

그리고 강요한이 경박하게 박수를 치며 카드 키를 내밀었다.

"13층으로 가시면 됩니다."

○ ◐ ●

영진은 한참을 씻고 몸에 뜨거운 기운을 모락모락 풍기며 나왔다. 술기운이 올라와 몸이 구름 위를 떠다니는 기분이었다. 흰색 배스로브를 걸친 영진은 널찍한 방을 가로질러 남자에게 다가갔다.

소파에 앉아 물을 마시던 남자가 몸을 일으켰다.

"강여준입니다. 그쪽은 이름이 뭡니까?"

방으로 오는 내내 한마디도 없던 남자의 목소리가 낮게 울리자 가슴이 두근거렸다.

"최영진입니다."

영진은 물색없이 손을 내밀어 악수를 청했다. 남자가 눈썹을 치켜뜨며 내밀어진 손을 물끄러미 쳐다보았다. 곧 벗은 몸을 마주하게 될 상대에게 할 만한 인사가 아니라는 건 안다.

"수영으로 치면 준비 운동 같은 거죠, 이게."

흥미로운 기색이 남자의 얼굴에 스쳤다.

"같이 자기 전에 어떤 느낌인지 정도는 알고 싶어서요."

"준비 운동이라면 이게 더 적당할 것 같은데."

느른하게 입꼬리를 당겨 웃은 남자가 천천히 몸을 낮추더니 윗 입술을 가볍게 물었다. 짧은 입맞춤이었지만 뺨이 홧홧하게 달아 올랐다. 악수하려고 내밀었던 손은 어느새 남자의 단단한 가슴을 짚고 있었다.

"잠깐만요."

영진은 몽롱한 눈으로 남자를 올려다보았다. 남자의 까만 눈동자를 쳐다보다가 저도 모르게 먼저 가운을 벗어 내릴 뻔했다.

"궁금한 게 있어요."

고개를 끄덕인 남자가 말해요, 라며 대답을 채근했다.

"에이즈나 성병 그런 거 없죠? 최근에 콘돔 없이 여자랑 관계한 적은? 아니면 남자와 관계한 적은?"

멍청한 질문인 건 알지만 꼭 물어봐야 했다. 영진은 상대의 거짓말을 꿰뚫는 데 굉장한 소질이 있었다. 그리고 거짓말하는 상대를 추궁하는 데에도 특출했다. 덕분에 김세웅이 말도 안 되게 주워섬겼던 거짓말과, 그 거짓말에 꼬리를 무는 거짓말도 죄다 자백받았다.

"여기까지 와서 그런 질문 하기에는 너무 늦은 거 아닙니까?"

"늦은 건 늦은 거고, 대답은요? 속일 생각 말아요, 내 별명이 걸어 다니는 거짓말 탐지기니까."

"남자는 절대 취향 아니고, 에이즈도 성병도 없고, 최근에 성매매 한 적 없어요. 지금까지 콘돔 없이 관계한 적도 없고."

황당해하고 있지만, 남자의 눈은 솔직했다.

"나 믿어요? 거짓말 탐지기가 안 먹히는 사람도 있잖습니까."

"아뇨, 콘돔을 믿어요."

영진은 뻔뻔하게 대답했다. 남자가 눈썹을 찌푸리며 영진을 내려다보고 있었다.

굳이 묻지 않아도 무슨 생각을 하는지 알 것 같다.

이 여자 대체 뭐지?

"거짓말 탐지기라더니."

"그건 맞아요. 그런데 남녀 관계에서 콘돔만큼 안전하고 믿을 만한 게 없거든요."

영진은 나른하게 웃으며 대충 여며진 남자의 배스로브 끈을 풀어냈다. 바닥에 옷이 탁 하고 떨어지는 소리가 났다. 강여준의 꽉 짜인 상체가 드러났다. 차마 아래까지 볼 용기는 내지 못하고 남자의 단단한 팔을 붙잡았다. 그리고 발끝을 들어 과감하게 키스했다.

영진이 하는 양을 지켜보던 여준이 천천히 움직였다.

충동적으로 제안하고 수락한 하룻밤 같지 않았다. 정신을 잃고 사납게 서로를 탐하지도 않았다. 성급하지 않은 키스, 그래서 아주 부드럽고 달콤했다.

남자가 키스를 멈추고 더운 숨을 뱉어 냈다. 그리고 킹사이즈 침대에 영진을 눕혔다. 영진이 입고 있던 배스로브는 어느새 풀어 헤쳐져 바닥에 아무렇게나 흐트러져 있었다.

영진의 위로 올라온 여준이 팔꿈치로 자신의 몸무게를 지탱한 채 영진의 목덜미를 물었다.

저도 모르게 가느다란 신음이 나왔다.

"그쪽한테 박하 향이 나요. 담배 안 피우나 봐요."

영진은 나른함에 취해 아무 말이나 늘어놓았다.

"구강 청정제."

"아, 맞네. 나도 했어요."

"그러니까요, 그쪽한테서도 박하 향이 나요."

영진은 술과 강여준에 취해 정신없는 스스로가 우스워 저도 모르게 소리 내 웃었다. 그러다 거칠게 숨을 들이마시며 입술을 깨물었다. 목덜미와 어깨를 지나 가슴, 옆구리, 허벅지를 가볍게 쓸어내리던 남자의 손이 다리 사이를 침범해 들어오고 있었다.

영진은 반사적으로 다리를 오므렸다. 꽉 다물린 허벅지 사이에서도 남자의 손은 멈추지 않았다.

엄지손가락이 영진의 솟아오른 성감대를 자극했다. 옆으로 부드럽게 어루만졌다가, 동그랗게 굴리다가 그 아래를 문질렀다가, 제법 공을 들인 후에야 영진이 젖어 들자 여준은 서서히 손가락을 집어넣었다.

손가락은 깊이 들어오지 않았다. 얕은 입구를 안달 나게 드나들며 애태우다가 영진이 스스로 무릎을 벌리게 만들었다. 서서히 파고드는 남자의 손가락에 맞춰 영진이 엉덩이를 움직였다.

"눈 떠 봐요."

눈을 뜨고 있었다고 생각했는데, 질끈 감고 있었나 보다. 아마도 손가락이 가슴을 스칠 때부터였던 것 같다. 영진은 수줍게 눈을 들어 여준의 까만 눈동자를 마주했다.

솔직하게 감정을 드러내는 눈이 뭔가를 부탁하는 것처럼 영진을 쳐다봤다. 거짓말을 캐내는 재주는 있어도, 저런 애타는 눈은 본 적이 없어서 도대체 무얼 말하는지 모르겠다.

"어떻게 해 줄까요?"

영진이 밭은 숨을 뱉으며 낮게 물었다.

"그냥, 만져 줬으면 좋겠어요. 천천히."

"미리 말하는데 난 오럴은 안 해 줘요."

입으로 하는 건 취미가 없다. 누구에게도 해 준 적이 없었고, 이 남자에게도 예외는 없다.

"상관없어요."

남자가 대수롭지 않은 듯 대답했다.

"대신 최선을 다해 만져 주고 키스해 줄게요."

충동적인 하룻밤은 처음이라 모르는 것투성이지만, 적어도 영진이 아는 한 이렇게 따뜻하고 편안한 느낌은 아니었다.

영진은 남자와 겹쳐진 몸을 꼼지락거리며 작게 움직였다. 그리고 손을 펼쳐 그의 가슴에 가져갔다. 남자의 가슴을 먼저 쓸어내리고 옆구리와 허벅지 사이를 은근하게 훑었다.

영진을 둥지처럼 감싸고 있던 남자가 옆으로 누워 잔뜩 기대하는 눈빛으로 온전히 자신을 맡겼다.

영진은 남자의 가슴에 입을 맞추고, 젖꼭지를 가볍게 깨물었다가 허벅지를 살며시 벌려 그 안쪽의 민감한 살에도 잇자국을 냈다. 강여준이 원하는 대로 천천히, 느리게.

여준이 낮게 기분 좋은 소리를 냈다. 남자가 내는 소리가 이렇게 섹시한 줄 몰랐다.

영진은 고양이처럼 몸을 낮춰 여준이 했던 것처럼 목덜미와 쇄골에 입을 맞추고, 아래로 손을 뻗었다. 그와 눈을 맞추며 서혜부를 만지다 잔뜩 솟아오른 몸을 거머쥐었다.

한 손으로 다 쥐기에 버거웠다. 영진의 손이 작은 탓도 있지만, 이 남자가 너무 큰 탓이다. 영진은 핏줄이 불거진 여준의 몸을 만지다가, 다리 사이가 더욱 젖어 들고 있음을 느꼈다.

작은 손으로 부드럽게 끄트머리를 쓰다듬으니 여준의 몸에 잔뜩 힘이 들어갔다. 여준의 가슴이 크게 움직이더니, 그가 곧 영진을 옆으로 감싸 안아 침대에 눕혔다.

그대로 들어오는가 싶었는데, 팔을 뻗어 콘돔을 집어 들었다. 은색 포장을 찢어 자기 몸에 씌우는 동안에도 남자의 눈은 영진에게서 떨어질 줄 몰랐다. 미치도록 외설스러운 느낌에 귓불이 빨갛게 물들었다.

"무슨 생각 합니까?"

"말해도 돼요?"

원래 하고 싶은 말은 하고 살아야 하는 성미다. 영진은 의뭉스럽게 되물었다.

"여준 씨가 수음하는 것 같았어요, 방금."

여준이 눈을 질끈 감으며 미치겠네, 라고 속삭이는데 그 목소리마저 영진을 흥분하게 했다.

"힘들면 말해요."

영진이 고개를 끄덕이자, 곧 다리가 벌어지고 그의 몸이 영진에게로 들어왔다. 순식간에 가득 차오르는 느낌에 호흡이 가빠졌다.

"숨 쉬어요."

숨을 쉬라더니 오히려 숨을 못 쉬게 그가 깊숙이 입을 맞추었다. 또 박하 향이 난다. 부드럽게 얽히는 혀가 너무 뜨겁다.

몸을 깊게 집어넣은 여준은 한동안 움직이지 않았다. 영진이 골반을 움직여 재촉했지만, 더욱 깊숙하게 파고들 뿐이었다. 그

작은 움직임에도 큰 쾌감이 밀려들었다. 영진은 숨을 들이마시며 여준을 꽉 끌어안았다.

"잠깐만요, 영진 씨. 조금만 더 이렇게 있어요."

"혹시, 지루는 아니죠?"

영진이 걱정스럽게 묻자 남자가 웃음을 터트렸다. 목덜미에서 느껴지는 남자의 웃음소리가 너무 간지럽다.

"에이즈에, 성병에, 이제는 지룹니까? 또 궁금한 거 없나 생각해 봐요, 기다려 줄 테니까."

강여준은 인내심이 있어 기다려 줄 수 있을지 몰라도 이제는 영진이 한계에 부닥쳤다. 남자가 움직여 줬으면 좋겠다. 영진은 다시 허리를 움직여 그와 닿아 있는 면을 문질렀다. 갑작스러운 마찰에 남자가 크게 신음했다.

그리고 이내 허리를 비틀어 움직이기 시작했다. 몸을 길게 뺐다가, 다시 길게 들어왔다. 가볍게 문질렀다가 몸이 크게 울리도록 세게 치받았다. 천천히 움직이는가 싶더니 감당할 수 없을 만큼 격렬하게 부딪쳐 왔다. 영진의 밭은 숨소리 사이로 녹진한 신음이 새어 나왔다.

이대로 계속하다가는 미친 사람처럼 비명을 지를 수도 있을 것 같았다.

여준이 영진의 몸을 일으켜 앉게 했다. 영진은 무슨 일이 일어나는지도 모르고 그저 남자가 하는 대로 따랐다. 앉은 자세로 영진은 여준의 허리에 다리를 감았다.

영진의 체중을 그대로 떠안은 여준이 아래서부터 쳐올렸다. 남자의 어깨, 등, 허벅지 근육이 물결치는 것처럼 움직였다. 음낭이

다리 사이에서 부딪히며 요란한 소리를 냈다.

영진은 참지 못하고 여준의 어깨를 깨물었다. 점점 절정이 다가오자 그마저도 참기 힘들어 절로 입술이 벌어졌다. 여준이 몸을 치댈 때마다 목에서 소리가 터져 나왔다.

영진은 남자의 허리를 다리로 세차게 휘감았다. 아랫도리가 수축하는 느낌과 함께 머릿속이 하얗게 폭발했다. 미끈하게 흘러내린 체액이 허벅지 안쪽까지 잔뜩 적시고 있었다.

"힘들어요?"

힘이 풀린 몸을 기대고 있다가 문득 남자가 아직 사정하지 않았다는 걸 알았다. 영진은 남자의 어깨에 머리를 기댄 채로 힘없이 고개를 끄덕였다.

벌써 30분이 넘도록 헐떡이고 있으니, 힘이 들지 않을 리가 없다.

"조금만 참아요."

"힘들면 말하라면서요."

"그래서 잠깐 쉬었잖아요."

여준은 그대로 영진을 눕히더니 몸을 끌어안았다. 일단 눕긴 했는데, 앉아서 할 때와 별반 다를 게 없었다. 영진의 체중이 절반 이상 그에게 실리고 있었다.

"어디 안 가니까 그냥 놓고 하면 안 돼요? 힘센 거 알겠어요, 이제."

편하게 해 줄 요량으로 말했건만, 여준은 키스로 입을 막아 버렸다. 그리고 크게 허리를 움직이더니 숨이 막히도록 치고 들어왔다. 조금 전의 절정은 아무것도 아니었다.

쉴 새 없이 들이치는 그의 몸에 도무지 정신을 차릴 수가 없을 지경이었다. 듣기 흉한 소리를 지르게 될 것 같아 영진을 이를 악물었다.

"소리 내요, 참지 말고."

아까는 참으라더니. 영진은 고개를 저었다.

"소리 내 줘요."

고개를 숙인 여준이 영진의 귓바퀴를 깨물었다. 그리고 손을 내려 민감하게 솟은 돌기를 문질렀다. 결국 영진은 소리를 지르고야 말았다. 신음인지, 비명인지, 고함인지 모를 소리가 터져 나왔다. 그리고 한참 만에야 여준이 눌린 신음을 뱉으며 몸을 늘어뜨렸다.

심장이 무섭게 쿵쾅거렸다. 가슴이 아니라 양쪽 귀에 심장이 붙어 있는 것 같다. 귀뿐만이 아니라, 팔다리 온몸 곳곳이 격한 뜀박질을 한 것처럼 두근거리고 울렁거렸다.

"나 지금 너무 걱정되는 거 알아요?"

영진이 숨을 고르며 겨우겨우 입을 열었다. 여준이 몸을 움찔하더니 영진의 얼굴을 손으로 감싸며 걱정스럽게 내려다본다.

"왜요, 어디 안 좋아요?"

비록 말투는 타고난 것처럼 무뚝뚝하지만, 오늘 처음 본 사람이 맞나 싶을 정도로 다정했다.

"아뇨. 숨이 좀 가쁘긴 한데, 멀쩡해요. 그런데 또 하면 내일 못 일어날 것 같아서."

그제야 여준의 얼굴이 풀어졌다. 영진이 벗어나려고 몸을 꿈틀거리자 아직도 안에 들어가 있는 그의 몸 역시 꿈틀하며 부피를 키웠다.

"이거 봐, 이거 봐. 내가 이럴 줄 알았어."

여준이 콘돔을 벗겨 내고는 곧 새 콘돔을 뜯었다.

"그냥 내가 손으로 해 주면 안 될까요?"

영진이 애원했지만 여준은 어느새 다시 영진의 몸을 깊이 파고
들어 왔다.

○ ◐ ●

결국 밤사이 삽입 섹스를 세 번이나 했고, 강여준은 네 번 사정
을 했다. 그리고 영진은 몇 번인지 모를 만큼의 절정을 느꼈다.
마지막은 도저히 버틸 여력이 없어, 정말 손으로 해 줬다. 영진의
어깨에 머리를 기대어 낮게 신음하던 강여준은 정말 섹시했다.

체력이 완전히 고갈된 몸을 겨우 움직여 같이 샤워를 하고 잠
들 때까지는 몰랐는데, 아침에 눈을 뜨니 몸이 두드려 맞은 것처
럼 쑤셨다. 욕조에서 한 시간 넘게 앉아 있는데, 남자가 노크를
했다. 영진이 까무러친 건 아닌지 그는 15분 간격으로 문을 두드
렸고, 영진은 기다리라는 말을 15분 간격으로 했다.

근육통이 잦아들고 몸이 노곤해질 즈음 영진은 욕실에서 나왔
다. 배스타월로 몸을 둘둘 감고 나오는데 맛있는 냄새가 났다.

"와, 고기 냄새."

공기 중에 고소한 기름 냄새가 돌았다. 영진은 코를 킁킁거리
며 탁자 위에 앉았다. 룸서비스 트레이 위에 두툼하고 노릇노릇
하게 잘 구워진 베이컨이 있었다.

영진은 걸신들린 사람처럼 오렌지 주스를 한 번에 마시고는 포크와 나이프를 들었다. 여준이 흥미롭게 지켜보거나 말거나 베이컨 한 줄을 둘둘 말아 입속에 쏙 집어넣었다.

"여준 씨도 드세요. 원래 아침 안 먹어요?"

"이따 11시에 약속이 있어요. 지금 먹고 나가면 배부를 것 같아서."

11시, 브런치. 남자와의 약속은 아닐 것이다. 하룻밤 사랑에 질척이기 싫어서 영진은 다시 식사에 집중했다.

"사촌 동생들하고 만납니다. 요한이하고 요한이 여동생. 강서현이라고 서울에서 카페 하는데, 놀러 왔어요."

궁금하다고 한 적 없는데 여준이 먼저 말해 준다. 그것도 여동생 이름과 직업까지 알려 줘 가면서. 이러다가 소개라도 해 주려는 모양이라고 영진은 장난스럽게 생각했다.

"별일 없으면 같이 갈래요?"

베이컨 한 줄을 다시 말고 있던 영진이 고개를 들었다. 진심인지 그냥 하는 말인지 가늠해 보는데, 남자의 눈에는 한 치의 거짓도 없었다.

"무슨 원나잇 상대를 가족한테 소개씩이나. 말도 안 돼요."

입장을 바꾼대도, 영진은 가족이나 친구들에게 이 남자를 절대 소개할 마음이 없다. 제정신이 박힌 사람이라면 하룻밤 상대를 가족에게 소개하지 않는다.

"어제 하루 가지고 만족해요? 나는 영진 씨 만나고 싶어요, 미국에 있는 동안은."

미국에 있는 동안이라. 발령받아 여기 시카고에 온 지 1년 됐으니, 앞으로 1년 남짓 더 남았다. 적어도 남은 1년은 몸과 마음이 외롭지 않을 수 있으니 괜찮을까 싶다가, 문득 봉투의 기억이 떠올랐다.

"혹시 봉투 들고 나타날 사람 있어요?"

"이 돈 먹고 떨어져라, 뭐 이런 사람들 말입니까?"

기특하게 남자가 잘 알아들었다.

"네, 그런 사람들이요, 무식한 사람들. 내가 그런 사람들을 아주 경멸하거든요. 한 번만 더 그런 일 당하게 되면 그 자리에서 탁자고 의자고 죄다 엎어 버릴 거라고 굳게 다짐하고, 하늘에 맹세도 했어요. 진짜 무식한 게 뭔지 보여 줘야 사람을 우습게 안 봐요."

이 남자가 뭐라고 한 것도 아닌데 괜히 울화가 끓어올라 남자에게 화풀이를 했다.

여준이 무슨 일인지 묻지는 않았지만, 화를 풀어 주려는 듯 빗질을 하지 않아 잔뜩 엉켜 있는 영진의 머리카락을 수건으로 말려 주고 있었다. 분명히 수건을 머리에 감고 나왔는데 미친 사람처럼 분통을 터트리는 동안 수건이 바닥에 떨어졌나 보다.

"여기서는 내가 뭘 하든, 나 건드리는 사람 없어요."

"그럼 됐어요. 나도 하룻밤으로는 좀 아쉬울 것 같아요."

영진은 식기를 내려놓고 남자의 몸에 머리를 기댔다. 금요일까지 비가 징그럽게 내리더니 오랜만에 햇빛이 비친다.

머리카락의 물기를 털어 낸 여준이 영진의 이마에 촉, 하고 키스를 했다.

"나는 사실 얼마나 있을지 모르겠어요. 1년이나 그 이상이 될 수도 있고, 아니면 6개월 미만, 그리고 정말 운이 안 좋으면 내일 당장?"

장황하게 설명하고 있는 이 말의 요지는 결국, 그들의 관계는 한 치 앞도 알 수 없다는 거다. 오늘 이 남자의 사촌 동생들을 만나서 같이 밥을 먹어도, 내일 완전히 헤어져 다시는 만날 수 없는 관계. 사람인지라 조금 서운하기는 하겠지만, 상관없다.

"뭐, 어차피 하룻밤만 지내고 말 거였는데, 괜찮아요."

"내가 뭐 하는 사람인지, 강요한이랑 강서현이 어느 집 자식인지 그런 거 말해 줄 수 없어요."

영진은 남자에게 더욱 기대며 남자의 손끝을 잡았다.

이 사람은 자기가 무척이나 차가운 사람인 줄 알고 있나 본데, 사실 엄청 좋은 사람이다. 괜한 기대로 사람을 들뜨게 하지 않을 것이다. 쓸데없는 희망과 넘치는 사랑을 한껏 퍼 준 후에, 마음을 온전히 빼앗아 버리고 냉정하게 돌아서지 않을 사람이다.

"우리 둘이 있을 때 말고는 모르는 사이, 그러니까 완벽한 타인인 겁니다."

"알았다고요. 강여준 씨 나이도 안 물어볼게요. 됐어요?"

완벽한 타인. 호기롭게 알았다 대답했지만, 이 약속이 후에 얼마나 뼈저린 아픔을 겪게 할지, 이때는 알지 못했다.

"고마워요."

강여준이 이마에 키스를 하며 고맙다고 했다.

2. 관계 미상

너에 대해 아는 것이 하나도 없다

미래에 대한 약속은 없어도 정식으로 연인 사이가 된 이후, 강여준은 영진의 허름한 사택에서 멀지 않은 곳에 위치한 고급 아파트를 계약했다.

어딘지 구체적으로 언급하지 않았지만 그의 회사는 뉴욕에 있다고 했다. 모 기업의 현지 법인인 듯했는데, 강여준에게 나이조차 묻지 않겠다고 당차게 선언했으므로 그에 대해 아무것도 궁금해하지 않았으며, 영진 역시 의식적으로 자신에 대한 얘기는 하지 않았다.

다만 영진은 가끔씩 상사에 대한 험담을 했는데, 강여준은 묵묵히 들어 주다가, 힘들면 다른 직장을 연결해 주겠다는 제안을 했다. 선비인 척 선생인 척 가르치려 들던 전 남자 친구도 부담스럽고 짜증 났지만, 사소한 뒷담화에 새 직장을 알아봐 준다는 새 남자 친구도 부담스럽고 짜증스럽긴 매한가지였다.

직장을 옮길 마음이 있다면 영진의 능력으로도 충분했다. 와주십사 굽실거리는 곳은 없어도, 영진이 가고자 마음먹는다면 환영하는 곳은 꽤 된다는 뜻이다.

오늘도 영진은 강여준과 중식당에서 저녁을 먹으면서 독일계 미국인인 상사가 얼마나 깐깐한지 주절주절 주워섬겼다. 대식가인 영진을 위해 여준은 알아서 이것저것 여러 가지를 주문했고, 영진은 완탕면에 딤섬, 춘권의 부스러기까지 주워 먹는 동안 내내 독일인들의 철두철미한 국민성이 사람을 얼마나 피곤하게 하는지 한바탕 성토를 했다.

그 상사가 미국에서 태어나 미국 사람과 다를 바가 없다는 건 영진에게 중요한 문제가 아니었다. 그저 일주일 동안 쌓인 스트레스를 받아 줄 사람이 있다는 게 반가울 뿐이었다.

"미안해, 여준 씨. 나 지금 30분 넘게 리암 슈미트 얘기만 했지?"

한참을 상사 욕에 열을 올리던 영진이 부끄러운 듯 웃으며 사과하자 여준은 괜찮다, 계속 얘기하라며 끝까지 경청했다. 겨우 두 달 만난 사이지만, 여준은 남의 얘기를 들어 주는 데에 탁월한 재주가 있었다.

영진은 디저트를 먹을 때까지 부사장에 대한 뒷담화를 멈추지 않는데, 종국에는 독재자까지 갖다 붙이며 슈미트 부사장을 욕했다. 험담을 넘어서 인격 모독의 수준까지 이르자 여준이 난감한 표정을 했다. 히틀러까지는 너무했나.

"우리 직원들도 날 이렇게 욕하려나."

"내용 면으로 아주 완벽한 보고서에 알파벳 하나 틀린 것 가지고 30분 동안 훈계해? 그리고 그 꼬투리 잡아서 독설하는 걸 아주 대단한 능력이라 착각하고 있고?"

영진의 구체적인 물음에 여준은 잠시 생각에 잠겼다.

"그 정도는 아니지만, 아마 편한 사람은 아닌 것 같기도 하고."

"같기도 하고? 애매하게 말하는 거 보니까 여준 씨도 좋은 상사는 아니네."

영진이 단정 지어 말하고는 좀 더 유연한 직장 상사가 되어 보라며 여준을 진지하게 나무랐지만, 여준은 가볍게 웃어넘기고 말았다.

"웃음이 나, 지금? 좋은 직장 상사까지는 아니더라도 나쁜 놈 소리는 듣지 말자, 여준 씨."

영진은 정말 여느 때보다 진지했다.

"벌써 나쁜 놈 소리는 듣고 있는 것 같으니까 이미 틀렸고, 그냥 영진 씨한테만 좋은 사람 될게. 이제 자리 옮기자."

다감한 강여준의 말에 흐뭇한 웃음이 비집고 나왔다. 여준은 뭐든 돌려서 말하는 법이 없어 좋았다. 기분이 좋아진 영진은 코트를 챙기는 여준의 엉덩이를 장난스럽게 토닥였다.

"와인은 집에서 마실까?"

"아니, 오늘 어마어마한 재즈팀이 공연하는 날이라 꼭 가야 돼."

영진은 자신의 장난을 은밀한 뜻으로 해석한 여준에게 여지를 남기지 않고 가차 없이 그를 재즈바로 안내했다.

조용한 재즈바에 유명한 재즈곡이 연주되고 있었다. 잔뜩 분위기에 취해 있는데, 회사에서 문자 메시지가 도착했다. 짜증이 확

치밀어 올랐다.

[월요일에 부사장한테 보고서 올려야 하는데, 최 과장이 교정 좀 봐 줄래?]

"미친놈 아냐, 이거."

박도훈 이사는 오너 일가의 사돈의 팔촌쯤 되는 낙하산인데, 최근 들어 영진에게 자신의 남성성을 어필하고 있었다. 마흔다섯의 남자가 이제 겨우 서른두 살인 영진에게 직진남 행세를 하다니 어이가 없을 따름이다.

게다가 박도훈 이사는 한국에 열두 살이나 어린 아내와 두 살 된 딸까지 두고 있었다. 사내 성추행으로 고발해 버리고 싶지만, 앞으로 서너 달만 더 보면 되는 사람이라 겨우 참고 두고 보는 중이었다.

"누군데?"

여준이 호기심을 드러냈다. 영진은 하 참, 이라고 연신 불편한 심기를 드러내며 휴대폰을 내밀었다.

"그냥 무시해."

"안 그래도 그러려고. 저가 올릴 보고서인데 내가 왜 교정을 봐 줘? 누군 시간이 남아도는 줄 아나."

로맨틱한 장소에서 분위기 좀 잡아 보려고 했는데, 도저히 박도훈 이사를 욕하지 않고는 성이 풀릴 것 같지 않았다.

"이 자식이 얼마나 이상한 놈인지 들어 봐. 스타벅스에서 라떼 주문하고 있는데 갑자기 옆에서 카페모카를 같이 주문하는 거야, 이 미친놈. 돈 줄 거라는 기대는 당연히 안 했어. 그런데 이게 또 뭐라는 줄 알아? 텀블러가 너무 예쁘다고 선물로 자기한테 하나 사 달래."

"그래서 사 줬어?"

화를 풀어 주려는 듯 부드럽게 물어 오는 여준의 목소리가 듣기 좋아 영진은 저도 모르게 배시시 웃다가 다시 정색하며 말을 이었다.

"절대 안 사 주지. 3불짜리 커피 정도는 살 수 있지만, 23불짜리 텀블러는 절대 못 사 줘. 그리고 지가 거지야? 툭하면 직원들한테 뭘 그렇게 사 달래. 대기업 주재원에, 이사에, 나보다 돈도 많으면서."

영진은 브리치즈를 듬뿍 바른 크래커를 신경질적으로 씹어 넘겼다.

"회사에 피곤한 상사가 많다. 원하면 다른 직장 알아봐 줄게."

크래커를 오물오물 씹어 삼키던 영진은 이맛살을 찌푸렸다. 또 새 직장 타령이다. 지금까지 여준에게 험담한 상사는 딱 두 사람이다. 부사장과 이사. 회사 사람들을 죄다 싸잡아 욕한 게 아니라 직원들을 피곤하게 하는 딱 두 사람을 욕했을 뿐인데, 또 다른 직장을 알아봐 주겠다며 자존심을 건드렸다.

"여준 씨네 회사 넣어 줄 수 있어?"

영진이 자못 진지하게 묻자 여준은 단호하게 고개를 저었다.

"안 돼. 우리 회사 빼고 다 돼. 어디든 말만 해."

"자기 회사 빼고 다 된다니, 인맥이 정말 대단한가 보다."

기분 나쁜 티를 내며 이죽거리자 여준 역시 인상을 썼다.

"여준 씨네 회사 넣어 줄 거 아니면, 앞으로 새 직장이니 이직 이니 한마디도 하지 마. 내 직장은 내가 알아서 할게. 내가 직장 상사를 욕할 때는 그냥 들어 주기만 하면 돼, 알았지?"

부탁하듯 정중하게 말하며 영진은 다시는 직장 상사 얘기를 꺼내지 않기로 했다.

"이제 회사 얘기 그만할래. 그냥 음악 들으면서 와인이나 마시자."

굳이 이런 짜증스러운 주제가 아니더라도 강여준과 할 얘기는 많았다.

영진은 야구광이었는데, 강여준도 야구를 상당히 좋아했다. 바에 들어온 지 30분도 지나지 않아 와인을 네 잔째 비운 영진은 좋아하는 야구 선수를 찬양하며 눈을 빛냈다. 강여준도 함께 좋아하는 선수라 내년 재계약에 성공할지 아니면 다른 팀으로 이적하게 될지 난상토론까지 갔다.

여준은 그 선수가 높은 몸값을 요구해 구단에서 받아들이지 않을 가능성이 높다고 했고, 영진은 작년 팀에 대한 기여도와 그 정도의 기량이라면 얼마를 불러도 구단에서 재계약을 할 것이라 주장했다.

"아, 맞다!"

한창 프로 야구 얘기에 열을 올리던 영진은 다음 주말 스케줄이 떠올랐다.

"다음 주에는 우리 못 만나겠다."

"왜?"

겨우 한 음절, 왜, 라고 물었을 뿐인데 여준의 말투가 매우 고압적으로 느껴진다. 지난 두 달간 영진에게 큰 불만을 내색하거나 화를 낸 적도 없었고, 대부분의 경우 강여준은 영진에게 친절했다.

"여준 씨 좀 이상하다. 지금 우리 무슨 문제 있어?"

대놓고 싫은 내색을 하는 여준은 처음이라 기분이 묘했다.

"뭐 하려고?"

"회사 친구랑 하와이에 가기로 했어."

"하와이?"

"우리 팀 하와이로 전지훈련 오잖아."

"주말은 서로에게 주기로 한 거 아니었어?"

그랬나? 기억이 나지 않는다. 관계 중에 그런 얘기를 했던 것 같기도 하고. 영진은 기억을 헤집다, 한참 만에 생각해 냈다.

만난 지 한 달 되어 갈 무렵, 여준이 회사 일로 시간을 내지 못한 적이 딱 한 번 있었다. 저가 시간을 내지 못해 놓고, 되레 영진에게 미국에 있을 동안 주말은 온전히 서로에게 집중하자며 다짐을 받아 냈다. 그런데 그 집중이라는 게, 아예 주말에 사생활을 갖지 말자는 뜻이었나 보다.

"아니, 여준 씨한테 집중한다고 했지, 언제 내 주말을 고스란히 자기한테 반납한다고 했어?"

"나만 다르게 해석했나, 그럼?"

"그래, 그게 그 뜻이라고 쳐. 그러면 내 사생활은? 애초에 내 사생활은 염두에 두지도 않고 말한 거였어?"

영진은 침착하게 물었다. 다른 건 다 양보해도 이건 양보할 수 없다. 가뜩이나 1년 넘게 좋아하는 프로 야구를 직관하지 못해 애가 타 죽겠는 마당에, 전지훈련 온 선수들까지 보지 못하다니, 있을 수 없는 일이었다.

"한 주 못 본다고 어떻게 되는 거 아니잖아."

"한 주가 아니야. 나 잠깐 한국에 나갔다 들어와야 돼. 어쩌면 아예 못 들어올 수도 있고."

다음 주만이 아니라 아주 못 볼 수도 있다는 말에 더는 할 말이 없었다. 야구와 이 남자 중 하나를 선택하라면 오늘은 이 남자였다. 야구는 내년이면 볼 수 있지만, 강여준과는 기약이 없으니까.

영진은 짜증이 잔뜩 배어나는 한숨을 뱉어 내며 두 손에 얼굴을 파묻었다.

"내가 여준 씨를 위해서 얼마나 큰 희생을 치렀는지 꼭 기억해. 우리가 헤어진 다음에도 꼭 기억해. 다른 건 잊어버려도 이건 반드시 기억해."

속상한 얼굴로 고개를 드는데, 여준이 기분 좋게 웃고 있었다. 새삼 강여준이 잘생긴 남자라는 사실을 깨닫는다. 이 남자와 헤어지면 오랫동안 다른 남자를 못 만날 거란 예감이 들었다. 한번 높아진 눈높이를 낮추는 건 거의 불가능한 일이다.

"꼭 기억하라고. 알겠어?"

"알았어, 약속해."

영진은 쓸데없는 다짐을 재차 받아 낸 후에야 기분을 풀었다.

○ ◑ ●

주말 데이트의 마지막 코스는 어김없이 강여준의 아파트였다. 영진이 지내는 사택에는 보는 눈들이 많아 한 번도 여준을 데려간 적이 없었다. 그리고 그가 강조한 대로 서로에 대한 건 철저히 묻지 않기로 했으므로, 자신에 대한 정보가 넘쳐 나는 사택에까지 그를 끌어들이기 싫었다.

여준의 아파트는 넓고 호화스러웠지만, 오로지 쉬고 잠만 자는 공간이었다. 강여준에 대한 건 한 톨도 알아낼 수 없는, 그저 넓은 침대와 쓰지 않는 가구들, 간단히 요리를 해 먹을 수 있는 조리 도구들이 전부였다. 이 집에서 쓰이는 건 오로지 침실과 욕실뿐이었다.

오늘은 영진이 먼저 씻고 그를 기다리고 있었다. 아무것도 입지 않은 채로 욕실에서 나왔던 터라 역시 맨몸인 강여준과 몸을 나누는 데 거칠 것이 하나도 없었다.

여준은 군살 없이 매끈한 영진의 나신을 눈부신 듯 내려다보며 입술을 겹쳐 왔다.

그는 언제나 느긋했고, 서두름이 없었다. 여준의 혀가 영진을 부드럽게 잡아채고 끌어당겼다.

여준은 보통 한참의 전희를 즐기다 애가 달아 미칠 지경이 되어서야 삽입을 했다. 그 점이 좋기도 하고 나쁘기도 하지만, 대개의 경우 정신이 나가 버릴 만큼 좋았다. 전희로 한차례 오르가슴을 느낀 후의 삽입은 정신을 앗아 갈 정도의 쾌감으로 이어졌다.

영진은 넓게 펼친 손가락으로 뜨겁게 달아오른 여준의 몸을 마구 헤집었다. 그리고 민감하게 반응하는 옆구리와 허벅지 사이를 쓰다듬었다. 그의 몸이 어느새 단단해져 영진의 배를 쿡쿡 찌르고 있었다. 여준이 허리를 잘게 움직여 자신의 몸을 영진의 아랫배에 연신 문질렀다. 그와 맞닿은 곳에 미끈한 체액이 묻어났다.

영진도 마찬가지로 이미 아랫도리를 축축하게 적시고 있었다. 영진은 손을 내려 발기한 몸을 세게 움켜잡아 훑어 올렸다. 여준의 몸이 크게 요동치더니, 곧 그는 영진의 작은 손 안에서 엉덩이를 움직였다. 대신 수음을 해 주는 것과 다를 바가 없었다.

영진에게 어깨를 기대 몸을 맡기고 있던 여준은 몸을 낮춰 영진의 유두를 삼켰다.

"읏."

영진은 야릇한 신음을 토해 내며 여준의 머리를 끌어당겼다. 농밀하게 유두를 빨아들이던 여준이 몸을 더욱 숙이더니 영진의 허벅지를 벌렸다. 그리고 볼록한 성감대를 혀끝으로 건드렸다. 오럴 섹스에 거부감이 있는 영진은 몸을 뒤틀며 벗어나려 애썼다.

"하지 마, 여준 씨."

"나한테도 해 달라고 안 해."

"그래도 싫어. 별로야, 오럴은."

"좋을 거야, 기분 좋게 해 줄게."

여준이 눈꼬리를 접어 웃으며 영진을 안아 들었다. 반사적으로 영진은 그의 허리에 다리를 감았다. 잔뜩 젖어 있는 아랫도리가 여준의 배에 닿고 있었다. 침대에 눕혀진 영진은 곧 그의 아랫배에 질척하게 묻어 있는 자신의 흔적을 발견하고는 뺨을 붉혔다.

"자꾸 얼굴 붉히지 마."

몸을 숙인 여준이 발그레 달아오른 영진의 뺨에 입을 맞추었다.

"사람 미치게 하니까."

고백하듯 속삭이는 말에 영진이 웃음을 터트렸지만, 이내 칭얼거리며 몸을 뒤집으려 애썼다.

"정말 싫은데, 이건."

"해 보고, 싫으면 다시는 안 할게."

여준은 영진의 벌어진 다리 사이에 고개를 숙이고, 정점을 깨물었다. 미세한 아픔과 커다란 쾌감이 동시에 영진을 집어삼켰다. 여준이 토해 내는 뜨거운 숨이 끊임없이 아래를 자극하는 가운데, 뜨거운 혀가 음핵을 아래서부터 핥아 올리자 허벅지가 경련하고, 온몸이 경직됐다.

"정말 싫어?"

여준이 머리를 들어 물어보는데 도저히 다리 사이로 그와 눈을 마주할 용기가 나지 않았다. 이래서 오럴 섹스가 싫다는 거다. 영진은 두 손으로 얼굴을 가리고는 고개를 마구 저었다.

"싫다고?"

영진은 다시 또 고개를 저었다. 싫은데 마냥 싫지만은 않다. 그렇다고 좋다고, 계속해 달라고 할 수도 없었다. 그냥 알아서 해 줬으면 좋겠다.

영진은 베개로 얼굴을 가려 버리고는 다리를 조금 더 넓게 벌렸다. 그제야 만족스러운 자세가 나온 듯, 여준은 영진의 허벅지를 더욱 벌리며 아랫도리를 집어삼킬 듯 헤집었다. 앓는 듯 옅었던 신음이 고조되는 감각의 절정과 함께 거세졌다.

그가 긴 손가락까지 집어넣었을 때에는 눈앞이 하얗게 점멸하여 곧 정신을 잃을 것 같았다. 머리끝부터 발끝까지 폭발하는 오르가슴에 영진은 크게 소리를 질렀다. 이런 미칠 것 같은 감각은 이전에도 없었고, 앞으로도 없을 것이다. 앞으로 강여준이 아닌 누구와도 이런 방식으로 관계하지 않을 것이기 때문에.

영진은 베개를 바닥으로 밀어 버리고, 여준의 손가락이 움직이는 대로 하체를 뒤틀었다. 더 깊고 더 강한 자극이 필요했다.

"지금 들어와 줘, 여준 씨."

영진은 가쁘게 숨을 몰아쉬며 여준의 머리를 잡아당겨 일으켰다. 몸을 일으킨 여준이 영진의 목덜미에 입술을 파묻으며 테이블을 더듬거렸다. 콘돔을 찾는 것 같은데 그 움직임이 너무도 느긋해 참을 수가 없어진 영진이 팔을 뻗어 먼저 손가락으로 집었다. 몸을 겹친 여준이 집요하게 놔주지 않아 콘돔을 집어 들어 포장을 뜯기까지가 쉽지 않았다.

잇새로 포장을 뜯어내는 영진을 보며 여준이 눈을 질끈 감았다. 그는 영진이 팔꿈치로 몸을 일으킬 때부터, 이다음에 무얼 할지 이미 눈치챘다.

포장을 아무렇게나 바닥에 던진 영진은 동그랗게 말려 있는 콘돔을 그의 몸에 가져갔다.

"허리 좀 더 숙여 줄래?"

단정한 살구색 매니큐어를 바른 손가락이 여준의 길게 뻗은 몸 위에서 유연하게 움직였다. 이미 바짝 서 있던 몸이 더욱 경직되며 부피를 키웠다.

그는 한 번에 깊게 들어왔다. 그리고 그녀를 끌어안고 숨을 골랐다. 무슨 의식이라도 치르는 사람처럼 여준은 항상 삽입 후에 한참을 끌어안고 있다가 서서히 움직였다.

처음에는 익숙하지 않아 당황스러웠지만, 꽉 채워진 채로 강여준의 뜨거운 체온을 느끼는 이 순간을 점점 좋아하게 되었다.

몸을 완벽하게 겹치고 있는 동안 목덜미에 닿는 여준의 머리카락이 좋았고, 어깨에 느껴지는 뜨거운 숨결도 좋았다. 그리고 희미하게 맡아지는 박하 향도 정말 좋았다.

여준이 몸을 일으키며 허벅지와 허리를 움직이기 시작했다. 깊게 들어왔던 것이 한 번에 나갔다가 다시 깊게 들어왔다.

상체를 일으킨 여준이 영진의 다리를 높게 들었다. 엉덩이까지 공중에 들렸다. 영진의 다리가 그의 팔에 걸렸다. 그는 영진을 바짝 끌어당기며 강하게 움직였다. 내벽으로 그의 몸이 고스란히 느껴져 배 속까지 울렁거렸다. 아슬아슬하게 닿아 있는 발바닥에 잔뜩 힘을 주고 버둥거리는 통에 발밑의 시트가 마구 엉키고 있었다.

여준이 잇새를 깨물며 영진을 부서뜨릴 것처럼 몸을 박아 넣었다. 귓가를 울리는 소리가 살이 맞닿아 내는 소리인지, 아니면 체액이 엉키는 소리인지 알 수가 없을 지경이었다.

영진은 점점 다가오는 절정에 질끈 감았던 눈을 힘겹게 떴다. 절정에 다다랐을 때의 강여준이 보고 싶었다. 강여준처럼 예쁜 남자의 얼굴이 어떻게 절정을 맞이해, 어떻게 일그러지는지 그대로 보고 싶었다.

"아! 아!"

영진은 마음껏 소리를 지르며 점점 절정으로 치닫고 있었다. 여준 역시 절정의 문턱에서 이를 악물고 연신 진퇴를 거듭했다. 얼굴에 잔뜩 힘을 주고 있지만 강여준은 여전히 예쁘고 잘 생겼다. 악물고 있는 턱이 떨리고 있었다. 그는 외마디의 신음을 토해 내며 영진의 몸 위로 무너져 내렸다.

침대 밑으로 꺼져 버릴 것처럼 영진의 몸이 납작하게 눌렸다. 영진은 버둥거리며 여준의 몸을 밀어 냈다. 옆으로 누운 여준의 가슴이 세차게 오르락내리락하고 있었다.

숨이 차긴 마찬가지였지만 영진은 그의 가슴을 가만히 어루만졌다. 여준은 자신의 가슴팍에서 작게 움직이고 있는 영진의 손을 들어 손가락 마디마디에 가볍게 입을 맞췄다. 그리고 땀에 젖어 이마에 붙어 있는 머리카락을 정돈해 주고는, 이마와 뺨, 턱에도 키스했다.

"여준 씨."

영진은 반쯤 잠긴 목소리로 그의 이름을 불렀다.

"응."

"좋아해, 많이."

기한을 알 수 없는 관계에 감히 사랑이라는 이름은 붙이고 싶지 않아, 그저 좋아한다 말했다.

"고마워."

강여준은 항상 그렇듯 고맙다고 대답했다.

평소보다 일찍 눈을 뜬 영진은 기지개를 켜며 자리에서 일어났다.

여준은 이미 일어나 태블릿 PC를 들여다보고 있었다. 그리고 지난주에 영진이 사다 놓은 사과를 꺼내 껍질째 깨물어 먹고 있었다.

"오늘은 몇 시에 깼어?"

"3시 반쯤."

1시 조금 넘어서 잠이 들었으니, 세 시간도 채 자지 못했다.

여준이 시트를 둘둘 말고 나타난 영진의 이마에 입술을 꾹꾹 눌렀다. 그에게서 달달한 사과 향이 났다.

"여준 씨 혹시 불면증 있어?"

영진은 걱정스레 물었다.

"잠이 없는 게 아니라 못 자는 거 아냐?"

항상 까무러치듯 먼저 잠들고 늦게 일어나, 재벌인 강여준은 부지런하다는 공식이 세워져 있었는데, 충혈된 눈을 보니 어쩌면 불면증을 앓고 있을 수도 있겠다는 생각이 들었다.

"심하지는 않고, 가끔 수면유도제 먹는 정도야."

약을 먹는다는 말에 가슴이 뜨끔, 아팠지만 내색하는 대신 나갈 채비를 서둘렀다.

"나 빨리 씻고 나올 테니까, 갈 준비 해."

월요일이 법인 창립 기념일이라 쉰다고 했다. 보통은 아침을 먹고 이른 오후 비행기 편으로 돌아갔는데, 오늘은 저녁 비행기로 간다고 했으니 어쩌면 한숨 재우고 집으로 돌려보낼 수도 있겠다. 밀레니엄 파크 야외 스케이트장에 가려고 했지만, 별로 대단치 않은 일정이므로 취소하기로 했다.

"나 저녁 비행기라니까."

"알아. 저녁 6시 비행기라며. 우리 집에 가자."

"영진 씨 아파트?"

철벽을 치고 절대 들이지 않겠다던 사택 얘기에 여준이 이해할 수 없다는 얼굴로 영진의 팔을 붙잡았다.

"응, 나 살고 있는 아파트. 차로 20분 거리야. 내가 밥해 줄 테니까, 먹고 한숨 자고 가. 너무 피곤해 보여서 안 되겠다."

영진이 발랄하게 조잘거려 보지만 여준의 눈에는 온통 의문투성이였다.

그도 그럴 것이, 이미 영진은 본사에서 사내 커플로 지내다가 무참히 버려진 전적이 있어 뒷말이 많은데, 여기서 새로운 남자를 만난다는 사실이 한국 땅까지 전해지면 또 다른 소문이 무성해질 것이 분명해 회사 사람들에게는 철저히 비밀로 하고 싶다고 말을 한 적이 있었다. 집에 바래다주겠다는 것도 거절하던 여자가 갑자기 집에 들이겠다니, 여준의 입장에서는 궁금할 수밖에 없을 것이다.

"회사 사람들 만나도 괜찮겠어?"

"괜찮지 않은데, 30분 안으로 집에 도착하면 안전하지 않을까? 나 빨리 씻고 나올게. 여준 씨도 정리하고 있어."

일사천리로 샤워를 마친 영진은 서랍장에서 새 속옷을 꺼내 입고, 옷걸이에 얌전히 정돈된 옷을 꿰어 입었다.

이 집에 오면 좋은 점이 몇 가지가 있는데, 첫 번째는 옷을 아무렇게나 벗어 두어도 강여준이 정리해 준다는 점, 그리고 이 집의 일을 봐 주는 사람이 누군지 몰라도 기가 막히게 영진의 속옷 취향을 잘 골라 정리해 둔다는 점이었다.

"혹시 여준 씨가 내 속옷 사다 놓는 거 아니지?"

그의 고급 세단에 몸을 싣고 집으로 가는 동안 영진은 오랫동안 궁금해하던 걸 물었다. 집을 누가 관리하는지도 궁금해하면 안 되는 목록에 포함되나 싶어 묻지 않았던 것이다.

"내가 사 놓지는 않지만, 어떤 디자인이라고 부탁을 하긴 하지."

그제야 의문이 풀렸다.

"아, 그럼 누군가한테 '야하고 화려하진 않지만, 그렇다고 아주 단정하지도 않은 예쁘고 귀여운 느낌으로 부탁해요' 뭐 이렇게 말해?"

여준이 웃음을 터트렸다. 웃을 때마다 쌍꺼풀 없는 눈꼬리가 휘는 모양이 너무 예쁘다.

"다음부터는 그렇게 전달할게."

"다음? 그럼 지금까지는 어떻게 말했기에?"

"그게 그렇게 궁금해?"

"당연하지. 어떻게 설명하면 내 취향대로 그렇게 딱딱 골라 올 수 있지?"

"본인 취향이 뭔지는 알고 있어?"

대답은 해 주지 않고 엉뚱한 질문만 하고 있다.

"당연하지. 나도 취향이라는 게 있는 사람이니까. 그러니까 여준 씨도 만나는 거고."

"그래, 내가 취향이라 이거지."

강여준 같은 사람이 취향이라서 만나고 있는지 아니면 강여준이라는 남자에 맞게 취향이 바뀐 건지 모르겠지만, 결국 속옷에 대한 대답은 듣지 못했다.

끝까지 듣지 못하면 어쩌지. 불시에 들이닥친 생각이었다. 하지만 영진은 머리를 흔들어 바로 털어 버렸다.

이런 비관적인 생각은 강여준과의 관계에 전혀 득이 될 게 없었다.

사택에 도착한 영진은 입으로 짜잔! 하고 잔망스럽게 외치며 그를 자신의 공간에 들였다. 여준의 아파트 거실 반 정도밖에 되지 않는 크기의 집은 낡고 허름했지만, 인테리어 제품과 목각 인형들로 아기자기하게 잘 꾸며 놓았다.

영진은 지저분한 옷 방을 제외한 모든 곳을 여준에게 보여 주었다. 여준은 다른 곳은 대충 훑어보다가 퀸 사이즈 침대와 작은 화장대만 있는 침실에 지대한 관심을 보였다.

영진은 그를 거실의 작은 소파에 앉히고는 따뜻한 오미자차를 준비했다. 그리고 여준이 오미자차를 마시는 동안 분주하게 아침 식사를 준비했다. 그제 저녁에 차려 먹은 미역국과 갈비찜을 데워 식탁에 올리고, 한인마트에서 사 온 김치도 접시에 덜었다. 수저까지 다 챙기고, 밥도 소담스럽게 담아 올린 후 여준을 불렀다.

김이 모락모락 나는 식탁을 쳐다보는 여준의 표정이 심상치 않았다.

"영진 씨 오늘 생일이야?"

"아니."

깔끔한 대답에 금세 풀어지는 듯했지만, 이어지는 대답에 다시 인상을 그었다.

"오늘 아니고 그저께. 근데 그저께 딱 한 번 먹고 다시 끓인 거라 간은 맞을걸? 잡채도 내가 만들었는데, 빨리 먹어 봐. 내 완벽한 요리 솜씨에 놀랄 것이다."

옆구리를 쿡쿡 찌르며 장난을 치는데도 그의 표정은 좀처럼 풀리지 않았다.

"왜 그래. 혹시 여기서 못 먹는 음식 있어? 밖에서는 잘만 먹더니."

영진이 억지로 앉히고 숟가락을 쥐여 주고 나서야 여준이 국을 한 술 떠먹었다. 그리고 한 수저 더 뜨더니 갈비찜까지 잘 먹었다. 평소처럼 잘 먹는 걸 보니 뿌듯했다. 아니, 평소보다 더 잘 먹는 것 같아 행복했다.

"맛있지?"

밥을 먹는 동안 여섯 번 물었고, 여준은 그냥 고개만 끄덕였다. 그리고 일곱 번째로 물어봤을 때 겨우 맛있다는 대답을 들었다. 가볍게 묻는 말에도 항상 꼬박꼬박 답해 주고, 거짓말은 절대 하지 않는 사람이 저러고 있으니 가슴이 졸아든다.

"여준 씨, 내가 생일이라고 미리 말하지 않아서 서운해?"

"생일이었으면 미리 얘기 좀 해 주지 그랬어."

기분이 나빴던 이유를 알고 나자 잔뜩 졸아붙었던 마음이 풀어졌다.

"생일이 별건가? 식구들한테 축하 전화 받고, 맛있는 음식 해 먹었으면 된 거지, 뭐."

영진은 그릇을 개수대에 치우며 대수롭지 않게 말했다.

"그리고 서로 나이도 모르는데, 무슨 생일씩이나 챙겨."

여준이 읽을 수 없는 얼굴로 생각에 잠겼다. 먹고 난 그릇을 치우던 영진은 계속되는 이상한 기류에 동작을 멈췄다. 그릇끼리 부딪치는 소리가 사라지자 집 안이 스산할 정도로 고요해진다.

"축하해."

뜻 모를 얼굴로 영진을 내려다보던 그가 마침내 한마디를 건넸다.

"진심으로 축하해 주는 거 맞아?"

강여준이 자기 감정을 감추고 있다. 읽을 수 없는 무채색의 표정. 낯선 타인을 맞닥뜨리고 있는 기분이다. 강여준과 헤어진 후에 다시 만나게 된다면 이 남자가 이런 표정을 하지 않을까 생각해 보았다.

그러다 이내 털어 버리듯 머리를 흔들어 쓸데없는 생각을 갈무리했다. 내일 일어날 일은 내일 생각하고, 우선은 오늘 일에만 집중하기로 한다.

"여준 씨, 대답해. 계속 그렇게 나 쳐다볼 거면 자기 집으로 가든지."

돌아가라는 건 그저 말뿐이었다. 작은 식탁을 빙 돌아 여준의 앞에 마주 선 영진은 그의 양팔을 가만히 붙잡았다.

"진심으로 축하해. 그리고 나 저녁 6시 비행기라니까."

영진이 생각을 정리하는 동안 그 역시 머릿속을 비웠는지 금방 다정한 강여준으로 돌아왔다.

"생일 선물로 뒷정리해 줄게."

"알았어. 그릇들 식기세척기에 넣어 두고 양치해. 칫솔 꺼내 둘게."

"그러고 나서 뭐 하면 돼?"

"내가 재워 줄 테니까, 한숨 자고 집에 가."

여준은 영진이 시키는 대로 뒷정리를 깔끔하게 한 후에 양치를 하고, 침실로 들어왔다.

해가 뜨고 아침이 밝았지만, 영진의 침실은 어둠 속이었다. 암막 커튼을 치고 숙면에 좋다는 향초까지 켰다.

"잠을 매일 그 정도밖에 못 자?"

깜깜한 밤에서처럼 영진은 속삭여 물었다.

"응."

"난 11시 전에는 무조건 자야 되는데. 그래야 6시 반에 눈이 떠지거든."

강여준은 모르겠지만 영진은 두 달째 매 주말마다 그의 시간에 맞춰 늦게 자고, 일찍 일어나는 중이었다. 섹스를 열심히 한 탓인지 아니면 주말마다 제대로 쉬지 못한 탓인지 몸무게도 줄었다.

"잠 와?"

"응, 졸려."

불면증이라 쉽게 잠을 이루지 못할까 염려했지만 여준은 서서히 잠에 취하고 있었다. 영진은 그의 목뒤에 팔을 넣어 팔베개를 해 주었다. 잠시 불편한 듯 몸을 부스럭부스럭 움직였지만, 곧 고른 숨소리를 내며 깊이 잠들었다. 길게 내려앉은 속눈썹이 아기처럼 예뻤다.

영진은 조심스럽게 속눈썹으로 손을 뻗었다가, 머리카락만 매만져 주고 말았다. 겨우 잠들었는데 깨면 곤란하니까.

향초 때문인지 아니면 강여준의 따뜻한 체온 때문인지 영진의 눈도 슬슬 감겼다.

얼마나 자는지도 모르고 한참을 잠들었던 영진이 눈을 떴을 때, 여준은 보이지 않았다. 시간은 겨우 오후 1시였다. 간다는 말조차 없이 가 버린 강여준은 다음 날 비서라는 사람을 굳이 뉴욕에서 시카고까지 출장을 보내 목걸이를 전달했다. 주말에 만나서 해도 될 일을, 굳이 비서를 거쳐 준 이유는 분명했다.

이 이상은 가까워질 수 없다는 뜻이다. 영진은 그 뜻을 담담하게 이해했다.

○ ◑ ●

한국에 갔다가 다시 안 올지도 모른다고 엄포를 놓던 강여준에게서 십팔 일째 소식이 없었다, 십. 팔. 일. 째. 전화 통화도 거의 하지 않는 데다 문자 메시지도 주고받지 않았고, 모바일 메신저도 연결돼 있지 않은 사람이라 소식을 알 수 없으니 답답하기만 하다.

이전까지 강여준과는 자주 전화를 할 필요가 없었다. 평범한 연인들처럼 하루 일과를 궁금해하지도, 묻지도 않았으므로 전화 통화는 일주일에 단 세 번이면 충분했다.

주말에 시카고에 올 것인지 영진이 금요일 밤에 연락해 약속 장소를 정하면 다음 날 강여준은 비행기 탑승 전에 전화를 한다. 그리고 데이트가 끝난 일요일, 뉴욕에 잘 도착했다는 여준의 통보와 비슷한 전화를 끝으로 그들은 금요일 밤이 되기 전까지 어떤 연락도 하지 않았다.

심지어 한 번은 영진이 독한 감기를 앓고 하루 동안 병가를 냈지만, 강여준은 영진이 아팠다는 사실조차 몰랐다. 반대로 강여준이 아팠다고 해도 영진이 모르는 것처럼, 누가 먼저 시시콜콜 얘기하지 않는 이상 주중에 있었던 일들은 서로 모르는 것이다.

두 달이 넘도록 다람쥐 쳇바퀴 같은 연애를 하느라, 비정상적으로 느끼지 못했던 것들이 오늘에서야 이상하게 느껴졌다.

영진은 덜컥 겁이 났다. 생각보다 이 남자를 더 많이 좋아하는 게 아닌가, 정말 이대로 예고도 없이 이별을 맞게 되는 건가 싶어 가슴이 서늘해졌다.

빈말은 하지 않는 남자인 걸 진작 알았는데, 이런 식으로 헤어질 줄 알았더라면 좀 더 많은 시간을 그에게 할애했을 것이다. 무슨 일을 하든 후회가 남는 건 딱 질색이었다.

영진은 책상에 이마를 콩콩 찧으며 자책과 괴로움으로 몸부림쳤다.

「진, 무슨 일 있어? 왜 자해 중인데? 미스터 박이 방으로 들어오라는데, 내선 전화 못 받았어?」

그렇지 않아도 여러 가지 생각으로 복잡한데, 박도훈 이사가 찾는다는 말에 입 밖으로 욕이 튀어나왔다.

"미친 새끼, 왜 아침부터 찾고 지랄이야."

「어? 나 그 말 알아, 미친 새끼.」

알아듣지 못하도록 작게 말했는데, 교포 4세인 제이드가 너무도 정확하게 발음하는 바람에 깜짝 놀랐다.

「제이드, 그런 나쁜 말 누가 가르쳐 줬어!」

「미스터 박 별명 아니야? 다들 그렇게 부르던데.」

제이드가 해사하게 웃으며 영진을 놀렸다. 한국말을 조금도 못한다고 하는데, 저럴 때마다 의심을 하지 않을 수가 없다.

영진은 도살장에 끌려가는 심정으로 박도훈 이사의 방으로 갔다. 금발을 단정하게 틀어 올린 사십 대의 비서가 웃으며 영진을 맞아 주었지만 지금은 웃을 기분이 아니다.

「안녕하세요, 진.」

「아침까지만 해도 안녕했는데, 지금은 잘 모르겠어요. 혹시 안에서 시끄러운 소리가 나도 무시해 주세요. 지금 기분 같아서는 다 들이받고 싶은 마음이라.」

농담인 줄 아는지 헤나가 유쾌하게 웃었다.

"이사님, 찾으셨습니까."

영진은 애써 표정을 관리하며 허리를 숙여 인사했다.

"어, 최 과장. 어서 와. 저기 앉아 봐."

무슨 얘기를 또 구구절절하려고 앉으라는 건지, 박 이사와 영진 사이에 엄연히 현지인 관리자가 두 명이나 있는데도 굳이 영진을 부르는 이유는 어떻게 한번 해 보려는 더러운 수작을 부리기 위함이었다.

"최 과장 오늘따라 더 예쁘네? 요새 연애해? 참, 서울에 김세웅 과장, 와이프가 임신했다더라. 들었어?"

예쁜데 뭐 어쩌라는 건지, 연애를 하거나 말거나 무슨 상관인지, 김세웅 와이프가 임신을 하거나 말거나, 어쩌라고? 쓸데없는 정보는 알고 싶지 않으니 닥치라고 말하고 싶은 걸 간신히 참았다. 앞으로 넉 달만 있으면 이 자식 면상을 보지 않아도 되고, 그 사이에 이 이상 추근거린다면 증거를 확보해 본사에 고발해 버릴 작정이었다.

"지시 사항 있으셔서 부르신 거 아닙니까?"

"최 과장은 전체적으로 참 매력적인데, 그 말투는 좀 고쳐. 군인이야? 다나까 말투 좀 고쳐라. 혹시 나한테만 이러는 거 아니지?"

"원래 육사 지원하려고 했습니다."

헛소리 작작 하라는 뜻을 알아들었는지 박 이사는 더 이상 시시덕거리지 않고 출력물을 영진에게 내밀었다. 이미 영진의 메일함에도 꽂혀 있는, 영진뿐 아니라 관련된 모든 직원이 보관 중인 이메일 내용이었다.

자원을 낭비해 가며 바쁜 헤나를 시켜 출력했을, 그리고 곧 쓰레기통 신세가 될 종이를 영진은 집중해서 보는 척했다. 이미 출근함과 동시에 파악한 세탁기/냉장고 공장 준공 및 부품 공장 신규 설립에 대한 내용이었다. 그리고 추가로 본사에서 임원단이 파견될 예정인데, 주지사와 양해각서 체결 일정을 조정하라는 것이다.

"이미 잡힌 일정을 조정하라니, 말이 되나 이게."

박 이사가 책상을 톡톡 두드리며 머리 아픈 척 미간을 찌푸렸다. 원래부터 찡그린 상에 내 천 자까지 더해지니 정말 못 볼 꼴이었다. 안구 정화가 시급하다. 얼른 강여준의 얼굴을 봐야 하는데, 오늘까지 연락이 없다면 먼저 전화를 해 보아야겠다.

"미치겠네, 진짜."

이제는 업무 시간에 강여준을 떠올리는 것도 모자라, 속마음을 입 밖으로 뱉어 내기까지 했다.

"뭐라고?"

"아, 본사에서 일정 조정을 너무 만만히 보고 있는 것 같아서 말입니다. 이쪽 사정은 생각도 하지 않고, 미치겠습니다."

변명이랍시고 주워섬기는데 등에서 진땀이 났다.

"그렇지 않아도 나도 부사장님한테는 그렇게 보고를 하긴 했는데, 서울에서 긴급하게 요청을 한 데에는 그만한 이유가 있지 않겠냐며 최대한 맞추라고 하네. 어차피 산자부하고도 최종 일정은 공유되지 않았으니까 이쪽에서만 잘 맞추면 되겠지, 뭐."

박 이사가 업무에 이 정도로 집중하는 건 미국 법인에 파견된 이후 처음이었다. 박 이사는 뭔가를 생각하는 척하며 영진을 계속 붙잡아 두고 있었다.

"아직 최 과장한테 말하기는 좀 그런데……."

박 이사가 자리에서 일어나더니 팔걸이와 영진의 옆자리에 꾸역꾸역 몸을 끼워 앉고 있었다. 그리고 엄청난 고급 정보라도 나눌 기세로 몸을 낮추어 의도적으로 영진과 머리를 맞댔다.

순간 머리 꼭대기에서 발끝까지 소름이 돋았다. 거기다 담배 찌든 내가 나는 더운 숨까지 훅 끼쳐 오니 미칠 지경이었다.

"그룹 경영 승계에 변동이 있으려나 봐."

미친, 겨우 이 말을 하려고. 그건 여기 근무하는 직원들 모두가 알고 있었다. 그동안 한 번도 노출되지 않았던 디에스그룹 삼남이 디에스물산 상무로 발령된다는 소문이었다. 디에스그룹의 삼남이라면 현재 거취가 불분명하고, 어디서 근무하는지도 모르는 베일에 싸인 인물이었다.

"사내에 소문이 파다해서 이미 다 알고 있는 내용입니다만, 이사님."

"어, 그래? 뭐 그럼 됐고."

수작질하려던 게 통하지 않자 박 이사는 머쓱해하며 다시 상석으로 자리를 옮겼다.

"그리고 굳이 주지사 측에 전달되지 않아도 될 내용이라, 일정 변경 요청 메일에는 일절 언급하지 않는 것으로 이미 부사장님께 보고 올라간 것으로 알고 있습니다."

영진은 이제 기분 나쁜 기색을 드러냈다.

"그리고 제 위로 차장님이 두 분이나 계시는데, 저를 이렇게 자주 부르시면 조직 위계질서가 무너질 수도 있습니다. 차장으로 승진하게 되면 따로 불러 주십시오."

허리를 숙여 다시 인사하는데 박 이사가 기분 나쁘게 웃으며 느닷없이 박수를 쳤다.

"최 과장, 역시 이런 점이 마음에 쏙 들어. 상사의 실수를 지적하면서, 자기 야망을 솔직하게 드러내는 점. 그 화술에 내가 반했잖아. 영진 씨가 차장 될 때까지 잘해 보자, 우리."

우리 같은 소리 하고 앉아 있다. 게다가 영진 씨라고 이름까지 부르며 강제로 악수까지 했다. 이거 명백한 성추행이 아닌가? 상사를 발로 차 버릴 수도 없고, 인중에 주먹을 날릴 수도 없고, 뺨을 올려붙일 수도 없으니 참는다. 참자, 참자. 영진은 강여준이 오면 이 자식을 또 신나게 씹어 주리라 다짐했다.

그리고 강여준이 새로운 직장을 소개해 주겠다고 하면 심각하게 고민해 보리라 마음먹었다.

"나가 보겠습니다, 이사님."

영진은 뒤돌아서 나오며 손을 들어 킁킁 냄새를 맡았다. 역시 박 이사의 담배 쩐 내가 손바닥에 뺐다.

「헤나, 물티슈 있어요? 혹시 안에서 무슨 일이 있었는지 다 봤어요?」

「윈도 셰이드 때문에 보진 못했는데 대충 알 것 같아요, 진. 저 작자가 손이라도 잡았어요?」

헤나가 친절하게 물티슈를 통째로 건네고는 블라인드 너머를 노려보았다.

「조만간 저놈을 본사 윤리위원회에 고발해 버릴 거예요. 저놈을 없애 버리려면 헤나가 도와줘야 돼요.」

「당연하죠. 한국에서 위원회가 열린다면 내가 비행기를 타고서라도 증인석에 설게요.」

「정말 고마워요, 헤나.」

마음만이라도 고마워 영진은 헤나를 힘껏 포옹하고는 박 이사의 방에서 나왔다.

그날 야근까지 하고 집에 돌아왔지만 강여준에게서는 여전히 연락이 되지 않았다.

3. 마음 정리

담백하게 헤어지리라

초조함에 몸부림치면서도 영진은 사흘에 한 번씩만 전화 통화를 시도했다. 그때마다 전화기는 항상 꺼져 있었다. 사용자의 휴대폰 전원이 꺼져 있으니 추후에 다시 시도하라는 메시지만 수십 번째. 이쯤 되자 영진은 꼭 스토커가 된 기분이 들었다.

어젯밤 잠들기 직전까지 꾹 참고 있던 영진은 눈을 뜨자마자 강여준에게 전화를 걸었다. 마지막이라는 심정으로 버튼을 꾹 눌렀지만 역시 강여준은 받지 않았다.

이게 처음부터 강여준이 말하던 이별의 방식인가. 새삼 다정하지만 서늘했던 그의 경고가 떠올랐다.

출근 준비를 하던 영진은 무의식적으로 검정색 정장을 차려입었다. 심지어 손톱 색깔마저 암흑의 블랙이다. 그리고 샷을 세 번이나 추가한 에스프레소를 들고 회사에 도착했다.

「혹시 남자 친구 장례식?」

제이드가 영진의 차림새를 보더니 귀엣말로 속삭였다.

「어, 살아 있으면서 여태껏 전화 한 통 없을 리가. 아니면 손가락 열 개가 다 부러졌나?」

반사적으로 대답하던 영진이 뭍에 떨어진 물고기처럼 파닥거리며 놀랐다. 이만큼이나 당황해 본 적이 없었다.

「나 남자 친구 있는 거 어떻게 알았어!」

「그냥 물어본 건데 술술 대답하네?」

제이드가 밉살스럽게 대꾸했다.

「헛소리하지 말고. 혹시 티 났어?」

「엄청. 하와이 전지훈련 구경 가는 거 취소했을 때 느낌이 딱 왔지. 그래도 걱정 마. 진의 연애사 같은 거 여기 사람들은 아예 모르고, 관심도 없으니까.」

걱정을 담아 위로해 주지만 전혀 위안이 되지 않았다.

「여기 사람들은 몰라도, 한국인 주재원들이 제법 되는 데다가 그 사람들 죄다 내 과거지사를 알고 있다는 게 문제야.」

당장 주재원 중 한 사람이 영진이 누군가를 만난다는 걸 알게 되면, 내일 아침 본사팀의 모든 사람이 알게 되리라는 데 전 재산을 걸 수도 있다. 김세웅과 떠들썩하게 사귀고, 결혼을 약속했던 과거가 아직까지 영진의 발목을 붙잡고 있었다.

「알았어, 좋아. 그럼 내가 철저하게 비밀로 부칠게. 아니, 진한테 남자 친구가 있다는 사실도 나는 모르는 거야.」

제이드는 최면을 걸 듯 자기 눈앞에서 손가락을 튕기고는 자기

자리로 돌아갔다. 도저히 무게감이라고는 조금도 없는 남자다. 영진은 고개를 절레절레 저으며 쓰디쓴 에스프레소를 한 모금 넘겼다. 이보다 쓴 커피라도 지금의 기분보다는 덜 씁쓸할 것 같다.

강여준이 출장이라는 명목으로 자취를 감춘 지 십구 일째. 어쩌면 일방적인 이별 통보를 받았을지도 모를 아침. 영진은 잔뜩 우중충한 기분으로 주정부에 메일을 발송했다. 곧 가타부타 연락이 올 텐데, 디에스전자에 유리한 답변이 오리라 확신했다. 세탁기 공장뿐 아니라 부품 생산 라인까지 고려 중이라는데 그깟 미팅쯤이야 일이 주 미뤄도 그들 입장에서 손해 볼 게 하나도 없었다.

업무하랴 강여준을 떠올리랴, 바쁜 아침을 보내고 나니 점심시간이었다. 별생각이 없어 굶으려는데 제이드가 울쩍한 기분을 달래 주겠다며 햄버거 가게로 영진을 데리고 갔다.

그는 커피나 한잔 마시겠다는 영진에게 칼로리 폭탄인 버거를 들이밀었다. 이대로 탑을 쌓아 소원을 빌어도 될 가공할 높이의 햄버거를 보고 영진은 숨을 집어삼켰다. 두 장의 소고기 패티, 세 장의 치즈, 그리고 해쉬브라운과 통새우튀김, 토마토와 양상추까지.

눈물이 떨어져도 밥숟가락은 올라간다더니, 입에 군침이 돌았다. 나이프로 한 번에 썰어 먹기도 힘들어 햄버거를 아예 해체해 버린 다음 차례로 입에 넣었다. 걸신들린 사람처럼 햄버거를 집어삼키는 영진의 앞으로 제이드가 다이어트 콜라를 내밀었다.

「진, 지금 푸드 파이터 같은 거 알아? 남자 친구 대신 햄버거랑 싸우는 거야?」

영진은 콜라를 깊게 쭉 빨아 마시고는 고개를 끄덕였다.

「솔직히 말할게, 제이드. 나 차인 것 같아.」

딴에는 고민하다 겨우 말했는데, 제이드가 이미 알고 있었다는 듯 고개를 끄덕이며, 'I'm sorry to hear that'이라고 덤덤하게 대꾸했다. 아무것도 모르는 제이드조차 자신이 차인 걸 알고 있는데, 3주 동안 전화통만 붙잡고 있던 스스로가 너무도 한심했다.

"차이신 건 아닌 것 같습니다."

난데없이 들려오는 모국어에 영진은 웬 미친놈이지라고 중얼거리며 머리를 들었다.

정장을 잘 차려입은 남자는 영진에게 목걸이 선물을 전달하고 간 강여준의 수행 비서였다. 문 실장은 뜬금없이 햄버거 가게에 나타나 뜻 모를 소리를 하더니 작은 쇼핑백을 탁자 위에 올려 두었다.

"여준 씨가 시키던가요? 마지막 선물이에요, 혹시?"

한국어가 낯선 제이드는 영진과 쇼핑백 그리고 비서를 번갈아 바라보며 인상을 찌푸렸다.

"조금 전에 말씀드렸습니다만, 차이신 게 아닙니다. 지금 전화를 기다리고 계신데, 가능하십니까?"

「진, 이 사람 지금 누구야? 뭐라고 하는지 모르겠어.」

「제이드, 미안해. 나 안 차였나 봐, 아직은.」

'워우'라고 미국인 특유의 감탄사를 뱉은 제이드가 자리에서 일어나 비서에게 악수를 청했다. 제이드는 문 실장이 영진의 남자 친구라고 생각한 듯했다.

「제이드, 이 사람은 그 사람이 아니야. 진정하고 앉아. 나 전화 통화 좀 할게.」

영진은 떨리는 심장을 가라앉히며 손에 묻은 기름기를 닦아 내고 문 실장이 내미는 디에스전자의 휴대폰을 건네받았다.

— 영진 씨.

십구 일하고도 다섯 시간 만에 여준의 목소리를 들었다. 강여준의 목소리는 여전히 듣기 좋았고, 가슴을 설레게 했으며, 벼랑 끝에서 추락하던 영진을 붙잡아 주는 동아줄이었다.

지난 이십여 일 동안 냉가슴만 앓고 있던 영진은 안도의 한숨을 내쉬었다. 깊은 물속에서 허우적거리다 가까스로 뭍으로 끌어올려진 것처럼 커다란 숨이 툭 하고 터져 나왔다.

— 왜, 무슨 일 있었어?

통보도 없이 차인 건지 여러 날 동안 마음고생하고, 박 이사가 본격적으로 치근덕대기 시작했다는 것 말고는…….

"별일 없어. 여준 씨는?"

일부러 제이드의 유쾌한 목소리를 흉내 내 대답하는데 만감이 교차한다.

— 서울에서 별일이 좀 있었어. 그래서 어젯밤 비행기로 도착했고. 지금은 시차 때문에 미칠 것 같고.

안 그래도 불면증이 있는 사람이 시차까지 맞추려니 죽을 맛일 거다. 정말 손가락이 부러져 문자 한 통 하지 않았는지, 한국에서 약혼이라도 올렸는지, 보고 싶지는 않았는지 이런저런 걸 묻고 싶지만 가만히 속으로 삼켰다.

"괜찮으면, 내일 내가 뉴욕으로 갈까?"

여준에게서 잠시 말이 없다. 자기 구역으로 들이기는 역시 꺼림칙하다는 건가. 영진은 여준의 눈치를 살피는 대신에 문 실장을 흘끔 쳐다봤다.

문 실장은 자기가 모시는 상사를 대신해 짧게 고개를 저었다. 그리고 여준에게서 역시 같은 대답을 들었다.

— 아니야, 내가 가. 전화 끊을게. 너무 피곤해서 얼른 씻고 좀 자야겠어.

수면제 먹고? 물어보려 했지만 이미 전화는 끊어졌다. 근 20일 만의 통화였는데 시간은 1분도 채 넘기지 못했다.

끊어진 전화기를 문 실장에게 넘긴 영진은 탈진한 사람마냥 의자에 축 늘어졌다. 제이드가 걱정스러운 듯 물끄러미 쳐다보고 있었다.

저렇게 불쌍한 표정을 지어 보일 만큼 내가 애처로운 연애를 하고 있나?

○ ◐ ●

다음 날 이른 아침, 여준에게서 비행기에 탑승했다는 전화를 받았다. 영진은 허름한 한식당 이름을 말했고, 약 네 시간 후 여준은 회색 코트를 입고 식당 안으로 들어서고 있었다. 30분이나 먼저 도착해 제이드와 통화 중이던 영진은 저도 모르게 입꼬리를 말고 빙그레 웃었다.

「제이드, 끊어야 될 것 같아.」

— 진, 내가 하는 말 새겨들어. 나중에 네가 우는 거 보고 싶지 않아.

얼떨결에 강여준이라는 남자를 제이드에게 들킨 그날 이후로 제이드는 영진에게 조언이랍시고 이것저것 참견하는 중이었다. 자세한 얘기는 하지 않았지만 눈치 빠른 제이드는 이미 영진이 질 수밖에 없는 게임 중이라며 당장 헤어지라고 했다. 3주 동안 잠적하다가 비서를 통해 달랑 선물이나 안기는 남자는 좋은 사람이 아니라는 거다.

「내가 알아서 할게. 나중에 나 울 때 가슴이나 빌려줘. 끊는다.」

"통화 중이었어?"

여준이 통화 내용을 듣지 못한 듯 여상하게 물었다.

영진 역시 3주 동안의 공백이 없던 것처럼 강여준에게 입을 맞추고 웃어 주었다.

"어, 회사 친구. 제이드라고 회사에서 젤 친한 친구인데, 왜 전에 우리 팀 하와이 전지훈련 왔을 때 같이 가려던 친구 있다고 했잖아? 그 친구야."

사막에서 오아시스를 찾은 것처럼 반갑게 웃으며 재잘재잘 수다를 떠는데 여준은 피곤한 듯 마른세수를 하며 맞은편 자리에 앉을 뿐이었다.

영진은 이것저것 하고 싶은 말이 많았지만, 정작 궁금한 질문은 마음 한편에 밀어 둔 채 21일간의 특별할 것 없었던 일상을 의미 없이 떠들어 댔다.

강여준이 연락하기를 눈이 빠지게 기다리느라 미쳐 버리는 줄 알았다던가, 왜 전화 한 통도 없었느냐는 얘기 같은 건 금기처럼 입 밖으로 꺼내지도 않았다. 그리고 강여준 역시 단답식으로 성의 없는 대꾸를 하며 3주 동안 한국에서 어떤 일이 있었는지 단 한

마디의 설명도, 변명도 없었다.

아무리 3주 만이라지만 강여준은 오늘 너무 이상했다. 눈에 띄게 말수가 줄었고, 전혀 웃지 않았다. 메뉴를 고르는 데 어려움을 느끼는 영진을 대신해 항상 다양한 음식을 골고루 시켜 주곤 했는데, 오늘 그는 굳은 얼굴로 아무것도 하지 않았다.

한참을 메뉴판과 씨름하던 영진은 차돌박이를 주문했다. 퉁명스러운 직원이 반찬과 불판을 세팅하는 와중에도 그는 아무 말도 하지 않았다.

확실히 무언가가 있다.

"여준 씨, 나한테 할 말 없어?"

무표정이던 여준이 짜증스러운 듯 와락 인상을 구겼다.

"없어."

"아닐 텐데."

영진은 집게를 흔들며 장난스럽게 되물었다.

"왜, 내 입에서 헤어지자는 말이라도 나오길 바라?"

강여준이 답지 않게 까칠하고, 답지 않게 비아냥거리기까지 한다. 그리고 사귀기로 한 이후 한 번도 직접적으로 말하지 않았던 이별 얘기까지. 적반하장이라더니, 먼저 연락을 끊은 사람이 누군데.

그럼에도 심상치 않은 느낌에 영진은 여준의 이마에 손을 가져갔다. 불쾌해하는 것처럼 여준이 몸을 틀었다.

"열이 조금 있는 것 같은데. 혹시 지금 어지러워? 아님 배 아프거나 토할 것 같아? 불편한 데 말해 봐. 아니야, 일단 일어나서 여기 나가야 되겠어."

여준은 어딘가 탈이 나서 신경이 예민해져 있었다. 열이 나서 보채는 아이와 같았다.

"일어나. 우리 집으로 가자. 지금 속 편하게 고기 구워 먹을 때가 아니었어. 죽 끓여 줄 테니까 그거 먹고 쉬자."

그제야 잔뜩 굳어 있던 여준이 마른세수를 하며 기운 빠진 웃음소리를 냈다.

"어제오늘 내내 다들 내가 화난 줄 알더라."

어딘가 처연하게 들리는 목소리에 심장이 덜그럭거렸다. 누군가에게 상처를 받은 건 아닌지 걱정이 되다가도 갑 중의 갑인 재벌이 상처받을 일이 뭐가 있겠나 싶어 괜한 생각을 지웠다.

"당연하지. 그렇게 경직된 표정에, 말수도 평소보다 줄었는데 다들 화난 줄 알겠지."

"그럼 영진 씨는 어떻게 알았는데."

"나 되게 예민한 사람이거든. 거기다 요즘 관심사가 온통 강여준이라 내가 모르려야 모를 수가 없어."

"걸어 다니는 거짓말 탐지기라더니, 걸어 다니는 레이더까지 별명에 추가해도 되겠다."

영진은 이제야 얘기할 마음이 든 듯 본격적으로 이것저것 묻고 대답하는 여준을 일으켜 코트를 꿰어 입혔다. 말 잘 듣는 아이처럼 영진이 하는 대로 옷을 입고 머플러를 둘러 줄 때는 몸을 숙여 주었다.

머리 꼭대기에서 강여준의 집요한 시선이 느껴진다. 또, 읽을 수 없는 표정으로 영진을 바라보고 있었다. 저 표정이 의미하는 바는 아마 헤어질 때쯤 알 수 있겠지.

"나 괜찮아. 피곤해서 그래. 다시 뉴욕으로 가야 할 것 같아."

"미쳤어? 이 시간에 이 몸으로 비행기를 타겠다고? 누구한테 민폐를 끼치려고."

"영진 씨 집에 가면 영진 씨한테 민폐 끼칠 거야. 직장 동료라도 마주치면 귀찮아지잖아."

여준의 말대로 이 시간이면 사택에 사는 주재원들과 만날 수도 있다. 하지만 지금 그런 하찮은 것들은 생각할 겨를이 없었다.

"생판 모르는 남한테 피해 주는 것보다는 백번 나아. 자동차 키 줘, 내가 운전하게. 이런 고급 세단은 몰아 본 적이 없지만, 최선을 다할게."

영진은 운전석에 앉아 여준이 본래 자신에게 해 주던 대로 좌석 벨트까지 손수 매 주었다. 열심히 움직이는 영진의 정수리를 내려다보던 여준이 힘없이 웃었다.

"왜, 혹시 나 지금 웃겨?"

"아니, 내가 너무 한심스러워서. 그리고 영진 씨가 너무 귀여워서."

무뚝뚝한 말투에 애정이 묻어났다.

영진은 방글방글 웃으며 기습적으로 여준의 입술에 뽀뽀했다. 강여준은 흠칫하더니 곧 입속을 침범해 들어왔다. 미열 때문인지 입속이 너무 뜨거웠다. 흥분해서 열이 오른 건지 아니면 여준의 체온이 높은 탓인지, 볼에 덴 듯 온몸이 달아올랐다.

영진이 절박한 손길로 목덜미를 더듬자, 여준이 몸을 꿈틀 움직였다. 아마도 발기되어 불편한 듯했다.

영진은 급하게 여준에게서 떨어져 나왔다. 타액으로 여준의 입술이 젖어 있었다.

"일단 집에 가자."

강여준을 눕혀 놓고 간병을 하든, 섹스를 하든 일단 집에 가야
했다.

상태가 썩 나쁘지 않다 생각했는데, 집에 도착하자마자 그는
소파에 축 늘어졌다. 상처 입은 맹수처럼 사납게 웅크리고 있다가
긴장을 다 놓아 버린 여준은 눈도 제대로 뜨지 못했다. 도대체 어
디가 안 좋기에.

코트를 벗기고 밤색 니트와 셔츠까지 벗겨 내 버리자 뜨거운
열기가 훅 끼쳐 왔다. 영진은 여준의 이마를 짚었다가 깜짝 놀랐
다. 그리고 열이 갑자기 오를 수 있다는 것에 한 번 더 놀랐다.
영진은 급히 체온계를 찾아 열을 쟀다.

"병원 가자, 여준 씨. 지금 열 되게 높아. 39도라고. 내 말 들려?"

다시 옷을 입히려면 그를 일으켜 세워야 했다. 여준이 손으로
바닥을 짚고는 비척비척 일어섰다. 겨우 몸을 일으키긴 했는데, 옷
을 입는 게 아니라 강여준은 영진의 침실로 들어갔다. 영진은 당황
한 얼굴로 이마를 짚으며 구급차를 불러야 하나 고민에 빠졌다.

"방으로 갈 게 아니라 병원에 가야 돼. 옷 좀 다시 입어 줄래?"

"괜찮아. 별로 심하지 않아. 해열제 있으면 부탁해."

"자기가 의사야? 일단 병원에 가자고."

"매년 한 번씩 이래. 병원에 갈 필요 없고, 그냥 해열제 먹고
쉬면 나아."

단단하게 생긴 외양과 달리 약골이라 그런지 아니면 남들에게 말 못 할 속 끓이는 사정이 있어서 아픈 건지, 서로 아는 게 없으니 이 역시 알 길이 없다.

"약만 챙겨 줘. 얌전히 자다가 돌아갈게."

병원은 완강히 거부하는 여준을 내려다보는데 속상한 한편 화도 치밀었다. 주사 맞기 싫다고 떼쓰는 조카를 보는 심정이었다.

어떻게 해야 하는지 고민을 하다 강여준이 원하는 대로 해열제를 먹이고, 얼음주머니를 챙겨 와 겨드랑이 사이에 껴 주었다. 열이 올라 까칠해진 입술에 보습제도 발라 주었다.

"추워."

오한에 몸을 부르르 떨며 얼음주머니를 자꾸만 치우려는 여준이 움직이지 못하도록 그의 커다란 몸을 품에 보듬었다. 토닥토닥 등을 두드리자 뒤척거리던 여준이 얌전해졌다.

"여준 씨."

영진은 여준의 머리에 턱을 괴고는 작게 그의 이름을 불러 보았다. 열에 들떠 비몽사몽인 강여준이 들을 리 만무하지만.

"오랜만에 나타나서 이렇게 아프기야? 나 속상하게? 애들처럼 병원도 안 가겠다 그러고."

어릴 때 엄마가 해 주었던 것처럼 영진은 여준의 머리맡에서 조용히 속삭거렸다.

"3주 동안 나를 그렇게 괴롭히더니. 그래도 와 줘서 고마워. 앞으로도 최선을 다할게, 우리 만나는 동안은."

잠이 든 줄 알았던 여준의 눈꺼풀이 파르르 떨리더니 반쯤 감

긴 눈으로 영진을 마주했다. 열기로 흐려진 까만 눈동자에 영진의
잔상이 비쳤다.

"고마워."

"맨날 고맙대. 사귀어 준다고 해도 고맙다, 좋아한다고 해도 고
맙다. 빈말이라도 좋아한다고 좀 해 주면 무슨 큰일이라도 나나."

혼곤한 여준의 상태로 보아선 그가 지금의 대화를 기억할 리
없다고 영진은 확신했다. 그래서 평소보다는 조금 더 대담해졌다.

"나는⋯⋯."

기운이 달리는지 여준은 하아, 하고 더운 숨을 뱉어 냈다.

"⋯⋯약속할 수가 없으니까. 아무것도."

"누가 약속 같은 거 해 달래? 우리 그냥 될 때까지 만나기로
한 사이잖아. 잊었어? 내가 그깟 좋아한다는 한마디에 바짓가랑
이라도 물고 늘어질 것 같아? 나 그렇게 사랑에 목매는 사람 아
니야. 여준 씨가 이번 주까지 나타나지 않았으면, 잠깐은 좀 힘들
었겠지만 금방 잊었을걸?"

여준이 눈꺼풀을 바르르 떨더니 힘들게 눈을 떴다. 원망스러운 빛
이 서려 있는 눈동자를 보자 기분이 좋아졌다. 언제 사라질지 모른
다고 엄포를 놓더니만 막상 잊힌다고 생각하니 기분이 나쁜가 보다.

"그러니까 좋아한다고 한마디만 해 줘."

"힘들다. 나 좀⋯⋯ 잘게."

의식이 가물가물한 때에도 절대 좋아한다는 말은 할 수 없나
보다. 영진은 헛헛하게 웃으면서도 여전히 다정하게 그의 등을 토
닥토닥 두드려 주었다.

○ ◑ ●

　해열제만 먹으면 금방 낫는다더니 강여준은 다음 날 아침까지 별다른 차도를 보이지 않았다. 영진이 밥을 챙겨 먹일 때와 화장실에 갈 때를 제외하고는 거의 잠만 잤다. 식사라고 해 봤자 미음에 가까운 묽은 죽과 따뜻한 차만 겨우 소화시킬 만큼 위장 기능까지 약해져 있었다.

　일요일 오후, 37도와 38도 사이를 오가는 미열이 계속됐고 설상가상으로 근육통에 오심 증상까지 보이더니 나중에는 얼마 먹지도 않은 죽을 죄다 게워 냈다.

　병원에 가자니 계속 괜찮다고 하는데, 자기가 무슨 말을 하는지도 모르는 것 같았다. 답답함에 가슴을 치던 영진은 결국 왕진 의사를 불렀다.

　한 시간 만에 도착한 의사는 가벼운 몸살이라며 수액을 주사하고 3일분의 약을 처방해 주었다. 결제할 카드 정보를 넘기고, 저녁쯤 문자로 도착한 청구 금액은 무려 650달러. 영진은 기함하며 휴대폰을 떨어뜨렸다. 겨우 10분 남짓한 진료에 약 처방뿐이었는데 주말이라는 것을 감안해도 가히 살인적인 진료비였다.

　"영진 씨."

　여준이 푹 가라앉은 목소리로 겨우 영진을 불렀다.

　"내일 출근해야 되잖아. 피곤할 텐데 쉬어."

　"나 병가 냈으니까 걱정 마. 전염성 강한 바이러스성 장염이라고 했더니 회사 근처에 얼씬도 하지 말고 푹 쉬래. 목이 멀쩡하니까 감기라고 할 수도 없어서, 위아래로 다 쏟아 냈다고 했더니 차장이 완전 질색하더라."

650달러짜리 왕진 의사를 부른 보람이 있었다. 정신도 못 차리던 사람이 시답잖은 농담에 웃기도 하고 내일 출근까지 걱정해 주다니.

"괜한 걱정 하지 말고 자. 이따 밤에 약 한 번 먹어야 되니까, 그때 깨워 줄게."

"고마워. 나 잘 때까지 손 좀 잡아 줄래?"

그러지 않을 이유가 없었다. 영진은 스르르 눈을 감는 여준의 큰 손에 깍지를 꼈다. 강여준이 손을 꽉 맞잡더니 자기 가슴께로 가져갔다. 열 때문에 탁해졌던 호흡이 고르게 돌아와, 여준의 가슴팍이 규칙적으로 오르락내리락했다.

한시름 놓고 잠이 쏟아져 꾸벅꾸벅 졸고 있는데, 탁자에 놓아 둔 여준의 휴대폰이 깜빡거렸다. 문 실장이었다. 영진은 조심스럽게 전화기를 들고는 거실로 나갔다.

"네, 문 실장님. 최영진이에요."

— 아, 예. 안녕하십니까, 과장님.

문 실장은 강여준의 전화기에서 영진의 목소리가 흘러나오자 당황스러움을 감추지 못했다.

— 이사님께 출발하신다는 연락이 없어서 전화드렸습니다.

"아, 이사님이요."

강여준이 이사라는 직함을 달고 있다는 건 처음 알았다. 겨우 삼십 대 초반으로밖에 보이지 않는데 이사씩이나 달고 있다니. 새삼 강여준과 자신의 사회적 격차가 실감 났다.

"몸살이 심해서 어제부터 계속 자고 있어요. 왕진 의사를 불렀는데 그분 말이 내일이나 모레까지는 푹 쉬어야 할 것 같다고 하네요. 제 맘대로 결정하긴 좀 그렇지만 아무래도 병가를 내야 되지 않을까 싶어요. 내일도 비행기 타긴 힘들 것 같은데, 혹시 지금 급한 일 있으면 깨울까요?"

— 아닙니다. 급한 일 없습니다. 혹시 상태가 위중해지시면 주치의를 보내도록 하겠습니다.

단순 몸살에 위중이라는 단어까지 갖다 붙일 필요가 있나 싶었지만 영진은 대충 알겠다고 대답했다. 이사님, 위중, 누가 들으면 나이 든 중역이 지병으로 몸져누운 줄 알겠다.

— 제가 내일 일찍 아파트로 가도 되겠습니까?

"아니요, 오지 마세요. 여기 저희 회사 직원들 많거든요. 나중에 여준 씨한테도 말하겠지만, 회사나 집 근처에 문 실장님 오지 않으셨으면 좋겠어요. 전에 목걸이 전해 주실 때, 말도 없이 집 앞에 찾아오셔서 많이 놀랐어요."

— 저는 이사님 지시대로 움직이는 사람입니다.

웃음기 띠던 영진의 표정이 싸늘하게 식어 굳어졌다.

"강여준 이사님 지시대로 움직이시는 분이니, 내 말은 무시하겠다는 뜻으로 해석하면 될까요?"

그렇다는 의미로 수화기에서 답변이 들려오지 않았다.

"뭐, 좋아요. 여준 씨 사람이니 내가 왈가왈부할 입장이 아니라는 건 잘 알겠어요. 그런데, 여준 씨가 나를 과장 직함으로 부르라 하던가요?"

비몽사몽간이라 모르는 척 넘어가려 했는데, 괜히 죄 없는 사람을 상대로 부아가 치밀었다.

— 왕진 진료비 꽤 청구되는 걸로 알고 있습니다. 청구서 주시면 바로 처리해 드리겠습니다.

적어도 문 실장이 융통성 있게 '네, 알겠습니다. 앞으로 사생활 침해하는 일은 없을 겁니다'라고 대답했다면, 거짓말이라도 기꺼이 넘어가 줄 수 있었다. 그런데 진료비 청구서나 내놓으라며 정부에게나 하듯 하찮은 취급을 당하고 있자니 참을 수가 없게 됐다.

강여준은 원하면 아무 때에나 사라졌다가 영진이 허락하지 않은 장소에 불쑥불쑥 나타나도 된다는 건가? 그리고 최영진이 강여준에 대해 아는 것이라고는 고작 대기업 자제라는 것밖에 없는데 강여준은 최영진의 직장에, 직급까지 죄다 조사해도 되는 건가?

"나에 대해 어디까지 조사했어요? 디에스전자 미국 법인 생활가전사업부 경영지원실 과장 최영진, 이거 말고 어디까지 알고 있습니까?"

묵비권을 행사하겠다는 건지 문 실장은 계속 침묵했다.

"대답하지 않으시겠다면 나에 대해 다 조사했다는 뜻으로 이해하겠습니다."

— 아닙니다. 과장님 직장 외에는 별도로 지시 사항 없었습니다. 거기까지만 알고 계십니다.

"명백한 계약 위반 행위네요."

영진은 싸늘하게 일갈했다.

— 두 분 상호 간에 계약서나 어떤 문서도 존재하지 않는 것으로 알고 있습니다.

하하. 어처구니가 없어 실소를 터트리던 영진은 강여준이 정신없이 자고 있는 침실 쪽을 흘끔 쳐다보다가 정색했다.

보이는 것 외에, 자신이 알고 있는 것 외에 강여준에 대한 건 아무것도 알려 하지 않았고 알고 싶지도 않았다. 그런데 강여준이 몸져눕는 바람에 쓸데없는 것들을 알아 버렸다.

"효력 없는 구두상 계약이라도 계약은 계약이죠. 혹시 알아요? 내가 강여준 씨 나체 사진이라도 갖고 있을지, 아니면 동영상이라도 몰래 찍고 있었을지. 수틀리면 확 뿌리거나 돈이라도 요구할지 누가 알아요?"

자존심이 상해 되도 않는 말을 주워섬기는 스스로가 너무 쓰레기같이 느껴졌다. 누구보다 자기애가 넘치고 자존감 높은 최영진이 이따위 소리나 지껄이고 있다는 게 믿기지 않았다.

문 실장이 크게 침을 삼키는 소리가 들려왔다.

— 과장님. 이사님께서 과장님께 신경 많이 쓰고 계십니다.

"……알아요."

기한이 정해진 가벼운 관계를 유지하고자 매주 두 시간이 넘게 비행기를 타고 주 경계를 넘는 게 쉽지 않다는 걸 안다. 최영진만큼이나 강여준도 이 관계에 최선을 다하고 있다는 걸 안다.

영진은 소파에 털썩 주저앉아 까칠해진 얼굴을 손바닥으로 마구 문질렀다. 급격한 피로감이 몰려들었다.

— 두 분 만나시는 동안은 어떤 문제도 생기지 않길 바라고 있습니다. 진심입니다.

"나도 그래요. 앞으로 강여준 이사님이 내 뒷조사를 시키거나, 내 사생활을 침해하라는 지시를 내린다면 내가 하는 말 그대로 전해 주세요. 처음에 했던 약속을 지키지 않는다면 이 관계를 지속할 의미가 없다고. 꼭 기억해 두세요. 난 내 입으로는 절대 말하지 않을 거예요. 끊습니다."

영진은 일방적으로 전화를 끊고는 다시 침실로 들어갔다.

자기 여자 친구가 수행 비서를 두드려 팬 줄도 모르고 속 편하게 자고 있는 여준을 물끄러미 바라보았다. 깊이 자는 줄 알았는데 여준은 침대를 더듬거리며 무언가를 찾고 있었다.

"좋은 사람인 줄 알았더니 아주 음흉하고 못된 남자였네, 강여준. 물어봤으면 내가 대답해 줄 수 있는데 군이 뒷조사를 시켰단 말이지?"

뭘 찾고 있는지 알면서도 영진은 강여준이 애가 타도록 가만히 서 있었다. 강여준의 속눈썹이 파르르 가늘게 떨리는 걸 보고 나서야 그가 원하는 걸 내주었다.

영진은 여준의 손을 잡았다.

"여준 씨. 난 여준 씨하고 헤어질 때 아주 담백하게 돌아설 거야. 당장 내일 우리 집을 나가서 연락이 끊기면 그게 끝이라 생각하고 마음 접을게."

지난 3주 동안처럼 미련하게 기다리지 않으리라.

삼십 대 초반의 나이에 어딘지 모를 대기업의 이사, 그리고 일거수일투족을 관리하는 수행 비서에 아무 때나 부를 수 있는 주치의까지 두고 있는 재벌과의 꿈같은 연애는 지난 석 달만으로도 충분했다.

"언제 헤어질지 모르니까 미리 말할게. 잘 가, 여준 씨. 난 아무렇지도 않을 거니까 걱정하지 말고."

머리맡에서 낮은 목소리로 속살거린 영진은 여준에게 먹일 약을 챙기러 다시 침실을 나섰다. 강여준이 더듬더듬 영진을 찾았지만 모르는 척했다. 이만큼의 심술은 부릴 권리가 있지 않나? 어차피 내일이면 다시 최영진의 을의 연애가 시작될 텐데.

○　◑　●

디에스그룹 강차영 회장의 차남 강현민 디에스물산 부사장이 법무팀 직원들을 폭행해 물의를 빚고 있다.

지난 3일 강남의 한 술집에서 법무팀 직원 다섯 명과 회식 중이던 강 부사장은 남직원 A 씨에게 폭언과 함께 세 차례 주먹질을 가해 쓰러지게 한 후, 또다시 갈비뼈를 걷어차 전치 10주의 부상을 입혔다. 또한 동석한 B 씨 역시 강 부사장에게 뺨을 수차례 맞아 전치 4주의 부상을 입었다.

재계 관계자들에 의하면 회식 자리에서 만취한 강 부사장은 B 씨에게 B 씨 남자 친구와의 성관계를 묻는 등 모욕적인 발언을 서슴지 않고 '네 XX는 남자 친구만 만질 수 있느냐' 등의 성희롱을 해 B 씨가 불쾌해하며 자리를 파하려 하자 '너 같은 게 감히'라며 뺨을 때렸다고 한다.

이에 분노한 A 씨가 강 부사장을 말리는 과정에서 험악한 말이 오갔고, 급기야 강 부사장이 A 씨를 무자비하게 폭행하고 난동을 부린 것으로 알려졌다.

이 같은 사실이 알려지자 서울 강남경찰서는 이미 가해자와 피해자가 원만히 합의를 해 마무리 지어진 사건이며, 언론을 통해 알려진 사건 정황에 대해서는 말을 아꼈다.

"성희롱에, 전치 4주, 전치 10주짜리 폭행인데 원만한 합의가 말이 됩니까?"

문 실장은 비스듬히 웃고 있는 강여준의 얼굴을 보며 인상을 찌푸렸다. 원만한 합의라는 부분이 마음에 들지 않는 듯 태블릿 PC를 손가락으로 툭툭 건드리고 있지만 정작 얼굴은 즐거워 보였다. 문 실장은 강여준이 짜 놓은 판에 괜한 희생을 치른 직원들이 안쓰러울 뿐이었다.

B라는 직원이 뛰어난 미모까지 겸비한 인재라는 것, 그런 B를 강현민이 호시탐탐 노리고 있다는 것, 그리고 호전적인 성격의 A가 B를 오랫동안 짝사랑하고 있다는 이 세 가지를 조합해 기가 막힌 판을 만들었고, 강현민은 예상에서 한 치도 어긋나지 않고 보기 좋게 놀아났다.

더욱이 강여준은 자신과 법무팀 부사장이 함께 파 놓은 함정임을 여기저기 흘렸고, 그걸 또 날름 주워 먹은 강현민은 분에 이기지 못해 날뛰고 있었다.

아들 셋에 딸 둘을 둔 강차영 회장은 형제 싸움을 통과 의례쯤으로 여겼고, 회사에 물리적 타격을 입히거나 서로 죽고 죽이지 않는 이상 일절 개입하지 않았다.

강현민이 몇 달 전 연예인과의 성 추문으로 회사 이미지에 제법 타격을 입힌 터라, 강 회장은 탐탁지 않아도 여준이 만든 이 판을 차남에 대한 경고 차원에서라도 묵인하는 중이었다.

"합의금 액수도 엄청나지만, 뒤로 회유와 협박이 상당했다고 합니다. 그래도 피해자들이 파 놓은 함정은 아닌 데다, 회장님께서 보고받고 계시니 직접 손대지도 못하고 뭐 마려운 강아지처럼 안절부절 난리도 아니랍니다."

"직원들 최대한 좋은 조건으로 이직할 수 있도록 도와주라고 하세요. 회사에 남길 원하면 그렇게 해 주고. 이번에는 아버지도 그냥 넘어갈 것 같지 않으니까요."

여준은 목을 조이는 넥타이를 느슨하게 풀어 헤치며 퇴근 준비를 했다. 이미 다른 직원들은 모두 퇴근한 저녁 9시였다.

"내일은 조금 늦게 모시러 가겠습니다."

"8시가 좋겠습니다."

직함이 상무이긴 하나, 그보다 직급이 높은 누구도 그의 출퇴근 시간에 대해 왈가왈부하지 못했다. 대다수의 직원들이 강여준이 디에스그룹 직계손이라는 걸 모르지만, 법인장과 부사장은 알아서 잘 모시라는 본사 전언에 진작부터 머리를 조아리고 있었다.

그러나 강여준이 형제의 난에 칼을 뽑아 들고 덤벼들 것이라고는 누구도 예상하지 못했다. 느닷없이 나타나 부장으로 입사해 상무까지 오르는 동안 그저 실적을 올리는 데만 열을 올리고 있었기 때문이다.

그룹의 일에는 일절 관심이 없어 보였고, 디에스그룹 3세들의 꾸준한 경영 승계 절차가 이루어지는 와중에도 본사에서는 그를 불러들이지 않았다. VIP로부터도 연락이 끊겼고, 사실상 그룹의 요직에서 밀려났다고 봐도 무방했다.

대리였던 문 실장이 여준의 입사 6개월 후에 과장이 되고, 또 6개월도 지나지 않아 실장으로 초고속 승진을 할 때까지 강여준이 발톱을 감추고 있다는 걸 새까맣게 모르고 있었다.

강여준이 본격적으로 피 튀기는 싸움에 끼어든 건 재작년 이맘때였다. 디에스물산 주식을 차명으로 모으고 있다는 사실을 문 실장에게 알리고, 은근하게 때로는 노골적으로 차남 강현민을 건드리기 시작했다. 경영권에 관심이 있다면 장남에게 장난을 걸었을 텐데, 망나니 강현민만을 끈질기게 물고 늘어졌다.

"문 실장님이 보기에 큰형님이나 작은형님이 디에스 회장으로 어떻습니까?"

세단 뒷좌석에 몸을 기대고 눈을 감은 채로 여준이 물었다. 아직 컨디션이 제대로 돌아오지 않아 피로를 느끼고 있었다.

"강서원 사장님은 이혼 경력이 흠이라면 흠이지만, 경영 능력을 의심하는 사람은 아무도 없습니다. 강현민 부사장님은 사생활이 노출되면서 이미지는 망가졌지만, 역시 경영 능력은 회장님을 빼닮아서 이미지 세탁만 하면 오너로서는 자질 있다고 판단됩니다. 두 분 모두 큰 문제를 일으키지 않는 이상 물산 대주주는 두 분 중 한 분이 될 것 같습니다만, 회장님 사후에 전자 주식 역시 두 분 중 한 분께 넘어가겠죠."

"저도 그렇게 생각합니다. 작은형님을 무너뜨리려면 이미지 세탁을 하지 못하게 해야 하는데, 그건 아버지가 두고 보지 않으실 것 같고. 내가 그 자리를 가지려면 어떻게 해야 할까요?"

강여준의 형제들 중 강서원, 강현민 이 둘은 강차영 회장과 조명희 이사장의 적자, 강여준은 밖에서 낳아 온 서자, 그리고 넷째 강은명, 다섯째 강세윤은 장남과 차남처럼 조명희 이사장 소생이나 아직 어린 데다 하나는 예술을 전공하고, 하나는 호텔 경영을 준비 중이었다.

21세기니 유리천장 파괴니 떠들어 대도 여자들은 그룹의 요직을 맡을 수 없었다. 그리고 여준과 한 핏줄인 막내 강윤주는 어린 나이에 죽어 없어졌으니 할 수 있는 일이 아무것도 없었다.

"형수나 혜윤이를 죽여 버릴까요? 사고사로 위장해서?"

강혜윤은 강현민의 여섯 살짜리 딸이었다.

빈말이라는 걸 알지만 문 실장은 온몸에 소름이 돋았다. 재벌들이 돈 앞에서 사람 목숨을 파리 목숨보다 하찮게 여긴다는 걸 알지만, 적어도 자신의 상사는 아니라고 믿고 싶었다.

만에 하나 강여준에게 그런 일을 지시받게 된다면? 대답은 아니다. 사람 목숨을 좌지우지할 생각 따윈 없었다.

"정말 그런 생각이 드신다면 미리 말씀해 주십시오, 이사님."

"왜요. 사표라도 내게요?"

"여자 친구 선물이나 뒷조사 심부름은 얼마든지 할 수 있습니다만, 그런 일은 사양하겠습니다."

최영진 과장을 떠올릴 만한 얘기를 하자 강여준이 즐겁다는 듯 웃었다. 시카고에서는 철저히 둘만 생활하고 있어 이 둘이 어떤 기한부 연애를 즐기고 있는지 몰라도, 강여준은 최영진에게 제법 깊이 빠져들고 있었다.

서울에서 강현민에게 장난질을 하는 틈틈이 단물 다 빠진 야구 선수를 70억 원에 사 들이고 면세점에서 목걸이도 직접 골랐다. 물론 전해 주는 건 문 실장을 시켰지만 남자 사람 친구의 존재에 짜증을 내며 굳이 전화 통화를 하고, 피곤에 절여진 몸으로 비행기를 타 결국 앓아누워 버렸다. 절대 있을 수 없는 일이었다.

애초에 강여준이라는 사람이 계획 없이 만난 여자와 잠자리를 갖고, 그 만남을 지속하고 있는 것 자체가 이상한 일이기도 했다.

지금까지 문 실장이 봐 온 강여준은 누구에게도 곁을 내어 주지 않고 철저히 이해관계와 계약에 의해서만 움직이는 사람이었다. 그 상대가 사업상 필요한 사람이든, 사적으로 엮여야 할 사이든 그 원칙은 바뀌지 않았다.

허울뿐이었지만 연인이라는 관계로 엮인 사람들과도 마찬가지였다. 강여준은 어떤 상대에게나 해피엔딩이 없을 것이라 미리 선을 그었고, 처음의 약속과 달리 강여준에게 사랑과 미래를 원하는 사람은 가차 없이 잘라 내 버렸다.

재벌이라는 태생이 그랬고, 피가 섞이지 않은 형제들과 평행선상에 있는 아슬아슬한 그의 위치가 강여준을 그렇게 만들었다.

깃털처럼 가벼운 관계가 약점이 될 수 있는 것처럼 지금처럼 꽤나 깊어 보이는 관계 역시 강여준에게 큰 약점이 될 수도 있었다. 강차영 회장이 들이미는 상대가 있다면 설령 남자라 해도 정략혼을 해야 하는 강여준이 과연 미련 없이 최영진에게 등을 돌릴 수 있을까?

문 실장은 룸미러로 뒷좌석을 힐끗 쳐다보았다. 웃고는 있는데 무슨 뜻인지 알 수가 없어 자신에게 한 질문에 대답을 섣불리 하지 못했다.

그나저나, 최영진에게 약점이 노출된 걸 실토해야 할 시간이 왔다. 문 실장은 등 뒤로 식은땀을 흘렸다.

"최영진 과장, 보통은 넘는 분입니다."

강여준은 아무리 문 실장이라도 최영진을 대놓고 거론하는 건 좋아하지 않았다. 그가 무조건적으로 신뢰하는 강요한과 강서현 그리고 문 실장을 제외하고는 누구도 최영진의 존재를 몰라야 했다. 그들이 만나고 있는 동안 혹은 그 후에라도. 강현민이 약점으로 삼을 만한 건 모조리 숨기고 미리 치워 버리는 게 옳았다.

"조심스러워하시는 건 알지만 꼭 말씀드려야 할 것 같아서요. 아파서 누워 계실 때 최영진 과장이 꼭 전하라는 말이 있었습니다."

"뭡니까?"

"혹시 아무 말도 못 들으셨습니까? 진땀 나게 몰아붙이시더니 정말 아무 말씀도 안 하셨나 봅니다."

"본론만 말해요, 문 실장님."

"이사님 휴대폰으로 전화했을 때 최영진 과장이 전화를 받았고, 실수로 그분 직함을 불러 드렸습니다."

아, 듣지 않아도 알 것 같다. 그 빈틈없는 여자가 그걸 허투루 넘길 리가 없었을 거다. 문 실장이 저렇게 곤혹스러운 얼굴로 보고하고 있는 것만 봐도 최영진이 얼마나 몰아붙였을지 짐작이 갔다.

정지 신호를 받은 틈을 타 문 실장이 가슴팍에서 휴대폰을 꺼내 들어 녹음된 통화 내용을 틀었다.

— 혹시 알아요? 내가 강여준 씨 나체 사진이라도 갖고 있을지, 아니면 동영상이라도 몰래 찍고 있었을지. 수틀리면 확 뿌리거나 돈이라도 요구할지 누가 알아요?

차갑게 뇌까리는 영진의 목소리를 듣는데 웃음이 났다. 문 실장이 땀을 흘릴 만도 했다.

— 두 분 만나시는 동안은 어떤 문제도 생기지 않길 바라고 있습니다. 진심입니다.

— 나도 그래요. 앞으로 강여준 이사님이 내 뒷조사를 시키거나, 내 사생활을 침해하라는 지시를 내린다면 내가 하는 말 그대로 전해 주세요. 처음에 했던 약속을 지키지 않는다면 이 관계를 지속할 의미가 없다고. 꼭 기억해 두세요. 난 내 입으로는 절대 말하지 않을 거예요. 끊습니다.

둘이 헤어지게 된다면 자기 탓도, 여준의 탓도 아닌 비둘기 노릇 하고 있는 문 실장 탓이니 조심하라는 협박이었다. 최영진이 자타 공인 거짓말 탐지기라더니 문 실장을 몰아붙인 솜씨가 제법이었다.

문 실장의 작은 실수를 잡아내어 원하는 대답을 다 들었단다. 뒷조사를 했다는 사실에 크게 화를 내기는커녕 약속을 어길 시에 관계를 정리하겠다는 통보만 간접적으로 전해 왔을 뿐이었다.

영진은 아침 일찍 집을 나서는 여준에게 아무 말도 하지 않았다. 그저 문 실장에게 전화가 왔으며, 왕진 의사를 불렀으니 걱정하지 말라고 전했다고 했다. 그리고 여준은 문 실장과의 통화 내용을 묻지 않았다. 대수롭지 않다고 여겼기 때문에.

― 과장님. 이사님께서 과장님께 신경 많이 쓰고 계십니다.
― ……알아요.

많이 누그러진 목소리.
"내가 최영진한테 신경 쓰고 있는 게 티가 납니까?"
"예. 저는 이사님을 가까이에서 모시는 사람이니까요."
"다른 직원도 다 알 만큼?"
룸미러로 문 실장을 쳐다보자 문 실장이 단호하게 고개를 저었다.
"그건 다행입니다. 그래도 앞으로 같은 실수는 반복하지 마세요."
"네, 이사님. 주의하겠습니다."
여준은 문 실장을 더는 문책하지 않았다. 안 좋은 몸으로 굳이 시카고까지 움직여 최영진을 곤란하게 한 것부터가 실수였다. 그리고 최영진 앞에서 완전히 무너져 내린 것도 실수, 휴대폰을 최영진이 받을 수 있는 상황을 만든 것 역시 실수, 죄다 실수투성이였다.

어쩌면 최영진과 가볍게 만나고 끝낼 수 있으리라 생각한 것부터가 실수였는지도 모른다.

"그리고 노파심에서 드리는 말씀인데, 혹시 모르니 조심하시는 게 좋겠습니다."

"사진이나 동영상 말입니까?"

진지한 문 실장의 얼굴을 보는데 웃음이 터져 나왔다. 아무리 인생이 살얼음판이라도 최영진 같은 여자를 의심하라니. 가식 없이 온몸으로 부딪쳐 오는 여자를 과연 누가 의심할 수 있을까.

"문 실장님이라면 최영진을 의심할 수 있을 것 같아요?"

문 실장이 아파트 앞 도로로 진입하며 생각에 빠졌다. 이것저것 재며 생각하는 폼이 벌써 최영진이 위험한 사람인지 아닌지 본인도 헷갈리고 있다는 뜻이었다.

"두어 번 뵙고 통화해 본 바로는, 그러실 분은 아닌 것 같습니다."

원나잇 상대에게 악수를 먼저 청하는 사람이 섹스 비디오를 찍는다? 말이 되지 않는다. 돈 봉투 내미는 사람이 있다면 다 엎어버리겠다는 여자가 협박을 한다고?

"시카고에 맛집이 상당히 많다는 거 알고 있어요, 문 실장님?"

세단이 아파트 앞에 멈추고 여준은 뜬금없는 질문을 던졌다.

"네?"

도대체 무슨 대답을 해야 하는지 난감한 얼굴을 한 문 실장이 눈동자를 데굴데굴 굴렸다.

"요즘 주말에 맛집 투어 하는 중입니다. 간혹 실패할 때가 있긴 한데, 최영진이 대체적으로 잘 찾아내서 새로운 취미 생활이 꽤 재미납니다."

"그러면 저도 맛집을 좀 찾아보겠습니…… 아!"

그제야 문 실장은 여준이 지금 여자 친구를 두둔하고 있음을 깨달았다.

애초에 강여준을 협박할 깜냥이 되는 사람이었다면, 시카고 맛집이랍시고 싸구려 중식당이나 비좁은 재즈바를 데리고 다니는 대신 그가 준 신용 카드로 백화점이나 돌아다니며 사치를 부렸을 것이다.

"그러고 보니 이사님 신용 카드는 전혀 안 쓰고 계십니다."

즐겁게 웃고 있던 여준은 인상을 구겼다. 그러면 지금까지 맛집이라며 데려간 곳에서 긁던 카드가 제 카드가 아니었다는 말인가? 식당에 데려가 계산을 마치고 시식 평까지 하게 하더니 그게 다 최영진 카드로 긁었던 거라고? 어처구니가 없어 웃음도 나지 않는다.

몇 번은 직접 계산을 했지만, 대부분이 영진이 계산을 했다. 되짚어 보니 영진이 내밀었던 카드는 검정색이 아니었다.

최영진 앞에서 그렇게나 경계심이 무너져 있었다니, 스스로를 탓할 수밖에.

4. 완벽한 타인

머리와 가슴이 따로 말할 때

뉴욕과 테네시로 출장이 잡혔다. 이번 주 목요일은 뉴욕, 그리고 다음 주는 테네시 세탁기/냉장고 공장 착공식 의전을 하러 가야 했다. 좋게 말해 의전이지 임원들 하인 노릇이나 마찬가지였다.

뉴욕 디에스전자 디지털 솔루션 미주 법인에 본사 사장이 납신다고 하는데, 왜 생활가전사업부에 있는 사람들이 차출되어야 하는지 짜증이 났지만, 박 이사의 요란한 회의 소집에 곧 의문은 해소되었다.

디에스전자 신사옥이 뉴욕에 설립될 예정인데, 정보통신사업부와 생활가전사업부가 그곳에 함께 입주하게 된다는 것이었다. 현지 직원들은 사표를 내야 하는지 아니면 집을 알아봐야 하는지 고민에 빠졌고, 사택을 사용하는 주재원들은 알 바가 아니었다. 영진은 곧 한국으로 돌아가야 했기에 더욱더 상관없는 일이었다.

그럼에도 기분이 들뜨는 이유는 어쩌면 뉴욕에서 강여준을 만날 수 있다는 기대감 때문이었다. 출장 가방을 챙기던 영진은 불빛을 반짝이며 울리는 휴대폰을 집어 들었다.

호랑이도 제 말 하면 온다더니, 강여준이었다.

호되게 앓고 난 이후 강여준은 보통의 연인들이 하는 것처럼 밤마다 전화를 해 안부를 물었다. 오늘은 회사에서 괴롭게 하는 사람은 없었는지, 제이드라는 사람은 여자 친구가 생겼는지 등 사소하기 짝이 없는 안부를 궁금해했다.

— 뭐 하고 있어?

"출장이 잡혀서 짐 챙기고 있었어."

뉴욕이라고는 말하지 않았다. 뉴욕은 강여준이 그어 놓은 경계선이라 출장지를 말하면 좋아하지 않을 게 뻔했다.

— 제이드라는 남자도 같이?

요즘 강여준은 제이드에 관해 물을 때가 종종 있었는데, 얼마나 사이가 좋으면 남녀 단둘이 하와이까지 여행 갈 생각을 하느냐, 제이드가 혹시 동성연애자인 건 아니냐, 아니면 자신과 헤어진 후에 제이드와 만날 생각이 있는지에 대해 아주 자세히 캐물어 왔다.

영진은 이 남자가 제이드에게 경쟁의식을 갖고 있나 보다 생각했다. 문 실장이 제이드를 대체 어떻게 설명했기에.

"응. 같은 팀이기도 하고, 나 혼자는 힘드니까. 제이드가 물심양면으로 나를 많이 도와줘. 내 타향살이에서 절대 없어서는 안 되는 사람이랄까."

제이드를 질투하는 강여준을 알면서도 영진은 일부러 자극받을 만한 말을 했다.

— 나중에 그 남자하고 사귀기라도 하게?

"뭐, 그럴 수도 있지 않을까? 남녀 관계라는 게 그렇잖아."

— 그래서 내가 준 카드는 한 번도 안 쓰고, 제이드 한이 사 주는 햄버거는 어깨춤 추면서 먹었어?

이렇게 뒤끝이 있는 사람이었나. 제이드가 사 준 햄버거를 어깨춤까지 춰 가며 먹은 기억이 벌써 두 달도 전이었다. 질투하는 내 남자를 보고자 했을 뿐인데, 이야기가 엉뚱한 방향으로 튀었다.

"나 그 카드 쓴다고 말한 적 없는데."

영진은 당당하게 대답했다.

— 그렇다고 안 쓴다고 말한 적도 없는 것 같은데.

"내가 고맙다는 말을 안 했잖아. 내가 그 카드를 쓸 생각이 있었으면 고맙다고 잘 쓰겠다고 했겠지."

심기가 불편한 기색이 역력한 한숨 소리가 귀에 쟁쟁했다.

— 말장난하지 말고. 왜 순순히 카드 받아서 쓰는 척했어.

"쓰는 척 안 했어. 그냥 안 쓴 거지. 여준 씨는 자기 카드 내역서도 안 봐?"

— 안 봐. 특별히 큰 금액이 결제되지 않는 이상 문 실장이 따로 보고하지 않아.

"아하. 지금까지 다른 여자들한테는 그랬다 이거지?"

— 말 돌리지 말고.

들켰네. 어물쩍 넘어가려 했지만 강여준을 상대로는 쉽지 않았다.

"그래, 일부러 안 썼어."

하룻밤 인연으로 가볍게 만나 가볍게 만나고 있는 사이에 카드까지 써 버리는 건 자존심이 허락하지 않아 단 한 번도 긁지 않았다. 게다가 강여준 같은 사람이 쓰는 카드는 적은 금액이 결제되면 분실하지 않았는지 연락이 간다고 했다. 자신의 소박한 삶을 강여준이 알게 하고 싶지 않았다. 게다가 카드 내역이 통보되는 건 사생활을 공개하는 것이나 다름없었다.

"사람이 이렇게 물러서야. 사귀는 여자라고 그렇게 카드를 턱턱 줘 버리는 게 어디 있어. 그것도 사용 내역도 안 보고. 내가 이 카드로 가방 사고, 지갑 사고, 옷 사고, 시계도 사고 그랬으면 좋겠어?"

— 그렇게 쓰라고 준 거야. 난 영진 씨한테 인색한 사람이 되고 싶지 않아.

"인색하지 않아. 충분히 넘치게 후하다고. 나 만나려고 아파트도 구해, 수행 비서도 보내. 그것만으로도 엄청난 부담이거든?"

— 부담이…… 된다고.

"화났어? 제이드가 사 주는 햄버거를 먹은 게 싫은 거야, 아니면 카드를 받아서 안 쓰는 게 싫은 거야?"

— 둘 다. 내 성의는 무시하고 제이드인지 뭔지 하는 놈이 베푸는 호의는 자연스럽게 받고, 누가 봐도 이상하잖아.

"이상하다고? 정말 그렇게 생각해? 그럼 나도 화 좀 낼게."

갑자기 영진은 부아가 치밀어 하드 캐리어 뚜껑을 쾅 소리가 나도록 닫고는 발로 걸어차기까지 했다. 아마도 그 소리가 수화기 너머까지 전달됐으리라.

"재벌 남자 친구 두고 자기 돈은 한 푼도 안 쓰는 그런 여자가 필요한 거야 혹시? 분수에 맞지도 않는 몇 천만 원짜리 사치품으로 치장하고 여준 씨 단물이나 빼먹는 사람이 더 이상하지 않아? 보통 친구한테 몇 달러짜리 햄버거 정도는 충분히 얻어먹을 수 있어. 그게 정상이라고."

그리고 영진은 기어코 해서는 안 될 말까지 해 버리고 말았다.

"혹시 나 여준 씨 정부야? 현지처 뭐 그런 거?"

엄청난 실수를 저질렀다고 생각했는데 강여준은 화를 내는 대신 입을 꾹 다물었다. 얼굴을 볼 수가 없으니 여준이 지금 무슨 생각을 하고 있는지 짐작조차 할 수 없어 답답했다.

잠시간 불편한 침묵 끝에 여준의 한숨이 딸려 나왔다.

— 조금이라도 그런 생각이 들게 했다면 진심으로 사과할게. 단한 번도 영진 씨를 그런 식으로 생각해 본 적 없어. 그러니까 카드마음껏 써. 액수가 적든 많든 문 실장한테 보고받는 일 없을 거야.

강여준이 여기까지 말했다면 그의 진심에 감동해 감자튀김 한조각이라도 사 먹었을 텐데, 강여준 역시 해서는 안 될 말을 입밖으로 꺼냈다.

— 나중에 우리 관계가 끝났을 때의 위자료라고 생각해.

도대체 지금까지 어떤 여자들을 만나서, 어떤 연애를 했기에 결혼이나 약혼도 아닌 겨우 연애 따위에 위자료씩이나 주었다는 말인가. 영진은 잔뜩 열이 오른 이마를 짚으며 거실을 서성였다.

뭐라고 말하지, 이 답 없는 남자한테? 미친 또라이 자식이라고 욕이라도 퍼부을까?

— 직접 쓰기 어려우면 문 실장 통해서 선물 보낼게. 원하는

브랜드 있으면 말해.

"야! 강여준!"

영진은 처음으로 여준의 이름 석 자를 불렀다. 그것도 분노에 가득 차서. 여준 씨나 자기라는 호칭 외에 한 번도 성을 붙여서 그를 불러 본 적이 없었다. 그리고 이렇게 걸걸한 목소리로 소리친 것도 처음이었다.

"지금까지 내가 한 말 콧구멍으로 들었니? 위자료 같은 소리 하고 있다. 내가 위자료나 챙길 생각이었으면 신선식품에 돈으로 팔려 간 김세웅한테나 청구했겠지. 그 자식 와이프라는 여자가 들이밀던 돈 봉투 받으면 그만이었어. 너 우리 관계가 얼마나 대단하다고 생각하는 모양인데, 네가 처음에 그렇게나 강조했듯이 우리는 미국에서만 하는 조건부 연애 중이라고. 한국에 돌아가서는 만날 일도 없고, 만나서도 안 되고. 강요한만 아니었으면 그냥 모르는 사이가 될 뻔했던 그런 가벼운 만남이야. 정신 차려, 강여준 씨."

나비 효과도 아니고, 절친 제이드와 고칼로리 햄버거 때문에 이렇게나 크게 싸우게 될 줄이야.

강여준에게 한없이 부드럽고 따뜻했던 최영진은 숨겨져 있던 발톱을 내밀어 그를 사정없이 할퀴었다. 어쩌면 그동안 쌓였던 불안감과 초조함 그리고 분노를 한데 모아 풀어 버리고 있는지도 몰랐다.

"우리, 서로 누군지 알기도 전에 몸부터 섞었어. 강여준 너는 어딘지 몰라도 저 높은 데 있는 재벌이고, 나는 주 5일 열심히 일해서 월급 받아 저축하는 월급쟁이라고. 이게 무슨 뜻인지 알아? 우리 관계는 모래성보다 약해. 파도가 밀려와서 무너질 수도 있고,

누군가 발로 가뿐하게 차 버려도 무너질 수 있다고, 우리 관계는."

한동안 문제없이 잘 지내고 있었는데 그깟 카드 안 쓴 게 무슨 대수라고 사람을 이렇게 비참하게 만든단 말인가. 코끝이 시큰해지며 눈물이 날 것 같았다. 영진은 여준이 한식집에서 했던 말을 그대로 돌려주었다.

"카드 던져 주고 막 긁거나 말거나 내버려 두다가, 언젠가 내 입에서 먼저 헤어지자는 말이 나오길 바라? 그럼 말없이 내 인생에서 사라져도 죄책감이 안 느껴질 것 같아? 그게 진심이면 빨리 말해. 지금이라도 할 수 있으니까."

— 집으로 갈게.

"집? 누구 집. 설마 여기? 우리 집?"

— 그래.

강여준이 단단히 미쳤나 보다. 화요일 밤인데 여길 오겠다니, 누가 들으면 대단한 사랑이라도 하고 있는 줄 알겠다.

"내일 출근할 사람이 무슨 소리야. 여준 씨랑 나, 지금 이성적으로 대화할 상태가 아니야. 머리 좀 식히고 내일 다시 통화해."

영진은 발로 차 버렸던 가방을 다시 끌어와 옷가지를 정리하기 시작했다. 흥분을 가라앉혀야 했다.

여준은 다시 입을 다물어 버렸고, 영진은 수화기를 어깨 사이에 끼운 채 흐트러진 옷가지들을 정돈해 가방에 집어넣었다. 출장이 이틀 후라 망정이지 당장 내일이었다면 기분이 완전히 더러운 상태로 비행기를 탈 뻔했다.

— 조금 전에 했던 말 진심이었어? 그것만 말해.

여준이 머리를 식혔는지 시카고까지 날아오겠다는 말을 더는 하지 않았다.

"무슨 말."

영진은 모르겠다는 듯 불퉁하게 되물었다.

— 당장이라도 헤어질 수 있다고 했어.

영진은 한참을 고민했다. 언제나처럼 진심을 말할지 아니면 거짓말을 해 기어코 강여준을 여기로 불러들일 것인지.

"……진심 아니었어. 됐지? 전화 끊는다."

결국 영진은 강여준을 시험하지 않았다. 잘 자라는 인사도 없이 영진은 통화 종료 버튼을 눌렀다. 햄버거와 신용 카드로 시작된 치졸한 사랑싸움에 머리가 다 지끈거렸다. 나머지 짐은 내일 싸기로 하고 털레털레 침실로 들어가 쓰러지듯 누웠지만 잠이 올 리가 없었다.

이런저런 생각들로 골치가 아픈 밤이었다.

속 시끄러운 밤을 보낸 다음 날 저녁, 강여준이 먼저 화해의 손을 내밀었다. 심한 말을 해서 미안하다며 진심으로 사과했고, 강여준은 자기가 직접 맛집을 찾아냈다며 눈이 돌아갈 만큼 비싼 레스토랑을 언급했다.

너무 비싼 집이라 지금까지 딱 한 번밖에 가 보지 못했다. 마음만 먹으면 갈 수도 있었겠지만, 과연 그 큰돈을 들여 가며 먹을 만한 가치가 있나 따져 보면, 결론은 'NO' 다. 그럼에도 흔쾌히 가겠다고 한 건 어제와 같이 소모적인 싸움을 반복하기 싫었기 때문이었다.

그날 저녁은 아무런 골칫거리 없이 통화를 끝내고 단출한 짐을 마저 챙겼다.

뉴욕에서의 첫날 일정은 매우 피곤했다. 디에스물산 건설사업부에서 보내온 출력물을 임원들에게 전달하고 부지런히 관련 내용을 구석 자리에서 타이핑하느라 정신이 하나도 없었다.

본사에서 온 강서원 사장은 부친인 강차영 회장을 빼닮았다. 제법 호감형에 미남이었다. 최근에 이혼을 해 여기저기서 노리는 사람이 많다고 들었는데, 돈 때문이 아니라 저 얼굴만 보더라도 눈에 불을 켜고 달려들 사람이 여럿 있을 듯싶었다. 성격도 재벌치고는 나쁘지 않아 직원들 사이에서도 신망이 두텁다고 했다.

「강여준 상무는, 아니지, 강여준 이사는 오늘 참석 안 합니까?」

회의가 중반부를 향해 가는데 강서원 사장이 전자통신사업부 법인장에게 물었다.

「인수인계가 밀려서 오후 회의 때나 참석이 가능합니다. 한주타이어 공장 시공을 토목/플랜트 쪽에서 맡고 있어서, 테네시 공장에 한주타이어에, 이중으로 인수인계 작업 하느라 아주 바쁩니다.」

법인장의 설명에 강 사장은 여상하게 고개를 끄덕였고, 영진역시 '강여준 이사' 라는 이름과 직함을 무심하게 흘려보냈다. 강이사가 바쁘다는 내용은 회의와 전혀 무관한 일이며 기록할 것도 없는 일인 데다, 박 이사가 노골적으로 다리를 쳐다보고 있어 짧지도 않은 치마를 억지로 끌어 내리느라 여념이 없었다.

오전 회의가 점심시간을 지나 겨우 끝나고 임원들은 미리 예약해 둔 고급 한식당으로 나머지 직원들은 근처로 뿔뿔이 흩어졌다.

「먹고 싶은 거 있어?」

제이드가 팔자 늘어진 소리를 하고 있었다. 영진은 잔뜩 주린 배를 부여잡으며 메뉴를 고민하는 제이드의 팔을 붙잡고 바로 코앞에 있는 브런치 식당으로 데려갔다.

「먹고 싶은 게 있어도 참아야 돼, 제이드. 대충 배 채우고 저 사람들 식사 마치기 전에 대기하고 있어야지.」

「그래도 두 시간이나 남았는데?」

「무슨 변덕을 부릴지 어떻게 알고. 잔소리 그만하고 대충 골라.」

반찬 투정하는 아이를 혼내듯 제이드를 타박하며 메뉴판을 막무가내로 들이밀자 제이드가 마지못해 여러 가지 메뉴를 골랐다. 두 사람이 먹기에 많은 양이지만, 둘 다 대식가였다.

"안녕하세요."

회의 시간에 만난 디에스물산 주재원 서넛이 인사를 건네 영진과 제이드 역시 꾸벅 눈인사를 주고받았다.

주문한 음식이 나오자마자 둘은 말도 없이 입안에 마구 욱여넣었다. 투정을 부리던 제이드도 언제 그랬냐는 듯 정신없이 먹어치웠다.

"와, 드디어 공개됐구나. 디에스그룹 삼남이 누군가 했더니, 강여준이라고? 생활가전사업부에서 근무하고 있었다며? 어떻게 아무도 모를 수가 있었지?"

"혼외자 아니고?"

"아니야. 강차영 회장하고 조명희 이사장 적자래."

자그마한 식당이라 건설사업부 직원들이 디에스그룹, 강여준, 적자 따위의 말을 수군거리는 소리가 여과 없이 들려왔다. 갑자기 기분이 이상해졌다. 등골이 서늘한 것도 같고, 가슴이 쿵쾅거리는 것도 같고. 아니면 이 증상이 동시에 나타는 것 같기도 했다.

"서울에서 그러는데, 어제까지는 인터넷에 그냥 이름 석 자만 있더니 지금은 검색이 되더래요."

「왜 그래, 진. 맛없어?」

접시 네 개를 거의 다 비우고 할 말은 아니지만, 갑자기 밥맛이 떨어졌다. 영진은 포크와 나이프를 내려놓았다.

「아니, 배불러서. 다 먹었잖아, 우리. 커피만 마시고 얼른 들어가자.」

설마, 아니겠지. 멍청하게 또 사내 연애를 하고 있는 건 아니겠지. 영진은 고개를 저으며 현실을 부정했다. 제이드가 무어라 계속 말을 시키는데 귀에 하나도 들어오지 않았다. 머릿속이 뒤죽박죽 엉망이었다.

멍한 정신으로 회사 로비를 가로지르는데, 눈앞에 커다란 건물 기둥이 나타났다. 제이드가 재빨리 영진을 품에 끌어당기지 않았더라면 이마에 커다란 혹을 달 뻔했다.

「내 얘기를 안 듣는 건 상관없는데, 앞은 좀 보고 걷지? 대체 왜 그래, 갑자기. 배가 덜 찼어? 다시 나가서 뭐 더 먹고 올래?」

제이드가 식충이 취급을 하거나 말거나 영진은 휴대폰을 꺼내 들었다.

왜 이 생각을 하지 못했을까.

올해 마흔이 된 강서원 사장은 디에스전자 회장 강차영의 장남이었다. 그리고 오전 회의 시간 중에 강서원 사장이 강여준 이사를 언급했었다.

영진은 검색창을 열어 아주 느리게 강차영 세 글자를 입력했다. 강차영 디에스전자 회장, 배우자 조명희 화산재단 이사장, 아들 강서원, 아들 강현민, 아들 강여준, 딸 강은명, 딸 강세윤.

영진이 익히 알고 있는 '아들 강여준'의 사진이 버젓이 올라와 있었다.

강여준, 기업인

미친. 출생 년도를 보던 영진의 입에서 험악한 말이 튀어나왔다. 동갑이나 연상일 줄 알았는데 강여준이 두 살 어렸다.

디에스전자 정보통신사업부 미주 법인 입사 - 부장
디에스물산 - 등기이사
디에스전자 정보통신사업부 미주 법인 - 이사

대한민국에서 모르는 사람이 없는 디에스그룹의 강차영 회장과 그 아들들 얼굴이 영진이 아는 강여준과 정확히 겹쳐졌다. 국내 10대 재벌 중에서 강씨 성을 가진 재벌은 딱 한 그룹인데, 왜 한 번도 생각해 보지 않았을까. 멍청하게 강여준이 디에스그룹 사람일 거라는 생각은 감히 단 한 번도 해 보지 못했다.

영진은 손바닥에 얼굴을 묻으며 괴로운 신음성을 토해 냈다.

경영 승계 구도가 바뀌고 있고 그 중심에 강차영 회장의 삼남이 있다더니, 그 삼남이 그제 저녁 햄버거 때문에 유치하게 시비를 걸고, 미안하다 사과를 하며 잘 자라 했던 강여준이라고?

「제이드. 나 이번에는 진짜 차인 것 같은데?」

「무슨 말이야. 지금 검색해 본 건 뭐고. VIP랑 그 식구들 아니야?」

「제이드. 놀라지 마.」

「잔뜩 놀란 사람은 너 같은데, 나한테 놀라지 말라고? 정신 차리고 무슨 일인지 설명해 줘.」

「그러니까, 내가 지금 만나고 있는 사람이…….」

영진의 목소리가 땅 끝까지 낮아졌다.

「혹시 저 사람?」

제이드가 휴대폰 액정이 아닌 한 무리의 정장 입은 남자들을 가리켰다.

표정이 한 가지밖에 없는 듯 문 실장이 예의 그 정떨어지는 얼굴로 로비에 들어섰고, 그 옆에는 정장을 잘 차려입은 강여준이 당연한 듯 의전을 받으며 로비를 가로질러 이쪽으로 향하고 있었다. 심각한 듯, 서늘한 듯 심중을 파악하기 어려운 표정을 한 강여준은 영진이 알고 있는 그 사람이 아니었다.

저벅저벅, 여러 개의 구둣발 소리가 귀에서 들리는지 머릿속에서 들리는지 알 수 없었다. 일부러 맞춰 입기라도 한 듯 어두운색 정장을 입은 무리에 영진은 순간적으로 압도당해 저도 모르게 뒷

걸음질 쳤다.

"상무님, 인수인계 때문에 바쁘신 건 알지만 다음 주에는 서울에 꼭 가셔야 합니다."

마흔은 훌쩍 넘어 보이는 남자가 이제 겨우 서른 살 먹은 여준에게 쩔쩔매고 있었다.

"전에도 그렇게 말해서 일주일 계획으로 출장 갔는데 3주나 걸렸잖습니까. 방금 그 말에 책임질 수 있으면 다음 주에 가죠."

"상무님."

"저 아직 이삽니다. 정식 발령 전인데 직원들 앞에서 조심 좀 해 주세요, 오 실장님."

강여준이 저보다 열 살 이상은 많아 보이는 사람을 자연스럽게 하대하고 아무렇지 않게 실수를 지적했다. 저 남자가 재벌이라는 걸 알고 있었지만 막상 현실로 맞닥뜨리자 제대로 실감이 나지 않는다. 유치한 드라마 한 편을 보고 있는 기분이었다.

「진?」

바보처럼 넋을 놓고 강여준을 쳐다보는 영진을 제이드가 흔들었다.

그리고 강여준이 코앞까지 다가왔고 눈이, 마주쳤다. 강여준이 모르는 사람처럼 무감한 표정으로 영진의 앞을 지나쳤다.

심장이 덜커덕 내려앉았다. 서늘한 겨울 냄새와 함께 강여준이 직원들을 이끌고 철저히 낯선 사람이 되어 지나갔다.

'우리 둘이 있을 때 말고는 모르는 사이, 그러니까 완벽한 타

인인 겁니다.'

오래전 첫 만남에서 강여준과 했던 약속이 떠오른 건 그때였다.

"뭐야, 나 또 사내 연애 하다가 차인 거야?"

멍하니 중얼거린 말에 문 실장이 뒤를 돌아보았지만 영진은 보지 못했다. 머릿속이 온통 두 번째 사내 연애의 비극적인 말로로 가득 차 다른 생각을 할 여유가 없었다.

「응? 뭐라고 하는지 모르겠어, 진. 괜찮아?」

「괜찮지는 않은데…….」

괜찮지 않으면 뭐 어쩌려고? 디에스그룹 삼남이라는 걸 왜 말하지 않았느냐고 따져? 왜 내 뒷조사까지 해 놓고 철저히 숨기고 있었느냐고 화를 내?

상상해 보지만 영진은 절대 그럴 수 없음을 잘 알고 있다. 그래도 저런 식으로 사람을 무시하고 지나가는 강여준을 보는 건 좀, 마음이 아프다.

「제이드, 난 아무래도 이 회사에서 나가야 할 운명 같아. 벌써 두 번이나 회사 사람이랑 엮였어.」

영진은 실성한 듯 웃었다. 허허, 뭐 이런 엿 같은 일이.

○ ◐ ●

완벽한 타인. 뉴욕 출장을 마치고 돌아오는 내내 그 말이 귓가를 맴돌며 자꾸만 곱씹어졌다.

강여준은 꿈속에서조차 영진을 괴롭혔다. 뜨겁게 몸을 나누고 다정하게 대화를 하던 강여준이 영진을 길 한복판에 버리고 떠났다. 냉정하게 돌아서는 뒷모습을 붙잡지 못해 발만 동동 구르다 깨어나기를 이틀째. 강여준이 아무렇지 않게 연락을 해 왔다. 그리고 영진은 벌렁거리는 심장을 애써 진정시키며 마찬가지로 아무 일 없었던 것처럼 전화를 받았다.

— 출장 다녀오느라 피곤했겠다.

"그렇지 뭐. 덕분에 잠은 잘 오더라."

— 언제는 잘 못 잤던 것처럼. 베개에 머리 닿자마자 곯아떨어지잖아.

무던한 성격의 영진이 귀엽다는 듯 웃는데 팔뚝에 소름이 돋았다. 사람을 공기 취급하며 아무렇지도 않게 사라지더니 다감하게 애정을 표시하는 강여준이 무서웠다.

— 어제는 나도 피곤해서 전화 못 했어. 미안해.

언제부터 그렇게 매일 안부 전화를 했다고. 진심으로 사과하고 있다는 걸 아는데 강여준이 너무 가증스러워 실소가 나왔다.

"됐어, 여준 씨도 피곤할 텐데. 잠은 좀 잤어?"

— 잠이 안 와서 수면유도제 먹고 잤어.

어울리지 않게 불쌍한 척까지.

"큰일이네, 잠을 잘 못 자서. 참, 넥타이 맨 여준 씨 멋있더라. 맞춤 정장도 잘 어울리고. 패션의 완성은 얼굴이라더니 뭘 입어도 잘 어울리네?"

사이코패스냐고 묻고 소리치는 대신 낯 뜨거운 칭찬이나 주절

주절 지껄였다.

— 그래? 앞으로 만나러 갈 때마다 그렇게 입고 갈게.

"됐어. 갑갑하게 무슨 넥타이에 정장 차림으로 데이트야. 부담스러워서 작은 식당은 가지도 못하겠다."

— 그래도 이번 주는 넥타이 매고 갈 테니까 기대하고 있어.

"됐다니까. 그리고 이번 주는 못 만나겠어. 사촌 동생이 애틀랜타에 사는데 놀러 오겠대."

— 거짓말 아니고?

기분이 상한 티가 역력했다. 저렇게 목소리를 잔뜩 낮추면 화가 났다는 뜻이다.

"내가 거짓말을 왜 해."

이모 아들이 애틀랜타에 살고 있는 건 사실이었다. 그리고 사촌 동생을 여기로 불러들이면 거짓말이 아니니 양심에 거리낄 것이 전혀 없었다.

아직 정리되지 않은 마음으로 강여준을 만나면 표정 관리가 되지 않을 게 빤했다. 뻔뻔한 강여준의 얼굴을 보며 냉가슴을 앓다가 체하든지, 김세웅에게 했던 것처럼 묻고, 추궁하고, 화내고 소리 지르며 미친년처럼 굴 게 빤해 만나지 않기로 했다.

— 주말은 온전히…….

"알아, 주말은 서로한테 올인하기로 한 거. 나도 알아, 잘 알아. 그런데 이번 주는 정말 안 되겠어. 사촌 동생이 시간 내서 온다고 하는데 겨우 데이트 한 번 하려고 못 오게 하는 건 좀 미안하잖아."

— 겨우 데이트? 그래서 나한테는 미안하지 않고?

적반하장이라더니, 성질이 뻗쳐 머리가 지끈거렸다. 영진은 관자놀이를 주무르며 거실을 서성거렸다.

"우리 또 금방 볼 거잖아."

어차피 주말이 지나면 보기 싫어도 봐야 했다. 테네시 공장 착공식 참석자 명단에 '강여준 이사'도 올라와 있었다.

"피곤할 텐데 얼른 자."

— 잠이 안 올 것 같은데.

"약 먹고 자, 자려고 노력해. 우유를 한 잔 마시든가, 아니면 명상을 좀 해 봐."

— 혹시 화났어?

하마터면 강여준에게 십 원짜리 욕을 할 뻔했다. 화가 났냐고? 지금 이 중대한 사건이 화가 났냐는 한마디로 정리가 될 문제란 말인가?

"아니? 전혀. 나한테 뭐 잘못했어?"

영진은 짐짓 모르는 척 되물었다.

— 뉴욕에서 알은척하지 않아서 그런 건지 묻고 있어.

영진은 하하하 크게 웃음을 터트렸다. 과장되게 들리지 않기를 바라며 즐거운 척 억지웃음을 짜냈다.

"둘이 있을 때 말고는 완벽한 타인. 서로 약속대로 한 것뿐인데 화를 낼 이유가 있어? 외부에서 만나면 서로 모르는 사람인 거잖아, 우리. 그런 게 신경 쓰였으면 애초에 만나지도 않았을 거야."

— 그래? 나는 신경이 쓰였어, 하루 종일. 일이 손에 잡히지 않을 만큼.

영진은 잠시 할 말을 잃었다. 완벽하게 선을 긋더니, 모르는 사람인 척 취급하더니, 아무렇지 않게 전화해 안부 나부랭이나 묻더니, 이제 와 신경이 쓰였단다.

― 그래서 주말은 조금의 타협도 없다는 거잖아. 맞아?

"어, 절대 안 돼."

영진은 단호하게 거절했다.

"나 곧 한국 가는데, 그 전에 한 번 만나야지. 나 졸려. 잠 안 온다고 서성거리지 말고 그냥 눈 감고 누워 있기라도 해. 어! 배터리 없다. 끊는다!"

되도 않는 연기를 하며 쫓기듯 전화를 끊고는 전원을 꺼 버렸다.

그런데 문제는 당장 오늘 피한다고 해서 내일 해결될 일이 아니라는 점이다.

○ ◑ ●

결국 주말 내내 머리를 싸매고 고민하다가 테네시 출장길에 올랐다. 역시나 제이드도 함께였으며, 껌딱지같이 질긴 박 이사도 동행했다. 당연히 박 이사의 비서인 헤나도 동행하는 게 옳지만 어째선지 건강하기 짝이 없는 헤나가 갑작스러운 병가를 냈다.

그 말인즉, 영진이 헤나의 몫까지 다해 박 이사의 수발을 들어야 한다는 뜻이었다. 디에스그룹 삼남인 강여준을 봐야 하는 것만으로도 고역인데, 박 이사 뒤처리까지 맡게 생겼다. 첩첩산중이 따로 없다.

"비즈니스 끊으라니까 왜 이코노미 끊었어."

반쯤 혼이 나간 상태로 멍하니 활주로를 바라보고 있는데 박 이사가 팔을 툭 건드렸다. 자기가 비용을 댈 것도 아니면서 선심 쓰듯 말하는데 웃기지도 않는다.

"그렇게 했다가는 본사에서 비용 절감하라는 내용의 메일을 받게 될지도 모릅니다, 이사님."

"애사심도 투철하지, 우리 최 과장. 도저히 미워할 수가 없어."

다리가 수백 개 달린 벌레도 박 이사보다는 덜 징그러울 것 같다. 도저히 포커페이스를 유지할 자신이 없어 탑승 시간 직전까지 화장실에 숨어 있었다.

그리고 탑승하자마자 숨 돌릴 틈도 없이 제이드와 나란히 이코노미석에 앉아 박 이사에게 건넬 자료를 다시 한번 검토했다. 영진이 자료를 넘기기 위해 비즈니스석으로 가자 박 이사는 슈미트 부사장에게 거의 추근거리는 수준으로 달라붙어 강여준에 대한 정보를 캐내는 데 여념이 없었다.

박 이사는 영진이 내미는 자료는 본 척도 없이 좌석 위에 대충 올려 두었다.

「제이드 그거 알아? 내가 정성 들여 작성한 자료가 강여준 신변잡기보다 더 하찮다는 거?」

제이드는 아무 말 없이 팔을 벌려 가슴을 빌려주었다.

5. 관계 정리

각자의 삶이 다른 건 어쩔 수 없다

공장 착공식에는 테네시 주지사와 이곳 녹스빌 시장을 비롯한 산업통상자원부 장관과 그 보좌관들, 강서원 사장과 그 수행원, 건설사업부, 생활가전사업부, 전자통신사업부 법인장들이 참석했다.

그리고 강여준이 문 실장과 함께 모습을 드러냈다.

여준은 주지사와 악수하며 친근하게 얘기를 나누고 곧 산자부 장관에게도 고개 숙여 인사를 했다. 뭐라고 했는지 몰라도 장관이 기분 좋은 듯 웃으며 여준의 손을 꽉 잡았다. 그리고 그는 곧 강서원 사장과 가볍게 악수를 하고는 지역 신문 기자와 국내 언론 미주 사무소 직원들이 터트려 대는 플래시 앞에서 자연스럽게 웃었다.

강서원 사장과 강여준, 저렇게 웃고 있으니 언뜻 보기에 수더분한 사람들 같지만 둘의 표정은 마치 찍어 낸 것처럼 똑같았다.

꼭 포토 라인에 서 있는 연예인을 보는 기분이었다.

강여준은 테이프 커팅을 마치고 인터뷰를 요청하는 기자들에게 묵묵부답으로 일관했고, 문 실장이 그를 대신해 보도 자료가 준비되는 대로 배포하겠다며 양해를 구했다.

영진은 임원들이 끼고 있던 예식 장갑을 비서들에게 일일이 받아 챙기다가 문 실장과 눈이 마주쳤다. 영진은 처음 본 사람인 것처럼 심상하게 시선을 돌리며 장갑을 상자에 차곡차곡 넣었다. 어차피 버려질 물건을 쓸데없이 차곡차곡 챙기는 영진에게서 제이드가 종이 상자를 가져갔다.

「저 사람, 그때 선물 주러 온 남자가 널 흘끔거리고 있어.」

문 실장이 영진을 자꾸 의식하며 쳐다보는 바람에 다시 한번 시선이 부딪쳤다. 저렇게 대놓고 보다가 강여준이 보기라도 하면 낭패였다. 영진은 고개를 돌리라는 뜻으로 손을 휙휙 내저었다.

「진작 헤어져 버릴 걸 그랬나 봐. 멍청하게 3주 동안이나 기다렸다가 다시 만나고. 끝이 이렇게 더러울 줄 누가 알았겠어.」

「그 사람도 네가 여기서 근무하는 걸 전혀 몰랐나?」

「아니. 전에 내 뒷조사를 했더라고.」

「그래? 부사장하고도 잘 아는 사인가 본데.」

강여준은 의전 차량이 오기를 기다리는 동안 리암 슈미트 부사장과 환담을 나누고 있었다. 리암 슈미트를 독재자에 비유했을 때 난처해하던 강여준의 얼굴이 떠올랐다. 리암 슈미트 얘기를 꺼내지 않았더라면 강여준이 굳이 자신에 대한 조사를 하지 않았으리라는 가정을 하자 자괴감이 몰려들었다. 얼마나 바보 천치같이 굴었던가.

「저렇게나 잘 아는 사이인 줄도 모르고 내가 슈미트를 얼마나 씹어 댔게?」

영진이 멍하니 자조하자 제이드가 위로하듯 영진의 어깨를 토닥였다.

「진, 저 남자가 우리 쪽을 보고 있어.」

영진은 반사적으로 몸을 돌려 제이드의 뒤로 숨었다. 허허벌판인 공사장에 몸을 숨길 곳이라고는 제이드의 등밖에 없었다.

이렇게는 죽어도 마주치기 싫은데 강여준의 끈질긴 시선이 느껴졌다. 영진은 행사장을 정리하는 척 둘러보며 그의 시야에서 벗어나고자 애썼다.

「계속 보고 있어?」

「응. 계속. 그런데 어쩐지 나를 노려보는 느낌이야.」

하는 수 없이 영진은 몸을 돌려 '강여준 이사'와 마지못해 눈을 마주쳤다. 그리고 뉴욕에서처럼, 우연히 마주친 것처럼, 여타 임원에게 하듯 고개를 숙여 인사했다. 목에 건 사원증이 출렁하며 떨어지는 모양이 마치 심장이 쿵, 하고 떨어지는 느낌과 비슷했다.

가깝지도 멀지도 않은 애매한 거리. 강여준 역시 다른 직원에게 하듯 영진을 향해 짧게 묵례했지만 그의 얼굴에 짜증이 섞여 있음을 알아챘다.

강여준의 눈이 제이드를 흘끔 쳐다보다가 다시 영진을 뚫어져라 보았다. 두 달 전에 점심 한 끼 얻어먹은 게 그렇게나 신경 쓰이는 일인지 도무지 이해할 수가 없다.

적반하장도 유분수지. 지금 짜증 낼 사람이 누군데. 멱살이라도 잡아채 따져 묻고 싶었으나 일개 과장이 오너 일가에, 이사씩이나 되는 상사를 닦달할 수도 없거니와 둘이 사귄다는 사실을 누구에게도 발설하고 싶지 않았다.

「가자, 제이드.」

영진은 집요하게 따라붙는 여준의 시선을 무시하며 박 이사의 차에 올라탔다.

"수고 많았어, 최 과장. 사업부 통틀어 우리 최 과장이 젤 열심히 하더라."

굳이 조수석까지 손을 뻗어 영진의 목덜미를 툭툭 두드리는 박 이사의 손길에 절로 목이 움츠러들었다. 박 이사의 더러운 손가락을 쳐다보던 제이드가 차량을 급히 출발시켰다. 그 바람에 박 이사가 머리를 쿵 하고 박았다.

「안전띠 하셔야죠, 미스터 박.」

"난 저 새끼가 참 맘에 안 들어."

박 이사가 저급하게 지껄였다. 제이드가 한국말을 하거나 말거나 상관없이 제이드를 모욕하려는 의도가 빤했다.

「말씀 가려 가면서 하시죠. 이사님 평판 떨어지는 일입니다.」

어차피 볼 날도 며칠 안 남았는데 무서울 게 없었다. 그리고 박 이사는 웬만한 영진의 말은 웃음으로 흘려들었다. 박 이사가 자신을 길들이기 쉽지 않은 짐승을 대하듯 한다는 걸 모르는 바는 아니었고, 영진은 그 점을 십분 활용해 지금처럼 서슴없이 대거리를 했다.

"최 과장이 그렇게 말할 때마다 왜 이렇게 짜릿짜릿하지."

박 이사가 미친놈처럼 실실 웃는 동안 영진은 휴대폰을 꺼내 녹음 버튼을 누르고 있었다. 그렇지 않아도 심란한데, 박 이사까지 더 보태는 꼴을 더는 참아 넘길 수가 없었다.

「제이드는 한국말을 하지 못합니다. 아무리 부하 직원이라도 실례되는 행동을 하시면 안 됩니다.」

"더 해 봐, 최 과장. 최 과장 영어 할 때 발음이 얼마나 섹시한지 알아?"

운전하는 제이드의 손이 핸들이 부서져라 움켜쥐고 있었다. 역시 한국말을 할 줄 아는 게 확실하다. 영진은 제이드의 손등을 톡톡 두드리며 괜찮다고 입 모양으로 말했다.

"최 과장, 사내 연애 안 하기로 한 거 아니었어? 한번 호되게 데어 놓고 또 사내 연애 할 마음이 생겨?"

「그런 거 아닙니다, 이사님.」

"저 자식하고 꽤 친하게 지내던데, 조심해. 사내새끼들은 다 똑같아. 여자만 보면 그저 어떻게 한번 해 보려고 건드리고 치대고."

「제가 알아서 하니 신경 쓰지 마십시오. 그리고 석찬에 참석할 분들 명단 작성해서 메일로 보내 드렸습니다. 태블릿 PC로 바로 확인 가능하십니다.」

"최 과장도 같이 갈래? 강서원 사장하고 강여준 이사 처음 봤지? 남자가 봐도 참 잘났어. 최 과장도 잘생긴 남자 좋아하지? 가서 구경이나 좀 해 볼래? 내 술도 좀 따르고."

하마터면 들고 있던 휴대폰을 뒷좌석으로 집어 던질 뻔했다.

뭘 구경하고 뭘 하라고?

"이사님, 요즘 세상에 어느 여자가 술을 따릅니까. 제가 술 따르는 직업을 가진 것도 아니고 말입니다."

"그래, 좋다 좋아 그 말투. 진작 우리말로 하지."

영진은 박 이사가 혼자서 술이라도 마셨나 싶은 생각에 코를 킁킁거렸다. 평소보다 수위가 높은 발언 중이지만 박 이사는 완전히 말짱한 정신이었다. 영진은 속으로 화를 삭이며 녹음을 종료했다. 성희롱으로 고발할 자료는 이만하면 충분했다.

"그리고 요즘 술은 남자가 따라야 제맛인 거 모르십니까?"

뭐가 그렇게 좋은지 박 이사가 껄껄거리고 침까지 튀어 가며 웃어 댔다. 멍청한 박도훈 이사는 자신이 강여준 이사와 사귀는 걸 알고서도 저렇게 웃을 수 있을까?

베갯머리송사라고, 강여준에게 위자료로 저놈의 모가지를 달라고 할까. 굳이 경찰에 고발하거나, 징계위원회에 출석하는 번거로운 절차 없이도 박 이사를 한 번에 날려 버릴 수단이 있는데 써먹을 수 없다는 게 아쉬울 뿐이었다.

○ ◐ ●

「나 그 남자하고 끝내려고. 그래도 짧게 만나기로 하고 시작한 관계치고는 꽤 오래 만났어.」

둥그런 와인 잔을 빙글빙글 돌리며 절반 이상이 남은 와인은 한 번에 털어 마셨다. 무식하게 와인을 들이붓는 모습에 제이드가 질색하는 척하며 인상 썼다.

「잘 생각했어. 우리 할머니가 항상 하시는 말씀이 있었는데…….」

제이드는 뭔가 큰 결심을 한 것처럼 목소리를 가다듬고는 입을 열었다.

"분수에 맞는 사람들끼리 살아야 집안이 화목하다."

억양과 발음이 엉망인 한국말로 제이드가 할머니 목소리를 흉내 내며 말하고 있었다. 기분이 한없이 가라앉고 있었는데 제이드 덕에 큰 웃음이 터졌다. 역시 한국말을 못 알아듣는 척하고 있었을 뿐이었다.

「증조할머니가 양반집 딸이었고, 증조할아버지는 그 댁 머슴 아들이었는데 미국으로 넘어와서 사는 동안 그렇게 싸우셨대. 그래서 우리 가훈이 분수에 맞는 연애를 하자야. 증조할머니가 항상 강조하셨대.」

제이드의 성격이 괜히 특이한 게 아니었다.

"미친놈."

와인을 홀짝이다 말고 제이드가 나지막하게 욕설을 뇌까리는 소리에 영진은 킥킥거리며 웃었다. 부사장의 비서에게 걸려 온 전화를 보고 짐작은 했지만, 저렇게 정확한 발음으로 욕을 할 줄은 몰랐다.

값비싼 와인을 한 병 더 해치우려던 계획은 박 이사 덕에 불발됐다. 박 이사가 만취했으니 와서 데리고 가라는 내용이었다.

혼자 가겠다는 제이드의 만류를 뿌리치고 로비로 달려 나가니 부사장의 비서가 푹 삶은 시금치처럼 늘어져 있는 박 이사를 끙 끙거리며 붙잡고 서 있었다. 덩치가 어지간히 큰 남자인데도 박 이사의 체중을 버티고 있기가 힘들어 보였다.

낙하산 한량에 업무 능력치는 최하인 주제에 자기 몸 가꾸는 데에는 얼마나 열심인지 박 이사의 커다란 덩치가 부사장 비서를 거의 짓이기고 있었다. 제이드와 영진은 얼른 달려가 박 이사의 몸뚱이를 양쪽에서 부축했다.

「한국말로 이런 사람을 뭐라고 하는 줄 알아?」

"미친 새끼? 미친놈? 개새끼?"

끙끙거리며 박 이사를 끌고 가면서도 실실 웃음이 났다.

「뭐, 그것도 틀리지 않은데 진상이라고도 해. 개진상.」

새로운 단어를 알려 주자 진상, 진상이라며 제이드는 연신 중 얼거렸다.

「아우! 너무 힘들다!」

몇 걸음 가지도 않았는데 벌써 힘에 부쳤다.

「진, 나 혼자 할 수 있으니까 그냥 둬.」

마른 체격의 제이드에게 고깃덩이 같은 박 이사를 죄다 맡길 수도 없어 영진은 고개를 저었다. 박 이사에게 짓눌려 반쯤 등이 구부러진 영진은 운동선수처럼 기합 소리를 내며 허리를 펴고 일 어섰다.

"어휴, 이렇게 될 때까지 얼마나 퍼마셨는지."

박 이사의 의식이 없다고 생각해 험한 말들을 쏟아 내며 겨우 호텔로 들어섰는데, 박 이사가 무어라 웅얼웅얼 중얼거리더니 게 슴츠레 눈을 떴다.

"이야, 이거 우리 최 과장이네? 잘 왔다. 나랑 한잔하러 가자."

박 이사는 잔뜩 혀 꼬부라진 발음으로 시끄럽게 떠드는 것도 모자라 자기 어깨를 움직여 영진의 가슴께에 문지르려 했다. 영진은 질색하며 제이드 쪽으로 박 이사를 밀어 냈다.

"많이 취하셨습니다, 이사님."

속에서 부아가 치밀었다. 열받는데 한 대 치고 그냥 감방 가?

"그래그래 취했어, 많이. 근데 아무리 취해도 우리 최 과장 가슴은 느낌이 참 좋다? 내 방에 갈래? 내가 잊지 못할 밤을 선물해 줄게."

"그 근거 없는 자신감은 뭡니까, 이사님?"

박 이사가 인사불성이라서 하는 말이 아니다. 이 자식이 내일 기억해도 상관없었다.

"손가락 한 마디. 그거 딱 이사님 사이즈 아닙니까? 그리고 이사님 보여 드리려고 열심히 운동하는 거 아니니까 그만 좀 치대십시오."

"이런 시발. 최 과장 너 지금 나한테 뭐라고 했냐, 엉?"

욕까지 하는 거 보니 확실히 정신이 온전치 않았다.

「진, 그냥 내려놓고 옆으로 비켜.」

화가 난 목소리의 제이드를 쳐다보는데, 2년이 다 되어 가도록 한 번도 본 적 없는 험악한 얼굴로 박 이사를 노려보고 있었다. 마냥 귀엽고 친절한 남자인 줄 알았는데 짜증과 혐오가 섞인 싸늘한 표정을 보고 있자니 낯선 사람 같았다.

"와, 지금 박 이사가 한 말 다 알아들었지?"

「아니, 못 알아들었어.」

"방금 알아들었잖아. 근데 이 자식은 이제 대놓고 성희롱이네? 발정 난 개마냥 난리가 났어, 아주."

「네 앞에서 바보같이 더듬거리기 싫으니까 영어로 말해 줘.」

제이드가 쌀쌀맞게 내뱉고는 박 이사의 몸을 힘껏 끌어 바닥에 주저앉게 했다.

"박 이사님."

갑자기 정떨어지는 익숙한 목소리가 들려 정신을 차리고 보니 문 실장이 서 있었다. 당연히 강여준도 함께였다. 언제부터 지켜보고 있었는지 강여준이 살벌한 눈으로 박 이사를 노려보고 있었다.

"문 실장님. 제이드 과장 도와서 박도훈 이사 방으로 치워 놔요."

제이드는 영진과 여준을 둘만 놔두고 자리를 비우기 불안한지 미간을 찌푸리며 고뇌에 빠졌다. 곧 박 이사의 커다란 덩치를 문 실장에게만 떠넘길 것 같아 영진은 손사래를 쳤다.

「제이드 부탁해. 여기서 기다리고 있을 테니까, 박 이사 방에 데려다 놓고 다시 내려와. 자리 옮겨서 또 한잔하자. 술 모자랐잖아 아까. 알았지?」

달래듯 제이드의 손등을 토닥이는데 강여준의 시선이 영진의 손을 그대로 좇고 있었다.

「알았어. 이 자식 던져 놓고 금방 내려올게.」

제이드와 문 실장이 박 이사를 떠메고 승강기에 올랐다. 영진은 헝클어진 정신과 머리카락, 그리고 박 이사가 치대느라 흐트러진 옷도 정돈했다.

"강 상무, 왜 아직 안 올라갔어?"

제 비서를 대동하고 어디선가 나타난 강서원 사장이 친근하게 강여준의 어깨에 팔을 둘렀다. 술 냄새가 약하게 나고 얼굴이 발갛게 상기된 게 기분이 좋아 보였다.

실례인 줄도 모르고 강 사장을 빤히 보는데 강여준과 놀랍도록 닮아 있었다. 실물로 비교해 보니 데칼코마니처럼 닮은 형제였다.

"안녕하십니까, 사장님. 전자통신사업부 시카고 법인 최영진 과장입니다."

"반가워요, 최영진 과장. 며칠간 고생 많았다는 얘기는 슈미트 부사장에게 전해 들었습니다. 박 이사도 입이 마르게 칭찬해서 누군지 궁금했습니다. 그리고 조금 전에 박 이사 부축해서 간 직원이 제이드 한 과장입니까?"

슈미트 부사장은 모르겠지만 박 이사가 어떤 식으로 자기 얘기를 했는지 기분이 영 찜찜했지만, 디에스전자 사장씩이나 되는 사람이 자신의 노고를 알아주니 황송함에 저절로 허리가 숙여졌다.

"네, 맞습니다."

"두 분 다 고생 많으셨습니다."

"아닙니다, 사장님. 저희만 따로 힘든 일 한 것도 아니고, 테네시 공장 착공 건으로 사장님께서 더 노고 많으셨던 거 직원들도 잘 알고 있습니다."

월급쟁이 신세인지라 어쩔 수 없이 입에 발린 소리를 하며 간도 쓸개도 없는 사람처럼 웃었다. 적당한 아부가 비위에 맞았는지 강 사장이 '하하' 하고 기분 좋게 웃으며 아니라고 손사래를 쳤다. 친근한 사람인 척하며 웃는 가식적인 모양새마저 강여준과 닮아 있었다.

"강 상무, 최 과장하고 인사했어?"

"인사 아직 안 했습니다. 그리고 저 정식으로 발령 전입니다, 사장님."

강여준은 눈 한 번 깜빡이지 않고 영진을 노려보고 있었다. 무엇 때문에 화가 났는지 알 수 없었다.

"안녕하세요, 상무님. 생활가전사업부 시카고 법인 최영진 과장입니다."

영진은 그를 자극할 속셈으로 부러 '상무님'이라 불렀다. 그러자 겉으로 보기에 별 감정 변화 없이 여준의 눈썹이 작게 꿈틀 움직였다.

"강여준 이삽니다, 최영진 과장님."

유치한 승리감에 도취해 영진은 빙그레 웃었다.

"최영진."

제이드와 실컷 박 이사를 욕하고 올라오던 영진은 화들짝 놀랐다. 넥타이를 풀어 헤친 강여준이 팔짱을 낀 채 방문 앞에 서 있었다.

영진은 자기 눈을 의심하며 시계를 쳐다보다 또 한 번 놀랐다. 11시 반이 다 되어 가고 있었다. 언제부터 있었는지 몰라도 강여준은 여기서 꽤 오래 서 있던 게 틀림없었다. 최영진이라고 이름 석 자를 또박또박 부르고 있는 걸 보면 화가 나 있는 것 같기도 했다. 나이도 두 살이나 어린 게.

"설마 나 기다리고 있었어?"

"어. 내가 여기서 영진 씨 기다리지 않으면 누굴 기다려."

"연락을 좀 하고 기다리든가. 얼마나 있었어?"

"한 시간 좀 넘었어."

여준이 시계를 보며 무심하게 대꾸했다. 호텔 직원이 신고를 하지 않은 게 다행이었다.

"누가 보면 어쩌려고."

영진은 중얼거리며 급히 문을 열어 그를 먼저 들여보냈다. 늦은 시각이라 아무도 없지만 괜히 뒤통수가 따끔거렸다.

여기 머물고 있는 직원들만 해도 열댓 명이 넘는다. 전 계열사에서 강차영 회장의 삼남이 뜨거운 감자로 급부상 중인 와중에 그 당사자가 미주 법인에 근무하는 여직원과 한방에 묵었다는 소문이라도 퍼지면 곤란해지는 건 영진뿐이었다.

이 남자의 돌발 행동에 이마가 다 뜨끈해질 정도로 머리가 아팠다.

"여준 씨, 어울리지 않게 무슨 짓이야. 여기 우리 직원들하고 임원들이 몇 명인 줄 알아? 강서원 사장님도 계시잖아."

영진이 나무라듯 타박하자 여준이 머리를 쓸어 넘기며 침대에 털썩 주저앉았다. 허리를 반쯤 숙이고 영진을 올려다보는 눈이 잔뜩 복잡한 속내를 드러내고 있었다.

"왜 그래, 무슨 일 있어?"

속도 없지. 정작 무슨 일이 있는 건 자기인 주제에 영진은 걱정스레 물었다.

"어디 아픈 건 아닌 것 같고."

영진이 이마에 손을 올리자 여준이 못마땅한지 손을 치우며 영진의 팔을 끌어당겨 침대에 눕혔다.

"하고 싶어."

발기한 여준의 몸이 허벅지에 닿았다. 단단하게 솟구쳐 있는 살덩이가 영진의 아랫도리를 비벼 대고 있었다. 순식간에 몸이 달아올랐지만 씻어야겠다는 생각이 우선이었다. 하루 종일 먼지 구덩이 속에 있어서 흙먼지 냄새가 날 지경인 데다, 파운데이션도 여러 번이나 겹겹이 고쳐 발라 꿉꿉하고 답답했다.

"씻고 하자."

영진이 벗어나려 버둥거려 보지만 여준은 허벅지로 꽉 옭아매고 놓아줄 생각조차 하지 않았다.

여준이 몸을 일으켜 타이와 셔츠를 벗는 모습을 영진은 기가막힌 듯 쳐다보았다. 이렇게 앞뒤 재지 않고 충동적인 강여준은 처음이라 어떻게 반응해야 할지 모르겠다.

"하고 씻어."

"싫어. 씻는 게 먼저야."

"알았어. 그럼 먼저 씻고 와."

괜히 속이 부글부글 끓어올라 영진은 머리를 묶고 있던 헤어밴드를 잡아당기며 바닥에 집어 던졌다. 여준은 그걸 아무렇지도 않게 주워 탁자에 얌전히 올려놓았다. 그리고 하루 종일 영진의 몸을 옥죄고 있던 답답한 원피스 지퍼를 내려 능숙하게 벗겨 냈다.

그가 속옷마저 벗겨 줄까 봐서 손바닥으로 그를 밀어 내며 욕실로 들어갔다. 손바닥에 닿았던 강여준의 몸이 몹시도 뜨거웠다. 오늘의 강여준은 평소답지 않게 성급하게 굴고 있었다.

'하고 싶어.'

담담하게 욕망을 고백하는 여준의 목소리가 귓가에 울리는 것 같았다. 세차게 쏟아지는 뜨거운 물줄기를 맞으며 예민해진 살갗을 닦아 내는데 다리 사이가 아릿하며 질액이 흘러내렸다.

돌아 버리겠다. 영진은 샤워기를 잠그고 수건을 집어 들었다.

"너무 오래 걸리잖아."

욕실 문이 열리는 소리와 동시에 여준이 들어와 영진을 다시 샤워 부스로 밀어 넣었다. 수건이 바닥에 툭 하고 떨어져 그대로 젖어 들었다.

넓지 않은 샤워 부스에 커다란 몸이 꽉 들어찼다. 벌거벗은 채 들어온 여준이 샤워 꼭지를 돌리자 머리 위로 다시 물줄기가 쏟아져 내렸다.

영진은 벽을 짚은 여준의 팔 안에 꼼짝없이 갇혀 산 채로 잡힌 짐승처럼 몸을 움츠렸다. 한 번도 이런 적이 없었는데. 강여준은 전에 없이 사나운 욕망을 그대로 드러내며 영진을 거칠게 탐했다.

영진이 급박하게 파고드는 혀를 휘감으며 여준의 목에 팔을 둘렀다. 몇백 미터를 전력 질주한 사람처럼 영진과 맞닿은 심장이 거세게 뛰고 있었다. 허리를 낮춘 여준은 이미 한계치까지 발기한 몸을 영진의 허벅지 안쪽에 문질렀다.

"아아!"

단단한 몸이 음핵을 건드리자 오싹한 쾌감이 전신을 할퀴고 지나갔다. 전기라도 흐르는 듯 발바닥까지 찌릿하고 뜨거워졌다.

여준이 입술을 먹어 치울 기세로 물고 빨고 핥았다. 아랫도리가 욱신거리며 더욱 강한 자극을 원하고 있었다.

"손으로 아래 만져 줘, 여준 씨."

영진은 여준의 손을 애타게 끌어당겼지만 여준은 고개를 저었다.

"지금 들어갈 거야."

오른쪽 다리가 반쯤 들려 여준의 허벅지 위에 걸쳐졌다. 커다란 몸이 한 번에 밀고 들어오며 영진을 가득 채웠다. 여준이 어금니를 사리물며 영진의 몸속을 짓쳐들어왔다. 여느 때보다 격정적인 그는 평소같이 여유를 부리지 않았다.

물은 계속 쏟아져 내리고, 강여준이 잔인하게 허리를 움직이며 영진을 몰아붙이고 있어 제대로 호흡하기도 어려웠다. 정신없이 몰아치는 여준의 등을 손톱으로 긁고 있는 줄도 모르고 영진은 가쁜 신음을 내질렀다.

"물, 잠가 줘."

목소리가 거의 나오지 않아 반쯤 헐떡이며 말했다. 여준이 허벅지를 받치고 있던 손으로 샤워기를 잠그는 바람에 영진의 몸이 힘을 잃고 미끄러졌지만, 그는 가뿐하게 영진의 허리를 잡아 도로 벽에 기대게 했다.

"돌아서 벽 짚어. 뒤에서 할게."

"그런 거 굳이 설명해 주지 않아도…… 읏!"

길게 휘어진 여준의 성기가 회음부를 미끄러지듯 지나 곧장 안으로 들어왔다. 여준은 한 팔로 영진의 허리를 끌어안은 채 손가락을 세워 음핵을 긁어 올렸다. 날카로운 감각에 영진은 허리를 뒤틀었다.

"여준 씨, 더 세게."

절정이 손에 잡힐 듯 가까운데 여준의 몸이 쑥 빠져나갔다. 영진은 고개를 돌려 항의하듯 그를 쳐다보며 엉덩이를 그의 몸에 문질렀다.

"기다려."

그렇게 치받고도 여준은 절정은 고사하고 제대로 만족하지도 못한 얼굴이었다.

잔뜩 미간을 찌푸린 그는 영진을 안아 들고 침대로 향했다. 그리고 미리 꺼내 둔 콘돔을 씌우고 영진의 몸을 침범해 들어왔다.

피임도 잊고 있었다니, 경솔했다. 생리 날짜가 가까웠기에 망정이지 가임기였으면, 생각만 해도 아찔했다.

"집중해. 다른 생각 하지 말고."

여준이 아래를 강하게 쿡 찌르며 가슴을 틀어쥐었다. 영진이 입술을 깨물며 반사적으로 다리를 오므렸다. 여준이 강압적으로 허벅지를 벌려 누르며 거칠게 찍어 내렸다. 땀인지 물인지 모를 것이 뚝뚝 떨어지고 있었다.

주체할 수 없는 성감으로 영진은 숨을 할딱이며 시트를 틀어쥐었다. 여준 역시 절정을 감추지 못하고 묵직하게 신음하고 있었다. 영진의 손을 잡아 머리 위로 올린 여준은 빈틈없이 몸을 겹치며 짧은 간격으로 허리를 퉁겼다.

미쳐 버릴 것 같았다. 영진은 여준에게 힘껏 매달리며 그의 어깨에 이를 박아 넣었다. 이미 한차례의 절정이 지나가 온몸이 경련하며 바들바들 떨렸다. 여준은 발작하듯 파들거리는 영진을 놓아주지 않고 계속 치받으며 들어왔다. 섹스가 아니라 마치 싸움을 하는 사람처럼 여준은 치열했다.

"힘들어. 나 힘들어서 못 하겠다고 여준 씨."

영진이 애원했지만 여준은 단호하게 고개를 저으며 영진의 어깨로 머리를 파묻었다. 여준의 등이 크게 요동치며 질 내를 깊숙이 찔러 왔다. 손가락 하나 까딱할 힘이 없었지만 절정은 여지없이 다시 찾아왔다.

"여준 씨, 여준 씨."

영진은 반쯤 정신이 나간 채 여준의 이름을 연거푸 불렀다.

"그래, 최영진. 나 여기 있어."

"여준 씨."

쾌감의 정점에 올라 영진의 눈가에 눈물이 맺혔다.

"사랑해."

끝까지 숨겨 두었던 말을 뱉어 버리고 만 영진은 탈진해 축 늘어졌다. 그리고 찰나의 차이로 여준도 절정에 올라 파정했다.

○ ◑ ●

태어나서 이렇게까지 충동적인 적이 없었다. 미친놈처럼 최영진에게 빠져서 다른 직원들 이목은 생각지 않고 무작정 기다렸다. 보란 듯이 제이드라는 남자의 손등을 다정하게 토닥이며 달래는 최영진에게, 일부러 상무님이라 깍듯이 칭하는 최영진에게 화가 치밀었던 것 같다.

그리고 박도훈 그 더러운 새끼가 최영진에게 추근거리고 있다는 사실에도 화가 났다. 그러다 문득 박도훈 이사를 날려 버릴 좋은 수단이 최영진이라는 것을 깨닫고 기묘한 감정에 휩싸였다.

박도훈 이사는 강현민이 꽂아 넣은 사람이었다. 본사에서 근무했던 박 이사는 협력사 직원을 추행한 죄로 미국 법인으로 쫓겨나다시피 발령을 받았는데, 안에서 새는 바가지 바깥에서도 샌다고 역시나 비슷한 문제를 일으켰다.

강현민의 처사촌이라는 이유로 한 번은 가볍게 지나갔지만, 이번에 여준이 다시 판을 벌이면 강현민에게도 적잖은 타격이 갈 것이 자명했다. 만약 강현민이 윤리위원회를 막는다면 미국 경찰에 고발해 판을 키우는 방법도 있었다.

그러나 이 방법은 썩 좋지 않다. 경찰에 고발하는 그 즉시 언론의 도마 위에 오를 테고, 오너 리스크로 작용할 수도 있다. 강현민은 이미 비슷한 사건으로 망신을 당한 전적이 있고, 그 판을 짠 사람이 여준임을 아는 강 회장이 한 번 더 눈감아 줄 리가 없다.

결국 남은 방법은 단 한 가지. 슈미트 부사장을 움직여 최영진이 고발하도록 부추기면 강차영 회장의 눈 밖에 날 일도 없었다.

여기서 문제는 어떤 방식이든 최영진이 피해를 입게 된다는 거였다. 여준이 직접 움직이게 된다면 아무리 직원들의 눈을 가리고 귀와 입을 틀어막아도 최영진이 사주의 아들과 비밀스러운 관계였다는 사실이 알려질 테고, 이미 본사에서 사내 연애로 호되게 당한 전적이 있는 영진은 회사에 남을 수 없게 될 것이다. 가해자보다 피해자를 더 주목하는 부조리한 집단에서는 제아무리 잘난 최영진이라도 버텨 낼 재간이 없다.

어떻게 할까. 또 강현민에게 장난을 쳐 볼까, 아니면 최영진을 지켜 줄까.

여준은 모로 누운 채 생각에 잠겨 영진의 얼굴을 물끄러미 감상했다. 호전적으로 보이는 길게 뻗은 눈꼬리가 잠을 자고 있을 때만은 순하게 휘어진다. 아이처럼 새근거리는 숨결에 가만히 귀를 기울이다가 발갛고 도톰한 입술을 매만져 보았다. 보드라운 감촉을 가만히 손끝으로 느끼며 영진이 절정에 올라 속삭이듯 뱉어 내던 말을 떠올렸다.

'사랑해.'

끝을 모르고 질주하던 욕정이 영진의 고백에 사정없이 폭발했다. 사랑한다는 말이 그렇게나 관능적인 단어였나. 여느 때보다 강렬한 사정감에 여준은 첫 경험에 미숙한 십 대처럼 정신없이 쏟아부었다. 아직도 영진의 속에 있는 몸이 꿈틀거렸다.

고이 잠들어 있는 여자를 깨워 다시 흔들어 대고 싶지만 가만히 빠져나왔다. 영진의 체액이 묻어 있는 콘돔이 여준이 쏟아 낸 정액으로 그득했다. 쓰레기통에 던져지는 소리가 묵직하게 울렸다.

샤워 부스에 들어가 물을 트는데 등이 따끔거린다. 영진이 손톱으로 등을 잔뜩 긁어 놓은 탓이었다. 심지어 어깨에는 커다란 잇자국까지 났다. 샤워를 마치고 거울을 보는데 붉은 자국이 선명했다. 발갛게 긁힌 자국 위로 하얗게 껍질이 일어나 피가 비치는 상처도 있었다.

최영진이 그만큼 느꼈다고 생각하니 상처는 대수롭지도 않았다.

수건을 뜨거운 물에 적셔 세상모르게 잠들어 있는 영진의 몸을 닦아 주었다. 뽀얀 얼굴부터 잘록한 허리를 지나 다리 사이를 닦는데 아랫도리가 또 빳빳하게 올라왔다.

"여준 씨, 몇 시야."

영진이 눈꺼풀을 파르르 떨더니 천천히 눈을 떴다. 잠기운 가득한 눈에 키스하자 영진이 배시시 웃는다.

"4시 조금 넘었어. 더 자."

"알았어. 여준 씨는 자기 방으로 가."

가라면서 되레 등을 끌어당기는 영진을 감싸 안았다. 영진의 손이 닿은 상처가 따끔거렸다.

찡그린 여준의 얼굴을 보고 또 툭 튀어나온 상처를 훑어 내리던 영진이 펄떡 일어나 앉았다. 꼬리 밟힌 고양이 같은 모습에 웃음이 났다.

"이거 혹시 내가 이런 거야?"

"나하고 섹스한 사람이 최영진이니까, 아마도?"

"미쳤나 봐. 어떡해."

상처를 만지지도 못하고 그렇다고 그냥 두지도 못하고 안절부절 눈동자를 굴리던 영진이 가방을 뒤지기 시작했다.

"상비약 주머니 챙겼는데 아마 연고가 있을 거야. 기다려 봐. 어휴, 이게 무슨 난리야."

영진이 면봉에 묻힌 연고를 살살 펴 바르자 여준은 움찔하며 미간을 찌푸렸다.

"따가워."

"미안해. 나도 이렇게 긁어 댔는지 몰랐어. 씻을 때 안 따가웠어?"

"좀 아프긴 했어."

꼭 자기 등에 상처가 난 것처럼 영진이 진저리를 쳤다.

"연고 좀 마르거든 여준 씨 방으로 가. 아직 사람들 안 일어났겠지?"

잠기운을 완전히 쫓아낸 영진은 그를 내보낼 궁리부터 하고 있었다.

"큰형님은 아마 일어나셨을 거야."

"부지런도 하시지. 빨리 일어나 그럼."

영진의 성마른 재촉에 여준은 옷을 챙겨 입었다. 속옷을 꿰어 입는데 영진의 시선이 따갑다. 가늘게 실눈을 뜨고 바짝 서 있는 가운데를 뚫어져라 보고 있었다.

"음…… 여준 씨."

무슨 귀여운 생각을 하는지 영진이 귀까지 붉히며 어렵게 입을 뗐다.

"그렇게 쳐다보지 말라고 했잖아."

최영진이 저렇게 얼굴을 발갛게 물들이며 하는 말은 항상 여준을 미쳐서 돌게 만들었다.

"그거 되게 커졌는데, 입으로 해 줄까?"

하하, 하고 영진이 어색한 듯 웃었다. 과감하게 뱉은 말치고는 싫은 기색이 너무도 뚜렷해 여준은 불편하게 솟아오른 몸을 무시하며 바지를 입었다.

"왜, 내가 마지막으로 한 번 해 주려고 그랬더니."

마지막이라는 단어가 오늘의 마지막이라는 건지, 영원히 마지막이라는 건지 모호했다.

"비려. 영진 씨가 입으로 받을 게 못 돼."

"알아."

안다고? 여준은 인상을 그었다. 그렇게나 질색하더니 다른 놈과는 했나 싶어 독한 질투심이 뱀처럼 똬리를 틀고 일어났다.

비겁하고 치졸한 감정임을 알지만 최영진이 만났던 놈들을 모조리 찾아내서 멱살을 잡아 흔들고 싶었다. 유치한 주먹다짐도 불사할 수 있었다. 최영진에게 상처를 준 김세웅 과장이라는 놈도, 그냥 친구인지 아니면 그 이상인지 제 감정을 숨기고 있는 제이드 한 그 자식도 마찬가지였다.

회의실에서, 착공식 현장에서 제이드라는 남자와 편하고 스스럼없이 대화를 나누던 최영진이 생각났다. 최영진에 대한 소유욕이 생겨 버렸는데 과연 박도훈을 날려 버릴 카드로 쓸 수 있을까.

"박 이사는 언제부터 그랬어?"

드레스 셔츠 단추를 잠그고 시계를 챙기던 여준은 무심한 듯 툭 던져 물었다.

"음?"

"스타벅스에서 텀블러 사 달라고 했을 때부터야, 아니면 그 전부터야."

"꽤 됐을걸? 뭐 그래도 초반엔 참아 넘길 만했는데, 요새는 진짜 더러워서 못 들어 주겠어."

영진은 별일 아니라는 듯 어깨를 으쓱했다.

"왜 얘기하지 않았어?"

"중요한 얘기도 아니고."

"중요하지 않다니, 성추행이 중요한 게 아니면 대체 뭐가 중요해. 착공식 의전? 박도훈 비서 노릇? 밥 사 주던 제이드라는 놈은 대체 뭐 하고. 박 이사 뒷담화만 해도 수십 번이었어. 그런데 박 이사가 영진 씨한테 그런 더러운 짓거리를 하고 있다는 건 쏙 빼놓고, 직장 상사에 대한 푸념쯤으로 치부하게 한 이유가 뭐야."

여준의 높낮이 없는 말투가 폭풍 전야의 바다처럼 고요했다.

"화내지 마. 피해자는 나야."

혼나는 기분이 들었는지 영진이 뾰족하게 응수했다.

"화내는 거 아니야. 왜 그동안 말하지 않았는지 묻고 있어."

"내가 충분히 감당할 수 있는 일이었으니까. 박 이사 멍청해서 손에 쥐고 흔들기 쉬운 사람이고, 증거도 있어. 감당할 수 없게 되면 윤리위원회에 고발하면 그만이야."

"윤리위원회, 그 대단치도 않은 내부 감찰부서. 감찰부서라고 해 봤자 어차피 회장님 손바닥 안에서 노는 사람들이야. 그리고 박도훈 그 새끼가 누구 낙하산인 줄이나 알아? 강현민의 처사촌, 그러니까 내 둘째 형수 사촌 형제야."

"사돈의 팔촌이라더니 그보다 더 가깝네? 생각보다 다루기 힘든 사람이었구나, 박 이사. 내가 너무 쉽게 생각했나 봐."

"강현민이 법무팀 직원들 폭행하고 추행한 기사 봤을 거 아니야. 박도훈이 강현민보다 덜한 놈일 것 같아? 둘이 난잡하게 놀러 다니면서 건드린 여자가 한둘이 아니고, 그 여자들 죄다 유부남 꾀어낸 꽃뱀 취급 당하고 고발은커녕 보상금도 제대로 못 받았어."

"여준 씨, 자기 둘째 형하고 사이 안 좋구나."

무섭도록 눈치가 빨랐다. 숨긴다고 했는데 강현민에 대한 혐오 감을 읽어 냈다.

"증거는 일단 가지고 있고, 윤리위원회에는 고발하지 마. 영진 씨만 다쳐. 박도훈 이사는 천천히 치워 버리면 되니까 그때까지 기다려. 내가 산 채로 잡아서 영진 씨 앞에 가져다줄게."

무슨 생각을 하는지 영진이 씩 웃어 보였다.

"터트려도 내가 터트리고, 산 채로 잡아도 내가 잡아. 여준 씨야말로 아무것도 하지 마. 내 팔자 내가 꼬든, 내 무덤을 내가 파든 여준 씨는 그냥 가만히 있어. 아니면 정말 끝이야."

생각 이상으로 대담한 여자다. 그리고 끝이라는 말에 왜 한기가 드는지 알 수 없었다.

○ ◐ ●

"너 꽤나 안 어울리는 짓을 하고 있더라?"

뉴욕으로 돌아와 강서원 사장과 이른 저녁 식사를 하는 중이었다. 여준은 디저트로 나온 달달한 셔벗을 멀리 치워 버리며 고개를 들었다. 달콤한 향에 입맛이 돌았는데 최영진을 언급하는 제형을 보니 달달한 냄새가 거북해졌다.

"회사 직원하고 몰래 데이트하는 건 차치하고, 왜 내 여자 협박해."

최영진과 얘기가 길어지는 바람에 5시쯤 방을 나서다 강서원 사장의 비서와 마주쳤다. 방 번호와 여준을 번갈아 본 후에야 인사를 하는 여자를 향해 부탁 비슷한 건 했지만, 협박을 하지는 않았다.

그저 이혼한 사장이 비서와 몰래 사귀는 것과 미혼의 상무가 미혼의 부하 직원과 교제를 하는 것 중 뭐가 더 시끄러운 일인지 상기시켰을 뿐이다.

그리고 한마디 더 보탰다.

'비밀에 부쳐 줄 거라는 기대도 하지 않으니까, 괜한 상상력 덧붙여서 보고하지 말아요.'

"정수빈 부장이 언제부터 그렇게 중요한 사람이 됐습니까?"

여준이 비딱하게 물었다.

"이혼한 이후부터 만났으니까 괜히 죄인 취급 하지 마라."

"작은형님이 트집 잡을 수도 있습니다. 재혼 생각 있으시면 웬만하면 평범한 집 사람으로 들이세요."

여기서 여준이 말하는 평범함이라는 수준은 디에스그룹의 기준에 맞는 평범함이었다.

"그건 내가 알아서 할 문제고. 넌 그래서 박도훈 그 새끼 모가지 날려 버릴 거야 말 거야."

"천천히 할 겁니다."

"천천히? 박현아 관장, 제수씨가 차명으로 전자 주식을 모으고 있다더라."

여준의 눈매가 사납게 굳어졌다. 일이 생각지 않은 방향으로 꼬이고 있었다.

박현아 혜움미술관 관장, 강현민의 처가 디에스전자 주식을 매입하고 있다는 건 강현민과 그 처가 대놓고 디에스그룹을 노리겠다는 뜻이다. 그리고 아직 강차영 회장의 심중을 알 수 없는 상태에서 움직였다는 건 회장의 뜻과 상관없이 디에스를 집어삼키겠다는 의미였다.

"날 돕기로 결정했으면 현민이 사소한 거 하나라도 다 들쑤셔 놔야지. 일이 년 안으로 이 싸움 끝내야 돼."

여준은 의아한 눈으로 서원을 쳐다보았다. 디에스그룹 회장 자리에 올라가는 데 발판으로 사용해도 좋다고 말한 게 수차례였다. 자리에 큰 욕심을 보이지 않아 속 타게 만들더니 지금은 외려 여준을 부추기고 있었다.

"이제 아버지 자리가 좀 탐이 나요?"

"자라면서 보고 배운 게 있는데 욕심이 안 나면 그게 더 이상하잖아."

"지금까지 형님이 한 말 중에 가장 맘에 듭니다."

아홉 살이나 어린 동생한테 듣는 칭찬에 머쓱할 만도 하건만 서원은 기분이 좋은 듯 크게 웃었다. 그럼에도 웃음 속에 초조함이 감춰져 있는 걸 여준은 놓치지 않았다.

"그래도 이번 카드는 안 돼요. 직원들 희생시키고 싶지 않아요."

"네가 언제부터 수단 방법 가렸다고. 그럼 법무팀 직원들은 우리 직원이 아니라서 그 판 깔았냐? 현민이랑 제수씨가 회사 삼키도록 가만히 놔둘 수 있어, 너?"

성인군자처럼 느긋하게 굴던 강서원이 조급하게 서두르는 데는 이유가 있었다. 불쾌한 감정이 벌레처럼 등 뒤를 스멀스멀 훑고 지나갔다.

"뭡니까 형님? 정수빈 부장 약점이 뭡니까."

"수빈이하고 15년 전에 뉴욕에서 만났었다."

이 바닥에 흔해 빠져서 놀라울 것도, 충격적일 것도 없는 시시한 얘기다. 그러나 그 시시한 과거지사에 몇 사람의 인생이 더러운 진창에 처박힐 수도 있었다. 강여준이 그 살아 있는 증거였다.

"아들입니까, 딸입니까."

"아들이다."

"헤어져요, 당장."

더 들을 필요도 없었다. 재고해 볼 가치도 없는 일에 시간 낭비하는 건 딱 질색이다.

"그냥 둘이 살게 놔둬요. 이제 와서 아버지 노릇 할 것도 아니잖습니까. 혼외자는 절대 안 됩니다."

15년 전에 만난 상대라면 강서원의 호적에 올라와 있는 여준의 친조카들보다 나이가 많았다. 강서원이 정수빈 부장을 재혼 상대로 여기고 있다면 장손인 강주영은 더 이상 장손이 아니게 된다. 집안 족보가 꼬이는 걸 가만히 보고만 있을 강차영 회장이 아니었다.

"집안에 들이겠다는 게 아니야."

"그건 당연한 거 아닙니까. 그런데 제가 지금 궁금한 건, 무슨 생각으로 정수빈 부장을 형님 옆에 5년이 넘도록 두셨냐는 겁니다. 형수님도 알고 계셨어요?"

"말했잖아. 이혼하기 전까지 수빈이하고 부적절한 관계 맺은 적 없어. 아이가 있다는 건 얼마 전에 우연히 알게 된 사실이고."

여준은 대책 없는 강서원을 마주하고 싶지 않아 자리를 박차고 일어났다. 끊었던 담배 생각이 간절해졌다.

"내 아이, 지금 숨겨 놓긴 했지만 현민이가 찾아내는 건 시간 문제야."

"형님 아이 아닙니다. 정수빈 부장 아들입니다. 작은형님이 추적할 수 없게 계속 국외로 돌려요. 한곳에 정착시키지 말고."

여준은 주먹을 움켜쥐며 겨우 화를 억눌렀다.

"그렇게 하고 싶지는 않다. 지금까지 충분히 힘들게 살아왔어."

"정신 차려요, 형님."

"너는 이해해 줄 줄 알았는데."

노골적으로 실망감을 내비치는 강서원의 멱살을 붙잡고 소리치고 싶었다.

"왜요, 내가 혼외자라서? 혼외자라서 혼외자를 이해할 수 있을 거라고 생각했습니까? 말도 안 되는 소리 하지 마세요."

머리와 가슴이 터질 것같이 두근거렸다. 강차영 회장의 외도와 복잡한 여자관계로 힘들어하는 제 어머니를 보면서도 비슷한 짓거리를 한 강서원이 혐오스럽게 싫었다.

그리고 이 와중에 최영진이라는 카드를 생각하고 있는 저 역시 혐오스럽기는 마찬가지였다.

여준은 절대 강현민이 디에스 회장 자리를 차지하게 놔둘 마음이 없었다. 강서원이 정식 후계자가 되어야 했다. 그러기 위해서는 강현민이 미지의 조카를 찾아내기 전에 될 수 있는 한 많은 흠집을 내야 했다.

"네가 나서지 않겠다면 내가 직접 슈미트 부사장을 만날 거다."

여준은 목을 죄고 있는 넥타이를 거칠게 잡아당겼다. 드레스 셔츠마저 숨통을 죄고 있는 것 같아 목깃의 단추까지 아예 뜯어 버렸다.

"제가 합니다. 나서지 마세요. 더러운 일은 제가 다 한다고 했잖아요."

결국 강여준은 그런 놈이었다. 여준은 최영진을 버리는 카드로 선택했다. 최영진이 강여준을 사랑한다고 했다. 여준은 파렴치하게도, 최영진이 사랑하는 남자를 쉽게 버릴 수 있는 여자가 아니길 바라며 휴대폰을 꺼내 들었다.

"문 실장님. 슈미트 부사장하고 내일 미팅 잡아 줘요."

○ ◐ ●

월요일 아침, 출근하자마자 미국인 차장이 영진을 회의실로 불렀다. 박도훈 이사의 성희롱 행위를 알고 있다며 경찰이나, 사내 윤리위원회에 고발할 생각이 있다면 적극적으로 돕겠다고 했다. 슈미트 부사장까지 알고 있으니 박도훈 이사가 보복 행위를 할 수 없도록 조치하겠다며 영진을 회유했다.

여준의 말을 듣고 박 이사를 엿 먹일 방법을 다각도로 강구해 보았다.

하지만 여준이 경고했던 것처럼 결국 가장 큰 피해를 볼 사람은 영진이었다. 그렇다면 녹음 파일을 박 이사에게 보내 협박을 하는 수도 있었다. 어차피 미국을 떠나면 보지 않을 사람이었다.

그런데 결국 강여준이 먼저 움직였다.

「제가 원치 않는다고 하면 어떻게 됩니까? 한 달 안에 본사로 갈 텐데 괜히 긁어 부스럼 만들어 시끄러워지는 걸 원치 않는다고 하면 이번 일은 그냥 덮어질 수 있는 겁니까?」

차장이 난색을 표하며 영진이 원하지 않아도 어떻게든 공론화될 것이라 말해 주었다. 영진은 슈미트 부사장을 직접 만나고 싶다고 했다. 일개 과장이 법인장과 독대를 하겠다는데 차장은 흔쾌히 자리를 마련해 주었다.

「진, 어서 와요.」

슈미트 부사장은 강여준과의 관계를 이미 알고 있는 듯 영진을 환대했다. 항상 박 이사와 다른 임원들을 들들 볶아 대는 것만 봐 왔지 이런 식으로 호감을 드러내는 부사장은 처음 보았다. 제이드가 알면 기함할 일이었다.

「버렐 차장한테 대충 내용은 다 들었습니다. 이미 윗선에서 결정한 일이고 제 의사는 중요하지 않다고. 맞습니까?」

「강여준 이사 지시라서 어쩔 수 없다는 거 알잖아요, 진. 자기 남자를 그렇게 모르나.」

타이르는 듯한 말투에 소름이 돋았다.

「그럼 한 가지만 대답해 주세요.」

슈미트 부사장은 영진이 뭘 물을지도 모르고 흔쾌히 받아들였다.

「강여준, 강현민 이 두 사람이 서로 후계 싸움 중입니까?」

부사장의 얼굴이 잠시 굳어졌지만 그는 있는 대로 설명해 주었다.

「일개 법인장이라 나도 자세한 건 몰라요. 그저 강여준 이사가 칼을 빼 든 지는 꽤 됐고, 될 수 있는 한 빨리 강현민 부사장을 밀어내기로 결정했다는 것 정도만 알고 있습니다.」

결국 형제 싸움에 강여준이 최영진을 이용하기로 마음먹은 것이다.

「잘 알겠습니다. 적극 협조할 마음은 없지만 절 활용하시겠다면 기꺼이 그 판에서 놀아 드릴게요. 라고 강여준 이사님께 전해 주세요.」

말을 전하라는 당당한 요구에도 슈미트는 사람 좋게 웃어 보일 뿐이었다. 강여준의 여자라 함부로 굴지 못하는 것이다. 그 잘난 슈미트 부사장도 한낱 월급쟁이에 불과하다는 사실이 통쾌하기는커녕 입맛만 썼다.

「한 말씀만 더 드려도 됩니까?」

「얼마든지.」

「슈미트 씨도 박도훈과 공범입니다.」

「그게 무슨 뜻이죠?」

「박도훈 이사가 저뿐 아니라 몇몇 직원들에게 수작 부리는 걸 다 알면서도 묵인하셨으니 공범이나 마찬가지라는 말입니다. 이만 나가 보겠습니다.」

이제 강여준과 진짜 끝을 볼 차례였다. 행복하지만 지리멸렬했던 6개월간의 연애 놀음은 여기까지다.

슈미트 부사장과 '강여준 이사'에게 녹음 파일과 경위서를 제출한 영진은 전화번호를 바꾸었다. 그리고 사택에서 나와 아파트

단기 계약을 했다.

강여준을 피하려고 갖은 수를 다 동원했지만 하루도 지나지 않아 문 실장은 영진의 거처와 전화번호를 추적해 냈다. 만나고 싶지 않다는 의사를 밝혔지만 여준은 주말은 물론이고 주중에도 찾아왔다.

담배를 피우고 있는 줄 몰랐는데, 추운 날씨 속에서 담배를 길게 빨아들이며 집 앞을 서성거려 영진을 뜨악하게 했다. 영진은 반가운 얼굴로 다가오는 여준을 무시하며 그대로 지나쳐 제집으로 쏙 들어갔다.

그다음부터 여준은 차에서 그녀를 지켜보기만 했다. 애틀랜타에 있는 사촌 동생을 불러 외출을 하고, 제이드와 영화를 보고 술을 마시는 동안 여준은 아파트 앞에서 꼼짝 않고 기다렸다가 밤에 아파트 불이 꺼진 이후에 돌아갔다.

○ ◑ ●

"최영진 과장, 그렇게 안 봤는데 되게 영리하네?"

박 이사가 밉살스럽게 이죽거렸다.

"같이 즐겨 놓고, 뭐? 성희롱?"

"그럴 리가요. 정신 차리시라고 몇 마디 응수해 드린 적은 있지만 이사님과 즐긴 적 없습니다. 매 순간 불쾌하고 혐오스러운 티를 그렇게 냈는데 알아채지 못한 이사님 혼자 즐기셨겠죠."

재수 없게 실실 쪼개던 박 이사가 와락 면상을 구겼다. 멍청하고 비루해 보인 적은 있어도 이렇게 야비해 보인 적은 없었는데,

험악한 인상이 여간 더러워 보이는 게 아니었다.

"술도 남자가 따라 주는 게 더 맛있다며. 나도 성희롱으로 맞고소할까?"

"제게 먼저 술을 따르라고 하셨습니다. 그래서 드린 말씀이었고요. 녹음한 내용 들려 드릴까요?"

맞고소 같은 소리. 영진은 비소를 날려 주었다.

"지금 본인 상황이 어떻게 돌아가는지 잘 모르시는 것 같아서 드리는 말씀인데, 이사님이 아무리 발악하셔도 디에스전자에서 쫓겨나는 건 불가항력이라는 것만 알고 계십시오. 그리고 여기서 나가면 그냥 잠재적 성범죄자? 아, 아니구나. 그냥 성범죄자구나. 저에게는 쓰레기 성범죄자 그 이상도 이하도 아닙니다. 듣자 하니 이미 성범죄를 몇 번 저지르셨던데, 돈으로 무마하셨다고요."

차분하게 신경을 건드리는 말투에 박 이사가 제 성질을 이기지 못하고 자리에서 벌떡 일어섰다. 멱살이라도 잡을 듯 손을 뻗어 영진은 얼른 뒤로 물러났다.

"죄목에 폭행까지 추가하시려고요?"

열이 뻗친 박 이사가 미친놈처럼 소리를 질러 댔다. 흰자까지 희번덕거리며 소리치는 모양새가 꼭 짐승과 같아 두렵기까지 했다.

"내가 널 가만히 놔둘 것 같아? 내가 곱게 나가 줄 것 같아? 나가도 네년 머리채 붙잡고 나갈 거야!"

"누가 먼저 나가게 될지 두고 보죠, 뭐. 그런데 강여준 이사가 박도훈 씨를 산 채로 잡아서 내 앞에 갖다주겠다고 했거든요."

미쳐 날뛰는 박 이사를 상대하고 나오는데 기운이 죄다 빠져

손까지 덜덜 떨렸다.

머리채를 붙잡고 같이 나가겠다더니 다음 날부터 박도훈은 최후의 발악을 했다. 영진에게 인간적인 호감을 느껴 잘해 주었을 뿐인데 영진이 연애 감정을 느끼고 여지를 주었다는 식의 진술을 했다. 망할 스타벅스에서 커피를 사 주었더라는 과장 섞인 사실을 보태며 영진을 끊임없이 깎아내리고 있었다.

경찰서와 슈미트 부사장의 방에 여러 차례 끌려다니는 와중에 서울의 강현민 부사장에게 연락을 취한 박 이사는 이곳 생활가전 사업부는 물론 뉴욕의 정보통신사업부 그리고 본사에까지 인맥을 동원해 강여준과 영진이 연인 사이였다는 사실까지 퍼트렸다. 기어코 우려했던 일이 벌어지고 말았다.

결혼까지 한 김세웅 과장이 아직도 영진을 잊지 못하고 있다는 것, 그리고 오너 일가인 강여준 이사와 연인 관계라는 두 가지 사실이 한꺼번에 알려지면서 두 남자를 홀린 디에스전자 희대의 요부라는 팔자에도 없는 타이틀까지 얻었다.

이미 예상하고 있던 바지만 실제 상황으로 닥치자 물리적, 심리적 타격이 상당했다. 이렇게 소문이 무성해진 이상 사표를 내지 않겠느냐는 말들이 떠돌았다.

내가 왜? 내가 왜 사표를 내야 하지?

영진은 제이드의 격려를 받으며 꿋꿋이 버텼다. 직원들의 수군거림을 감내하며 후임자에게 충실히 업무 인수인계를 했다.

그러나 제아무리 강철 심장을 가진 최영진이라도 두 번의 실패에 뼈아픈 상처를 입었다.

한국에 부칠 짐을 챙기던 영진은 커튼을 열어 창밖을 내다보았다. 오늘도 여준의 차가 노상에 주차돼 있었다. 언제까지 저 짓을 하게 내버려 둘 수는 없었다.

영진은 두터운 패딩 점퍼를 챙겨 입고 나가 운전석 창문을 두드렸다. 짙은 검정색의 필름이 부착된 차창 안에서 아무런 반응이 없었다. 주먹을 쥐고 쿵쿵쿵 두드리자 딸깍 문이 열리며 여준이 나왔다. 피로가 범벅인 얼굴에 잠기운까지 역력했다.

"잘 지냈어?"

이 사달을 만들어 놓고 잘 지냈냐고 묻다니, 심사가 뒤틀릴 만했지만 영진은 아무런 생각도 들지 않았다. 이 남자와 담백하게 헤어지기로 마음먹고 나니 분노와 원망, 미움, 그 어떤 감정의 찌꺼기도 없었다.

"뭐, 생각보다 잘 지내지네. 박 이사는 곧 모가지 날아갈 것 같고. 고마워, 여러 가지로. 덕분에 시카고에서 심심하지 않게 연애도 해 보고, 덕분에 지긋지긋한 직장 생활도 잠깐 쉴까 생각 중이기도 하고."

"최영진이 왜 사표를 내. 아무것도 하지 말고 그냥 있어."

"전에 아무것도 하지 말라더니 결과가 이렇잖아. 여준 씨 뜻대로 움직여 줬고, 여준 씨가 만족한 결과 나왔으니까 다 된 거 아니야?"

영진의 눈은 감정 없이 건조했다.

"사과하려고 계속 기다렸어."

"사과하지 마. 형제의 난인지 뭔지 그거 시작되는 거 같다고 직원들끼리 수군거리더라. 대산그룹은 후계 싸움 하다가 형제 하나가 죽었잖아. 그만큼 살벌하고 치열한 싸움인 거 알았으니까 괜히 미안한 마음 갖지 마. 여준 씨가 했던 내가 했던 어차피 피해 볼 사람은 나였어. 둘 다 몰랐던 사실 아니고."

"최영진."

여준이 무어라 말하려고 입술을 달싹이는데 영진은 손을 들어 가로막았다.

"내 얘기 아직 안 끝났어. 나 당장 사표 안 내니까 신경 꺼. 내가 왜 그만둬야 하는데. 잘못한 건 김세웅, 박도훈 그 자식들인데 내가 왜 사표를 내?"

"그럼, 우리 사이는 아무런 문제가 없는 걸로 봐도 되나?"

영진은 여준의 눈에 희망의 빛이 지나가는 걸 보았다. 언제부터 이렇게 애틋한 사이였다고.

그 흔한 좋아한다는 한마디 하지 못해 주저하던 남자가 주인에게 길들여진 짐승처럼 얌전하게 영진의 처분을 기다리는 모습이 낯설기만 했다.

"문제없어 이제. 나는 좋은 방향으로 다 정리했어."

"정리?"

여준이 혼란한 얼굴로 되물었다.

"응, 정리. 여준 씨가 말도 없이 떠나 버리면 어쩌나 항상 전전긍긍했는데, 이렇게 깔끔하게 마무리할 수 있어서 다행이라고 생각해."

"사랑한다며, 나 사랑한다고 했어."

영진의 마음을 확인하려는 강여준은 무척이나 절박하게 보였다.

"여준 씨, 나는 매 순간 최선을 다해서 여준 씨 좋아하고 사랑했고, 그래서 후회 없어."

"후회라니, 그게 무슨 소리야. 최영진, 너 지금 너무 지쳤어. 그래서 지금 마음에도 없는 소리 하고 있는 거야. 일단 한국으로 돌아가서 기다려."

영진의 팔목을 잡아 감아쥐며 급박하게 속삭이는 목소리가 절박했다.

"한국에서 기다리면, 우리 사이 달라질 거 있어?"

오히려 자신을 더 아프게 할 질문이었지만 영진은 손톱만큼의 기대를 담아 물었다.

"여준 씨는 나 사랑해? 아니면 사랑했어?"

예상했던 것처럼 여준은 머뭇거리며 대답하지 못했다.

강여준은 사랑을 되돌려 주지 못하는 사람이다. 그리고 책임지지 못할 감언이설로 영진을 붙잡지 못할 것이다. 그는 처음에 다짐을 받았던 것처럼 언제든 떠날 수 있는 사람이었고 영진은 이제 지쳤다. 영진 역시 여준에게 경고했던 것처럼 끝을 고했다. 깊게 가라앉은 눈으로 영진을 쳐다보던 여준이 가만히 손목을 놔주었다.

"담배 한 대 피우고 갈게. 추우니까 들어가."

"알았어. 잘 가 여준 씨. 안녕."

드디어 끝났다.

6. 후회

네가 없는 나는

후회가 남지 않는다고 마음을 주었던 상대가 쉽게 잊히는 건 아니다.

한국으로 돌아온 영진은 며칠을 버티지 못하고 결국 사직서를 제출했다. 그만둘 이유가 전혀 없다고 생각했지만 여러 날을 고민한 끝에 디에스전자에 더는 발붙이고 싶지 않다는 결론에 이르렀다.

영진에게 있어 디에스그룹은 곧 강여준이었다. 티브이 채널을 돌리다 디에스그룹 계열사의 광고만 나와도 강여준의 단정한 얼굴과 목소리가 떠올라 숨쉬기가 어려웠다.

디에스전자에서 사회생활의 첫발을 내딛고 남자 동기들과 치열하게 경쟁하며 스스로의 힘으로 과장 직함까지 달고 열심히 달려왔던 지난날들이 아깝고 아쉽지만 더는 버틸 자신이 없어졌다.

김세웅이 배신하고 떠났을 때도 이렇게 힘들지는 않았다. 5년을 만났던 김세웅보다 겨우 6개월을 함께한 강여준이 더 애틋하다니, 웃기는 일이었다. 울컥울컥 치밀어 오르는 감정에 하마터면 회사에서 멍청하게 우는 짓거리를 할 뻔했다.

그런데 그렇게 힘겹게 쓴 사직서가 강서원 사장에게 직접 올라가 반려됐다. 이 무슨 황당한 소리냐고 인사팀에 따지고 들자 윗선에서 지시가 내려왔다며 자세한 설명을 거부했다.

반려 사유를 알고 싶다면 강서원 사장 비서실에 연락을 해 보라는데, 강서원 사장과는 테네시 공장 착공식 때 가벼운 인사치레가 전부였다. 그런데 직접 전화를 해 보라니, 이 사람들이 제정신인 건가.

"들어올 때는 마음대로 들어와도 나갈 때는 마음대로 못 나간다 이거예요? 내 뜻대로 퇴직도 못 하는 게 말이 돼요? 고용노동부에 신고를 할 수도 없고."

괜히 항의해 보았지만 인사팀에서 달리 해 줄 수 있는 일은 없었다.

한참을 망설인 끝에 강서원 사장의 비서실에 연락했지만 다행인지 불행인지 강서원 사장과는 연락이 닿지 못했다. 대신 비서실의 정수빈 부장이 최영진 과장에 대한 사항은 모두 지시해 놓았으니 궁금한 것이 있으면 뭐든 물어도 좋다고 했다. 녹스빌에서 강서원 사장과 동행했던 단아한 인상의 여자가 어렴풋이 떠올랐다.

— 강여준 상무가 특별히 부탁을 한 내용이라 사장님 선에서 처리할 수가 없다고 합니다.

황당해 영진은 한동안 물고기처럼 입만 뻐끔거렸다. 강여준을 만난 이후로 영진의 주변에서 상식적으로 일어날 수 없는 일이 잔뜩 벌어지고 있었다.

"부장님, 지금 그 말씀은 납득하기가 힘듭니다. 아무리 같은 그룹이라도 엄연히 다른 계열사인데, 그것도 상무가 사장에게 인사 관련 지시를 내리는 경우가 있습니까?"

강여준이라는 버팀목이 아직도 튼튼하다는 믿음 때문인지 사장의 비서조차 무섭지 않았다. 영진은 한바탕 분노를 쏟아 냈다.

— 지시가 아니라 부탁이라고 말씀드렸습니다만.

겉도는 대화에 가슴이 터질 듯 답답해 영진은 명치를 주먹으로 팡팡 두드렸다.

"알겠습니다, 부장님. 강여준 상무님의 지시가 아니라 부탁이요. 네, 그러면 아무리 부탁이라도 이건 원칙에 맞지 않잖아요. 부장님도 그렇게 생각하고 계시고요."

— 여기서 제 생각은 중요하지 않아요. 아시겠지만 경영권 승계 진행 중이고, 강여준 상무님은 저희 사장님께 힘을 실어 드리고 계십니다.

"아니요, 부장님. 제가 궁금한 건 디에스그룹 후계자나 경영 승계 구도 같은 게 아닙니다. 그저 왜 제 사직서가 수리되지 않는지, 경영지원실 과장의 사직서가 어째서 총괄 사장님에게까지 올라갔는지 그게 궁금할 뿐입니다."

— 결론을 말씀드리자면, 저희 사장님께서 큰 탈 없이 부회장 자리에 오르실 때까지 강여준 상무님의 도움이 절실합니다. 그래서 사장님께서도 강여준 상무님이 불편해하실 만한 문제는 원칙과 상관없이 최소한으로 줄여 드리려 하고 계시고요.

"이런 구체적인 얘기는 극비 사항 아닌가요, 부장님?"

— 극비 사항까지는 아니지만 외부로 알려져서 좋을 게 없긴 합니다.

시종일관 사무적인 태도로 일관하는 정수빈 부장은 아예 감정이 결여된 사람 같았다. 차라리 가식적이던 강서원 사장이 더 인간적으로 느껴질 정도였다.

— 그렇지만 강여준 상무님께 기회를 드린다면 이보다 더 자세한 내용도 알 수 있을 거라고, 저희 사장님께서 말씀하셨습니다.

인공지능로봇도 아니고 강서원 사장이 지시했을 것으로 예상되는 말을 모두 전한 정수빈 부장이 영문 모를 사과를 전해 왔다.

— 그리고…… 여러 가지로 미안하게 됐습니다, 최 과장님. 시카고 법인에서 있었던 일은 미안하게 생각하고 있어요.

'I AM SORRY'라는 말은 미안하다와 유감이라는 뜻으로 동시에 해석이 가능하니, 정수빈 부장이 하는 말을 유감이라는 뜻으로 받아들이면 되는 건가.

바보 같은 생각을 하면서 이유 모를 사과를 받는데, 예리한 촉은 박도훈 이사 성추행 고발 건이 정수빈 부장의 일과 관련이 있다 얘기하고 있었다.

"부장님께 사과받을 일 없습니다. 사장님께서도 할 수 있는 일이 없으시다니 그만 끊겠습니다."

어떤 내막이 있는지 몰라도 이 이상 강여준과 회사에 엮이고 싶지 않아 대충 알았다며 전화를 끊었다.

결국 사표는 수리되지 않았고 팀장이 조용히 영진을 불러 장기

휴가 처리됐으니 원하는 대로 쉬다가 오라며 마음 좋게 웃어 보이기까지 했다.

강여준과 헤어지면 모든 일이 정리될 줄 알았는데 오히려 더 시끄러워지고 있었다.

박도훈 이사는 무려 스무 건이 넘는 성추행과 성폭행 및 폭행 혐의로 기소되었다. 미국에서 있었던 일과 별개로 몇 년 전 협박과 돈으로 무마시켰던 파렴치한 범죄 행각이 드러나 온 나라가 떠들썩해졌다.

강여준은 박도훈 이사를 산 채로 잡아 주겠다더니 아예 난도질하고 있었다.

박도훈 이사가 어느 날 전화를 해 진심으로 사과하겠다며 강여준을 멈춰 달라고 사정했다.

— 제발 전화 한 통만 해 줘, 최 과장. 응?

비굴한 새끼.

'제가 그래야 할 이유는요? 타당한 이유를 PPT로 작성해서 주시면 생각 좀 해 보겠습니다.'

당연히 영진은 사과를 받지 않았다, 용서해 줄 마음이 없었으므로. 더는 누구의 방해도 받고 싶지 않아 영진은 충동적으로 제주도행 밤 비행기에 몸을 실었다.

○ ○ ●

문 실장은 차라리 섹스 동영상을 들고 돈을 요구하는 사람이 훨씬 다루기 쉬웠을 거라고 생각했다.

최영진 과장은 일말의 여지도 남기지 않고 떠났다. 며칠 동안 시카고의 직원 아파트에서 서성거리던 강여준이 무섭게 굳은 얼굴로 돌아온 다음 날, 최영진은 휴대 전화를 아예 정지시켜 버렸다. 그리고 얼마 지나지 않아 한국으로 미련 없이 떠났고 사직서를 제출했다.

그러나 강여준이 이미 손을 써 두어 휴가 처리가 되었는데, 정작 사직 의사가 없던 김세웅 과장이 난데없이 거제도의 디에스중공업 선박사업부 중앙연구원으로 보직 이동 명령을 받았다. 경영학과 출신으로 의사 결정 업무를 주관하던 김세웅이 선박사업부에서 할 수 있는 일은 없었다. 사실상 해고 통지였다.

최영진이 떠난 후 강여준은 제 여자를 이용하여 독하게 빼 든 칼을 거침없이 휘두름과 동시에 최영진을 대신해 막장 삼류 복수극을 찍고 있었다. 박도훈 이사를 해임시킨 것으로도 부족해 강현민 부사장이 뒷정리했던 협력사 직원들과 업소 여성들에 대한 성추행, 강간 및 폭행 혐의를 다시 들춰내 고발토록 했다. 당시에 뇌물을 받은 경찰도 함께 기소되었으며 그 과정에서 거의 모든 자리에 동석했던 강현민 부사장도 참고인 자격으로 경찰에 출석해야 했다.

사건이 일파만파로 확대되자 강 부사장은 박도훈을 주저 없이 잘라 냈다. 끈 떨어진 연 신세가 된 박도훈이 여준과 문 실장에게 여기서 멈춰 달라며 사정했다.

— 상무님, 제가 어떻게 하면 마음이 풀리시겠습니까, 예?

"최영진 과장에게 사과하면 생각을 좀 해 보겠습니다."

손바닥 위에 올려놓고 치는 장난질에 박도훈은 순순히 최영진에게 사과를 했다며 10분이 지나지 않아 다시 전화를 걸어 왔다.

"최영진이 받아 주던가요?"

— 예예, 그럼요. 우리 최 과장이 얼마나 착한 사람인데요. 당연히 받아 줬습니다.

"우리 최 과장……이요?"

아직도 그 서슬 퍼런 목소리가 뇌리에서 잊히지 않았다.

"최영진이 인간성은 나무랄 데는 없지만 착한 여자는 아닙니다. 거짓말도 정도껏 하셔야지."

인간성은 좋으나 착하지는 않다니, 듣기에 상당히 애매모호한 성품이었으나 최영진을 떠올리니 어쩐지 알 것 같기도 했다.

박 이사가 마구 소리를 질러 댔지만 강여준은 가차 없이 끊어 버리며 박 이사와 관련된 전화는 죄다 차단하라는 지시를 내렸다. 후에 박 이사가 무어라 말했는지 몰라도 강현민이 씩씩거리며 뉴욕까지 날아왔지만 강여준은 제가 한 일이 아닌 양 시치미를 뗐다.

"박도훈 이사 일에 형님도 관련이 있습니까? 언급되는 곳이 하나도 없던데요."

여준은 영리하게 일을 벌이는 과정에서 강현민의 이름이 언급되지 않도록 했다. 형제를 같은 문제로 두 번씩이나 건드리는 건 회장의 심기만 불편하게 할 뿐이었다.

문 실장이 보기에도 얄미울 정도로 태연한 어투에 강 부사장은 거칠게 욕지거리를 날리고는 문을 박차고 나갔다. 제 버릇 개 못 준다고, 강 부사장은 홧김에 고급 콜걸 여럿을 불러 난교 파티를 벌였다. 발정 난 개처럼 지저분하게 놀았던 사진이 다음 날 여준의 비밀 메일함으로 전송이 되었다.

"너무 몰아붙이는 거 아닙니까, 상무님? 쥐도 적당히 몰아야지 계속 이렇게 자극하면 강 부사장님 쪽에서 더 지저분하게 굴 수도 있습니다."

"몰아붙이기는요. 이 정도면 그냥 장난치는 수준입니다. 진짜 싸움은 아직 시작하지도 않았어요."

강여준이 사소한 장난으로 치부해 버렸지만 강현민 부사장은 부적절한 사생활로 인한 큰 타격을 피할 수 없게 됐다. 사장으로의 승진을 앞두고 있던 강 부사장은 진급자 명단에서 제외되었고, 얼마 후 승계 구도에 대한 그림을 그리던 강차영 회장은 공석인 부회장 자리에 강서원 사장을 언급했다.

그 자리에는 강서원 사장을 비롯해 강현민 부사장 그리고 강여준 상무도 함께였는데 의례적으로 그 수행 비서들까지 동석시켰다. 강현민과 강여준 두 아들에게 경고하기 위함이었다.

"앞으로 불미스러운 일로 회사 이미지 실추시키는 임원들은 이유를 불문하고 해고야. 상사 뒷수습도 제대로 못 하는 수행 비서들도 마찬가지고. 그깟 주식 몇 푼 갖고 있다고 까불지들 말고 행실 적절히 하란 말이야."

강차영 회장의 입장에서 부도덕한 사생활을 일삼는 둘째 아들이나 그런 놈을 건드려 구설수에 오르게 하는 셋째 아들이나 못마땅하기는 마찬가지였다.

그럼에도 강여준은 심드렁하기만 했다. 강현민은 더한 불호령이 떨어질까 땀을 뻘뻘 흘리며 변명하기에 급급했지만 강여준 상무는 '주의하겠습니다' 이 한마디만 하고 입을 꾹 다물었다. 해임까지 운운하며 실컷 겁을 주는데도 강여준은 회의 내내 제삼자같이 굴더니 본가에는 들르지도 않고 바로 미국행 비행기에 올랐다.

"댁에 들르지도 않으시고, 이러다가 눈 밖에 나시는 거 아닙니까?"

열세 시간 동안 침묵으로 일관하던 상사에게 조바심이 일어 문 실장은 염려를 담아 물었다.

"눈에 든 적이 없는데 눈 밖에 날 일이 뭐가 있습니까."

강여준의 수족처럼 일한 지 5년. 여전히 문 실장은 강여준에 대해 알아 가야 할 것이 많았다.

최영진이 떠난 지 세 달째. 적어도 겉으로 보기에 강여준은 아무렇지 않았다.

"김형수 선수는 어떻게 됐답니까?"

"상무님께서 70억 원에 사 들인 김형수 선수가 어깨 부상으로 시즌 아웃 될 예정이라고 합니다. 언론에는 내일이나 모레 공개될 겁니다."

강여준이 디에스물산 건설사업부로 보직 이동한 첫날, 여준은 수주보다 디에스유니콘즈 소속 선수에 대해 먼저 물었다. 강서원 사장에게 주식 일부를 넘기는 조건으로 야구 선수 김형수를 사 들였는데 제대로 써 보지도 못하고 2군행에, 최영진에게는 버림받기까지 했다. 헤어진 여자 친구의 명품 가방 할부금을 갚고 있는 꼴이었다.

"최영진은 아직도 제주도에 있고?"

"네, 그렇습니다. 돌아올 의사가 없는 것 같습니다."

그렇게 보고를 받고 난 후에야 여준은 정식 업무를 시작했다. 그리고 평소대로 황소처럼 일을 하고 늦은 시간에 퇴근하는 생활을 반복했다.

그런 강여준에게서 조금씩 심상치 않은 기색을 느낀 건 최영진 과장에게 연락이 온 어느 날부터였다.

— 최영진입니다. 이직 준비 중이니 퇴사 처리해 달라고 해 주세요.

여준의 전화번호를 알고 있음에도 최영진은 문 실장에게 전화를 걸었다. 직접 얘기를 나누어 보면 어떻겠느냐 재차 삼차 물어보았다. 강서원 사장의 일을 구구절절 설명할 수가 없어 강여준 상무에게 그럴 만한 사정이 있었을 테니 통화를 해 보라며 구차하게 사정도 해 보았다.

문 실장은 제 여자 친구에게도 이렇게 매달려 본 적이 없었다. 최영진에게 몹쓸 짓을 하고 버림받은 당사자가 꼭 자신이 된 것만 같은 심정이었다.

— 직접 통화하지 않으면 퇴직 처리가 불가능하다는 말씀이십니까?

"과장님, 그게 아니라는 거 아시지 않습니까."

하는 수 없이 말을 전하겠다고 하며 전화를 끊을 수밖에 없었다.

문 실장은 끊어진 전화기를 한참 바라보다가 억지로 강여준 상무의 방으로 들어갔다. 셔츠까지 걷어붙이고 일하는 걸 보니 일이 잘 풀리지 않아 속으로 화를 삭이고 있는 게 분명했다. 여기에 최영진 소식까지 전해야 하다니, 섶을 지고 불길로 뛰어드는 꼴이었다.

"상무님, 최영진 과장님께 방금 전화 왔었습니다."

강여준이 대번에 인상을 그으며 펜을 놓았다.

"이직 준비 중이니 퇴직 처리해 달라고 하십니다."

또 무슨 이야기가 오갔는지 계속해 보라는 표정에 문 실장은 있는 그대로 보고했다.

"직접 이야기를 해 보는 게 좋겠다고 말씀드렸더니 다소 격앙되셨습니다. 강서원 사장님 일은 상무님께서 설명하셔야 할 문제 같아서 별다른 말씀은 드리지 않았습니다."

"그게 답니까?"

죄인이 된 심정으로 고개를 끄덕이니 강 상무는 별말 없이 전화기를 집어 들어 서울로 전화를 했다. 서울은 새벽 1시였다. 최영진은 이곳에서 업무를 시작하기만을 기다리다 연락을 했겠지만, 강서원 사장은 이미 잠자리에 들었을 터였다.

"벌써 자요?"

제 형을 타박하는 말투에 문 실장은 한국 시간에 맞춰 둔 시계를 쳐다보았다. 이제 잠자리에 들었다고 해도 충분히 늦은 시각이었다.

"최영진, 사직서 수리해 주세요. 제가 알아서 하겠습니다. 어차피 형님이 벌인 일 뒷수습하는 게 제 몫 아닙니까."

그날 저녁 여준은 디에스물산으로 보직 이동한 후 처음으로 제시간에 퇴근했다. 정시 퇴근이 지극히 정상적인 일과지만 강여준에게는 아니었다.

다음 날에도 여준은 정시에 퇴근했다. 확실히 무언가 이상했다.

그리고 결정적으로 강여준이 무너진 건 디에스전자 시카고 법인 제이드 한 과장이 사직서를 냈다는 보고를 들은 후였다. 사표를 내고 한국행을 택한 제이드 한 과장은 엘케이반도체 전략기획본부에 입사했다. 엘케이반도체는 사직서가 수리된 최영진 과장이 이직한 곳이었다.

"같은 부서라 이거지."

혼잣말처럼 중얼거리던 여준은 둘의 동선을 체크하게 했다.

한국에 연고가 전혀 없는 제이드 과장은 최영진의 적극적인 도움으로 최영진과 같은 오피스텔에 입주했다. 연인 사이로 발전한 흔적은 없었지만 둘은 여전히 친밀했고, 하루 이십사 시간 중 무려 열두 시간 이상을 함께했다. 밤새워 술이라도 마시는 날은 스무 시간 가까이 함께였다.

아무리 친구라지만 그 정도의 시간을 공유하다 보면 없던 연애 감정도 싹트게 된다. 더군다나 최영진 과장과 제이드 한, 둘 다 매우 매력적인 사람들이라 둘이 사귄다고 해도 전혀 이상할 게 없었다.

"문 실장님, 목소리도 들려주기 싫을 만큼 내가 최영진을 정떨어지게 했습니까?"

문 실장은 무어라 대답할지 몰라 눈동자만 굴렸다.

"솔직히 말해 주세요. 내 딴에는 최선을 다했는데 나와 말도 섞기 싫어하는 걸 어떻게 해석해야 됩니까."

"아마 상무님은 최영진 과장이 박도훈 이사 일 때문에 이별을 결심했다고 생각하실 겁니다."

문 실장은 곁에서 지켜봐 온 대로 솔직히 조언해 주기로 했다.

그가 강여준을 수행한 이후로 가볍고 담백한 만남을 지향하던 이 남자가 연애라고 부를 만한 관계를 가진 건 처음이었다. 문 실장을 만나기 전에는 어땠을지 모르겠지만, 그동안의 강여준 상무를 보자면 아주 어릴 때라 해도 지금까지와 크게 다르지 않았을 것이다.

온화하고 다정한 연인인 척 가면을 쓰고 상대와 철저히 선을 그었다. 그런 관계를 최영진이 끝까지 원했을 리가 없다.

"연인 사이라는 게 그렇게 한 번에 쉽게 정리가 되는 게 아닌 것 같습니다. 박도훈 이사는 최영진 과장이 결정적으로 정리하게 된 단순한 사건일 뿐, 상무님이 모르는 사이에 이미 최영진 과장은 멀어질 준비를 하고 있었을 겁니다."

깊게 침잠하는 강여준의 눈빛이 마치 벼랑 끝으로 걸어가는 사람 같았다.

"최영진 과장님 입장에서 말씀드리자면, 다시는 만나고 싶지 않고 생각하고 싶지도 않은 상대였던 것 같습니다. 왜냐하면 전부를 걸었는데 그 전부를 날려 버렸거든요."

"이해는 되지 않지만 그럴 수도 있겠다 싶네요."

드물게 수면유도제만 먹던 강여준이 수면제를 처방받은 건 그 날부터였다.

○ ◐ ●

강여준은 난잡하게 놀지 않았을 뿐 꾸준히 관계라는 걸 맺어 왔다. 적당한 거리를 두고 만난 여자들과의 관계는 복잡한 감정이 얽히지 않고도 쉽게 유지되었고, 대부분 위자료와 함께 깔끔하게 정리되었다. 강여준은 누구에게도 애정이나 그 비슷한 감정을 바라지 않았고, 상대가 사랑이라는 걸 바라거나 미래를 요구하면 미련 없이 관계를 끊어 버렸다.

최영진 역시 크게 다르지 않다고 생각했었다. 아무것도 바라지 않는 가벼운 관계.

약속했던 것처럼 영진은 그에게 아무것도 바라지 않았다. 대신 강여준에게 모든 감정을 아낌없이 쏟아부었다.

문 실장이 하려던 말이 그것이었던 것 같다. 최영진은 야금야금 자신의 감정을 소비하다 결국 아무것도 남지 않은 빈털터리로 떠난 것이다.

'여준 씨는 나 사랑해? 아니면 사랑했어?'

곧 울 것 같은 얼굴로 처연하게 물어 오던 최영진이 떠올랐다.

모든 것을 체념하고 자조적인 웃음을 지었던 것도 같다.

만약 최영진이 다시 같은 질문을 해 온다면. 여러 번 생각해도 최영진에게 해 줄 수 있는 말이 없다. 차마 순수하게 사랑을 원하는 말간 얼굴에 대고 달콤한 거짓말을 할 수는 없었다.

잠이 오지 않아 수면제를 한 알 더 삼켰다. 막냇동생 강윤주를 보낸 직후에도 수면제를 먹지 않았다. 그럴 필요가 없었으니까. 지쳐서 하루에 스무 시간 넘게 잠만 잤던 것 같다.

깜깜한 어둠 속에서 여준은 전화기를 만지작거리며 영진의 번호만 노려보았다. 단 1분만이라도 최영진의 목소리를 들을 수 있다면 불면증 따위 물리칠 수 있을 텐데. 언젠가 영진이 말했던 것처럼 우유를 벌컥벌컥 마셔 보았지만 잠이 오기는커녕 속만 불편해졌다.

어둠에 익숙해진 눈으로 멍하니 천장을 쳐다보다 결국 통화 버튼을 눌렀다. 새벽 2시. 서울은 오후 3시였다. 업무에 한창일 시간. 업무 때문에 받지 않을 가능성 그리고 일부러 받지 않을 가능성을 염두에 두고 천천히 신호가 떨어지길 기다렸다. 역시 최영진은 응답하지 않았다.

결국 잠을 포기하고 자리에서 일어났다. 탁자 위에 올려 둔 보석함을 열었다. 최영진이 시카고 아파트에 놔두고 간 것들이었다.

강여준에 대한 건 어느 것도 남기지 않겠다는 듯 그가 선물했던 것들을 죄다 두고 갔다. 신용 카드도 보석함 옆에 나란히 두고 갔다고 했다. 여준이 준 것 중에 가져간 것이라고는 겨우 속옷 따위. 그마저도 한국에서 버렸을지도 모르겠다. 그 불같은 성격에 태워 버렸을지도.

그런데 정작 여준은 최영진이 남기고 간 것들 중 어느 것도 버리지 못했다. 무조건적인 지지, 조건 없는 사랑, 무한한 신뢰와 믿음, 열정, 기분 좋은 무모함. 강여준을 사람답게 하는 모든 것들을 남겨 놓고 최영진은 미련 없이 떠나 버렸다. 매 순간 최선을 다했기에 후회가 없다는 최영진과 달리 여준은 지독한 그리움에 몸서리치고 있었다.

어떤 상대보다 최선을 다했다고 여겼다. 어떤 상대보다 뜨겁게 몸을 나누었다. 한 번도 섹스에 몸 달은 적이 없었는데 최영진은 매 순간 갖고 싶었다, 부서져라 소유하고 싶었다.

여준은 다시 휴대폰을 집어 들었다. 또 집요하게 전화를 걸었다. 열 번의 기다림 끝에 영진의 목소리가 들렸다. 귀찮은 티가 역력했지만 드디어 받아 주었다.

— 네, 상무님. 어쩐 일이십니까.

여준은 눈을 질끈 감았다. 가슴이 뻐근하고 아릿했다. 최영진의 목소리를 들었다는 안도감 그리고 자신을 부르는 상무님이라는 낯선 호칭, 그 모두가 여준을 숨 막히게 했다.

"목소리가 듣고 싶어서 전화했어."

— 저 바쁩니다, 상무님. 특별히 용건 없으시면 끊겠습니다.

"최영진, 잠깐만 통화해."

— 용건 말씀해 주세요.

키보드를 거칠게 두드리는 소리와 함께 옆에서 끊임없이 전화 소리가 울리고 있었다.

"잘 지내는지 궁금해."

영진이 아무 말도 하지 않았다. 시끄러운 전화벨 소리는 계속 울리고 영진이 잠깐 기다리라더니 다른 사람과 통화를 했다.

— 제이드, 급한 일이야? 급한 일 아니면 조금 이따가 내가 전화할게.

제이드 한. 최영진과 한 오피스텔에 살고 있다는 제이드. 강여준과 최영진의 관계를 알고 있었던 유일한 사람. 그 남자가 항상 신경에 거슬렸다. 강여준과는 주말 단 이틀을 함께했지만, 제이드 한과는 주중 5일, 적어도 하루 중 여덟 시간을 함께하며 감정을 공유했을 것이다.

— 저는 아주 잘 지내고 있습니다. 제 사무실 전화번호까지 알아내신 걸 보면 대충 제 근황도 알고 계실 것 같은데요.

"그냥, 목소리가 듣고 싶었어."

영진에게서 떨리는 숨소리가 들려왔다. 최영진이 아예 감정을 다 지워 버린 건 아니었다.

— 목소리를 들려드릴 만큼 제가 한가한 상황이 아니라서, 이만 끊어도 될까요?

딱딱하기 짝이 없지만 익숙한 목소리가 청신경을 타고 심장에 닿자 몸이 나른해지고 있었다. 불편하게 두근거리던 심장이 정상 범위로 움직이고 시끄럽게 귀를 울려 대던 이명도 사라졌다.

— 그리고 다시는 연락하는 일 없었으면 좋겠습니다.

깜빡깜빡 눈이 감겨 말도 제대로 할 수 없었다. 오랫동안의 불면으로 지친 몸이 덮쳐 오는 수마를 견디지 못했다.

— 상무님.

"듣고 있어."

— 여준 씨. 약 먹었어?

염려를 가득 담은 목소리의 최영진이 꿈인지 실제인지 분간이 가지 않는다.

— 왜 그래, 신경 쓰이게. 될 수 있으면 약 먹지 말고 자. 끊는다.

"고마워."

무수히 최영진에게 했던 말, 고마워. 지금 이 순간, 그 어느 때보다 간절한 진심이었다.

— 또 고맙대. 천만에요 강여준 씨. 다시는 전화하지 마세요.

전화가 뚝 끊겼다. 최영진의 목소리를 들을 수 없다면 찾아가면 된다. 왜 이제야 생각이 났을까.

수면제 때문에 몽롱한 정신으로 깨어난 여준은 시차 따위 무시하고 강서원 사장, 아니 강서원 부회장에게 연락했다.

"서울 가겠습니다. 내일 당장 발령 내 주세요."

○ ◔ ●

사랑이 또 한 번 떠나가도 계절은 바뀌고 바뀌어 아픔은 조금씩 옅어져 일상은 다시 안정을 되찾았다. 새로운 회사에 무사히 정착했고, 다행이 이곳 엘케이반도체 직원들은 영진이 디에스그룹의 3세와 얽혔던 사실을 전혀 알지 못했다.

다만 엘케이그룹의 오너 일가와 안면을 트고 지내는 카페 사장 강서현과 어떻게 아는 사이인지는 궁금해했다. 순진한 동료들은 시카고에 있을 때 조금 알았던 사이라고 둘러대자 의심 없이 궁금증을 거둬들였다.

"언니, 이거 먹어 봐요. 신제품인데 반응이 좋아요."

강여준의 사촌 동생 강서현은 엘케이반도체 건물 1층에서 프랜차이즈 카페를 운영하고 있었다. 식품 사업을 하는 강서현의 외가에서 소유한 브랜드였다.

강서현은 이곳 말고도 여러 개의 지점과 유기농 베이커리를 운영하고 있었는데 영진이 엘케이반도체에 입사했다는 걸 알자마자 거의 매일 이곳으로만 출근하는 중이었다. 제 오빠와 헤어졌다는 걸 알면서도 강서현은 영진을 오래된 친구 대하듯 친근하게 굴었다.

"자꾸 서비스 주지 마. 부담스러워서 오겠어?"

핀잔을 주듯 말했지만 영진은 하프 사이즈 케이크를 먹어 치우기 시작했다.

"언니 먹는 거 보고 있으면 꼭 동물 같은 거 알아요?"

강서현이 또 의식의 흐름대로 쓸데없는 소리를 하고 있었다. 그래도 느릿한 말투와 사심 없이 맑은 목소리 덕에 저런 식의 직설적인 비유를 들어 말해도 대단치 않게 흘려버리게 된다.

"뭐라고? 동물? 이게 혼날라고."

"햄스터나 다람쥐같이 작고 사랑스러운 애들 있잖아요. 볼이 미어터지게 저장해 놓고 계속 먹는 애들. 언니 되게 드세고 냉랭하게 생겼는데 먹을 때 보면 또 엄청 귀여워요. 이래서 우리 오빠가 반했나."

아이스커피를 마시다 말고 영진은 눈을 흘겼다.

"생각해 봤는데……."

"생각하지 마."

무슨 말인지 듣기도 전에 영진이 손을 들어 가로막았지만 강서현은 조잘조잘 수다를 멈추지 않았다.

"언니 몸속에 우리 집 사람들을 홀리는 유전자가 있는 게 틀림없어요. 강요한도 그렇고 나도 그렇고 무엇보다 여준 오빠. 여준 오빠가 절대 충동적이고 감정적인 사람이 아니거든요. 나나 요한 오빠나 되니까 여준 오빠랑 어울려 주지 누가 그런 재미없는 사람을 만나 줘요."

강여준 얘기는 꺼내지도 말라고 그렇게 신신당부했는데 볼 때마다 그 남자 얘기를 꼭 꺼내 마음을 복잡하게 만들었다. 여기서는 무슨 대화를 나눠도 강여준으로 귀결되니, 강서현이 꼭 세뇌하려고 작정하고 말하는 것 같기도 하고, 아니면 저가 강여준 얘기를 듣고 싶어서 굳이 강서현을 찾아오는 것 같기도 하고, 널뛰는 마음을 스스로도 종잡을 수 없었다.

가끔씩 강여준과의 마지막 통화가 생각날 때면 가슴이 쿡쿡 쑤셨다. 목소리를 듣고 싶다더니 약에 취해 제대로 듣기나 했는지 모르겠다.

"언니랑 사귀기 전에 만났던 여자들한테도 다 차였을걸요."

"나도 강여준을 걷어찼지, 시원하게."

영진은 씁쓸하게 중얼거리며 한 입 남은 케이크를 마저 먹어 치웠다.

"그 큰 걸 벌써 다 먹었어!"

텅 비어 버린 케이크 접시를 보더니 서현이 기겁했다.

"이게 언제 다 배 속에 들어갔어요? 아니 그것보다 그게 다 들어가요?"

"내 남동생은 케이크 하나 다 먹고 아이스크림 파인트 사이즈 먹는 데 30분도 안 걸려. 어렸을 때 피자 한 판에 라면 두 개까지 끓여 먹는 거 봤어."

"혹시 운동해요?"

"아니, 그냥 학생. 공대 학생."

늦둥이 남동생과는 열 살 차이가 난다. 해군을 만기 제대 하고 복학한 남동생은 디에스물산 플랜트사업부를 목표로 공부하고 있었다.

강여준과 사귀었다고 슬쩍 말해 주니 왜 헤어졌냐며 버럭 화를 냈다. 아물지 못한 실연의 상처로 괴로워하는 누나를 두고 취업 기회 한 번 날렸다고 원망했지만, 그렇게까지 철딱서니 없는 애는 아니었다.

그날 밤 실연을 뒤늦게 위로하려는 듯 꽃을 나타나 영진은 강여준과 헤어진 후 처음으로 펑펑 울었다. 눈이 짓무르도록 울어 다음 날 밖으로는 한 발자국도 나가지 못했다.

"궁금하다, 언니 동생. 언제 온대요?"

"저기 들어오네."

심드렁하게 집게손가락을 들어 입구를 가리키자 서현이 격하게 숨을 들이마셨다. 객관적으로 동생은 잘생겼다.

"누나."

"왔냐? 인사해, 강서현이야."

영진은 고갯짓을 하며 두 사람을 인사시켰다. 강서현의 얼굴이 복숭아처럼 붉어졌다.

"왜 부끄러워하고 난리야, 안 어울리게. 귀엽다 너 좀?"

"언니이, 하지 말아요오."

서현이 콧소리를 내며 몸을 배배 꼬았지만 정작 남동생은 담백하기만 하다.

"안녕하세요, 최해진입니다. 말씀 많이 들었어요, 누나."

"최해진. 오늘부터 내 최애 해요."

근본 없는 언어유희까지. 못 볼 꼴이다 싶어 영진은 가방을 챙겨 자리에서 일어났다.

"어디로 갈 건데요?"

"갈매기살 먹으러 갈 건데 정말 같이 갈 거야?"

물으나 마나 서현은 동석하겠다며 따라나섰다. 편한 차림으로 입고 오길 잘했다며 영진에게 팔짱을 끼고 마구 치댔다. 귀여운 녀석. 영진은 세상 즐거운 듯 방싯거리고 있는 서현의 가방을 해진이 들게 했다. 서현이 들어 달라고 했다면 융통성 없이 단칼에 거절했을 녀석이 영진의 말에 군소리 없이 받아 들었다.

회사 근처에서 멀지 않은 곳의 갈매기살집으로 갔는데 서현은 익숙한 듯 자리에 앉아 수저를 세팅했다.

"이런데 와 보셨어요?"

남의 일에 관심 없는 해진이 그런 서현이 신기한 듯 호기심을 보였다.

"어릴 때부터 자주 다녔어요."

"재벌도 이런 데서 밥 먹는다니까 신기해요. 우리 같은 사람들은 알지도 못하는 그런 레스토랑에서 먹는 거 아니었어요? 회원제 막 이런 데."

"뭐 그런 데도 가긴 하는데, 그렇게만 살면 재미없잖아요. 저희 집은 여준 오빠네처럼 삭막하지 않아요."

"그 집이 그렇게 삭막해요? 그래서 우리 누나를 그렇게 마음 아프게 했나."

해진이 시무룩하게 물으며 영진의 눈치를 살폈다.

"삭막하기만 하나? 살벌해요. 막장 드라마보다 더하면 더했지 덜하진 않아요. 상상 초월."

강서현이 자꾸 영진의 마음을 건드렸다. 제 오빠라고 두둔하는 거다.

"사장님, 야구 중계 볼 수 있어요?"

서현이 살갑게 손을 들며 텔레비전 채널을 바꿔 달라 하자 해진 또래의 아르바이트생이 냉큼 채널을 돌렸다. 프로 야구 준 플레이오프 경기가 시작되고 있었다. 디에스유니콘즈의 경기였는데 강차영 회장과 여준의 모습이 카메라에 잡혔다. 영진은 고개를 돌려 서현을 흘겨보았다.

"너 일부러 채널 돌렸지."

"야구 좋아하잖아요, 언니."

티브이 화면 속에서 부자가 나란히 디에스유니콘즈의 팀 재킷을 입고 VIP석에 앉아 맥주까지 마시고 있었다. 그냥 얼굴을 들이밀러 온 게 아니라 정말 야구 관람을 하러 간 것이었다.

잊고 지냈는데 강차영 회장과 다정한 부자지간을 연출하고 있는 강여준을 보자 또 마음이 싱숭생숭해졌다. 내가 저런 남자와 만났었다, 이거지.

복작거리는 영진의 속사정과 상관없이 해진은 갈매기살 5인분과 소주, 맥주를 주문했고 서현은 뭐가 그리도 즐거운지 휴대폰을 잡고 싱글거렸다.

"언니, 좀 이따 티브이 잘 봐요. 눈도 깜빡이면 안 돼요."

무슨 수작인지 눈을 가늘게 뜨는데 서현이 억지로 머리를 붙잡아 화면을 보게 했다.

세상에. 내가 지금 본 게 뭐람.

"너 지금 너희 오빠랑 문자 주고받은 거야?"

2회 초, 디에스유니콘즈의 폭투로 투수가 교체되는 사이 카메라가 다시 VIP석으로 향했고, 카메라를 정면으로 본 강여준이 손을 흔들었다. 잠깐 사이에 지나갔지만 분명히 손을 흔들고 있었다. 야구를 중계하는 아나운서가 배우 못지않게 잘생긴 외모를 짧게 칭찬하고 카메라는 다시 몸을 풀고 있는 투수에게로 돌아갔다.

서현의 은밀한 시선으로 미루어 보아 강여준의 저 손짓은 영진을 향한 것이었다.

"아이돌하고 몰래 연애하는 것 같지 않아요?"

"쓸데없는 짓을 하고 있어, 너는."

"쓸데없기는요. 솔직히 언니 지금 심쿵하지 않았어요? 여준 오빠가 원래 저런 이벤트를 하는 사람이 아니잖아요. 큰아버지도 지금 속으로 의아해하고 있을걸요."

급하게 소주를 따라 한 잔 들이마시는데 얼굴과 속이 훗훗하게 달아올랐다.

"소맥 한 잔 말아 봐."

명령이 떨어지자 해진은 잔 세 개를 세팅하고는 기가 막힌 비율의 폭탄주를 만들어 영진과 서현의 앞에 내밀었다. 셋은 아무런 건배사 없이 잔을 쨍하게 부딪치고는 시원하게 퍼부었다.

엄청나게 먹어 치우는 갈매기살에 비례해 소주와 맥주도 벌써 각 세 병, 다섯 병째였다. 야구는 8회 말까지 7대 5로 디에스유니 콘즈가 앞서고 있었으나 9회 말 상대 팀의 3점짜리 홈런으로 역전당해 씁쓸하게 패배했다.

"회장님에 그 아들까지 출동했는데 역전패야. 미쳤냐, 시발. 70억이다, 70억. 주식과 맞바꾼 70억!"

놀랍게도 강서현의 입에서 나온 말이었다. 술기운으로 얼굴이 발갛게 달아오른 해진이 퍼뜩 놀라면서도 새삼 반했다는 얼굴로 서현을 물끄러미 바라보고 있었다.

"안 돼!"

반쯤 술이 오른 영진은 둘 사이를 반으로 가르며 단호하게 외쳤다.

"재벌과 월급쟁이는 안 된다. 최해진, 너 당장 그 눈에서 하트 치워. 강서현 너도."

"언니 나 재벌 아닌데요."

"웃기는 소리. 강남 노른자 땅에서 몇십 평짜리 커피 전문점을 겨우 스물여덟 살짜리가 운영하는데 재벌이 아니라고? 너는 재벌이고, 내 동생은 대한민국 평범한 4인 가족의 평범한 공대생이야. 그 끝이 얼마나 비참하고 슬픈지 너희들이 알아?"

목소리가 끝도 모르고 높아졌지만 금요일 밤 10시, 다들 취해서 누구 목소리가 더 큰지 내기라도 하듯 고성이 난무하는 갈매기살집이었다. 영진이 무어라 지껄이고 소리치든 아무도 신경 쓰지 않았다.

새하얀 연기가 피어오르고 불판 밑의 숯 때문인지 실컷 들이부은 술 때문인지 다들 벌건 얼굴로 신세 한탄을 하는 밤. 그 특별할 것 없는 곳에 마치 드라마의 극적인 엔딩처럼 강여준이 나타났다.

"서현아, 혹시 저 사람 너희 오빠니?"

영진은 눈을 가늘게 뜨고 집게손가락으로 전방을 가리켰다.

"맞네, 우리 오빠. 패배의 남신. 디에스유니콘즈 패배의 아이콘."

서현이 횡설수설하는 사이 정장을 차려입은 여준이 등받이 없는 빨간색 의자에 앉았다.

"엄청나게 먹었구나, 최영진."

계산서를 무심히 들여다본 여준이 입꼬리를 말아 올리며 웃고 있었다. 무뚝뚝하지만 다정한 말투. 강여준이 틀림없었다.

살면서 한 번쯤은 강여준을 우연히 마주칠 수 있을 거라 생각했지만 적어도 이런 식은 아니었다. 벌겋게 달아오른 불판 위에 갈매기살이나 구우며, 술병이 마구 뒹구는 테이블 앞에서 고성방

가하고 풍선 인형처럼 팔을 휘휘 젓는 꼴사나운 모습으로 만나기를 원한 적은 결단코 한 번도 없었다. 차라리 만취해서 강여준을 못 알아보는 게 더 나을 뻔했다.

영진은 손바닥에 얼굴을 파묻으며 고개를 푹 숙여 버렸다.

"오랜만이야, 최영진."

영진이 눈앞에 닥친 현실을 회피하는 사이에 여준은 명함을 꺼내 해진에게 내밀었다.

"서현이 사촌 오빠 강여준입니다."

강여준이 악수를 청하자 해진은 공손하게 손을 맞잡으면서도 경계심을 늦추지 않았다. 기특하게도 남동생은 영진이 펑펑 울었던 그날 이후로 누나를 울린 남자가 주는 월급은 받을 수 없다며 디에스물산을 취업 우선순위에서 저만치 밀어 두었다.

"누나 동생 최해진입니다."

"반갑습니다."

여준이 접대 자리에라도 온 사람처럼 정중하게 인사하는데 동생이 기어들어 가는 목소리로 '누나' 하며 영진을 불렀다. 억지로 고개를 드니 '디에스물산 건설사업부 상무' 라고 쓰인 명함을 손에 꼭 쥐고서 영진에게 무언가 간청하는 얼굴로 애타는 눈빛을 쏘아 보냈다.

"그거 챙겨."

영진의 허락이 떨어지자 동생은 지갑 속에 명함을 소중히 집어넣었다. 저런 줏대 없는 놈.

"영진 씨 아직 취하려면 멀었잖아."

영진을 너무도 잘 알고 있다는 투. 영진은 머리를 들어 여준을 한껏 노려보았다. 이건 예의가 아니다. 잘 차려입은 정장, 값나가 보이는 시계, 왁스로 잘 손질한 머리. 차림새가 아니더라도 왁자지껄한 갈매기살집에서 멀쩡한 정신으로 단정하게 앉아 있는 강여준은 너무나 이질적이고 불편한 존재였다.

"창피하니까 좀 나가 줄래?"

얼굴에 손부채질을 하며 명령하자 여준이 반쯤 남아 있던 영진의 폭탄주를 비우고는 보란 듯이 맥주잔에 소주를 가득 부었다. 눈이 풀린 강서현이 패배의 아이콘이라고 연신 비난을 퍼부으며 손가락질을 하는 가운데 여준은 그 많은 술을 단숨에 마셔 버렸다. 보기만 해도 토할 것 같아 영진은 고개를 돌려 버렸다.

"한 잔 더 해, 오빠."

"누나 그건 한 잔이 아닌 것 같은데요."

술 좀 한다 하는 최해진도 질렸다는 얼굴로 말려 보았지만 소용없었다. 물처럼 콸콸 따라지는 소주를 보다가 영진은 결국 헛구역질을 했다.

"괜찮아, 괜찮아. 이 정도로 끄떡없지. 러시아 사람들 상대로 영업도 했던 사람인데."

강여준이 또 한 번 소주 반병이 들어찬 잔을 쉽게 넘겨 버리자 강서현이 경박하게 박수를 쳤다.

"자, 이러면 안 창피하지?"

소주 한 병을 순식간에 비워 버린 여준이 만족하느냐는 얼굴로 잔을 턱 내려놓았다. 와인이나 양주를 가볍게 나눠 마셨던 정도라 여태껏 취한 모습을 본 적이 없었다. 저렇게 무식하게 술을 들이부을 수 있다는 것도 처음 알았다. 아직도 취한 기색이라고는 찾아볼 수 없지만.

"섞어서 한 잔 더 하시겠습니까, 상무님?"

"누가 최영진 동생 아니랄까 봐 말투까지 비슷하네."

강여준이 잔을 내밀어 해진이 따라 주는 폭탄주를 받았다. 해진은 공손하게 두 손으로 따르고는 병을 여준에게 건넸다.

"많이 마신 것 같은데 한 잔 더 할 수 있어요?"

"네. 뭐, 주시면 마실 수는 있습니다. 제가 누나만큼은 못 마시지만 어디 가서 빠지지는 않습니다."

동생은 넙죽 술을 받아 겁 없이 건배를 하더니 한가득 따라진 술을 벌컥벌컥 마셨다. 저렇게 마시면 곧 쓰러질 텐데. 영진이 걱정을 하거나 말거나 강서현이 두 사람의 잔이 찰랑이도록 술을 따랐다.

영진은 남동생이 잔을 들기 전에 재빠르게 가로챘다. 그런데 여준이 더 빨랐다. 영진에게서 잔을 빼앗더니 그걸 또 마셔 버렸다. 그리고 자기 잔에 담긴 것도 마저 비웠다.

"잘 마신다, 강여준!"

강서현은 뭐가 그렇게 신이 나는지 연신 박수 치며 웃다가 해진에게 툭 기대며 정신을 놓아 버렸다. 최해진도 눈을 깜빡거리더니 서현에게 기대며 잠들어 버렸다. 환장할 노릇이었다.

신경질적으로 동생의 정강이를 걷어찼지만 해진은 알아듣지 못할 말만 중얼거릴 뿐 정신을 차리지 못했다. 영진은 눈을 질끈 감으며 속으로 욕을 삼켰다. 취한 와중에도 강여준이 불편해 죽을 것 같았다. 방패막이가 되어 줄 동생과 강서현이 쓰러져 있으니 여준과 대화를 할 사람은 오로지 영진뿐이었다.

영진이 우물쭈물 멀뚱히 티브이만 쳐다보니 여준이 빈 소주잔을 채웠다. 영진은 또 한 번에 술을 털어 넣으려는 여준의 손목을 붙잡았다.

"미쳤어? 오늘만 살고 말 거야? 무슨 술을 이렇게 무식하게 마셔. 약도 먹는다며!"

"안 죽어. 사람 목숨이 그렇게 쉽게 끊어지지는 않더라고."

이건 또 무슨 살벌한 소리란 말인가. 영진이 다그쳤지만 여준이 술을 가볍게 털어 마셨다.

"헛소리하지 말고 그만 마셔."

"수면제 안 먹어 이제. 최영진이 먹지 말라고 했잖아."

"약을 먹든 안 먹든."

"창피하다며. 혼자만 취한 거 보이기 싫잖아. 그래서 나도 취해 보려고."

여준이 빈 술병을 내려놓더니 냉장고로 성큼성큼 걸어가 소주 두 병을 더 꺼냈다. 다 탄 숯을 들고 분주하게 오가는 직원에게 흔들어 보이니 테이블을 확인한 학생이 계산서를 다시 가져왔다.

평범한 직장인처럼 일상적인 풍경에 녹아들고 있는 강여준은 이곳에서 더는 주변인처럼 보이지 않았다. 오히려 너무 빨리 익숙해져 아팠던 지난 시간이 통째로 사라진 것만 같았다.

"정말 왜 이래, 무식하게."

"나 원래 무식한 놈이야. 그러니까 미국에서 하던 일도 다 때려치우고 왔지. 그리고 최영진한테 몹쓸 짓 하고도 이렇게 당당하게 앉아 있을 수도 있고."

"그래, 박도훈 이사 보내 버리는 거 보니까 상당히 무식하긴 하더라. 아주 무식하고 파렴치한 놈이야, 강여준."

영진이 분노를 담아 쏘아붙이며 여준이 그랬던 것처럼 맥주잔에 소주를 따라 기세 좋게 입으로 가져갔다. 하지만 이 잔을 다 비우면 인사불성이 되어 정말 흉한 꼴을 보일지도 모른다. 영진은 조금씩 홀짝이며 다 마셔 버릴지 말지 고민에 빠졌다. 여준이 잔을 빼앗을 거라 생각했지만 말없이 지켜보기만 했다.

"나 안 말려?"

영진은 잔을 탁 소리 나게 내려놓았다. 이미 반쯤 취해 있는데 이걸 다 먹었다가는 정말 실려 갈 수도 있었다.

영진이 성질을 부리며 잔을 내려놓자마자 여준은 반만 채운 소주잔을 내밀었다.

"나 같은 놈 때문에 폭음해서 속 버리고, 두통에 시달리고, 그럴 사람 아니잖아, 최영진. 누구 좋으라고 그런 짓을 해. 안 그래?"

어디서 많이 들은 것 같은 말이다. 영진은 고개를 갸우뚱 기울이며 기억을 더듬었다.

"요한이네 바에서 그랬잖아. 그딴 놈 때문에 폭음해서 속 버리기 싫다고."

강여준과 처음 만났던 그날, 루프탑 라운지 바에서 했던 말을 강여준은 그대로 기억하고 있었다. 무서운 기억력이라고 감탄해야 하는지 아니면 저가 오래전에 했던 말까지 기억에 담고 있는 섬세함에 감동받아야 하는지 갈피를 잡을 수 없어 혼란스러웠다.

영진은 괜한 치기를 부리며 맥주잔에 따라진 소주의 반을 냉큼 삼켰다. 지독히도 쓴맛에 욕지기가 올라왔다. 여준이 눈살을 찌푸리며 잔을 빼앗아 저만치로 밀어 버렸다.

"그거 이리 줘. 여준 씨 때문이 아니라 나 때문에 마시는 거야. 대차게 차여 놓고도 이렇게 여준 씨하고 마주하고 있는 내가 싫어서."

"말은 바로 해. 내가 차였지, 최영진한테. 버림받았지 아주 처절하게."

"내가 그렇게 하도록 몰아붙인 사람이 누군데."

"그래, 내가 그랬어. 그런데 넌 참 정리가 빠르더라. 빨리 떠나고, 빨리 잊고, 빨리 새 직장에 적응하고. 난 미칠 것 같았는데 엄청 잘 지냈어, 최영진은."

"나 원래 그런 사람이야. 떠나간 사람한테 미련 없어. 포기할 건 빨리 포기하고 현실에 집중해야지."

영진은 아직도 미련이 산처럼 쌓여 있는 주제에 자존심을 세웠다.

"최영진, 전에 우리 관계가 모래성 같다고 했지? 내가 거기에 시멘트를 바르면 어때?"

뭘 잘못 먹고 왔나, 정말 이상하다 이 남자. 디에스물산 건설사업부로 이동하더니 이런 건설 시스템적인 비유라니.

"시멘트 부어 봤자 그 안에 모래밖에 더 있어? 시멘트 아무리 때려 부어 봤자 모래밖에 없는데 그게 견고해질 수 있겠느냐고."

"철근으로 뼈대 세우고 질 좋은 모래랑 시멘트 섞어서 시공하고, 면진 설계에 감리까지 철저히 받아서 아주 견고한 관계를 만들면, 이건 어때."

머리가 아파 오려고 한다. 지금 강여준이 하는 말이 관계를 돈독히 하자는 건지 아니면 튼튼한 건물을 짓자는 건지 알 수가 없었다. 영진은 멀찍이 있는 잔을 들어 다시 한 모금 마셨다. 이번에야말로 진짜 독한 취기가 올라왔다.

"그렇게 거창하게 말해도 내 마음은 그대로야. 우린 끝났다고."

취해서 발음이 점점 꼬이고 있지만 영진은 온몸으로 냉기를 뿜어냈다.

"기회를 줘. 나는 최영진이 했던 만큼 최선을 다하지 못해서 아주 많이 후회하고 있어. 최영진이 통쾌해서 어깨춤 출 만큼 후회해."

눈물이 날 것 같아 영진은 두 눈을 꾹 눌렀다.

솔직히 인정하자 최영진. 강서현이 말했던 것처럼 야구장에서 강여준이 손을 흔드는데 연예인과 몰래 연애하는 묘한 스릴을 느꼈다. 그리고 지금은 가슴이 미친 것처럼 두근거렸다. 알코올 기운 때문도 아니고 순전히 강여준 때문이었다. 존재만으로도 이 남자는 여전히 영진에게 지대한 영향력을 행사하고 있었다.

"그러면 나에 대한 감정은 어떤데."

"……."

"그것 봐. 자기 감정도 잘 모르는 사람이 무슨 기회를 달라는 거야."

"모르겠어, 내 감정이 어떤지. 한 번도 이런 적이 없어서 모르겠어."

더는 들을 필요가 없을 것 같아 영진은 계산서를 주섬주섬 챙겼다.

"그런데, 네가 없는 나는, 네가 내 곁에 없는 게 너무 힘들었어."

담담히 드러내 보이는 마음에 기어코 눈물이 떨어지고야 말았다. 강여준에게 다시 기회를 줄까. 하지만 그런 가슴 졸이는 경험을 또 감당해 낼 수 있을까, 자신이 없었다.

"서현이 잘 챙겨 주세요. 상무님."

영진은 눈물을 닦아 내며 꾸벅 인사를 했다. 디에스전자 뉴욕 법인에서 우연히 마주쳤던 그날처럼.

"최영진."

여준이 팔을 들어 영진의 앞을 가로막았다. 강압적이지 않은 작은 움직임에도 영진은 꼼짝할 수 없었다.

"앞으로 귀찮게 굴 것 같으니까 미리 사과할게. 미안해."

스스로도 설명할 수 없고 납득할 수 없는 감정으로 강여준의 얼굴이 어색하게 일그러졌다.

7. 상처

너에게 보이고 싶지 않은 심연

너무 많이 마셨나 보다. 머리가 터질 것 같은 두통과 목이 타들어 가는 지독한 갈증 때문에 저절로 눈이 떠졌다.

천장이 뱅글뱅글 돌았지만 겨우 다리를 움직여 냉장고를 열었다. 2리터짜리 생수의 반을 들이붓는데 이건 숫제 물이 아니라 소주다. 저에게서 나는 술 냄새에도 헛구역질이 났다.

냉장고 문에 기대 숨을 고르는데 강여준이 생각났다. 꿈에서 강여준을 본 것 같다. 야구장에서 무뚝뚝한 얼굴로 손을 흔들었던 것도 같고, 고깃집의 매캐한 연기를 뚫고 나타나 무식하게 술을 먹었던 것도 같다. 가슴을 때리면서 울었던 것 같기도 하고.

그게 정말 꿈이었나. 꿈과 현실의 경계가 모호했지만 숙취 때문에 생각이 불가능했다.

"일어났어?"

강여준의 목소리에 몸이 뻣뻣하게 굳었다. 김이 서린 욕실에서 여준이 꼭 제집인 것처럼 자연스럽게 상의를 벗고 나왔다. 그뿐만이 아니다. 매끈한 하체에 검정색 드로어즈만 입은 채였다. 영진이 퉁퉁 부은 눈으로 멍하니 아래위를 살피자 여준의 커다란 손이 눈을 가렸다.

"아침부터 그렇게 쳐다보면 참을 수가 없잖아."

어젯밤 일은 꿈이 아니었다. 그럼 볼썽사납게 톡톡 쏘아붙이고 눈물이나 찔끔찔끔 짜 댄 것도 죄다 현실이었다는 말인가? 헤어진 남자 앞에서 바보같이 감정을 흘려 댔다니 있을 수 없는 일이었다.

으악! 외마디 비명을 지르며 방으로 뛰어 들어간 영진은 거울로 제 얼굴을 들여다보고 뒤로 넘어갈 뻔했다. 발효된 빵처럼 부은 얼굴에 눈코입이 거의 파묻혀 있었다. 펑펑 울기라도 한 것처럼 눈두덩은 벌겋게 부어 있었다.

여기서 좋은 소식은 만취해도 씻고 자는 습관이 돼 있어 이보다 더 처참한 모습을 보이지 않았다는 것이고, 나쁜 소식은 강여준이 보는 앞에서 허물을 벗어 내듯 지나간 자리마다 옷을 벗어 두었다는 것이다. 새벽에 저가 벗어 놓은 옷은 식탁 의자에 얌전히 걸쳐져 있었다.

'욕실 어디야?'

여준은 비틀거리는 영진의 허리를 붙잡아 욕실 문을 열어 주기까지 했다.

'많이 취했으니까 대충 씻고 나와. 여기 있을 테니까 필요하면 부르고.'

'너 필요 없어, 강여준. 그리고 반말하지 마. 나이도 어린 게 어디서 반말이야.'

갑자기 필름처럼 머릿속을 스치고 지나가는 영상에 영진은 머리를 부여잡았다.

"머리 아프지. 식탁에 숙취 해소 음료 올려놨어."

숙취가 문제가 아니라 강여준의 앞에서 만취해 속옷 차림을 보였다는 사실이 너무나 수치스러웠다. 최해진은 어디 가고 저 남자가 여기에 와 있는 거지? 영진은 바닥에 뒹굴고 있는 휴대폰을 집어 들었다.

[누나, 일어났어? 상무님이 나 집까지 바래다줬대. 엄마랑 아빠가 누구냐고 물어봐서 대충 아는 형들이라고 했는데 안 믿어. 아빠가 누나한테 물어보고 싶어서 계속 전화기 만지작거리는데 엄마가 겁나 뭐라고 했어.]

미칠 노릇이었다. 둘러대도 하필 아는 형들이라니, 문 실장의 그 정떨어지는 얼굴 어디가 아는 형이란 말이냐. 단언컨대 부모님은 강여준이 누군지 이미 알아차렸다.

"왜 여준 씨 집에 가지 않고 여기 있어."

"영진 씨 나오면 가려고 했는데 기다리다가 잠들었어."

또 새로운 기억이 떠올랐다. 소파에 늘어져 자고 있는 강여준에게 이불을 꺼내 덮어 줬던 기억이 났다. 그것도 알몸으로 넥타이와 단추, 시계까지 차례로 풀어 주었다. 여준이 자고 있던 걸 다행으로 여겨야 할 판이었다.

"커피 내려 줄 테니까 머리 말리고 있어."

산발인 머리를 하고 커피머신에 캡슐을 집어넣는데 여준이 머리는 말리지도 않고 바로 옷을 입고 있었다. 바지를 입는 사소한 동작에도 눈을 뗄 수가 없었다. 셔츠를 입고 시계까지 찬 여준이 원목 식탁에 앉았다.

강여준이 최영진의 공간에서 커피를 마시고 있었다. 생소해야 할 광경이 너무나 익숙해 보였다.

"문 실장님은 오라고 했어?"

"주차장에서 9시부터 기다리고 있었어."

"그러면 가지 그랬어. 뭐 하러 사람을 기다리게 해. 아무리 수행 비서라도."

"최영진 그거 알아?"

한바탕 잔소리를 하려는데 여준이 말을 잘라 내며 물었다.

"아직도 술 냄새 엄청 나는 거."

영진은 얼굴이 붉어져 얼른 입을 가렸다. 양치를 하려고 일어났지만 여준이 붙잡는 바람에 옴짝달싹할 수 없게 됐다.

탁자를 지지하고 일어선 여준이 상체를 기울여 이마에 키스했다. 뿌리치고 싶은데 몸이 고장 난 듯 말을 듣지 않았다.

강서현이 최영진의 몸속에 강씨들을 홀리는 유전자가 있을 거라고 했지만 영진의 생각은 달랐다. 강씨들의 몸에 영진을 홀리는 유전자가 있는 게 분명했다. 그렇지 않고서야 어떻게 강요한이 던진 미끼를 덥석 물어 강여준과 하룻밤을 보낼 수 있었으며, 강여준의 조건부, 기한부 연애에 냉큼 승낙을 해 그 끔찍한 끝을 맛보고 심지어 이 남자와 헤어진 후에도 강서현, 강요한 남매와 친분을 유지할 수 있느냔 말이다.

"뭐 하는 짓이야."

영진은 불에 덴 듯 화끈거리는 이마를 손으로 감싸고 욕실로 달려갔다. 문에 기대고 서 있던 영진은 그대로 스르르 무너져 무릎에 고개를 박고 한동안 꼼짝하지 못했다. 다리에 힘이 풀려서 도저히 버티고 서 있을 수가 없었다.

'그런데, 네가 없는 나는…… 네가 내 곁에 없는 게 너무 힘들었어.'

하필 이 순간에 강여준이 처음으로 내보였던 진심이 떠올라 명치가 지끈거렸다.

"미치겠네, 정말. 잊고 살겠다는데 왜 나타나서 사람 심란하게 하고 난리야."

영진은 자기 뺨을 찰싹찰싹 때리며 정신 차리자고 스스로를 채찍질했다. 얼마나 힘들게 끊어 내고, 얼마나 어렵게 이만큼 버티며 지냈는데. 다시 그 수렁으로 들어갈 수는 없었다.

네잎클로버 모양의 칫솔꽂이에서 제 칫솔을 꺼내던 영진은 여준이 꺼내 놓은 칫솔을 쓰레기통에 패대기쳤다. 강여준이 너무나 익숙하게 새 칫솔을 찾아 쓰고 그걸 또 너무나도 자연스럽게 영진의 칫솔과 나란히 꽂아 두었다.

또 내 공간에 멋대로 침범하겠다는 뜻인가. 이미 정리했다고 몇 번이나 말했음에도 강여준에게 최영진은 아직 현재 진행 중인 관계였다.

제법 쌀쌀해진 가을날, 영진은 차가운 물로 세수를 하고 강여준이 제집처럼 앉아 있는 주방으로 갔다.

"다 마셨으면 집에 가."

"알았어. 쉬어, 그럼. 그리고 다음 주에 출장이 잡혀서 오지 못할 테니까 잘 지내고 있어."

여준을 보내기로 한 결심과 달리 불현듯이 3주 동안 잠적했던 강여준의 과거 행적이 떠오르며 몸이 차게 식었다.

"일주일 일정이야."

"굳이 나한테 며칠 일정인지 알려 줄 필요 없어. 여준 씨 식구들한테나 말해 줘."

영진은 터덜터덜 작은 복도를 가로질러 현관문을 활짝 열었다.

"연락할게."

나가라고 친절히 문을 열어 줘도 강여준이 꼼짝도 하지 않아 하릴없이 바닥만 쳐다보는데 불편한 침묵이 흘렀다. 이대로 또 한나절을 보낼 것 같아 머리를 드니 여준의 눈이 영진의 입술을 향하고 있었다.

"잘 가."

애타는 침묵의 의미를 읽었지만 여준의 가슴을 밀어 냈다.

"최영진."

"영진."

어딘가 익숙한 남자의 목소리에 여준의 관심이 맞은편으로 향했다. 제이드가 후드를 눌러쓴 채 문을 열고 있었다. 제이드는 이제 영진을 진이라고 부르지 않았다.

여준이 무슨 일인지 설명해 보라는 듯 눈썹을 찌푸렸다. 그러나 영진이 이 상황을 설명할 이유는 없었다.

"안녕하세요, 강여준 씨."

어눌했던 제이드의 한국말은 아주 유창하지 않아도 본인이 부끄러워하지 않을 만큼은 늘어 있었다.

제이드가 강여준에게 반가운 척 인사하며 영진을 자기 옆으로 끌어당겼다. 자연스럽게 허리를 휘감는 제이드와, 또 그 팔에 거리낌 없이 몸을 맡기는 저를 쳐다보는 여준의 눈이 이채를 띠었다.

"안녕합니다만, 뭡니까 지금."

"강여준 씨가 영진을 귀찮게 하는 것 같아서 보호하는 중이에요."

"보호."

'보호'라는 단어가 아주 심한 욕이라도 되는 듯 잔뜩 불쾌한 표정으로 여준은 그 단어를 곱씹었다. 게다가 지금 자기가 제이드에게 한국말로 이야기하고 있는 것도 인지하지 못하는 듯했다.

"왜 내 여자를 그쪽이 보호합니까."

"둘은 벌써 헤어졌잖아요. 그리고 영진은 강여준 씨 때문에 불편해하고. 그래서 내가 보호해 줘야 하고요."

"헤어졌다고 누가 그럽니까. 나는 한 번도 최영진하고 헤어진 적이 없는데."

갑자기 나타난 제이드도 불편하고, 억지를 부리고 있는 강여준도 불편했다. 그러나 이 두 사람 중에서 한 사람을 쫓아내야 한다면 당연히 강여준이 먼저였다.

"제이드 말이 맞아. 우리 오래전에 헤어졌고, 이런 모양으로 같이 있는 거 누가 봐도 이상해. 그만 돌아가. 제이드하고 나 출근 준비도 해야 돼."

"내 앞에서 이러지 마, 제발."

여준이 감정이 격해져서 속삭이듯 말했다. 그리고 아직도 영진의 허리를 끌어안고 있는 제이드의 팔을 거칠게 풀어냈다.

갑자기 화가 치밀어 영진은 머리를 거칠게 쓸어 올렸다. 머리카락 한 줌이 제자리를 찾지 못하고 시야를 가리는데, 그마저도 짜증이 난다. 신경질적으로 머리카락을 헝클어트리자 여준이 손을 뻗어 귀 뒤로 차분히 정리해 주었다. 저만큼이나 화가 난 것 같지만 머리를 매만지는 강여준의 손길은 다정하고 조심스러웠다.

"제이드는 안 돼."

"내가 누구를 만나건 그건 내 자유야. 강여준이 왈가왈부할 게 아니라고."

영진은 아직도 제 귓가에서 멈춰 있는 여준의 손을 신경질적으로 쳐 냈다.

"제이드 오늘도 아침 안 먹었지?"

친구이자 이웃이지만 제이드와는 한 번도 같이 아침밥을 먹어 본 적이 없었다.

"응, 안 먹었어."

제이드가 재빨리 돌아가는 상황을 파악하고는 얼른 대답했다.

"잘 가, 강여준."

건성으로 인사를 하면서 강여준에게는 눈길도 주지 않고 문을 닫아 버렸다. 문이 쿵, 하고 닫히기 직전까지 여준의 시선이 계속 따라붙었지만 애써 무시했다.

제이드와 아무 사이도 아니라고 하면 적당히 마무리되었을 텐데 왜 강여준을 자극했을까. 스스로도 납득할 수 없는 행동은 아직도 한가득 남아 있는 감정의 찌꺼기 때문이었다.

○ ◐ ●

하마터면 제이드 한에게 주먹을 날릴 뻔했다. 친구 이상의 관계도 아닌 주제에 도발하는 그놈을 때리는 대신 팔을 치워 냈다.

그리고 보란 듯이 제이드 한을 제집으로 들이는 최영진의 행동에도 크게 동요하지 않았던 건 어제 최영진이 보인 눈물 때문이었다. 눈물을 주르륵 흘리고 거칠게 팔로 쓱쓱 닦아 내던 최영진의 애처로운 얼굴이 체한 것처럼 가슴에 얹혀 내려가지 않았다.

영진이 싫어할 걸 알면서도 오피스텔에서 밤을 지새운 이유 역시 그 때문이었다. 기억해 내지 못했지만 샤워를 하고 나온 최영진은 침대에 엎드려 30분이 넘도록 울었다. 서럽게 우는 소리에 어찌할 줄 몰라 나신인 영진을 시트에 돌돌 말아 가슴에 가만히 안고 등을 다독여 주었다. 시카고 아파트에서 최영진이 해 주었던 것처럼, 조금은 편안해지길 바라며 그렇게 안아 주었다.

여준은 영진을 보듬었던 제 손을 가만히 내려다보며 이상한 기분에 빠져들었다. 아기였던 막냇동생을 처음 품에 안았던 그때의 기분, 그리고 감촉과 비슷했다. 그 느낌과 기분을 무어라 정의할 수 없지만, 확실한 건 최영진과 숱하게 몸을 나누는 동안에도 한 번도 가져 보지 못했던 감정이라는 거다.

설명할 수 없는 감정에 마음이 일렁였다. 누군가 이 기분을 한마디로 정의해 주었으면 좋겠는데.

"상무님, 온실에 다과상 준비됐다고 합니다."

여준이 지내는 별채의 일을 맡고 있는 김 집사가 재촉했다. 어머니의 호출이었다. 강서원과 강현민도 함께 불렀지만 강현민은 일이 늦어져 아직 들어오지 않았다고 했다. 저녁 9시에 일하는 강현민이라니, 도저히 어울리지 않는 그림이었다.

여준은 별채와 본채 사이에 연결된 긴 복도를 걸어 여느 식물원보다 잘 관리되고 있는 온실에 도착했다. 보통 집안 어른이 호출을 하면 아랫사람에게 먼저 통보된 이후에 어른이 오는 게 이 집안의 암묵적인 규칙이었으나 조명희 이사장은 그런 쓸데없는 격식은 차리지 않았다.

"왜 그렇게 복잡한 얼굴이야."

온실 중앙에 작게 꾸며 놓은 정자에 앉은 조 이사장이 혀를 찼다.

"복잡하게 생각할 게 좀 있습니다."

"복잡하다는 게 네 여자 얘기야 아니면 네 형 얘기야."

느닷없이 핵심을 치고 들어오는 물음에 여준은 뜨끔하지도 않았다. 누군가, 언제 알아도 알 일이었는데 예상보다 훨씬 늦게 알려져 그 점이 조금 의외일 뿐이다.

"정수빈 이사가 낳은 아이 어디 있니."

"저는 모릅니다. 형님한테 물으세요."

여준의 눈이 온실 유리문을 열고 들어오는 강서원 부회장을 가리켰다. 불러낸 이유를 이미 알고 있는 듯 불편한 표정으로 들어와 무릎을 꿇었다. 방석 위에 정좌하고 있던 여준은 제 형을 한심해하며 속으로 혀를 찼다.

"그 아이 어디에 숨겨 놨어."

"저도 몰라요, 어머니. 여준이가 붙여 놓은 사람이 잘 데리고 있다는 것만 알고 있습니다."

조 이사장이 형형한 눈빛으로 여준을 노려보았다.

"너희 둘 지금 나하고 장난하자는 거야?"

"정말 저도 모릅니다. 이동하는 것만 보고받고 있어요. 제삼자가 보호하는 게 가장 안전합니다. 형님도 몰라야 하고, 정수빈 부장도 몰라야 하고, 어머니도 모르시는 게 좋습니다. 겪어 보셔서 아시잖아요. 당사자가 아는 게 얼마나 위험한지."

여준은 강서원을 비난하려는 의도로 제 아픈 과거를 끄집어냈다. 혼외자라는 이유로 조부에게 죽임당할 뻔했던 과거를 되짚는 건 조금도 어렵지 않았다. 오히려 강서원의 혼외자를 계속 해외로 돌리는 게 훨씬 골치 아팠다.

사진으로 얼굴만 확인한 조카에게 동병상련 같은 걸 느끼는 건 아니었다. 강서원이 완전히 기반을 잡기까지 시간이 제법 걸릴 텐데 우주로 보내지 않는 이상 들키는 건 시간문제였다.

"차라리 아버지께 사실대로 말씀을 드리는 게 어떨까도 생각해 봤습니다."

"말도 안 되는 소리야."

조 이사장이 단호하게 말을 잘랐다.

"어머니 말씀이 맞아요, 형님. 저하고 윤주 때문에 집안 뒤집어지는 거 보신 분이 같은 문제 생기게 두실 것 같아요? 할아버지보다 더하면 더했지 덜하지는 않을 겁니다. 저야 한국에 있었으니 할아버지께서 집이랑 통째로 태워 죽이려고 하셨지만, 정수빈 부장 아이는 외국에 있으니 오히려 더 쉽죠. 교통사고로 위장해서 죽일 수도 있고, 마약 중독자로 평생 요양원 같은 곳에 처박아 둘수도 있습니다. 누가 생각하더라도 너무 쉬워요."

"그러면 어쩌자는 거야!"

강서원이 성마르게 외치며 신경질을 냈다.

"버릇없이 어디서 큰 소리야. 내가 너희들한테 요구한 게 딱 두 가지였어. 어떤 여자랑 어떻게 만나도 상관없지만 외부에 드러나지만 않게 해라, 그리고 혼외자는 절대 만들지 마라. 여준이는 잘 지키고 있는데 너하고 현민이는 대체 왜 그 모양이야."

나지막하지만 호된 비난에 서원은 움켜쥐었던 주먹을 풀고 허벅지 위에 얌전히 올려놓았다.

오래전에 있었던 예상치 못했던 일이라 강서원이 조금 안쓰럽긴 했지만 강서원의 위치에서는 언제 어디서건 반드시 조심해야 했을 일이다.

"저는 저나 윤주 같은 아이 만들지 않으려고 수술도 했고 콘돔도 꼭 챙깁니다. 백 퍼센트는 없잖아요. 형님도 앞으로는 그러세요. 수술은 했습니까?"

"듣기 싫으니까 그만해라."

조 이사장이 질색하며 찻잔을 탁 내려놓았다. 아들들의 성생활을 굳이 알고 싶지 않은 마음은 알지만 강서원을 더는 정에 휘둘리지 않게 하려면 이보다 더 독한 약이 필요했다.

"강서원, 너 언제까지 네 동생한테 네 뒤치다꺼리나 시킬 거야. 그리고 강여준, 너는 언제까지 서원이 뒤에서 바닥이나 쓸고 있을 거야."

"어머니, 여준이도 자기 야망이 있습니다."

"그래, 그렇게 잘난 야망 때문에 제 여자 망신시키고 회사에서 내쫓아? 강서원 네 탓이잖아. 너 네 여자 지키겠다고 네 동생 연애 박살 내고, 수면제나 처방받아 먹게 하고."

시종일관 무표정이던 여준이 이번에는 움찔했다.

"너만 행복하면 다야?"

"저 그렇게 행복하지 않습니다. 여준이도 그렇게 불행하지는 않고요. 각자도생인데 누구 때문에 누가 더 불행하고, 누가 더 행복하고, 이해할 수 없습니다."

그 각자도생 때문에 최영진이 희생을 당했다. 저가 벌여 놓은 일에 저렇게 변명을 늘어놓기에만 바쁘니 괘씸하지만 틀린 말은 아니었다. 최영진을 희생시킨 건 오로지 저의 최종적인 선택이었다. 그래서 강여준은 조금, 불행했다. 잡힐 듯 잡히지 않는 감정의 실체 때문에 혼란스러웠다.

"솔직히 말해서 저는, 좀 힘듭니다, 형님."

여준의 말에 둘 다 놀란 눈치였다.

"최영진하고 떨어져 있던 시간 동안 딱 죽기 직전까지 힘들었어요. 그래서 살아 보려고 한국에 온 겁니다."

잠자코 듣기만 하던 조 이사장이 여준이 좋아하는 홍시 셔벗을 앞에 놔 주었다.

"적당히 녹아서 딱 먹기 좋겠다. 먹어."

"입맛도 없어요."

"최영진인가 하는 그 애를 절절하게 사랑하기라도 한다는 거야?"

"최영진도 어머니도 자꾸 사랑하느냐고 물어보는데, 솔직히 모르겠습니다."

이번에는 강서원이 그를 불쌍하다는 눈빛으로 쳐다보고 있다. 지금 불쌍한 사람이 누군데. 제 여자를 곁에 둘 수도 없고, 제 자식을 어딘지도 모를 해외로 돌리고 있는 주제에 누구를 동정한단 말인가.

"네가 사랑인지 뭔지 모르겠다는 건 이해한다."

터놓고 말해서 이 집안에서 그 사랑이라는 걸 제대로 이해하는 사람이 있기나 할까. 사랑과 상관없이 정략혼을 했던 강서원이 정수빈을 만나 그와 비슷한 감정을 느끼고 있긴 하나, 그 외의 사람들은 죄다 제 욕망에 충실해 살아갈 뿐이었다. 그게 돈이든 명예든 권력이든.

"그래서 너 언제까지 나한테 은혜 갚을래. 은혜 갚은 까치도 20년이 넘도록 이러지는 않겠어. 네 사람 놓쳐 가면서까지 계속 은혜 갚을 생각이야?"

"평생 갚으려고요. 그리고 갚을 게 자꾸 생기잖아요. 작은형님 점점 더 버티기 힘들어질 겁니다."

"현민이는 내놓은 자식인 셈치고 있으니까 내버려 둬. 그리고 윤주 그렇게 만들었을 때 이미 난 질렸다. 그놈은 제 할아버지를 쏙 빼닮았어."

말은 그렇게 하지만 제 자식이었다. 여준이 강현민을 건드릴 때마다 날을 세우고 추이를 지켜보는 걸 모르지 않았다.

"어머니가 보낸 사람이 불길 속에서 저를 구해 줬을 때, 그리고 어머니가 저하고 윤주를 강씨 호적에 올려 주셨을 때, 작은형님이 만취해서 윤주 데리고 운전했을 때, 제 인생은 어차피 그렇게 정해졌습니다."

"네가 그렇게 살겠다면야 나로서는 어쩔 수 없다만, 그게 너를 더 불행하게 할 거라는 것만 알아 둬라. 나는 이미 여준이 네가 강씨 집안 사람으로 잘 자리 잡은 것만으로도 은혜는 다 받았다고 생각하고 있으니까. 너 할 대로 어디 한번 계속해 봐라."

"지금 저를 불행하고 힘들게 하는 사람은 어머니나 형님이 아니라, 최영진이에요. 최영진이 저를 유일하게 힘들게 하는 사람입니다."

미련하기 짝이 없는 강여준은 그래서 더 최영진이 특별한 사람이라는 걸 아직 깨닫지 못했다.

○ ◑ ●

강여준은 출장 내내 하루도 빠지지 않고 메시지를 남겼으나 영진은 그냥 눈으로 읽고 말았다. 익히 알던 강여준처럼 침착하고 간결한 투의 메시지였는데 한편으론 첫사랑에 들뜬 십 대처럼 보이기도 했다.

강여준이 연하라는 걸 알고 나서도 사회적 지위 때문에 마냥 어른스럽게만 보였는데 제 마음을 돌려 보겠다고 애쓰는 걸 보니 조금은 귀여운 것 같기도 하다.

[출장이 조금 늦어지겠어. 일이 좀 생겨서. 다시 연락할게.]

일주일 되기 딱 하루 전, 여준은 이런 메시지를 보내왔었다.

"그 사람 연락 기다려?"

야구 중계에 집중하지 못하고 괜히 전화기를 만지작거리는데 제이드가 불쑥 가까이 다가왔다. 언제 옆에 왔는지도 모르겠는데 숨이 닿을 만큼 가까운 거리였다.

"아니. 그보다, 부담스러우니까 좀 떨어져 줄래?"

장난스럽게 밀어 내니 질척이지 않고 금세 멀찍이 떨어진다.

"이만큼만 떨어진 거리에 항상 내가 있으니까 필요하면 언제든 불러."

한국말을 하지 못한다고 박박 우기던 예전이 생각나지 않을 정도로 유창하게 말했다. 연애 관련 책이라도 읽는지 제이드는 종종 이런 식으로 제 감정을 드러내 보였다. 심지어 우리말을 쓰는 게 더 편하게 느껴질 때가 있었다.

"적당히 해. 이런 말이 있어, 제이드. 듣기 좋은 꽃노래도 한두 번이라고."

들어 보지 못한 말인지 제이드가 고개를 갸웃거렸다.

"좋은 말도 여러 번 들으면 듣기 싫어진다는 뜻이야."

미간을 찌푸리는 저를 보더니 제이드가 크게 웃었다. 제이드를 정말 좋아하고 아끼지만 깊은 감정은 느껴 본 적이 없었다. 그냥 편한 친구였다. 슬쩍슬쩍 내비치는 감정을 매몰차게 걷어차 버리고도 그 뒷일이 걱정되지 않을 만큼.

"알아. 그래도 내가 필요하면 말하라고. 혹시 필요할 수도 있잖아."

절대 그럴 일은 없을 것 같다. 인정하기 싫지만, 어떤 누군가 때문에.

한숨을 폭 내쉬는 사이 제이드는 다시 야구 중계에 온 신경을 집중하고 있었다.

"아! 저런 바보 같은 놈!"

제이드가 들고 있던 팝콘이 공중으로 튀어 올랐다.

영진은 제이드의 집에서 야구 중계를 보는 중이었다. 올해는 한국 시리즈에 가 보나 했는데 저 망할 70억 원짜리 애물단지 때문에 다 틀렸다. 도대체 구단의 어느 멍청이가 저딴 놈을 그 금액에 재계약했단 말인가. 부상이 아직 회복되지 않았으면 2군에 내려보낼 것이지.

"강여준이 던져도 저것보다는 더 나오겠다."

강여준은 다른 형제들에 비해서 덩치가 큰 편이었다. 아니, 덩치가 크다기보다는 어깨가 넓었다. 미친, 또 강여준을 생각하고 있었다.

"영진, 차라리 한 번 더 만나 보지 그래. 미련 남기지 않게, 확실히 불태우고 끝내는 것도 나쁘지 않다고 생각해."

"넌 정말 제정신이 아니야. 조금 전에는 필요하면 부르라더니 이제는 강여준한테 가라고?"

"어차피 나는 아니라며. 그리고 다른 사람도 아니잖아. 강여준
씨 때문에."

"그래서 불태우고 재만 남기라고?"

"그건 아니지만, 계속 생각하고 있잖아."

"언제는 헤어지라며."

"그때는 마음이 깊어지기 전에 헤어지라는 말이었지. 지금은
빠져나올 수 없을 만큼 깊어져서 계속 허우적거리고 있잖아."

"넌 정말 언어의 천재다. 한국말도 초고속으로 배워 오더니, 그런
비유는 대체 어디서 배웠어. 비유가 너무 찰떡이라 할 말이 없어."

"드라마에서 배웠어. 그러면 그 소개팅은 진짜 할 거야?"

팀 동료의 주선으로 엘케이반도체의 모기업 계열인 엘케이전자
중국 법인에 다니는 남자와 소개팅을 하게 됐다. 강여준이 다시
나타나기 일주일 전에 있었던 일이고, 소개해 준 성의를 봐서라도
한 번은 만나야 했다.

게다가 그 남자가 업무차 한국에 오게 됐다는데 아무리 생각해
도 소개팅을 목적으로 나오는 것 같았다. 벌써 서로 연락처를 주
고받아 가끔씩 안부를 주고받기도 했다.

"강여준 때문에 미쳐 버리겠어. 그 남자를 한 번은 만나긴 해
야 되는데."

헤어진 남자를 완전히 잊어 보고자 벌인 일인데, 그 당사자가
나타나는 바람에 일이 완전히 틀어져 버렸다.

"둘 다 만나."

"너 친구 맞아? 그런 양심 없는 짓을 하라고 부추기고 있어."

"친구니까 해 주는 말이야. 우리 할머니가 우리 누나들한테 항상 했던 말씀이 있어. 이놈 저놈 다 만나 보고 가장 좋은 놈으로 골라 가야 한다고."

"구구절절 옳은 말씀이긴 한데, 내 양심이 그걸 허락지 않아. 요즘 남자 복이 터졌나. 갑자기 소개팅에, 생각도 안 했던 강여준까지."

"그리고 나도."

제이드가 손가락으로 자기를 가리키며 씩 웃었다.

"제이드, 제발."

"왜. 요즘 영진 상황이 그렇잖아. It's raining men."

실없이 대화하는 와중에 77번 김형수는 상대 팀 주자를 다 내보내 버렸다. 김형수에게 퍼 준 70억 원을 차라리 다른 곳에 썼더라면 한국 시리즈까지는 못 가도 플레이오프는 진출했을 텐데.

'회장님에 그 아들까지 출동했는데 역전패야. 미쳤냐, 시발. 70억이다, 70억. 주식과 맞바꾼 70억!'

'내가 여준 씨를 위해서 얼마나 큰 희생을 치렀는지 꼭 기억해. 우리가 헤어진 다음에도 꼭 기억해. 다른 건 잊어버려도 이건 반드시 기억해.'

왜 이 순간에 강서현의 절규와 미국에서 강여준에게 했던 말이 생각나는지 모르겠다. 어떤 예감에 영진은 홀린 듯 휴대폰을 집어 들었다.

강서현.

— 언니! 야구 본다고 안 나오더니, 디에스 실컷 두드려 맞고 있던데요? 지금이라도 나와요!

시끄럽게 쿵쿵 울리는 클럽 음악 사이를 뚫으며 강서현이 크게 소리치고 있었다. 그리고 뒤로 동생의 목소리도 들렸다.

"야, 둘이 어울리지 말라고 했잖아."

— 안 들려요 언니!

"내 동생하고 놀지 말라고!"

— 걱정 마세요. 그냥 친구 먹었어요! 족보 꼬이게 할 생각 없으니까 걱정하지 마세요!

웬 족보 타령? 강서현은 순진하게 최영진과 강여준이 결혼이라도 할 것이라고 믿고 있는 건가? 아니, 지금 그게 중요한 게 아니었다.

"혹시 강여준이 디에스유니콘즈 선수 70억에 재계약했어?"

— 그걸 이제 알았어요? 하와이 전지훈련 구경 못 가게 했다고 엄청 징징거렸다면서요.

징징, 맹세코 징징거린 적은 없다. 그냥 강여준과의 만남에 얼마나 큰 희생을 치렀는지 기억하라고 했을 뿐이었다.

— 70억짜리 생일 선물 이제 알아차린 소감이 어때요?

미쳤다, 그게 생일 선물이었다고? 문 실장을 통해 보낸 목걸이가 끝이 아니라 저 말도 안 되는 70억 원짜리 애물단지가 진짜 선물이었다고?

영진은 입을 쩍 벌리고 전화기를 든 손을 툭 떨어뜨렸다. 벌어진 입으로 제이드가 팝콘을 쏙 집어넣었지만 혀에 닿기도 전에 그대로 바닥으로 튀어나왔다.

제 마음대로 70억 원짜리 생일 선물을 해 놓고 그깟 신용 카드 좀 안 썼다고 그렇게 화를 내고 싸우고, 강여준과 함께했던 지난 날의 일들이 주마등처럼 스치고 지나갔다.

"저기 영진, 강여준 씨 말레이시아에 갔다고 하지 않았어?"

70억 원에 정신이 팔려 있는데 제이드가 휴대폰을 들고 의아한 얼굴로 묻고 있었다.

"어, 왜?"

"디에스물산 싱가포르 복합 터미널 건설 현장에 붕괴 사고가 있었나 봐. 그런데 강여준 씨가 거기 있네?"

사고가 일어난 지 약 한 시간 반 만인 오전 9시 30분경 디에스물산 서경원 사장과 강여준 상무가 현장에 도착했다. 특히 말레이시아 출장 중이었던 강차영 회장의 삼남 강여준 상무는 셔츠에 피를 묻힌 채 초췌한 모습으로 현장에 나타나 담당자로부터 직접 사고 경위를 들으며, 매몰자들이 모두 구출될 때까지 자리를 지켰다. 디에스물산 관계자는 부실 공사 및 안전 문제가 있었는지 자체적으로 조사하겠으며, 싱가포르 사법 당국의 조사에도 성심성의껏 응하겠다고 했다. 그리고 사망자 및 그 유가족 부상자에 대하여 최대한으로 지원할 것이라고 밝혔다.

"물산 쪽 사람들 난리 났겠네."

제이드가 들이민 인터넷 기사에 심드렁하게 대꾸하며 팝콘을 씹었지만 전혀 맛을 느낄 수가 없었다. 강여준이 다친 것도 아니고, 공사 현장에서 사고가 발생해 말레이시아 출장 중이던 강여준 상무가 급파된 것뿐이니 크게 신경을 쓸 것도 없었다. 다만,

'강차영 회장의 삼남 강여준 상무는 셔츠에 피를 묻힌 채 초췌한 모습으로……'

영진은 심란한 마음을 감추며 기사 한 문장을 계속해서 곱씹었다. 강여준은 왜 셔츠에 피를 묻히고 나타났을까. 매몰자들이 구출될 때까지 기다렸다는 걸 보면 심각한 사안은 아닐 테지만 신경이 쓰이는 건 어쩔 수 없었다.

"영진, 차라리 귀신을 속여. 강여준 씨 걱정되잖아, 지금."

"귀신을 속이라니, 그 말은 또 어디서 배웠어."

뒤숭숭한 와중에도 제이드 때문에 웃음이 나왔다.

"드라마에서 배웠다니까. 말 돌리지 말고 전화해 봐."

"기사 뜬 거 알면 자기가 먼저 전화하겠지. 절대 안 해."

"이제 여유가 있어 보여, 영진."

"여유가 아니라 이제는 아쉬울 게 없어서 그런 거야."

제이드는 옆구리를 쿡 찌르며 맥주를 건넸다. 그렇지 않아도 강여준 때문에 목이 바짝바짝 마르던 참이었다. 70억 원짜리 통 큰 생일 선물과 셔츠에 피 칠갑. 기사에서는 칠갑이라고 표현하지 않았지만 영진은 저도 모르게 그렇게 읽고 머릿속에 저장해 버렸다.

"어, 전화 온다. 강여준 상무."

제이드가 전화기를 가리키자 영진은 득달같이 집어 들어 얼른 받았다. 초연한 척 굴었던 게 무색할 정도로 아주 재빠른 손놀림

이었다.

"강여준."

— 최영진. 나 내일 비행기로 출발해.

당장 강여준의 귀국 일정이 궁금한 게 아니라 도대체 셔츠에 왜 피를 묻히고 공사 현장에 나타났는지 알고 싶을 뿐이었다.

"어디 다쳤어? 셔츠에 피 칠갑은 뭐고."

— 피 칠갑? 잠깐만. ……문 실장님, 내가 피 칠갑을 하고 나 타났다고 기사 나갔어요? 비슷한 문장이라도, 피범벅, 피투성이 이런 비슷한 말 없었습니까? 확실해요?

영진의 머릿속에 저장된 데이터 그대로 출력해 내보낸 말에 여 준은 심각하게 문 실장과 대화를 나누었다.

— 그런 기사 없다는데. 아무튼 잠을 좀 못 잤더니 코피가 났 어. 바쁘게 움직이느라 옷을 못 갈아입고 갔는데 기사를 그렇게 내보냈더라. 알잖아, 언론 플레이.

디에스그룹 계열의 언론사에서 뽑은 기사다웠다. 강여준이 피 묻은 셔츠를 입고 창백한 얼굴로 현장에 나타났다는 불필요한 문 장은 사람들의 동정심을 얻으려는 수작이었던 것이다. 그럼에도 한시름을 덜었다.

"그러게. 디에스물산 홍보팀에서 뽑은 보도 자료였겠네, 전부 다."

영진이 푸념하듯 대꾸하자 여준이 짧게 웃었다.

— 보고 싶은데 토요일에 만나러 가도 되나?

"절대 안 돼. 끊자, 이만. 나 야구 보는 중이었어."

— 내일 다시 전화할게. 주말인데 심심하지 않을지 생각해 봐.

정말 주말이 심심해질까 봐서 영진은 후다닥 전화를 끊어 버렸다. 바보같이 자꾸 흔들린다. 강여준이 무언가를 해도, 아무것도 하지 않아도 끊임없이 흔들리고 있다.

○ ◐ ●

다시 전화를 하겠다던 강여준은 퇴근 시간을 십여 분 남겨 둔 시점에도 연락이 없었다. 그러면 그렇지, 라며 체념과 실망을 하면서도 디에스물산 한국인 직원 전원 출국 금지되었다는 기사와 싱가포르 협력 업체 관계자도 소환되었다는 기사를 찾아 읽었다.

"제이드 오늘은 야근 못 할 거 같아. 나 먼저 퇴근할게."

제이드가 전화기를 붙잡고 알았다는 뜻으로 손을 흔들었다.

꽉 막히는 도로에서 한 시간이 넘게 운전해 집에 돌아오자 여준이 누워서 잤던 소파가 가장 먼저 눈에 들어왔다. 미련을 뚝뚝 떨어뜨리며 소파에 지친 몸을 누이는데 휴대폰이 울렸다. 강여준일 줄 알았는데 대단히 실망스럽게도 문 실장이었다.

— 안녕하세요, 차장님. 직접 전화드릴 일이 없을 줄 알았는데, 죄송합니다.

"사과는 됐고요. 왜 강여준 대신 전화하셨습니까?"

기분 나쁜 예감이 스멀스멀 피어올랐다.

— 상무님께서 다치셨습니다.

"어제 통화했을 때는 멀쩡하다고 했는데요. 과로해서 코피 좀 쏟은 것뿐이라고."

영진은 사소한 일보다 큰일에 부딪혔을 때 더욱 냉정해졌다. 문 실장을 다그치는 목소리가 침착하기 이를 데 없었다.

— 예, 그건 맞습니다. 잠도 잘 못 주무셨고, 귀국 일정 앞당기시려고 무리해서 일정 소화하시느라 피로가 누적된 거랍니다. 그 부분에 대해서 특별히 걱정하실 건 없습니다. 그런데 문제는 등을 조금 다치셔서…….

뜸 들이는 문 실장 때문에 답답해 죽을 지경이었다.

"조금이 어느 정도인데요."

"저층 공사 현장에 세워 둔 자재 일부가 쓰러지면서 상무님을 덮쳤습니다."

현장에 세워 둔 자재라면 단단한 목재나 철재였을 것이다. 그런데 조금이라고?

"상무님이 그렇게 전하라고 하던가요? 조금 다쳤다고?"

— 사실 연락하지 말라고 하셨는데, 아무래도 차장님께서 알고 계시는 게 좋을 것 같아서 제 판단대로 움직였습니다. 큰 부상은 아니라 바로 퇴원하셨고, 오늘 밤에 출발하는 비행기로 내일 새벽 인천에 도착할 예정입니다. 본가로 갈 생각은 없으신 것 같고, 아파트에 혼자 계시게 하는 것보다는 차장님 댁에 모시는 게 나을까 싶어서 부탁드리려고 전화드렸습니다. 폐가 안 된다면…….

미련하게 또 우겨서 억지로 퇴원했을 것이다.

"폐 맞아요, 민폐. 그런데 얼마나 다쳤어요? 그 조금이 어느 정도인지 아주 궁금한데 이제 설명 좀 해 주실래요?"

— 등 전체에 타박상 외에 특별한 내상은 없습니다. 멍이 심하

게 들어서 보기가 조금 괴롭긴 합니다만, 상무님 말씀으로는 보는 것만큼 큰 통증은 없다고 합니다.

강여준은 아파 죽을 것 같아도 절대 아프다고 인정할 사람이 아니었다. 시카고에서 그렇게 앓아누웠으면서도 병원은 한사코 거절했던 남자니 이번에도 알 만했다.

"본인이 그렇다면 그렇겠죠. 가능하면 병원에 먼저 들렀다가 이쪽으로 데려와 주세요."

영진의 허락에 문 실장이 마음을 놓은 듯 길게 한숨을 내쉬었다. 비록 몰랐던 일이지만 70억 원짜리 선물도 받았는데 이 정도 수발 정도는 들어 줘도 되겠다며 스스로를 세뇌시켰다.

"도착 전에 미리 연락 주시고요."

전화를 끊자마자 영진은 강여준에게 차려 줄 반찬이 있는지 냉장고를 살폈다. 집에서 엄마가 보내 준 반찬도 있고 제이드와 나눠 먹으려고 홈 쇼핑에서 구입한 양념갈비도 넉넉하게 있었다.

시원하게 걷어찬 전 남자 친구의 병 수발을 들고, 또 맛있는 것까지 먹이겠다고 냉장고나 뒤지고 있다니. 엄마가 이 사실을 알면 한마디 하실 거다.

'에라이, 어리석은 년아.'

"잘 있었어?"

초주검 상태로 들이닥칠 줄 알고 미리 걱정했지만 생각했던 것

만큼 심각해 보이지 않았다. 등을 꼿꼿하게 편 자세도 괜찮았고 크게 피로한 기색도 없었다. 게다가 명품 로고가 새겨진 커다란 쇼핑백까지 들고 있었다. 굳이 열어 보지 않아도 값비싼 가방이었다.

칭찬이라도 들을 줄 알았는지 들떠 보이는 얼굴로 쇼핑백을 손에 쥐여 주었다.

"선물이야."

"누가 선물 사 달라고 했어? 다시는 오지 말라고 내쫓았더니 다쳐서 찾아오기나 하고."

"다치니까 좋은 점이 하나는 있네."

여준이 실없는 소리를 할 동안 문 실장이 커다란 약 봉투를 건네주었다. 저 얼굴은 언제 봐도 정이 떨어진다.

"저는 집에서 옷가지를 챙겨 오겠습니다."

"잠깐만요, 문 실장님."

재빨리 사라지려던 문 실장이 멈칫하며 고개를 숙였다. 부담스럽다. 미국에서도 깍듯하긴 했지만 존중받는다는 느낌은 전혀 없었다. 그런데 지금은 영진이 강여준의 와이프라도 된 듯, 강씨 집안 며느리라도 된 듯 무척이나 정중했다. 강여준이 진심을 내보이고 있는 상대에게 문 실장은 태도를 바꾼 것이다.

"강여준 병원에 들렀다 온 거 맞죠?"

"네, 말씀해 주신 것처럼 도착하자마자 바로 재단 의료원으로 갔습니다. 약도 새로 받았고요. 그럼 이만 다녀와도 되겠습니까?"

문 실장이 이제는 나갔다 들어오는 것까지 영진의 허락을 구하고 있었다. 그럼에도 재수 없는 표정은 한결같았다.

영진은 자기도 모르는 사이에 문 실장에 대해 뼛속 깊이 악감정을 키우고 있었다. 항상 좋지 않은 타이밍에 마주쳐서일지도 모르겠다.

"잘 지냈어?"

문 실장이 사라지자 여준이 항상 나누었던 일상의 대화처럼 편히 물어 왔다.

"난 아주 잘 지냈는데 강여준은 잘 못 지냈잖아. 몸이 그렇게 허약해서 쓰겠나, 어디? 무슨 코피야. 내 평생 코피라고는 한 번도 흘려 본 적이 없어."

"나도 처음이야, 코피는. 허약한 사람으로 몰지 마. 최영진이 당장 섹스하고 싶다고 하면 바로 할 수 있어."

딱딱한 말투. 시카고에서 감기 몸살을 앓을 때와 비슷했다.

영진은 대충 손발을 씻게 하고는 강여준을 침실로 데려갔다. 느릿하게 옷을 벗는 그를 도와 재빨리 단추를 풀고 바지도 벗겨 침대에 앉게 했다. 상체 전부를 하얀 붕대로 감고 있어 중상자처럼 보였다.

"나 붕대 좀 풀어 줘. 의사가 집에 도착하면 붕대 풀어도 괜찮다고 했거든. 대신 커튼 치고 불은 꺼 줘."

왜 암막 커튼까지 치고 불을 끄라는 건지 짐작이 가고도 남아 일부러 밝은 LED 등에 아예 드문드문 설치된 할로겐램프까지 모조리 켜 버렸다. 상처를 보이지 않으려고 조명을 꺼 달라 했겠지만 일단 상처를 봐야 했다. 얼마나 많이 다쳤기에 문 실장이 보기

괴로울 정도라고 했는지.

"지금 일부러 그러는 거지."

"당연하지. 붕대 풀게 손 머리 위로 들어."

"미안한데 손이 잘 안 올라가. 팔을 들면 등이 결려서."

영진은 인상을 팍팍 쓰며 여준의 팔을 잡아 자기 어깨를 잡게 했다. 다친 사람을 앞에 두고 할 생각은 아니지만, 붕대를 푸는데 어쩐지 에로틱한 상상이 돼 기분이 야릇했다. 영진의 불온한 상상력에는 여준이 정수리를 뚫어져라 쳐다보고 있는 것도 한몫했다.

붕대를 다 풀어 버렸는데도 여준은 가만히 앉아 있었다. 불을 꺼 달라는 뜻이다.

더 고집부리며 버티고 눌러앉기 전에 불을 모조리 껐다. 사위가 밤처럼 어두워지고 나서야 강여준이 안심하며 침대에 엎드려 누웠다. 똑바로 눕기도 힘든 모양이었다.

"선물 안 풀어 볼 거야?"

"안 받을 거니까 도로 가져가."

"여자 가방인데 도로 가져가서 뭐 하라고."

"어머니 드리든가."

"어머니는 저런 가방을 넘치게 갖고 있어. 내 여동생들도 마찬가지고, 서현이도 그렇고."

돈 많다고 자랑한다 이거지. 영진은 비딱하게 생각하며 신경질적으로 이불을 정리했다. 눈이 어둠에 익숙해지자 얼룩덜룩한 멍이 희미하게 보였다.

"얼만지 몰라도 저거 팔아서 불우 이웃 돕기 할 거야."

"얼마 안 될 텐데."

"저거 되게 비싼 걸로 알고 있는데. 하긴 70억짜리 생일 선물도 준 사람한테 저런 가방은 아주 우습겠지."

"어떻게 알았어? 자존심 상해서 말하지 않으려고 했더니. 액수가 크진 않아도 그 정도 값어치는 할 줄 알았는데 판단 착오였어. 그래도 끝날 때까지 끝난 게 아니라니까, 준 플레이오프 마지막까지는 지켜보자."

어떻게 70억 원씩이나 쓸 생각을 했는지 다그치려고 했는데, 저가 부추기고 원해서 벌어진 결과라 타박할 수도 없었다.

"알았어. 외국에서 타박상을 입고 온 사람을 타박할 수야 없지."

서투른 말장난에 여준이 고개를 옆으로 돌리고 신기한 눈으로 쳐다보고 있었다.

"미안, 나 원래 아재개그 안 하는데."

영진은 하하 하고 멋쩍은 듯 웃어 보였다. 창피해서 등에 땀까지 나려고 했다.

"미안하다는데, 왜 자꾸 그렇게 쳐다봐."

"최영진은 나한테 미안할 게 하나도 없어. 그냥 예전으로 돌아간 것 같아서, 신기해서 쳐다봤어. 이런 날이 오기도 하는구나. 나하고 다시 만나. 후회 없도록 최선을 다해 보일 테니까."

이미 일주일도 훨씬 전에 갈매기살집에서 했던 말을 그대로 읊었다.

"꿈도 꾸지 마. 강여준은 나한테 오래전에 차였어. 오늘은 아프다니까 구호 활동 하는 마음으로 여준 씨 받아 준 거야. 가치는 없어졌지만 70억짜리 선물도 받았고."

영진은 퉁명스럽게 대꾸하고는 기습적으로 이불을 들춰 휴대폰 불빛으로 등을 비춰 보았다. 여준이 보여 주지 않으려고 애썼지만 통증 때문에 돌아눕지도 못했다.

"뭐 하는 짓이야, 최영진. 하고 싶으면 미리 말을 해."

강여준답지 않은 재미없는 농담에도 영진은 웃을 생각이 전혀 나지 않았다. 등이 온통 멍투성이었다. 문 실장이 말했던 것처럼 보고 있기가 너무 괴로웠다. 등 전체가 성한 곳이 없을 정도로 보라색과 붉은색의 멍투성이인데 괜찮다니 말이 되지 않는다.

"이게 괜찮다고? 섹스도 할 수 있다고? 거짓말을 다 하네, 강여준."

영진은 어쩐지 화가 치밀어 문을 쾅 소리 나게 닫고는 침실 밖으로 나와 버렸다. 미련하고 융통성 없는 남자 때문에 속상하고 화가 난다.

○ ◔ ●

등이 쑤시는 정도가 아니라 계속 얻어맞고 두드려 맞고 있는 것 같은 통증이라 밖으로 나가 버리는 최영진을 붙잡을 수도 없었다. 한심하기 짝이 없는 꼴에 실소만 나왔다.

그래도 아픈 사람을 두고 저렇게 매몰차게 나가 버리는 차가운 여자였나, 아니면 저가 그렇게 차갑게 굴었나. 여준은 미국에서 함께 지낼 때를 떠올리며 무의식으로 침잠했다. 영진의 집으로 오는 동안 먹었던 약 기운을 버텨 내기가 힘들었다.

얼마나 시간이 지났을까, 누군가 가까이서 귓속말을 하고 있었다.

'오빠, 일어나.'

머리를 옆으로 땋은 여섯 살의 동생이 벙싯벙싯 웃으며 그를 흔들어 깨웠다.

동생은 열여섯 살에 죽었으니 이건 꿈이다. 꿈인 걸 알지만 벗어나기가 힘들다. 누군가 그를 깨워 주기 전까지, 육체의 고통이 사라지기 전까지 동생은 끊임없이 그에게 귓속말을 하며 웃다가 울었다.

'오빠, 나 죽기 싫은데. 나 좀 살려 주면 안 돼?'

방글방글 웃던 윤주의 얼굴이 여드름 한 개가 볼록 올라온 열여섯 살 소녀가 되었다. 그리고 그 예쁜 얼굴에서 웃음기가 사라지며 커다란 눈에서 눈물이 주룩주룩 흘러내렸다. 살고 싶다고 울었다. 바닥에 주저앉아 아이처럼 엉엉 서럽게 울었다.

'살고 싶어, 나. 죽기 싫어 오빠. 나 아직 그 여자 만나러 가기 싫은데.'

생모를 만나고 싶지 않다며 윤주가 계속 울고 있었다. 가지 않아도 돼, 윤주야. 나오지 않는 목소리로 입을 달싹여 보지만 윤주는 계속 울었다. 머릿속이 울리도록 흐느꼈다.

"울지 마, 너 안 보내. 그러니까 울지 마."

"무슨 소리 하는 거야. 나 안 울어. 왜 그래."

꿈결처럼 들리는 목소리가 윤주의 것인지 최영진의 것인지 구분할 수 없었다. 점점 깨어나는 의식과 함께 통증 역시 살아났다. 여준은 입술을 깨물며 속으로 신음을 삼켰다. 통증이 너무 심해 갈비뼈까지 욱신거렸다.

"누가 운다고 그래. 꿈꿨어?"

걱정 가득한 목소리에 여준은 느리게 깜빡거리던 무거운 눈꺼풀을 들어 올렸다. 최영진의 침실은 여전히 어두웠다. 혼곤한 의식 속에서 근심으로 어두워진 최영진의 눈이 시야에 들어왔다. 윤주는 벌써 사라져 버리고 그 자리를 대신해 저를 걱정해 주고 있는 최영진이 있었다.

"윤주가 너무 울어서, 울지 말라고 했어."

"윤주?"

하고 싶지 않았는데, 최영진에게 내보이고 싶지 않았는데, 저도 모르게 강윤주 얘기를 꺼내 버리고 말았다.

"윤주가 누군데?"

침대맡에서 가만히 내려다보던 영진이 손을 움직일 듯 말 듯 멈칫거렸다. 저 작은 손으로 한 번만 만져 주었으면 좋겠는데, 영진은 쉬이 움직이지 않았다.

"동생, 막냇동생."

"동생? 동생이 꿈에서 울었어?"

알 수 없다는 듯 갸웃거리는 얼굴이 더 자세한 설명을 요구하고 있었다.

더 말을 해야 할까, 여기서 멈춰야 할까. 가족들 중 누구도 교통사고로 죽은 혼외자 막내딸 얘기를 듣고자 하지 않았고, 의사에게 말해도 뾰족한 해결책이 없으니 지난 10년 동안 누구에게도 해 본 적 없던 얘기였다.

"윤주가……."

어쩐지 목이 졸리는 느낌이라 크게 심호흡을 하니 등이 또 심하게 결렸다.

"잘 안 들려."

영진이 몸을 낮춰 귀를 가까이 가져왔다. 최영진에게서 시원한 박하 향과 따뜻한 기운이 동시에 덮치듯 밀려왔다.

"가끔, 꿈에 나와서 울어. 죽기 싫다고, 울어. 나도 보내고 싶어서 보내는 게 아닌데, 그 여자한테 가고 싶지 않다고 울어."

오랫동안 가슴에 감춰 두었던 것을 꺼내 보이자니 감정 조절이 힘들었다. 거칠어지는 숨소리에 영진이 가만히 목덜미를 감싸 끌어안아 주었다.

8. 고백

내 진심이 너무 늦지 않았기를

밤이 깊었지만 영진은 어둠이 내린 집 안에 불을 켤 생각도 하지 못했다. 컴컴한 거실 소파에 우두커니 앉아 멍하니 벽만 쳐다보고 있었다. 시간이 어떻게 지나갔는지도 모르겠다.

차라리 듣지 않는 편이 나을 뻔했다. 강여준이 고해 성사라도 하듯 차근차근 털어놓은 과거는 너무 끔찍하고 참담해 듣는 내내 평정심을 유지하기가 힘들었다.

여준은 여동생 얘기의 일부를 제외한 자신의 과거를 전부 털어놓았다. 할아버지 손에 죽임을 당할 뻔했던 여섯 살 무렵의 일도. 아무리 혼외자라도 어떻게 제 핏줄들을 살해할 생각을 했는지 되묻자 강여준은 조부를 이해한다는 태도로 가감 없이 설명해 주었다.

"조금 복잡하지만 할아버지 입장에서 설명하자면 정통성과 체면의 문제야. 생모는 가난한 대학생인 데다 집안에 보탬은커녕 흠만 되는 배경이었고, 윤주는 세윤이하고 나이가 같았거든. 생각해봐. 본처 소생의 막내딸하고 내연녀가 낳은 딸이 나이가 같아. 게다가 아버지는 내 생모와의 관계를 끊을 마음이 전혀 없었고 심지어 우리를 호적에 올리겠다고 했어. 당시에 강차영 회장님은 무서울 게 없었거든. 남자 형제도 없고, 여자 형제는 승계와 전혀 관련이 없으니 할아버지에게는 차선책이 없었고 당신이 무슨 짓을 하든 당연히 받아들여질 거라 생각하신 거지."

강차영 회장은 회사 내에 암암리에 퍼져 있던 질 나쁜 소문과 달리 제법 멍청하고 순진했던 구석이 있던 모양이었다. 게다가 후안무치하기까지. 본처가 두 눈 뜨고 살아 있는데 어떻게 감히 혼외자를 호적에 올릴 생각을 했을까.

"그래서 할아버지는 아들의 내연녀와 그 소생들을 다 치워 버리기로 했는데, 생각보다 문제가 쉽게 해결됐어. 우리 어머니가 나하고 내 동생을 구해 놓고 호적에 올리겠다고 하셨거든. 그런데 그게 할아버지 계획 중 하나였어."

그 얘기를 듣는데도 소름이 돋았다. 강여준의 조부인 강홍만 전 명예 회장은 금융 그룹의 막내딸이었던 며느리 조명희 이사장의 눈치를 살펴야만 했고, 결국 두 가지 경우의 수를 놓고 게임을 벌인 것이다.

첫째, 며느리와 사돈댁의 심기를 거스르지 않게끔 혼외자들과 내연녀를 깔끔하게 처리하는 방법, 그리고 부적절한 관계와 그 관계로 태어난 아이들을 치우겠다고 며느리에게 알린 후 며느리가 어떻게 나오는지 지켜보는 두 번째 방법.

강홍만 전 회장의 두 번째 계획에 동조한 조명희 이사장은 죄 없는 아이들은 구해 내 자신의 호적에 올리고 남편의 내연녀는 질식사하도록 내버려 두었다.

"어머니가 생각보다 마음이 약하셔."

제 생모를 불구덩이 속에 방치했는데 마음이 약하다니, 그들의 세계에서는 그 정도가 마음이 약한 축에 드나 보다 하고 생각했다.

조용히 제 인생의 일부를 털어놓은 강여준은 끓여 놓은 죽도 먹는 둥 마는 둥 하더니 약을 먹고 다시 잠들었다.

강여준이 어떤 마음으로 제 가족사를 털어놓았는지 알지만 오히려 더 감당하기가 힘들어졌다. 보통 사람으로서는 감히 상상도 하지 못할 복잡한 가족 관계 그리고 제대로 피어 보기도 전에 떠나보낸 여동생까지. 후회가 남지 않도록 최선을 다하겠다 하고 미리 사과까지 해 가며 귀찮게 굴겠다고 해 대체 어디까지 가 볼 심산인가 했지만, 이런 고통스러운 과거를 공유하게 될 줄은 몰랐다.

애초에 강여준은 단순히 사회적 격차, 삶의 방식이 달라 철저하게 선을 그었던 게 아니었다. 진짜 강여준과 함께하려면 그가 속한 비인간적이고 비정상적인 세계와도 섞여야 했다.

"최영진, 불도 안 켜고 뭐 해."

여준이 드로어즈만 입은 채로 나왔다. 시퍼런 멍투성이인 등만 빼면 놀랍도록 근사한 몸이라 눈을 떼기가 힘들었다. 떨어져 있는 동안 힘들었다고 하더니 운동은 또 열심히 했나 보다.

제집처럼 톡 하고 스위치를 올려 불을 켜고, 제 것처럼 냉장고를 열어 생수병째로 물을 마시는데 또 등이 눈에 들어왔다. 손을 들면 등이 결린다더니 물을 마시면서도 인상을 찡그리고 있었다. 어째 멍이 볼 때마다 더 심해지는 것 같다.

"병원에 가 봐야 하는 거 아니야?"

"내일 출근하기 전에 들러야지."

"출근? 쉬는 게 아니라?"

"어, 일찍 출근해야 돼. 발전소 수주 규모가 12억 불이야. 로비해서 겨우 우리 쪽으로 넘어왔는데 반대하는 의견이 제법 있어. 하필 이 시기에 붕괴 사고가 나서 반대쪽 의견에 힘만 실어 주게 됐어."

디에스전자 직원들을 종종 안주 삼아 얘기하던 영진과 달리 자신에 관한 단서가 될 만한 직장에 대해서는 입도 뻥긋하지 않았던 강여준이 수주 규모니 로비니 하는 얘기를 너무나 아무렇지도 않게 하고 있었다.

"그래도 이 몸으로 어떻게 출근을 해. 가서 앉아 있을 수나 있겠어?"

"계속 걸어 다니는 것보다는 앉아 있는 게 나아."

"그럼 어제는 계속 걸어 다녔다는 거야?"

"들어오기 전에 유가족하고 부상자들 만나고 말레이시아에 한 번 더 다녀왔어."

오늘 아침 오피스텔에 들어설 때처럼 아프지 않은 척 등을 꼿

꽂이 세우고 이 사람 저 사람들과 악수를 하고 하루 종일 돌아다녔을 강여준을 생각하니 가슴이 죄어들었다.

"어쩔 수 없어, 내 자리 만들려면. 미주 법인 일도 마무리하지 않고 왔는데 이번 프로젝트까지 엎어지면 아무리 아버지 아들이라도 힘들어. 내 계획은 서른일곱에 건설사업부 사장 되고, 마흔둘에 물산 총괄 사장 되는 거야."

강여준 인생 10년 계획을 듣는데 기쁘기보다는 오히려 착잡함이 앞섰다.

"그러게, 강여준답지 않게 왜 그랬어. 회장님이 시키는 대로 가만히 있었으면 이렇게 다치지도 않았을 거 아냐. 큰형님 회장 자리에 올려 드려야 한다며. 그게 일생일대의 목표 아니었어?"

"누가 그래, 그게 내 일생일대 목표라고."

여준이 입꼬리를 부드럽게 당겨 웃으며 영진의 옆에 자리를 잡고 앉았다. 등을 대고 앉을 수도 없는 강여준은 허리를 세운 채 몸을 반쯤 돌리고 있었다.

"정수빈 부장, 아니 지금은 이사라고 그랬지? 아무튼 정 이사하고 통화했었어. 정수빈 이사가 강여준을 킹메이커처럼 묘사하더라. 강여준하고 강서원 부회장님이 목표까지 달려가느라 나를 발에 걸리는 돌멩이처럼 멀리 걷어차 버렸고, 나는 결국, 나가떨어졌지."

"최영진……."

"물론 내가 먼저 나가떨어지는 건 계산에 없었겠지만."

"영진아."

강여준이 영진의 어깨를 급하게 붙잡으며 잇새를 물었다. 등 근육이 땅겨 한동안 말을 잇지 못하다가 이내 아픔을 삭이느라 머리까지 푹 숙였다.

"등에서 열도 나는 것 같다. 씻고 와. 씻고 밥 먹으면 냉찜질해 줄게."

"최영진."

"사과하지 마, 변명도 하지 마. 사과는 정수빈 이사한테 받았 고, 당시에 뭔가 급한 사정이 있었던 거 알겠어."

영진은 등에 충격이 가지 않도록 여준의 팔을 조심스럽게 붙잡 아 내리며 일어났다.

식탁 위에 음식을 차리는데 여준의 눈이 끊임없이 영진을 따라 다녔다. 집요한 시선을 이기지 못해 어쩔 수 없이 마주하니 침울 하게 가라앉은 눈이 등의 상처보다 더 아파 보였다.

한숨을 내쉬고 싶은 걸 참으며 따뜻하게 데운 죽을 그릇에 담 았다. 엎드려 자려면 소화가 되지 않을 것 같아 쌀을 갈아서 죽을 끓여 놓았었다. 그나마도 점심에는 거의 먹지 않았지만.

영진이 시키는 대로 씻고 나온 여준은 문 실장이 가져다준 실 내복을 챙겨 입었다. 옷을 입느라 소리도 없이 끙끙거리기에 도와 주었다.

"등 아플 테니까 윗도리는 입지 말자. 자리에 앉아."

말은 또 왜 이렇게 잘 듣는지, 강여준은 말도 없이 영진이 하자 는 대로 얌전히 따랐다.

돌이켜 보면 강여준은 영진의 말을 잘 듣는 편이었다. 싫다는 건 일절 하지 않았고, 약속했던 것 외에 하고 싶다는 건 다 들어 줬던 것 같다. 영진이 처음 하룻밤을 제안했을 때부터 헤어지는 순간까지. 심지어 몸을 나눌 때도 누구처럼 오럴 섹스나 거북한 체위를 강요하지도 않았다.

영진은 숟가락을 들어 여준의 손에 쥐여 주었다.

"입맛 없어도 많이 먹어. 쌀 갈아서 끓인 거라 양 얼마 되지도 않아."

여준이 또 이를 악물면서 일어났다. 저래서야 딱딱한 의자에 앉아서 밥을 제대로 넘길 수나 있을지 모르겠다. 영진은 쿠션을 가져와 등허리 부분에 대 주었다.

"고마워, 잘 먹을게. 내일 저녁에 맛있는 거 먹자. 문 실장한테 맛집 알아봐 달라고 할게."

여준이 숟가락을 들며 진지하게 말했다. 맛집은 무슨, 영진은 기대도 하지 않았다. 문 실장이 알아봐 주는 맛집 따위 가고 싶지도 않다. 그저 아침이 밝아서 강여준이 그냥 나가 주었으면 좋겠다.

"됐어. 내일 갈 때 사 가지고 온 가방이나 도로 가져가."

"그건 그냥 받아 주면 안 되나? 최영진 돈 잘 버는 거 알겠고, 그래서 저런 가방 마음만 먹으면 살 수 있는 것도 알고, 그래서 나한테 바라는 거 없다는 것도 잘 알겠어. 미국에서 내가 준 선물 우스웠던 것도, 내 카드 쓰지 않았던 것도……."

아, 저 지긋지긋한 블랙카드의 굴레. 어차피 돈도 많은 사람인데 일이 억쯤 긁어 주고 올 걸 그랬나 보다.

"강여준이 준 선물 한 번도 우습게 여긴 적 없어. 문 실장님 시켜서 전달해 줬지만 나쁘지 않았어. 좀 속상하긴 했어도 싫지 않았다고. 강여준이 직접 고르지 않았어도 매주 챙겨 주는 속옷까지 좋았어. 그러니까 카드 얘기 그만해. 한 번 더 카드 얘기 하면 등에 확 소금 뿌려 버릴 테니까."

멍이 든 등에 소금이 닿는 상상을 했는지 강여준이 진저리를 치며 조용히 밥을 먹었다. 점심도 거의 거르다시피 했던 강여준은 영진이 반찬도 덜어서 주는 족족 잘 먹었다.

"내일 퇴근하고 일찍 올게."

양치를 하고 나온 강여준이 내일도 이 집에 묵어가겠다고 한다. 누구 마음대로.

"오지 마. 여준 씨 집에서 편하게 쉬어. 돌봐 줄 사람 있잖아."

"없어. 편하게 나를 맡길 수 있는 사람은 최영진밖에 없어."

강여준이 더는 자기 속을 털어놓지 않았으면 좋겠다. 감당하기 힘든 진실은 차라리 모르는 편이 나았다.

"왜 자꾸 귀찮게 굴어."

"귀찮게 굴겠다고 했잖아."

"귀찮아도 너무 귀찮아. 왜 안 들어도 좋을 얘기를 해 줘서 사람 부담스럽게 만들어. 강여준이 어떻게 사는지 굳이 말해 주지 않아도 삭막한 인생인 거 알고 있었어."

어렵게 끄집어 내보인 상처를 더 헤집고 있는 격이라는 걸 알지만 이대로 상처받고 물러나 주었으면 싶었다.

"부담스러웠다면 미안해. 그런데 최영진하고 다시 시작하는 것과 별개로 그냥 말하고 싶었어. 최영진이 들어 주면 마음이 조금은 가벼워질 것 같았어. 그리고 여느 때보다 편해, 지금. 이렇게 편하게 자 본 게 언제인지 기억도 안 나는데."

영진은 무너지듯 주저앉았다. 아, 이 사람을 어떻게 하지. 나는 정말 어떡하지.

○ ◖ ●

마음이 불편해서 잠을 이루지 못한 자신과 달리 여준은 상쾌한 얼굴로 일어났다. 엎드려 자는 바람에 얼굴이 조금 붓긴 했지만, 붓기마저도 강여준의 미모를 퇴색시키지는 못했다.

"도와줘."

셔츠에 팔을 끼우려고 애쓰던 여준이 스스로를 한심스러워하며 도움을 요청했다. 귀고리를 끼우던 영진은 얼른 걸어가 조심스럽게 셔츠를 입혀 주었다. 조심한다고 했는데도 여준이 인상을 찡그린다. 이 몸으로 어떻게 하루 종일 일을 하겠다는 건지 모르겠지만, 알 바 아니라며 자신을 단속했다.

"문 실장은 언제 온대?"

"다 왔을 거야."

귀신같은 남자. 문 실장이 정말 초인종을 눌렀다. 영진은 여준의 넥타이를 손에 들고 문을 열어 주었다.

문 실장은 넥타이까지 매 주고 있는 영진을 신기한 듯 쳐다보다가 고이 잘 싸여 있는 여행용 보스턴백을 보더니 설명을 요구하는 따가운 눈빛을 보냈다. 자기가 뭐라고. 영진은 흥 하고 코웃음을 치며 여준의 재킷까지 입혀 주었다.

"오지 마, 정말."

"알았어."

여준이 순순히 대답하는데 마음에 들었다.

"차장님, 지금 되게 모순되는 행동을 하고 계십니다. 알고 계십니까?"

그러나 의문을 제기하는 문 실장은 정말 마음에 들지 않았다.

"알아요. 쫓아내는 주제에 옷까지 살뜰히 챙겨 입히는 게 모순된다는 거잖아요. 그게 다 내가 모질지 못해서 그래요."

문 실장은 동의할 수 없다는 얼굴로 입매를 굳혔다.

"여준 씨, 정말 오지 마. 섹스가 필요하다고 하면 한두 번쯤은 자 줄 수 있어. 그런데 그 이상을 바라면 내가 힘들어질 것 같아."

"상무님 조금이라도 나아지실 때까지만 봐주시면 안 되겠습니까? 부탁드립니다."

매정하게 들릴 수도 있는 말을 아무렇지 않게 하자 문 실장이 주먹까지 쥐어 가며 부탁했다.

"문 실장님이 부탁이라는 걸 할 줄도 아시네요."

"잘 기억하지 못하시는 것 같아 말씀드립니다만, 차장님께 부탁을 여러 번 드렸습니다. 미국에서도 그렇고, 그저께 전화드렸을 때도 진심을 다해, 성심성의껏 부탁드렸습니다. 미국에서는 단칼에 잘라 내셔서 더 애걸복걸하지 못했지만 그저께는 저도 정말 절박했고 차장님께서 여지를 주실 것 같아서 계속 매달렸습니다."

영진은 눈을 가늘게 뜨고 귀를 후볐다. 문 실장이 감정 없는 로봇 같은 얼굴로 진심, 성심성의껏, 애걸복걸, 절박 같은 단어를 사용했다는 걸 듣고도 믿을 수가 없었다. 여준을 쳐다보자 그가 문 실장 편을 들어 주며 고개를 끄덕였다.

"그래도 안 돼요."

영진이 다시 한번 단호하게 거절했고, 여준이 어쩔 수 없다는 듯 고갯짓을 하니 문 실장은 가방을 주섬주섬 챙겨 들었다. 어째서 저 문 실장이 짠해 보이지.

"잘 가, 강여준. 메시지 보내는 건 자유니까 뭐라고 하지 않겠지만 보내도 답장 안 할 거야. 아니다, 차단할 거야."

"차장님!"

또 문 실장이었다. 문 실장은 강여준을 대신해 실컷 억울해하고 있었다.

"몸도 안 좋은 사람 저렇게 계속 세워 둘 거예요?"

"가시죠, 문 실장님."

여준이 영진의 손끝을 부드럽게 쥐고는 입을 맞췄다. 손끝을 간질이는 느낌이 나쁘지 않다. 아니 좋았다.

"답은 안 해 줘도 괜찮은데 차단은 하지 마. 숫자 없어지면 읽었구나 하고 생각하면 되니까, 그것만으로도 나는 좋아."

여준의 입꼬리가 동그라미를 그리며 웃었다. 그리고 여운이 남는 따뜻한 웃음을 남기며 오피스텔을 떠났다.

강여준이 지금껏 차였다는 여자들에게 저렇게 남김없이 속을 드러내는 웃음을 보여 주었더라면 그를 만나는 사치는 부려 볼 수 없었을지도 모르겠다. 웃음이 너무 예뻐 손안에 가두고 싶었다.

강여준과 문 실장이 디에스물산이 있는 여의도로 출근을 하고 영진은 평소보다 이른 시간에 출근을 했다.

일찍 업무를 시작하고 있는데 시간 맞춰 출근한 제이드가 커피를 책상에 내려놓고 자기 자리로 갔다. 그리고 원망이 덕지덕지 묻어나는 얼굴로 영진을 쳐다보던 문 실장으로부터 문자가 왔다.

[상무님은 오늘 아침부터 오후 3시까지 회의가 잡혀 있습니다. 그리고 저녁에는 작은 모임에 참석하시는데, 걱정입니다. 벌써 통증 때문에 자세를 몇 번이나 바꾸셨거든요.]

"아니 그래서 나더러 어쩌라는 거야, 대체."

"왜 그래, 영진. 누가 괴롭혀?"

제이드가 책상을 두드리며 물었다.

"아니 AI가 갑자기 감정을 가져서는 남의 사생활에 엄청 참견하고 난리잖아."

"아, 그 문 실장이라는 인공지능로봇 같다는 남자? AI 모델명 문 실장 1호."

제이드의 농담에도 웃음이 터져 나왔다. 정말 잘 어울린다, 문 실장 1호. 강여준에게 이야기해 줘야겠다. 영진은 무의식적으로 생각했지만, 그렇게 생각했다는 걸 자각하지 못했다.

○ ◐ ●

회의를 마치자마자 병원에 가서 물리 치료를 받고 진통제까지 맞았지만 둔탁한 통증은 여전했다. 그래도 두드려 맞는 것처럼 아프지는 않아 다행이라고 위로해 보지만, 하필 스케줄이 잡혀도 이렇게 잡힐 수 있나 짜증이 나는 건 어쩔 수 없었다.

이런 모임은 딱 질색이지만, 3세대 혹은 4세대 경영인들이 모이는 자리는 아주 중요했다. 미국에서 지내느라 참석하지 못할 때가 더 많았던 터라 이제는 빠질 수가 없었다.

알은척해 오는 익숙한 얼굴들과 몇 마디 대충 섞고 별생각 없는 사람처럼 몇 번 웃는 사이에 다양한 정보들이 오갔다. 개중에 쓸모 있는 정보도 있지만 대부분이 쓸데없고 더러운 잡설이었다. 연예인 누구를 불러서 잤다느니, 자기 모친이 신인 배우 누구를 집으로 들였다는 얘기까지 알고 싶지 않은 정보가 넘쳐 났다.

한주자동차그룹의 차남 차윤성이 그나마 사람다워 공통 관심사에 대해 이야기 나누고 있었다.

"너는 그래서 서원 형 회장 만드는 것 외에 별 관심이 없다는 거지? 킹메이커 뭐 이런 거냐?"

킹메이커라니, 어제 최영진에게도 들었던 말이다. 조롱하는 게 분명한 말이지만 최영진의 입을 통해 한 번 듣고 난 후라 거슬리지만은 않았다. 최영진이라는 필터를 거치면 아무리 더러운 흙탕물이라도 반짝이며 다시 살아났다.

"킹메이커같이 거창한 이름 필요 없습니다. 작은형만 물러나게 하면 됩니다."

"대체 이유가 뭐야. 사생활? 사생활이야 여기 있는 대부분이 문란해. 제정신 박힌 놈들이 몇이나 된다고."

"강현민 사생활이 더러우면 더러울수록 전 더 좋습니다. 그래야 빨리 끝을 볼 거 아닙니까. 그리고 그런 충동적인 사람은 경영에 적합하지 않아요. 차분하고 냉철한 큰형님 같은 사람이 후계자가 되는 게 맞습니다."

"차분하고 냉철하기로 따지면 너도 빠지지 않을 것 같다만. 그건 그렇고……."

차윤성이 심드렁하게 술잔을 기울이며 이야기하다 손가락으로 어느 지점을 가리켰다. 그리고 여준은 제 눈을 의심했다. 제이드 한이었다.

최영진이 다니는 엘케이반도체의 모기업인 엘케이그룹 막내딸이 제이드 한을 데리고 나타났다. 몸매가 드러나는 검정색 원피스를 입은 엘케이 막내를 제이드 한이 에스코트하고 있었다. 팔짱까지 끼고.

"저 얼굴은 못 보던 얼굴인데. 엘케이 데릴사위쯤 되려나."

"내가 알아볼게요."

여준은 바에 잔을 내려놓고 넓은 홀을 성큼성큼 가로질렀다. 저를 발견한 제이드가 반갑게 알은척을 했다. 최영진의 집 앞에서 만났을 때처럼. 반반하게 웃는 얼굴이 재수 없어서 한 대 올려 치고 싶었다. 그때 때리지 않은 게 이렇게 후회스러울 수 없었다.

「몸이 안 좋다고 들었는데 생각보다 괜찮으시네요.」

어눌하게 들리는 우리말 대신 영어로 말을 걸었다.

"뭐야, 너."

"소개해 주러 왔더니 벌써 아는 사이였어? 오랜만이에요, 강여준 상무님."

엘케이 막내를 흘끔 쳐다보고 제이드 한을 머리부터 발끝까지 훑었다. 최영진과 시카고의 햄버거 가게에서 칼로리 폭탄의 거대한 햄버거를 함께 먹었다고 했었다. 그리고 녹스빌 공장 착공식에서 최영진과 함께 의전을 하던 제이드 한을 기억한다. 그러나 수더분하던 모습은 사라지고 온통 돈으로 치장한 제이드 한이 이 자리에 있을 뿐이었다.

"이 사람 뭡니까, 사장님."

의뭉스럽게 웃는 제이드에게 시선을 고정한 채 엘케이 막내에게 물었다. 엘케이 막내는 지난달 이혼해서 자유로운 몸이었다. 여자가 무언가 알고 있는 것처럼 의도적으로 대답을 회피했다. 참을성이라면 저만 한 사람이 없다고 여겼는데 이 자리에서는 그 참을성이고 나발이고 다 집어던져 버렸다.

"사장님, 제가 여쭤봤습니다만."

여준은 다시 여자를 채근했다.

"이런 자리에 데리고 올 만큼 특별한 남자 친굽니까 아니면 숨겨 둔 친인척입니까."

제이드 한이 자기보다 열 살이 많은 엘케이 막내와 연인이든 이 집안의 혼외자든 상관없다. 어차피 최영진과 친구 이상으로 함께할 수 없으니까.

"강 상무님. 뭔가 오해가 있는 것 같은데, 제이드는 내 이종사
촌이에요."

"동인일보?"

엘케이와 사돈지간인 동인일보에 제이드 한이라는 사람은 없
다. 다만, 생각나는 사람이 하나 있었다. 재미 교포와 결혼한 동
인일보의 장녀. 부모 형제 모두와 의절하고 상속권까지 포기하고
서 미국으로 건너갔다고 들었다. 그 사람의 아들이라면 말이 된
다.

「우리 엄마에 대해서 아는 것 같은 얼굴인데요.」

「내가 그쪽 모친을 아는지 모르는지는 중요한 게 아니고. 최영
진이 알고 있습니까? 그쪽이 이런 자리에 참석할 만큼의 배경을
가지고 있다는 거.」

저가 어느새 영어를 쓰고 있는지도 모르는 채 대화에 집중하고
있었다.

「아니요, 모릅니다.」

여준은 주먹을 움켜쥐었다. 최영진을 속이고 한국에 전혀 연고
가 없는 척 당연하게 최영진의 옆에 둥지를 틀고 있었다니. 제이
드 한은 절대 안 된다고 주장한 이유는 최영진이 이 남자에게 상
당히 의지하고 있고, 그 때문에 언제든 흔들릴 수 있다고 생각했
기 때문이었다. 그 정도로 제이드 한은 최영진에게 특별한 친구였
다.

「그리고 그게 중요한지, 저는 잘 모르겠습니다. 오늘은 이쪽 세

242

계가 궁금해서 구경하러 왔습니다. 혹시 제가 상무님하고 비슷한 배경을 가지고 있어서 불안하세요?」

"제이드. 단단히 착각하고 있는데, 내가 너를 불안해한 이유는 최영진이 무너지게 되면 온전히 너에게 기대게 될 것 같아서였는데 지금 이 모습을 보니까 오히려 안심이야. 나와 있었던 모든 일을 공유하는 사람한테 너는 고작 이런 식으로 뒤통수를 쳐?"

이번에는 또 우리말로 말하고 있지만 그 또한 의식하지 못했다.

"뒤통수를 친 건 내가 아니라 강여준 상무님이에요. 모든 걸 속이고 시작한 관계가 잘될 거라고 생각했어요?"

제이드가 부정확한 발음이지만 정확한 문장으로 여준을 공격했다.

"우리는 애초에 그렇게 시작한 관계였어. 나와 최영진이 합의한 관계였다고. 속이지 않았어, 말을 하지 않았을 뿐이야."

강서원의 구질구질한 내연녀 문제만 아니었으면 이렇게 힘든 시간을 보내고 있지 않았을 것이다. 굳이 이 사실을 제이드 한에게 하나하나 짚어 줄 필요가 없으므로 여준은 멱살을 잡아 끌어당겼다.

"최영진이 어떤 식으로든 상처받는 거 원하지 않아. 네가 3년 동안 숨겼다는 사실을 알면 서운해할 거야."

"본인 얘기를 하시네요, 상무님. 한 가지 물어보겠습니다."

제이드가 회심의 공격을 준비하듯 한껏 뜸을 들이더니 여준의 약점을 치고 들어왔다.

"단순히 영진을 갖고 싶은 거예요, 아니면 사랑하세요."

"내 감정을 제이드 한 너한테 설명할 의무가 없는데. 내가 느끼는 감정은 온전히 최영진 거야. 내가 무언가를 알게 되면 그걸 가장 먼저 알아야 할 사람은 너나 다른 누구도 아닌 최영진이라고. 시답잖은 충고는 필요 없으니까 집어치워. 네가 나한테 어떤 교훈을 주려고 오늘 나타난 건지 잘 알겠는데, 쓸데없는 짓이었어. 한국에 아는 사람이 아무도 없는 척 속인 걸 어떻게 설명하고 사과할지나 고민해. 너에게 시간을 할애하고 너를 위해 발품을 팔고, 행정 절차까지 해결해 준 최영진한테 무릎이라도 꿇어야 될 거야."

태어나서 누군가에게 이렇게 길게 충고해 본 적이 없었다. 인격 모독을 하거나 약점을 잡아 상대를 깔아뭉개고 처참하게 찢어 버린 적은 많으나, 진심으로 우러난 충고는 처음이다. 최영진과 관련되어 있기 때문이었다.

한 대 때릴까. 여준은 다시 고민했다.

"네가 좋은 사람인 걸 알아. 그런데 너는 최영진을 속였고, 오늘 이런 식으로 네 정체를 나한테 까발린 것도 좋은 방법이 아니었어."

하지만 주먹질을 하는 대신 어깨를 툭툭 두드렸다.

"오늘 점잖게 넘어가는 이유는 어쨌거나 네가 최영진을 아끼고 있기 때문이야."

"좋은 정보 하나 드리려고 했는데, 기분이 나빠서 안 드려야겠어요."

제이드가 빙그레 웃으며 말했지만 여준은 가볍게 무시해 버렸다.

그러나 제이드 한이 말했던 좋은 정보라는 게 최영진의 소개팅이라는 걸 당일이 되어서야 알았다. 강서현이 아니었으면 꼼짝없이 모르고 있을 뻔했다. 최영진이 강서현의 카페에 남자를 만나러 왔다는 것이다.

그날 여준은 야근을 포기하고 서둘러 엘케이반도체 건물로 달려갔다.

○ ◐ ●

소개팅 상대로 나온 김경훈은 들은 것 이상으로 괜찮게 생긴 남자였다. 아마 강여준을 알지 못했더라면 눈이 돌아갈 만큼 잘생겼다고 생각했을지도 모르겠다.

그러나 강여준을 만나 강여준과 많은 것을 나눈 지금, 웬만한 사람은 눈에 들어오지도 않았다. 지금만 해도 버젓이 소개팅 상대를 앞에 두고 강여준을 생각하는 만행을 저지르고 있었다. 꼭 바람을 피우고 있는 것 같은 심정이 되어 이유 없는 양심의 가책을 느꼈다.

"서울에 온 보람이 있네요, 역시."

김경훈은 적극적이었다. 누구와 달리 연애에 능숙해 보였다. 헤프고 가벼워 보이지 않으면서도 상대가 불편해하지 않도록 배려해 주었다. 정치, 경제, 사회, 예술 등 여러 분야에 걸쳐 관심을 갖고 있었고 그 관심만큼 해박한 지식이 있었다. 그러나 꼴사납게 자랑하거나 뽐내지 않았다. 볼수록 사람이 괜찮았다.

"서비스예요, 언니."

강서현이 서비스라며 홀 사이즈 케이크를 가져왔다.

"곧 저희 식사하러 나갈 예정이라서, 성의는 감사합니다만, 괜찮습니다."

김경훈이 매너 있게 거절하는데도 서현이 큰 눈을 부릅뜨며 탁자를 쾅쾅 두드렸다.

"저기요, 선생님. 우리 언니를 너무 얕잡아 보시는데요, 이거 혼자서 다 먹고 고기도 3인분 이상 먹을 수 있는 사람이 최영진이거든요."

그러니까 강서현은 지금 최영진을 상대로 시위를 하는 중이었다. 강여준을 두고 다른 남자와 만나고 있는 이 자리를 훼방 놓고 싶은 거다. 그렇지 않고서야 초면인 사람 앞에서 남의 큰 위장을 자랑삼아 떠벌릴 수는 없었다. 많이 먹는 게 절대 창피한 일은 아니지만 그렇다고 자랑할 일도 아니었다.

"아, 잘 드시는 모양입니다, 영진 씨. 그래도 식전에 달달한 걸 먹으면 입맛이 없어지니까, 밥 먹고서 맛있는 디저트 먹으러 가죠."

마이너스 1점. 영진은 속으로 점수를 매겼다. 강여준은 어떠한 경우에도 영진이 먹는 걸 방해하지 않았다. 처음부터 많은 양을 골고루 주문해 주고 모자랄 것 같으면 알아서 추가로 주문했다.

"강서현, 너 헛소리 그만하고 이거 그냥 포장해 줄래?"

"언니이이이."

서현이 우는소리를 하며 애처럼 발을 동동 굴렀다. 아, 어쩌라고.

"계산은 제가 하겠습니다."

또 마이너스 1점. 강서현이 서비스로 주겠다고 했는데 굳이 나서서 계산한다고 카드를 내밀고 있다니, 강서현과 얼마나 친밀한 사이인지도 모르고 함부로 나서고 있었다.

갑자기 영진은 단정하게 정돈된 머리칼을 쥐어뜯었다. 김경훈의 단점을 억지로 찾아내 낮은 점수를 매기고 있는 저를 발견했기 때문이다.

"영진 씨, 왜요. 무슨 문제라도 있어요?"

문제라면 아주 많이 있다. 눈앞에 이렇게 잘생기고 성격도 괜찮은 남자가 있는데 자꾸 다른 남자나 떠올리고 있는 저도 문제였고, 소개팅이 무슨 대수라고 칭얼거리며 옆에 붙어 있는 강서현도 문제, 그리고 카페 유리문을 열고 들어서는 강여준이 가장 큰 문제였다.

찡찡거리던 서현이 우는소리를 멈추고 얼른 몸을 돌렸다. 영진은 벌떡 일어나 서현의 뒷덜미를 잡아채며 서늘하게 귓속말을 했다.

"너 한 번만 더 스파이 짓 하면 가만 안 둔다."

영문을 모르고 눈만 끔뻑이는 김경훈에게 더는 실례를 범할 수가 없어 영진은 급하게 가방을 들었다.

"케이크는 서현이가 서비스로 준다고 했으니까 그냥 가져가도 괜찮아요. 밥 먹으러 나갈까요?"

"네, 그러시죠."

"언니! 정말 이럴 거예요?"

"강서현 너 뭐 해."

강여준이 천천히 걸어와 서현과 영진의 앞을 가로막고 섰다.

"왜 어울리지 않게 실례되는 행동을 하고 있어."

여기서 벌어졌던 일을 다 보고 있었다는 투였다. 정말 바람이라도 피운 심정이 되었다.

"헐레벌떡 달려온 사람치고는 엄청 느긋한 척하는데?"

서현이 이죽거리며 여준의 어깨를 툭툭 건드렸다. 아, 골치야. 얼른 이 자리를 빠져나가야겠다.

"상무님, 그럼 먼저 가 보겠습니다."

강여준과 김경훈, 서로를 소개할 이유가 없었다. 영진은 허리를 숙여 인사하고는 김경훈의 소매 끝을 붙잡고 황급히 가게를 빠져나왔다.

"아는 사람이에요?"

"네, 전에 근무했던 회사 상무님이세요."

여준이 이쪽을 보고 있는 게 느껴졌지만 영진은 애써 모르는 척했다.

밥이 코로 들어가는지 입으로 들어가는지 모르겠고, 모래알을 씹어도 이것보다는 맛있을 것 같았다.

영진은 김경훈과 밥을 먹는 내내 강여준 생각뿐이었다. 무표정하던 얼굴과 달리 급히 달려온 듯 흐트러진 머리와 걷어 올린 소매며, 반쯤 끌러진 넥타이가 머릿속에서 사라지지 않는다.

"아까 그분 낯이 익다 했는데, 디에스그룹 셋째 아들 아니에요?"

역시 다방면으로 박학다식한 사람답게 강여준을 알아보았다. 언론에 노출된 횟수가 적었는데도 알아보는 걸 보면 그쪽으로도 관심이 많은 모양이었다.

"네, 맞아요. 처음엔 몰랐는데 나중에 알고 보니 재벌이시더라고요."

강여준을 모르는 사람인 양 설명하려니 또 양심이 찔린다.

"대기업 다니긴 하지만 그래도 재벌이랑 마주치기 쉽지 않은데, 신기한 구경 했네요."

신기한 구경이라는 말에 영진은 또 한 번 마이너스 점수를 매겼다. 그런데 아무래도 이쯤에서 정리를 해야 할 것 같다.

먹는 둥 마는 둥 식사를 마친 영진은 차 마시러 가자는 김경훈에게 급히 인사를 하고는 터덜터덜 집으로 돌아왔다. 집까지 바래다주겠다는 걸 뿌리치고 버스를 타고 왔다. 어쩐지 강여준과 다시 만날 것 같은 기분이었다.

그런데 정말 여준이 오피스텔 앞에 서 있었다. 등을 기대고 있는 걸 보는데 등의 상처가 걱정되었다. 치료는 제대로 잘 받고 있는 건지.

"저녁 맛있게 먹었어?"

별 뜻 없는 질문 같은데 양심이 계속 쿡쿡 쑤셨다.

"응, 맛있게 잘 먹었어. 강여준은 밥 먹었어?"

"나는 아직."

윽, 미치겠다. 자꾸 가슴이 아프다.

"일부러 그러는 거지 지금. 죄책감 느끼라고."

"최영진이 죄책감을 왜 느껴. 다른 사람 만나서?"

여준이 부드럽게 대꾸하며 가까이 다가왔다. 그리고 영진은 반사적으로 뒤로 물러섰다. 강여준이 쓰게 웃는다.

"만나고 싶은 사람 다 만나. 하고 싶은 거 다 하고. 기다리고 있을 테니까."

"기다려, 그럼. 대신 내가 말하기 전에는 우리 집에 나타나지 마. 스토커로 고소해 버릴 거야."

입술을 꾹 깨물고 억지로 시선을 피했다. 마음을 후벼 파는 말을 하면서도 정작 상처받은 얼굴을 보고 싶지는 않았다.

"알았어, 최영진이 오라고 할 때까지 착하게 기다릴게."

가슴을 먹먹하게 하는 말을 남기고 여준은 뒤돌아 걸어갔다. 차는 어디에 두고 걸어가는지 모르겠다.

집으로 들어오니 팔다리에 힘이 풀려 거실 한복판에 주저앉았다. 그렇게 한참을 아무 생각도 없이 있었다.

○ ◑ ●

늦은 저녁 퇴근길, 중형 국산차를 몰아 오피스텔 지하 주차장으로 들어서려던 영진은 길가에 세워진 강여준의 차를 발견했다.

빤히 알고 있는 자신의 차가 들어가는데도 강여준이 나오지 않는 이유에 영진은 두 가지 가능성을 점쳤다.

만나고 싶은데 약속을 지킨답시고 스토커처럼 음침하게 차 안에 버티고 있을 가능성, 몸이 좋지 않아 나오지 못하고 있을 가능성. 두 가지 모두 신경 쓰이게 하는 건 마찬가지였다.

영진은 일단 무시하고 집으로 올라가 샤워부터 했다. 그리고 쟁반에 뜨거운 물을 부은 컵라면을 챙겨 와 텔레비전을 틀었다. 9회 말의 야구 경기가 마무리되고 있었다. 디에스유니콘즈는 접전을 펼쳤지만 결국 플레이오프 진출에 실패했다. 70억 원짜리 생일 선물은 끝까지 자신의 값어치를 증명하지 못하고 시즌을 마감했다.

라면 국물 한 방울까지 깨끗하게 먹어 치운 영진은 갑자기 아이스크림이 먹고 싶어졌다. 냉동실을 열자 멜론 맛 막대 아이스크림이 보였다. 그런데 지금 먹고 싶은 건 초콜릿 맛의 떠먹는 아이스크림이었다.

가방에서 지갑을 꺼낸 영진은 엘리베이터를 타고 내려가 편의점이 아닌 강여준의 차 앞에 우뚝 멈춰 섰다. 자동차 유리창을 툭툭 두드려도 반응이 없어 주먹으로 쾅쾅 두드렸지만 마찬가지였다.

지나가던 사람이 수상쩍은 눈으로 쳐다볼 때까지 차창을 두드리다가 안에 아무도 없음을 깨닫고 휴대폰을 꺼내 들었다. 아직도 저장하지 않은 강여준의 전화번호는 너무도 쉽게 찾아졌다. 신호가 떨어지자 바로 낮은 목소리가 들렸다.

― 퇴근했어?

집 앞에서 진을 치고 있던 주제에 모르는 척 구는데 웃기지도 않는다.

"아니, 아직. 그러는 강여준은 퇴근했어?"

― 오늘은 좀 퇴근이 빨랐어. 아버지가 오라고 하셔서 집에도 잠깐 들렀고. 사실, 지금 최영진네 집 근처야.

영진은 다시 사방을 둘러보았지만 어디에도 강여준은 보이지 않았다.

"집 근처 어디? 거기서 뭐 하는데?"

― 편의점이야.

몇 걸음 떨어지지 않은 곳에 대형 편의점이 하나 있었다. 반쯤은 걷고 반쯤은 달려서 편의점 앞으로 가니 담배를 피우고 있는 강여준이 보였다.

등이 아직 다 낫지도 않았을 텐데 담배 피울 생각이 나나. 영진은 미간을 찡그리며 붉게 타들어 가는 담뱃불과 강여준이 뱉어 내는 하얀 연기를 쳐다보다 목을 가다듬었다. 조금은 지쳐 보이는 얼굴에 마음이 아프다.

"남의 동네에서 뭐 해."

― 보고 싶어서.

영진은 말을 잇지 못했다. 정확히 기억하는데, 강여준이 보고 싶다 말한 게 이번이 딱 두 번째였다. 첫 번째는 강여준을 밀어내느라 여념이 없어 주의 깊게 듣지 못했지만, 지금은 함부로 흘릴 수 없을 만큼 간절했다.

영진은 연신 담배 연기를 빨아들이는 여준을 지켜보며 한참을 말없이 서 있었다. 그리고 강여준은 계속 기다려 주었다.

"아이스크림 먹고 싶은데 사다 줄래?"

영진이 부탁하자마자 여준은 담배를 바닥에 비벼 끄고는 꽁초를 주워 쓰레기통에 집어넣었다. 꽤나 허둥지둥 움직이면서도 준법정신은 투철했다.

— 멜론 아이스크림?

"응, 그거."

분명히 초콜릿 아이스크림을 사러 나왔는데 영진은 냉장고에 가득 있는 멜론 맛을 사 달라고 했다. 어째서 강여준은 최영진에 대한 모든 걸 기억하고 있을까. 감정이 결여된 사람처럼 자기 마음도 잘 모르겠다더니 왜 내가 좋아하는 아이스크림까지 기억하고 있지? 언제 얘기했는지 기억도 나지 않는 걸 어떻게 알고 있는 거야, 강여준.

영진은 편의점 문을 열고 들어갔다. 멜론 맛 아이스크림을 골라 수북이 계산대에 올려놓은 여준이 움찔하며 놀랐다.

"바보야? 내가 언제 오는지도 모르면서 계산 먼저 하고 있으면 어떡해. 다 녹은 거 먹으라고?"

"아, 미안. 그 생각을 못 했다."

그저 보고만 있어도 기분이 좋은지 담배를 피우고 있을 때와 사뭇 달라진 표정에 덩달아 마음이 들떴다. 영진은 충동적으로 생필품 코너에서 콘돔을 집어 들었다.

"이것도 같이 계산해 주세요."

강여준의 얼굴에서 물음표가 수십 개나 보였다. 혼란스러움이 한꺼번에 들이닥쳐 정리가 되지 않는 듯했다. 퇴근하지 않았다던 사람이 화장까지 싹 지우고 운동복 차림으로 나타나 불쑥 콘돔을 집어 드니 이해가 되지 않을 수도 있겠다.

"왜, 오늘은 안 될 것 같아?"

"아니, 돼. 그런데……."

"하면 하는 거고 말면 마는 거지 그런데는 또 뭐야."

아르바이트생이 귀를 틀어막고 싶어 하는 얼굴로 콘돔 바코드를 찍었다.

"해."

"저기요, 아니 손님, 저 미성년자인데요."

뚱하게 말하는 폼이 귀엽지만 영진은 정중히 사과했다.

"죄송합니다."

"미안합니다."

강여준도 꾸벅 사과를 하고는 아이스크림과 콘돔이 든 비닐 봉투를 챙기며 영진의 손을 잡았다.

집 앞으로 가는 동안 영진은 여준의 손을 내치지 않았다. 가볍게 그러쥔 손안이 따뜻했다.

"오늘도 병원 갔었어?"

"아침에 일찍 가서 물리 치료도 받았어."

집 안에 들이자 여준은 자기 집처럼 냉동실 문을 열어 이미 가득한 멜론 맛 아이스크림을 새로 사 온 것과 함께 차곡차곡 챙겨 넣었다. 그러면서 하나를 따로 빼 영진에게 건넸다. 아무래도 주인과 손님의 위치가 바뀐 것 같다.

"매일 하나씩 먹어도 한 달 이상은 먹겠는데."

"하루에 두 개씩 먹을 거야."

아이스크림 껍질을 벗겨 한 입 무는데 공기 중에 알코올 냄새가 났다. 강여준에게 바짝 다가서니 그가 한 뼘 멀리 떨어졌다. 영진은 다시 한 발자국 다가가 강아지처럼 킁킁거렸다. 담배꽁초 하나 허투루 버리지 않는 사람이니 음주운전을 하지는 않았겠지만 그래도 확인할 필요가 있었다.

"혹시 집에서 술 마시고 왔어?"

"아니. 너 기다리면서 맥주 마셨어. 나는 절대 술 먹고 운전하지 않아."

여준이 혐오스럽고 끔찍한 기억을 되짚은 듯 어두운 낯빛으로 정색했다.

"알았어, 믿어. 그럼 밥은 먹었고?"

또 받아들이기 어려운 얘기를 들을까 봐서 영진은 얼른 말을 돌렸다.

"먹었어."

"잘했네. 밥도 먹고, 술도 마시고, 담배도 피우고. 약 먹는 사람이 술에 담배에, 잘하는 짓이야 아주."

"진통제는 벌써 며칠 전에 끊었고."

"그래? 정말이야?"

영진은 비밀스럽게 웃어 보이며 먹던 아이스크림을 빈 컵에 쏙 집어넣었다. 곧 은밀한 행위를 할 것을 암시하며 여준이 입고 있는 정장 재킷을 벗기고 넥타이를 풀어 바닥에 툭 떨어뜨렸다. 단추를 풀어 내리는 손가락이 빠르게 움직였다.

여준이 허리를 구부려 입을 맞추려 했지만 영진은 그의 가슴을 밀어 냈다. 그리고 다짜고짜 여준이 입고 있는 셔츠를 걷어 올려 등을 확인했다. 원래 멍이라는 게 색깔이 무시무시하게 변하면서 점차 빠진다는 건 알지만, 이건 정말 너무 심했다.

"이게 괜찮다고?"

"괜찮아. 별로 아프지도 않아. 누워서 잘 수도 있고, 가벼운 운동도 가능해."

여준이 멋쩍은 듯 웃으며 셔츠를 끌어 내리고는 영진을 앞으로 끌어당겼다.

"콘돔은 다음에 쓰자."

"거봐, 등 아직도 아프잖아, 아직도."

"안 아파, 정말. 최영진이 무리하는 거 보고 싶지 않아. 마음으로 날 받아들이지도 못하면서 몸만 섞으면 미국에서의 우리 관계랑 뭐가 달라."

누가 할 소리를. 영진은 코웃음을 쳤다.

"그건 내가 되돌려 주고 싶은 말이야. 그래서 하기 싫다고?"

"하고 싶어, 최영진이 악쓰면서 매달릴 때까지 놔주고 싶지 않아."

"됐어, 그럼. 씻고 와. 내가 하고 싶으니까."

영진은 여준이 여며 입으려던 셔츠를 다시 벗겨 냈다.

여준이 씻고 나오는 사이에 아이스크림을 하나 더 먹었다. 침대 끝에 오도카니 앉아 있는 영진을 보더니 여준이 볼을 감싸고 윗입술을 물었다.

"달다. 아이스크림 몇 개나 먹었어."

"두 개밖에 안 먹었거든? 너무 더워서 하나 더 먹었어."

시월 중순, 이제 더는 덥지 않았다. 낮더위도 사라져 밤에는 서늘하기까지 했다. 몸이 달아오른 이유는 딱 하나, 강여준 때문이었다.

여준의 목에 팔을 둘러 매달리며 혀를 깊게 집어넣었다. 시원한 박하 향과 달달한 멜론 향이 섞여 오묘한 맛이 나는 키스였다.

여준이 허리 밑으로 팔을 뻗어 레깅스를 벗겨 냈다. 속옷이 한꺼번에 끌어당겨져 내려갔다. 여준의 손가락 마디마디가 닿은 하체가 전기라도 감전된 듯 찌릿했다. 영진이 저도 모르게 움찔움찔 튀어 오르자 여준이 숨을 고르며 잠시 멈췄다. 그 잠깐의 사이도 참지 못해 영진은 상의를 마저 벗고 여준의 손을 잡아당겨 남은 속옷을 벗기게 했다. 가슴 앞에 있는 버클이 톡 하고 풀리며 몸에서 벗겨졌다.

"등 정말 안 아픈 거 맞지?"

여준이 눈을 느리게 깜빡이며 고개를 끄덕였다.

"그럼 누워 봐."

"잠깐, 조금 이따가."

가슴이 요동칠 정도로 받은 숨을 내쉬던 여준이 영진을 꼭 끌어안았다. 솟구쳐 있는 몸이 영진의 하복부를 건드렸다. 그리고 마치 질 안에서 움직이는 것처럼 몸을 문지르더니 영진의 어깨에 고개를 묻은 채 수음을 하기 시작했다.

"오랜만이라, 한 번 빼고 할게."

순간 영진의 아랫도리가 뻐근해지고 축축하게 젖어 들었다.

"그냥 해."

"안 돼, 다치게 할 것 같아서 그래."

영진은 여준의 머리를 붙잡아 억지로 눈을 마주하게 했다. 지독한 쾌감으로 어금니를 앙다문 얼굴이 너무나 야해서 숨이 제대로 쉬어지지 않았다. 잔뜩 발기한 몸의 끄트머리에 손을 가져가려 했지만 여준이 엉덩이를 뒤로 물렸다.

"하지 마. 조금 이따가."

커다란 손으로 자기 몸을 길게 훑어 올리던 여준이 고개를 툭 떨어뜨리고 절정에 올랐다. 농도가 진한 정액이 뿜어져 자기 손등에 흘렀다. 거칠고 뜨거운 숨이 영진의 귓가를 간질였.

여준의 몸은 사정을 하고도 쉽게 가라앉지 않았다. 팔을 뻗어 침대맡에서 화장지를 뽑아 손을 닦는 중에도 몸은 계속 커졌다. 아직 제대로 한 게 아무것도 없는데 심장이 터질 것처럼 뛰어 댔다.

"미안, 한 번으로는 안 되겠다."

"내가 해 줄게."

다시 아래로 손을 뻗으려는 여준의 팔을 붙잡아 영진이 자신의 가슴을 만지게 했다. 그리고 그를 반강제로 눕혀 놓고는 다리를 벌려 여준의 몸 위에 걸터앉았다. 벌어진 가랑이 사이로 단단하게 발기된 것이 닿자마자 둘은 함께 숨을 헐떡였다.

영진은 무릎으로 자신을 지탱하며 몸으로 마사지하듯 골반을 앞뒤로 천천히 비벼 댔다. 뭉뚝하게 튀어나온 끝이 닿을 때까지 상체를 포개며 일어나기를 반복하는 동안 여준의 몸에서 투명한 점액이 새어 나왔다.

영진은 걸터앉은 채로 두껍게 일어선 몸을 손으로 잡고 흔들었다. 여준의 몸이 크게 튀어 오르더니 또다시 진득한 정액을 토해 냈다.

절정의 여운을 느낄 새도 없이 벌떡 일어난 여준은 콘돔을 끼우고 전희도 없이 바로 찌르며 들어왔다. 이미 시럽처럼 묽은 체액이 가득해 전희라는 게 필요도 없었다.

여준은 영진의 다리를 자기 팔에 걸치고는 허리를 강하게 쳐올렸다. 그가 움직일 때마다 목에서 신음이 터져 나왔다. 안달하고 재촉하며 움직일 필요도 없었다. 그는 한 치의 틈도 주지 않고 사정없이 몰아붙였다. 온몸이 뜨거워 머릿속까지 쩔쩔 끓었다.

아무런 애무도 없이, 가슴과 다리 사이의 돌기를 만지지도 않았는데 온몸의 성감대라고 있는 곳은 모조리 흥분해 민감하고 예민해졌다. 여기서 강여준이 한 군데라도 손대면 무언가가 터져 버릴 것 같았다. 그럼에도 만져 줬으면 좋겠다.

"강여준, 밑에, 만져 줘."

"어디를."

여준의 손이 몸이 맞닿아 있는 곳을 살짝 간질였다. 소스라치게 놀랄 만큼 좋았지만 그곳만으로는 부족했다.

"장난치지 말고, 더 위에."

장난 말라고 하니 놀리듯 원하는 부위만 쏙 빼놓고 주변을 부유하듯 천천히 움직였다. 영진이 칭얼거리니 그제야 기다란 손가락이 벌어진 틈새를 지나 겨우 원하는 곳에 닿았다.

영진은 길게 신음을 토해 내며 허리를 들어 올렸다. 그리고 여준의 손가락에 따라 엉덩이를 둥글게 굴렸다. 소름 끼치는 쾌감에 질이 수축했다.

"너무 조이지 마. 참기 힘들어."

사정감을 참으며 여준이 모든 동작을 멈췄다.

"누가 참으래?"

"최영진, 오늘 너무 잘 느끼는 것 같아."

"나도 오랜만이라서 그래. 그래서 싫어?"

"아니, 좋아."

"그럼 나만 느껴, 지금?"

"아니 나도 똑같아. 돌아 버릴 것 같아."

여준이 속삭이듯 뱉어 내며 목덜미를 잘근잘근 씹었다. 이미 두 번이나 짧은 절정을 느낀 여준은 영진을 쉽게 놓아주지 않았다.

여준이 한창 진퇴를 거듭하는 동안 영진은 몇 번이나 까무러칠 것 같은 절정을 느꼈다. 허리를 감을 기운도 없어 그가 잡아 주지 않으면 허공에서 다리가 힘없이 흔들거렸다. 그럼에도 몸은 계속 느끼고 있었다.

"아아! 아!"

찌르고 들어올 때마다 목에서 소리가 터져 나왔다. 마침내 더는 할 수 없다고 뇌가 신호를 보내왔을 때 영진은 강한 오르가슴을 느끼며 여준의 몸에 꼭 달라붙었다.

"너무 좋아, 여준 씨."

"나도. 좋아해."

영진은 녹진해진 머릿속으로 생각이라는 걸 하려고 애썼다. 뭐가 좋다는 거지? 누가 좋다는 거야?

"뭐라고? 지금 뭐라고 했어?"

영진은 남은 체력을 쥐어짜 여준이 움직이지 못하도록 허벅지에 잔뜩 힘을 주었다. 그게 오히려 더 자극이 됐는지 여준이 턱을 악물었다.

"최영진, 제발, 너무 조여."

"조금 전에 뭐라고 한 거야?"

영진은 어울리지 않게 소심한 목소리로 재차 물었다. 지금 생각하고 있는 게 맞는지 빨리 확인하고 싶었다.

"좋아해, 최영진."

"모르겠다며, 어떤 감정인지. 그냥 후회 없도록 최선을 다하겠다며."

생각이 온통 뒤죽박죽되어 어지러웠다.

"그건 지금도 마찬가지야. 그리고 너를 좋아하는 것도 진심이고."

영진은 고개를 돌리며 손으로 얼굴을 가렸다.

좋아한다는 이 한마디를 듣는 데 1년 하고도 반년이 더 필요했다. 온갖 형언할 수 없는 느낌들이 솟구쳤다.

"내가, 너무 늦지 않은 거였으면 좋겠어."

늦지 않았다. 최영진의 마음은 한 번도 강여준을 떠난 적이 없었다. 강여준이 후회와 자책으로 힘들었던 시간 동안 최영진 역시 그의 마음을 붙잡고 놓아주지 않았다.

이제 모든 게 너무 명확해졌다.

"그리고 괜찮으면, 좀 움직이고 싶은데."

수줍게 고개를 끄덕이자 여준이 허벅지를 벌리고 다시 크게 움직였다. 여느 때보다 큰 절정에 영진은 악을 쓰며 신음했다.

"좋아해, 최영진."

사랑한다는 공허한 외침보다 몇백 배는 더 무거운 고백에 영진은 결국 눈물을 터트렸다.

"미안해, 울지 마. 최영진이 울면 마음이 너무 아파."

여준이 커다란 손바닥으로 눈물을 부드럽게 닦아 주며 낮게 속삭였다.

9. 10℃

연애의 일교차

뺨을 스치는 부드러운 감각에 영진은 천천히 눈을 떴다. 가을 햇빛에 눈이 부셨다. 눈이 시릴 정도로 강렬한 햇살에 절로 미간이 찡그려졌다. 시린 눈을 깜빡거리는데 여준이 눈썹 위에 손을 지붕처럼 펼쳐 빛을 가려 주었다.

커튼이 걷힌 창에서 햇살이 쏟아져 들어와 방 안이 온통 반짝거리고 있었다. 오랜만에 미세 먼지 없는 하늘이 더없이 쾌청했다.

"눈부셔?"

"응, 엄청. 커튼은 왜 저렇게 다 열어 놨어."

"최영진 얼굴 자세히 보고 싶어서."

달다. 어제 먹었던 아이스크림보다 강여준이 더 달다. 영진은 고개를 젖혀 여준의 턱에 입을 맞추었다.

"또 해 봐."

혹시나 밤에 들었던 말이 꿈이 아닌가 싶어 일부러 주어를 생략하며 떠보듯 그를 보챘다.

"좋아해."

까만색 눈이 한 치의 거짓도 없이 진심을 털어놓았다.

"또."

"좋아해, 많이."

저가 시켜 놓고도 괜히 쑥스러워져 여준의 얼굴을 똑바로 쳐다볼 수가 없었다. 부끄러움에 괜스레 천장만 멀뚱하니 쳐다보는데 여준이 일어나더니 커튼을 다시 닫았다.

커튼을 치고 침대로 올라오는 그의 몸이 한껏 커져 있었다. 아침에 일어나는 생리적인 반응치고는 너무 공격적으로 치솟아 있어 외면할 수가 없었다.

영진이 덮고 있던 시트를 걷어 버린 여준은 곧바로 손을 아래로 뻗어 전체를 손바닥으로 감쌌다. 엄지손가락이 음핵을 짓누르자 저도 모르게 억눌린 신음이 새어 나온다. 전희 없이 무작정 쳐들어왔던 지난밤과 달리 다리 사이를 연신 쓰다듬고 문질렀다가 또 잡아당기며 젖어 들게 했다.

삽입에 전혀 무리가 없을 정도로 질척하게 흘러내리는 체액을 회음부에서부터 훑어 올리며 손가락 두 개를 집어넣었다. 영진은 습기를 머금은 뜨거운 숨을 뱉어 냈다. 여준은 손가락을 둥글게 말아 올리고는 내벽을 부드럽게 쳐올렸다가 또 곧게 뻗어 찔러 넣는 동작을 반복하며 영진의 성감을 더욱 자극했다. 쾌감이 빠르게 치고 올라오는 대신 아주 느리게 다리 사이에서 몸 전체로 퍼져 나갔다.

"옆으로 누워 봐."

여준은 영진의 엉덩이를 붙잡아 옆으로 눕게 했다. 함께 모로 누워 몸을 포갠 여준이 뒤에서부터 천천히 몸을 집어넣었다. 그리고 그 상태로 한동안 포옹을 풀지 않았다. 다리 사이만이 아니라 온몸이 채워지는 느낌에 배 속까지 뜨끈해졌다.

"이제 움직여 줘."

끝까지 닿고 싶은 욕심에 허벅지를 활짝 벌리자 그가 강한 힘으로 다리를 붙잡아 주었다. 느릿하게 달아오른 몸이 삽입과 함께 점점 뜨거워지고 있었다.

여준이 허리를 움직여 몸을 치댈 때마다 한 치의 틈도 없이 깊이 들어와 박혔다. 결박하듯 꽉 끌어안은 채로 진퇴를 거듭하던 여준은 영진이 절정에 이르자 바로 몸 안에 사정했다. 정액이 쏟아져 들어왔지만 여준은 결합을 풀지 않은 채 그대로 영진을 꼭 끌어안았다. 저릿저릿한 쾌감에 몸 전체가 떨리면서도 한기가 들었다.

"괜찮아, 나 수술했어. 무정자증도 확인했고."

영진이 꿈틀거리며 벗어나려고 애쓰는데 여준이 다리를 옭아매며 놓아주지 않았다.

"놀랐잖아. 그런 건 진작 좀 말해 줘."

피임 기구 없이 관계를 한 적이 없어 갑작스러운 체내 사정에 많이 놀라기도 했지만 강여준이 적나라하게 내뱉은 무정자증이라는 말이 더 놀라웠다. 미혼에, 나이도 어린 여준이 정관 수술을 한 데에는 본인의 출생과 관련이 있을 거라 영진은 추측했다.

"알았어. 앞으로 나에 대한 건, 몸에 있는 점 개수까지 다 말해 줄게."

여준이 몸을 굴려 영진을 마주 보며 더없이 진지하게 다짐했다. 이제 강여준은 완벽한 타인이 아닌 진짜 남자 친구가 되어 주겠다 말하고 있었다.

"으, 느낌 이상해."

여준의 얼굴을 쓰다듬던 영진은 허벅지로 사이로 주르륵 흐르는 정액의 느낌에 진저리를 쳤다.

"씻을래."

욕실에 가려고 몸을 일으키자 정액이 더 흘러내렸다. 남의 것을 뱉어 내는 느낌이 수치스러워 얼굴을 감싸고는 그대로 주저앉아 버렸다.

"안아 줄게. 이렇게, 내 목에 팔 두르고 안겨 봐."

좋고 싫음의 의사 표현을 하기도 전에 벌써 여준의 품에 안겨 있는 자신을 발견했다. 아이처럼 여준의 가슴에 안긴 채로 욕실로 가는 길이 너무나 길었다. 나무토막처럼 뻣뻣하게 안겨서 뚱하게 있으니 강여준이 고개를 숙여 이마에 입을 맞췄다.

"앞으로는 콘돔 꼭 챙길게. 그러려면 내 손으로 몇 번 더 빼야 겠지만."

강여준이 계속 진지하게 말해 무어라 대꾸할 말도 찾지 못하고 얼굴만 붉혔다.

"익숙해지면, 괜찮지 않을까?"

한창 머리를 굴리던 영진은 콘돔 없이 맨몸으로 닿았던 느낌이 싫지만은 않았다는 걸 깨닫고 조그맣게 중얼거렸다.

"수술했다고 처음부터 말해 줬으면 진작 익숙해졌을 수도 있잖아. 내가 지금 얼마나 수치스러운 기분인지 알아?"

그리고 이내 퉁명스럽게 말을 이었다. 이 역시도 대화의 부재로 일어난 일이었다.

"노 콘돔, 노 섹스잖아, 최영진."

"맞아. 그래도 기분이 나쁜 건 나쁜 거야."

눈을 흘기며 팔을 찰싹 때리자 여준이 기분 좋게 웃음을 터트렸다. 하얗고 가지런한 치아가 보이는 웃음에 가슴이 설렌다.

○　◑　●

미국에서의 강여준은 대부분의 경우 친절하고 다정했지만, 조건부 연애라는 한계와 신상에 대한 철저한 선 긋기로 항상 한 발자국 떨어져 있었다.

그러나 지금의 강여준은 자신의 모든 영역에 영진을 들여놓기로 한 것 같았다. 부담스러울 정도로 모든 일정을 공유했지만 정작 영진에게는 같은 것을 요구하지 않았다. 그리고 궁금한 일이 생기면 예전처럼 문 실장을 시켜 조사하는 대신 꼭 직접 물었다. 다만 대답을 듣지 못한 질문에 대해서는 며칠이 걸려서라도 반드시 답을 듣고야 말았다.

이를테면, 떨어져 있는 동안 제이드에게 손톱만큼이라도 남다른 감정이 있었느냐는 질문 같은 것들이었다. 질투하는 게 분명한

데 엄청난 기밀이라도 캐묻는 것처럼 심각하게 굴어 일부러 며칠
동안 답을 주지 않았다. 누가 보아도 제이드와는 친구 이상의 관
계가 아니었다.

"음, 제이드하고 나 사이에 조금이라도 이성 간의 감정이 있었
다면, 무슨 일이 있어도 벌써 일어나지 않았을까? 같은 직장에,
바로 앞집에 사는 데다 저녁도 자주 같이 먹고. 미국에서도 그러
더니 왜 그렇게 제이드한테 신경 쓰는 건데?"

"그 남자가 항상 필요 이상으로 가까이 있으니까 불안해."

그렇게 대답한 다음 날 강여준은 한길 건너의 신축된 고급 빌
라를 계약했다. 미국과 달리 지켜보는 시선들이 많아 함께 사는
것은 무리가 있다고 판단해 오피스텔과 가장 가까운 곳으로 이사
하려는 것이었다.

"돈이 많은 건 알겠는데, 지금 뭐 하는 짓?"

영진은 여준이 신발을 벗고 들어오기도 전에 추궁부터 했다.
여준은 며칠째 이 집으로 퇴근했다. 처음 왔을 때부터 제집처럼
굴더니 이제는 먼저 퇴근해 기다리는 날도 있었다. 그리고 퇴근이
늦어지면 조용히 씻고 자연스럽게 영진의 곁에 누워서 잤다.

"직진남이라는 말이 있다며."

그러니까 자기가 직진남이라는 말이다.

"그건 어디서 들었어?"

"문 실장이 알려 줬어."

"문 실장님은 또 어디서 들었대?"

"웹 검색. 직진남에도 여러 가지 유형이 있는데, 알고 있어?"

으, 골치야. 직진남에도 유형이 있다니, 조만간 문 실장과 논문이라도 쓰겠다.

"저돌적인 직진남, 따뜻한 직진남, 마성의 직진남."

도대체 어디서 무얼 찾아본 건지 알 수가 없었다. 앞에 두 가지 타입은 알겠으나 마성의 직진남이라는 건 어떤 스타일을 말하는지 궁금했다.

"그럼 강여준은 어떤 유형인데?"

"저속형 직진남."

줄곧 우스갯소리로 듣고 있다가 영진은 저도 모르게 동의하며 고개를 끄덕였다. 자기가 말한 것처럼 강여준은 최영진을 향해 아주 느리게 직진하는 중이었다. 지금까지 어떤 사람을 만나 어떤 관계를 가졌는지 몰라도 진짜 연애에는 숙맥이나 마찬가지였다.

"그래, 인정. 어디 한번 천천히 잘 와 봐. 출장은 언제라고 했지?"

연애에 있어서는 스쿨존에서처럼 시속 30킬로미터의 느린 속도로 전진하고 있었지만 사업에 있어서의 강여준은 무제한 속도로 달리고 있었다.

싱가포르 현장 붕괴 사고는 거의 정리되는 단계였고, 말레이시아 발전소 입찰 건 역시 정식 발표만 나지 않았을 뿐 수주 계약은 확정된 것이나 마찬가지라고 했다.

"목요일 오전에 출발해. 계약 체결하면 바로 전화할게."

몸이 열 개라도 모자라 보였다. 시간을 분 단위로 나누어 쓴다더니 분 단위가 아니라 초 단위로 쪼개어 쓰는 강여준을 보면 재벌 노릇도 녹록지 않았다.

"큰형님한테 먼저 연락해야 되는 거 아니야?"

굳이 계약 체결 직후에 먼저 전화를 주겠다는 강여준에게 아무 뜻 없이 물었을 뿐이었다. 킹메이커인 강여준이 왕이 될 강서원에게 승전보를 전하는 게 당연하다고 여겨졌기 때문이었다.

"어째서?"

그런데 여준은 진심으로 이해가 되지 않는 듯 되물었다.

"강여준은 강서원 부회장 사람이니까. 12억 불 규모 계약 체결되면 자연히 부회장님한테 힘 실어 주게 되는 거잖아."

"나는 그냥 승계를 돕는 것뿐이지, 강서원 사람이 아냐. 그리고 몇 가지를 제외하고 최영진을 항상 우선순위에 두고 있어."

"그래서 계약 체결하면 나한테 먼저 연락하겠다는 뜻이고?"

여준이 거침없이 고개를 끄덕였다.

"기쁜 소식은 최영진하고 먼저 나누고 싶어."

"강여준, 저속형 직진남 아니고 고속형 직진남이야. 초고속 직진남."

"나 지금 최대한 느리게 가고 있어. 최영진이 혹시 헤어지자고 할까 봐 아주 천천히 가는 중이야."

여준이 손을 가볍게 쥐고는 손가락 끝에 키스를 했다. 전에는 하지 않았던 사소한 애정 표현이 낯설었지만 그의 입술이 닿은 손마디가 따뜻했다.

지금 강여준이 보여 주는 애정의 온도는 36.5도. 영진의 연애 세포가 최적의 온도에서 가장 활발하게 움직이고 있었다.

금요일 이른 오후 강여준은 약속했던 것처럼 누구보다 먼저 영진에게 전화해 수주 계약 체결 소식을 알렸다. 홍보팀에서 보도자료를 배포하기도 전이었다.

그리고 다음 날 오후에 귀국한 여준은 미리 예약해 두었다는 레스토랑으로 영진을 데려갔다. 수주 성공 기념이라며 가족들과 식사를 하는 대신 영진과 밥을 먹기로 했다.

몇 가지를 제외한 우선순위가 최영진이라더니 빈말이 아니었다. 여준은 그 몇 가지에 가족도 포함되느냐는 질문에 망설임 없이 그렇다고 했다.

영진은 여준의 에스코트를 받아 회원제로 운영되는 레스토랑으로 들어섰다. 로맨틱한 분위기의 레스토랑을 두리번거리며 구경하는데 유명한 연예인도 있어 깜짝 놀랐다. 그리고 무엇보다 더 놀라운 사람은 정수빈 이사와 식사하고 있는 강서원 부회장이었다.

여준은 두 사람을 보자마자 대번에 표정이 바뀌었다. 조금 전까지만 해도 분명히 예쁘게 웃고 있었다. 극명한 온도 차에 지켜보는 영진이 민망할 정도였다.

"중요한 자리가 있다더니 최영진 씨하고 만나는 거였어?"

여준은 대답하지 않았다. 그저 왜 둘이 함께 있는지 눈빛으로 추궁하고 있었다.

"같이 밥이나 한 끼 하러 왔어. 문제 있나?"

강서원이 어깨를 으쓱하자 여준의 눈이 더욱 서늘해졌다.

"드러내 놓고 만나기로 하신 모양입니다, 정 이사님?"

대답한 당사자는 무시하며 잔뜩 불편해 보이는 정수빈 이사에게 물었다.

"부회장님 모시고 식사하러 왔을 뿐입니다, 상무님."

언성을 높이지 않아도 냉기를 뿜으며 서 있는 강여준은 너무 눈에 띄었다.

"죄송하지만 자리는 조금 이따가 안내해 주세요."

고급스럽다 못해 사치스러운 레스토랑에 처음 온 영진은 익숙한 척하며 직원에게 양해를 구했다. 그리고 여준의 손을 끌어당기며 강서원 사장 옆에 앉게 했다.

이혼한 강서원 사장과 미혼인 정수빈 이사가 만나는 것에 이렇게 날을 세우는 강여준을 이해할 수 없지만, 좋은 시간을 보내기 위해서는 일단 이쪽 문제를 먼저 처리해야 할 것 같았다.

"안녕하세요, 부회장님. 늦었지만 승진 축하드립니다."

자기 동생을 노려보면서도 어쩐지 눈치를 보기도 하는 이상한 분위기였지만 영진은 침착하게 인사를 건넸다.

"예, 고맙습니다. 최영진 씨도 차장으로 승진했다고 들었습니다. 축하합니다. 소식은 여준이 통해서 종종 듣고 있습니다."

"쓸데없는 소리 하지 마요, 형님. 제가 언제 최영진 얘기를 형님한테 했다고 그러세요."

좌불안석에 여좌침석이다. 12억 달러짜리 수주라는 좋은 소식을 들고 온 사람이 그것도 강서원 회장의 승계를 적극 돕는다는 사람이 저렇게 적대적으로 구는 게 이해되지 않았다. 앞으로 강씨 집안 돌아가는 사정을 얼마나 더 알아야 하나. 차라리 자리를 비켜 주는 게 낫겠다.

"잠깐만, 얘기 금방 끝나."

여준이 일어서려는 영진의 손을 지그시 붙잡았다.

"두 사람 만나지 않는 게 좋겠다고 내가 분명히 말했었습니다, 이사님. 기억납니까?"

존칭을 모조리 삭제하고 손아래 사람에게 하듯 툭툭 던지는 말투에 영진은 미간을 찌푸렸다. 누군가에게 강압적으로 구는 강여준은 보고 싶지 않았다.

"왜 애꿎은 사람에게 난리야. 좋은 날이니까 그만해라."

"좋은 날을 큰형님이 다 망쳐 놔서 하고 있는 말입니다. 누구는 등에 피멍이 들어도 계약 한 건 성사시켜 보겠다고 미친놈처럼 뛰어다니느라 연애도 제대로 못 하고 있는데, 두 분은 아주 편안해 보여서요."

"죄송합니다, 상무님."

정수빈 이사가 대역 죄인처럼 고개를 푹 숙였다. 여준의 일방적인 다그침에 영진은 아예 고개를 돌려 버렸다.

"그 죄송하다는 말 자꾸 듣고 싶지 않습니다. 원하는 게 뭡니까."

"원하는 거 없습니다."

"그만해라, 여준아. 너 애쓰는 거 알고 있고, 너한테 사과할 사람은 수빈이가 아니라 나야."

"사과받자고 하는 말 아닙니다. 재혼하고 싶으시면 평범한 집

사람 들이는 게 좋겠다고 제가 몇 차례 말씀드렸고 어머니도 그
렇게 말씀하셨어요."

정수빈 이사 정도의 스펙이면 어디에 내놓아도 절대 빠지지 않
았다. 그런데 강여준네 집안에서 저 정도는 평범한 축에도 들지
못하는 모양이었다. 순식간에 기분이 상했다. 영진은 여준의 팔을
풀어내며 자리에서 일어섰다.

"강여준. 오늘은 날이 아닌가 봐. 그럼 얘기들 나누세요. 먼저
가 보겠습니다."

"최영진, 가지 마."

"중요한 얘기인 것 같은데 마저 하고 들어가. 제이드하고 한잔
하고 일찍 잘 거니까 전화하지 말고."

여준이 제이드에 대해 엄청 신경 쓰고 있다는 걸 알면서도 치
졸하기 짝이 없는 얘기를 꺼낸 건 자격지심 때문일 것이다. 정수
빈 이사가 디에스그룹 수준에 맞지 않는 여자라면 저 역시 그 집
안에서 기껍게 받아들일 수 없는 사람이었다. 강여준과 영원을 약
속한 것도 아니면서 괜스레 화가 났다.

영진은 도망치는 심정으로 홀을 가로질러 나왔다.

"최영진."

여준은 뒤돌아 나가는 영진의 뒤를 급히 따라 나왔다. 빨리 걷
는다고 걸었는데 여준이 긴 다리로 성큼성큼 걸어 앞을 가로막았
다. 한 발자국도 물러서지 않겠다는 듯, 한 팔을 넓게 벌리고 선
자세가 위압적이었다.

"비켜."

"미안해, 큰형님하고 정수빈 이사를 저기서 보게 될 줄은 몰랐어. 다른 데 가서 밥 먹자."

"제이드하고 집에서 라면 먹을 거야."

"미쳤어?"

강여준이 처음으로 목소리를 높였다. 맹세코 순수하게 라면을 끓여 먹겠다는 뜻이었는데, 다른 의미로 해석한 여준이 잔뜩 굳은 표정으로 한 발자국 다가왔다. 바로 머리 위에서 내려다보는데 정수리가 따끔거릴 지경이었다. 영진은 여준이 다가온 만큼 한 발짝 뒤로 물러났다.

"가지 마."

그러자 여준이 다시 가까이 왔다.

"밖에서 먹기 싫으면 그냥 집으로 가자. 우리 집에 가서 라면 먹어. 내가 끓여 줄게."

"행여나. 강여준이 라면을 끓일 줄이나 알아?"

"내가 여러 번 밥도 차려 줬던 것 같은데."

맞다. 영진의 집에서나 강여준의 집에서나 항상 밥을 차리는 건 강여준이었다. 만들어 먹지는 못해도 혼자 지낸 시간이 많아 스스로 차려 먹는 건 잘한다고 했다. 그게 영진이 속한 세상에서는 지극히 당연한 일이지만 강여준이 속한 세계에서는 평범하지 않은 일이었다.

"라면 정도는 당연히 끓여. 일단 집으로 가자."

발레파킹했던 차가 나오고 여준은 영진이 먼저 차에 탈 수 있도록 조수석 문을 열었다. 타지 않으려고 허리를 꼿꼿하게 펴고 있으려니 여준이 목덜미에 입술을 가져왔다. 예민한 목덜미에 뜨거운 숨이 닿자마자 영진은 몸을 굽히며 얼른 차에 올랐다.

"미쳤어? 사람들 보는 데서!"

"어, 미쳤어. 더 미치기 전에 집에 가서 라면 먹어야겠어."

도돌이표처럼 읊어 대는 저놈의 라면 때문에 미칠 것 같았다. 괜히 라면 얘기를 꺼내 가지고. 스스로 발등을 찍었다.

"강여준 집에 안 가."

여준의 집 근처에 도착할 무렵 영진이 다시 한번 거절 의사를 밝혔다. 여준은 마른세수를 하며 한숨을 내쉬었다. 오후에 귀국하자마자 바로 레스토랑으로 갔으니 피곤하긴 할 테지만 지금은 일말의 동정심도 생기지 않았다.

"여기서 나 내려 주고 그냥 가."

편의점 앞에서 영진은 퉁명스럽게 말했다. 여준은 내키지 않는 얼굴로 차를 세우고는 영진의 손을 붙잡은 채 놓아주지 않았다.

"라면 사서 제이드 집으로 가려고?"

"한 번만 더 라면 얘기 해 봐. 죽여 버릴 거야, 강여준."

영진은 머리를 정면으로 두고 옆을 흘겨보았다.

"제이드 때문에 항상 불안하다고 했잖아."

일부러 들으라는 듯 제이드 얘기를 꺼낸 건 명백한 잘못이었지만 먼저 그 자리를 망친 건 강여준이었다. 아무리 화가 나도 저를 앞에 두고 그런 얘기를 하면 안 되는 거였다. 저보다 훨씬 나이 많은 사람에게 제 형과 헤어지라느니, 평범한 집 사람을 들이라느니 식의 얘기는 옳지 않았다.

"미안해, 최영진."

"뭐가 미안한데."

여준은 당황해 눈을 끔뻑거렸다. 최영진이 이런 식의 공격을 할 줄은 몰랐을 것이다. 저도 모르는 일을 강여준이 어떻게 알까. 한 번도 누군가에게 이렇게 애매한 싸움을 걸어 본 적이 없었다. 영진은 항상 정공법으로 상대와 맞섰다. 결국 스스로에게 짜증이 나 안전벨트를 풀고 차 밖으로 나갔다.

"잠깐만, 다 얘기할게."

편의점 앞에 선 영진의 팔을 붙잡은 여준이 허공을 쳐다보며 뭔가를 골똘히 생각하더니 조금 전에 자신이 했던 잘못을 조목조목 얘기하기 시작했다.

정수빈 이사와 다정한 한때를 보내고 있는 강서원을 봤어도 모른 척을 했어야 했다, 최영진이 아무리 자리를 만들어 이야기를 나누라고 했어도 적당히 넘기고 끝내야 했다, 그리고 아무 사이 아니라는 제이드에 대해 쓸데없이 화를 냈다 등등 본인이 생각할 수 있는 선에서 모조리 얘기하고 사과했다. 그러나 정작 영진이 화를 낸 대목은 전혀 집어내지 못했다.

"정수빈 이사가 디에스그룹 수준에 맞지 않는 여자면, 나는? 나는 대체 왜 만나?"

한참을 듣던 영진이 정답을 잡아내니 여준은 편의점 앞 의자에 영진을 앉히고 맞은편에 앉았다.

"가능하면 이런 얘기는 피하려고 했는데, 또 강서원이 다 망치네."

자조적으로 중얼거리는 음성에 이유도 모르면서 마음이 찡하고 아프다.

"둘 사이에 혼외자가 있어. 열다섯 살짜리. 얼굴만 아는 조카를 내가 외국에서 이리저리 굴리는 중이고. 강현민이 물어뜯기 딱 좋은 약점이야."

영진은 그제야 알아차렸다. 본인이 말한 대로 등에 피멍이 들어도 미친놈처럼 일만 하고, 그 와중에 일면식도 없는 조카를 외국에서 떠돌게 해야 하는데 당사자인 둘은 한가하게 밥을 먹고 있었으니 눈이 뒤집힐 만도 했다.

하지만 그런 사정이 있다고 해서 영진이 저들과 어울릴 수 없다는 사실이 변하는 건 아니다.

"그럼 강여준 작은형님이 나를 약점으로 걸고넘어질 수도 있겠네. 그 사람이 마음만 먹으면 언제든 문제 삼을 수 있는 거잖아."

"최영진은 절대 내 약점이 아니야. 넌 그냥 최영진이야. 누구의 약점도 아니고, 누군가 문제 삼을 만큼 못나지도 않았어. 지금 우리 사이에 문제 될 건 하나도 없어. 예전의 문제는, 그냥, 나였어. 그러니까 혼자 생각하고 혼자 넘겨짚지 마. 궁금한 건 전부 물어봐. 다 말해 줄게."

속 시원한 대답에 영진은 방금 전까지 화내던 것도 잊고 씩 웃었다.

"아, 괜히 나왔다."

"미안해. 큰형님이 그렇게 말도 안 되는 짓을 할 줄은 몰랐어.

다시는 그 근처에는 가지도 말자."

"아니, 거기서 괜히 나왔다고. 그냥 먹고 나올걸. 배고파."

정말 배에서 꼬르륵 소리가 났다.

"라면 먹자."

"라면 얘기 하면 죽여 버리겠다더니, 먹고 싶어?"

"아까는 배가 안 고팠거든, 열받아서."

여준은 아랫배를 살살 만지며 후회하는 영진을 잔뜩 사랑스럽다는 얼굴로 바라보았다.

"뭐 해, 라면 사 와."

영진이 보채자 여준이 편의점에 들어가 컵라면 두 개와 콘돔을 사 들고 나왔다.

"콘돔은 왜 샀어?"

"원래 한 세트잖아."

여준은 뭘 그런 당연한 질문을 하느냐 말하고는 나무젓가락을 뜯어 영진에게 내밀었다. 쌀쌀한 가을바람을 맞으며 먹는 라면 맛이 기가 막히게 좋았다.

○ ◑ ●

반갑지 않은 저녁 식사 자리였다. 한 번은 거절했지만 두 번은 무시할 방법이 없어 어쩔 수 없이 끌려와 앉아 있었다.

화력발전소 수주 체결을 축하하는 자리라고 모였지만 실상은 서로를 견제하기에 바빴다. 식사 내내 식기 부딪히는 소리와 사용인들이 조용히 이동해 그릇을 치우고 나르는 소리밖에 나지 않았다.

강차영 회장이 수저를 내려놓자 다들 차례로 수저를 내려놓았다. 여준은 이미 식사를 마치고 정좌하고 있던 참이었다.

여섯 살짜리 조카가 눈이 마주치자 쑥스러워하며 웃었다. 어려서 더 자라 봐야 알겠지만, 아직까지 별다른 성격적 결함은 보이지 않았다. 강차영 회장이 키우는 대형견을 무서워하면서도 좋아하려고 노력하는 게 싹수가 글러 먹지는 않은 것 같다.

강현민은 제 딸보다 나이가 많은 여덟 살 때 남의 개를 무자비하게 때려 보상금까지 물게 했었다. 여준은 별 감정 없는 조카를 향해 짧게 웃어 주고는 다시 정면으로 시선을 옮겼다.

"여준이 기분 좋아 보이는구나. 싱가포르 현장 마무리는 잘된 거냐?"

"서 사장님한테 보고받으신 것처럼 잘 처리됐습니다. 우리 쪽 현장 책임자는 벌금형으로 곧 풀려날 겁니다."

"그래, 잘했다. 현장에서 그런 사고가 한두 번 나는 것도 아니고, 빨리빨리 마무리 짓고 넘어가야지."

추락 및 매몰로 다섯 명이 다치고 세 명이나 죽었는데 '그런 사고'라니. 강차영 회장이 붕괴 사고를 엎질러진 쓰레기통쯤으로 치부했지만 그럼에도 여준은 그런 아버지에게 아무런 유감도 없었다. 제 딸이 타국에서 죽어 돌아와도 눈 하나 깜빡하지 않았던 사람이니 남의 죽음에 무감한 게 당연했다. 피를 물려받긴 했지만 사람다운 구석을 거의 찾아볼 수 없었다.

그러나 그런 식으로 치자면 저도 별반 다르지 않았다. 만취해서 어린 이복동생을 차에 태우고 사고를 낸 강현민이 적반하장으로 피도 눈물도 없는 놈이라며 이죽거리는데 강 회장은 그 말에 동의하듯 침묵을 지켰었다.

이 집에서 유일하게 같은 핏줄로 이어진 동생이 죽었는데 간소한 장례식 절차 내내 눈물 한 방울 흘리지 않고 장례식 후에는 종일 잠만 퍼 잤으니 그렇게 볼 수도 있겠다고 여겼다.

오히려 강서원과 당시 형수 그리고 여동생 둘이 더 서럽게 울고, 여준의 눈치를 살폈다. 그런 데다 장례식 직후 정신 감정 결과도 지극히 정상으로 나왔으니, 여준이 하루에 스무 시간이 넘도록 자거나 말거나 강차영 회장의 관심 밖의 일이었다.

"애썼다, 여러 가지로. 여준이 너 미국에서 막무가내로 들어왔을 때, 서원이까지 너희 두 놈 다 다리 한 쪽씩 부러뜨리려다가 참았는데, 그건 잊고 넘어가자 이제."

"여준이가 시기가 좋았죠. 말레이시아에 있을 때 운 좋게 사고가 터져서. 한 번에 두 마리 토끼 잡은 소감이 어떠냐?"

강현민이 여유 있는 척 웃으며 묻자 조명희 이사장이 쯧 하고 혀를 찼다.

"말하는 모양새 하고는. 네 말대로 운 좋게 사고 터져서, 운 좋게 과로해서 코피 흘리고 등까지 터졌다. 그 몸을 해서 그쪽 정부 상대로 접대하고 계약 체결까지 하고 왔는데 형이라는 놈이 하는 소리가 고작. 한심해서 들어 줄 수가 없어."

"어머니, 그건 여준이가 멍청한 탓이죠. 어느 집 자식이 직접 술 상대까지 한답니까. 아랫사람들이 할 일을 굳이 자처한 걸 누굴 탓합니까."

"당신 말이 너무 과해요. 도련님, 고생 많으셨어요."

강현민의 처가 나무라듯 말했지만 눈꼬리가 웃고 있는 걸 여준은 놓치지 않았다. 현장에서 자재에 맞아 사경이라도 헤매게 되었다면 가장 즐거워할 사람이었다.

"고생은요. 혼외자가 이 정도는 해야 집안에서 대접받을 거 아닙니까."

"여준아."

서원이 만류했지만 여준은 꿋꿋이 제 할 말을 이어 갔다.

"피 터져 가면서 일해야 안 밀려날 것 같아서요. 쭉 이런 식으로 무식하게 일할 생각입니다. 작은형님도 분발하세요. 그래야 다음 인사이동 때 그 자리 지킬 수 있지 않겠습니까?"

"강여준 너 뭐 믿고 그렇게 까불어."

강현민은 강 회장 앞이라 차마 큰 소리는 내지 못하고 눈만 부라렸다.

"아버지요. 아버지 믿고 까붑니다."

조명희 이사장이 품 하고 웃음을 터트렸다. 사용인들 앞이라 크게 웃지는 못해도 손가락으로 입을 살짝 가리고 웃는 모양이 정말 즐거운 듯했다. 다른 형제들도 억지로 웃음을 참고 있었다.

"여준이가 정말 기분이 좋긴 한가 보다. 농담을 다 하고."

여기서 웃지 않는 사람은 강차영 회장과 강현민네 식구 그리고 사용인들밖에 없었다.

"기분 좋습니다, 아버지. 싱가포르 사고는 잘 처리했고, 말레이

시아 발전소 수주도 따고, 연애도 잘 풀리고 아주 좋습니다."

좋다고 말하는 사람치고는 스스로가 느끼기에도 건조하기 짝이 없는 표정이었지만 요즘 기분이 좋은 건 사실이었다. 태어나서 이렇게 좋았던 적이 있나 싶을 정도였다.

"연애는 적당히 하고 결혼 준비나 해라. 네 어머니가 정해 주는 짝으로. 당신은 여준이 적당한 혼처 좀 알아봐요. 아, 사돈댁보다 모자라지 않는 집으로 신중하게요."

폭탄 같은 발언을 터트리고 강 회장은 유유히 다이닝룸에서 나갔다. 적자인 강서원과 강현민의 혼인은 경제적 득실을 따져 상당히 심혈 기울였지만 삼남인 여준은 예외였다. 그리고 굳이 신경쓰지 않더라도 집안에서 골라 주는 상대와 결혼할 생각이었다. 그런데 그건 최영진을 만나기 전까지의 일이었다.

강현민이 주먹을 움켜쥐고 여준을 죽일 듯이 노려보고 있었다.

"어머니 저 먼저 방에 들어가 보겠습니다."

여준은 관자놀이를 문지르며 별채로 천천히 걸어갔다. 뒤에서 따라오는 발소리가 거슬렸지만 내버려 두었다. 어차피 강서원과 할 말이 있었다.

"김 집사님, 오늘 일 다 보셨으면 쉬세요."

"상무님 옷도 정리해 드려야 하고 아직 조금 일이 남아 있습니다."

제집처럼 서원이 명령하자 김 집사가 빙 둘러말하며 여준의 의중을 물었다.

"제가 할게요. 오늘은 일찍 쉬세요."

"예, 쉬십시오, 상무님. 먼저 들어가 보겠습니다, 부회장님."

나이가 아직 마흔도 되지 않은 젊은 집사는 허리를 반듯하게 숙여 인사하고는 사용인들이 이동하는 통로를 따라 밖으로 나갔다.

　"좋은 소식인데 왜 표정이 그래."

　정원이 내다보이는 테라스에 털썩 앉는데 서원이 눈치 없는 소리를 했다.

　"합의 이혼 하고서 자유연애 중이라고 자랑해요? 형수님도 연하랑 연애 중이시던데요."

　"자랑은 무슨. 수빈이는 언젠가는 정리될 사람이야."

　"그 언젠가가 대체 언젭니까."

　생각이 많아진 여준은 성의 없이 대꾸하며 서원이 내미는 술잔도 멀리 치웠다. 술맛도 떨어졌다.

　강차영 회장이 여준의 혼처를 알아보라고 함은 둘째를 밀어내고 여준을 그 자리에 앉히겠다는 뜻이었다. 거기다 대놓고 박현아 관장의 친정보다 더 나은 곳으로 고르라고 했다. 계획했던 물산 총괄 사장이 되는 데 시간을 더 절약할 수 있게 됐다.

　단, 최영진을 포기한다는 전제 조건이 필요했다.

　"네 애인하고 죽고 못 사는 관계도 아니고, 어머니가 상대 찾아 주시면 약혼식만 일단 올려. 그사이에 현민이 완전히 치워 버리면 되니까. 후에는 너 알아서 하고."

　아마 최영진이 차갑게 돌아서는 경험을 하지 못했더라면 망설임 없이 기회를 잡았을지도 모르겠다. 그러나 최영진에게 두 번의 기회를 얻을 수 없다는 걸 알고 있는 지금, 답은 이미 정해졌다.

"결혼은 제가 알아서 합니다. 지금 오히려 몸 달아 있는 건 작은형님이니까 조만간 뭐 하나 터트릴 겁니다."

"대놓고 싸우겠다 이거야? 아버지가 상 차려 주고 숟가락까지 쥐여 주는데? 이 좋은 기회를 걷어차 버릴 만큼 최영진이 중요해?"

"정 이사하고 정 이사 아들 보호하려고 그 여자 한 번 놓쳤어요. 그런 건 평생에 한 번이면 족합니다. 형님은 책임지고 끝까지 보위에 올려 드릴 테니까 걱정 마시고, 이번에는 형님이 제 뒤 좀 봐주세요."

"성급하게 이러지 말자, 여준아."

강서원은 자리가 어느 정도 보장이 된 후 자신감이 생겼다. 정수빈 이사와 정리를 할 것처럼 말하지만 후계자 자리가 굳혀지면 정 이사와 헤어질 필요가 없다. 오랜 시간 바람막이가 되어 준 강서원은 그 대가로 강여준에게 희생을 강요하고 있었다.

"왜요, 일이 년 안에 끝내 버리자고 하시더니 부회장 자리에 앉고 보니까 생각이 바뀌셨어요? 그 권력이라는 게 아주 달콤하다고 하던데, 정말 그래요?"

"그래, 생각보다 이 자리가 좋다."

서원은 순순히 인정했다.

"네가 그 자리에서 권력이라고 행사하고 있는 건, 지금 내 자리하고 비교가 안 돼. 물론 내가 전에 있던 자리도 마찬가지야. 네가 그 새벽에 전화해서 당장 한국으로 발령 내 달라고 했을 때, 정확히 3일 만에 해결했어. 너 돌아오는 데 세 달도 걸리지 않았고. 이래도 내가 갖고자 하는 자리가 우습게 보이냐?"

"그거 한 번도 우습게 본 적 없습니다. 뭣 때문에 죽을 뻔하고 어떻게 살아남았는데요. 어머니한테 힘이 없었다면 제가 살아 있었겠습니까? 그저 제가 못마땅한 건, 제가 어머니한테 받은 은혜를 자꾸 형님이 되돌려 받으려고 한다는 겁니다. 최영진한테도 얘기했지만, 저 형님이 부리는 사람 아닙니다. 형님이 후계자 자리에 안전하게 오를 수 있도록 제 자의로 돕고 있는 겁니다."

감정이 격해져 길게 말하다 보니 갈증이 났다. 여준은 밀어 두었던 잔을 들어 독한 술을 한 번에 넘겼다.

늦어도 최영진의 오피스텔로 가려고 했는데 강서원과 강현민 때문에 다 틀렸다. 나는 왜 이렇게 살 수밖에 없는가.

'네가 그렇게 살겠다면야 나로서는 어쩔 수 없다만, 그게 너를 더 불행하게 할 거라는 것만 알아 둬라.'

어머니가 했던 말이 느닷없이 떠오른 건, 지금까지 자신을 지탱해 주던 인생관과 가치관이 동시에 흔들리고 있다는 의미였다. 여기까지 저를 떠민 사람이 누군가. 할아버지, 아버지, 어머니, 강서원, 강현민 아니면 강윤주? 누구도 떠다밀지 않았다. 그저 스스로 걸어왔을 뿐이다.

"아버지가 이미 결정하고 실행하기로 하신 거라면 이제 멈출수 없어요. 방향을 바꾸는 수밖에는. 틀림없이 작은형님이 싸움 걸어올 거고, 전 받아들일 겁니다."

○ ◐ ●

연애가 항상 섭씨 36.5도의 적당한 온도를 유지하고 있으며 참 좋겠지만 사람과 사람의 만남이 항상 좋을 수만은 없었다. 특히나 이해 당사자가 아닌 제삼자가 개입해 버리면 문제는 더 심각해지기 마련이다.

영진은 우연히 강현민 부사장을 만났다. 재벌 3세를 만나는 게 이렇게 쉬운 일이었는지 생각해 보다가 이미 자기 남자 친구가 재벌 3세이니 어쩔 수 없다 여겼다.

강현민 부사장은 허락도 없이 영진의 맞은편 자리에 앉았다. 강서원과 강여준은 동복형제처럼 꼭 닮았는데 강현민과 강여준은 많이 닮지 않았다. 외탁을 했는지 강 부사장에게서 조명희 이사장의 얼굴이 더 많이 보였다. 정말 이러다 조명희 이사장이 봉투라도 들고 나타나는 건 아닐까.

"최영진 씨? 나 누군지 알죠."

대한민국 사람은 누구나 다 자기를 알고 있을 거라는 저 자신감. 강여준은 강현민에 비하면 정말 소탈한 성격이었다.

"네, 아주 잘 알고 있습니다, 강현민 부사장님. 그런데 저는 강여준하고 약속이 있습니다만."

지난번의 실수를 만회하려고 했는지 여준은 강서원과 만났던 그 레스토랑에 예약을 잡아 놓았다. 괜히 자리를 박차고 나왔던 게 후회스러워 흔쾌히 승낙한 자신이 원망스러웠다.

"뭐 우연히 만났는데 얘기도 못 합니까? 동생이 어떤 사람하고 만나고 있는지 궁금하기도 하고, 또 해 주고 싶은 말도 있고."

"누가 봐도 염탐하시던 중에 우연을 가장해서 나타나신 것 같습니다만. 동행도 없으시고. 대놓고 오늘 저녁을 망치러 오셨네요."

얼음물을 달라고 하길 잘했다. 영진은 얼음을 와그작거리며 씹어 넘겼다.

"강여준 그놈도 그렇고 최영진 씨도 그렇고, 뭐가 그렇게들 자신만만한지. 아니면 내가 그렇게 만만해 보이나."

강현민이 입매를 비틀어 웃으며 저를 훑어보는데, 웃음에 담긴 악의가 문제가 아니라 사람 자체가 강여준과 너무 달랐다. 강서원 부회장과도 달랐다. 등 뒤로 꼭 뱀이 기어가는 느낌이었다.

"우연이든 필연이든 하실 말씀 있으시면 빨리하시죠. 강여준 오기 전에 가시는 게 좋겠습니다."

강여준이 강현민을 극도로 싫어하는 이유를 그동안 그가 했던 이야기를 조합해 보면 알 수 있었다.

강윤주는 교통사고로 죽었다. 그리고 강여준은 음주운전을 절대 하지 않는다고 펄쩍 뛰었다. 상상도 하기 싫지만 둘 중 하나였다. 강현민이 술을 마시고 강윤주를 치었을 가능성 그리고 술을 마신 강현민이 운전한 차에 강윤주가 동석했다가 강윤주만 죽었을 가능성. 억지로 머릿속에서 지워 버리려고 했는데 강현민을 보니 어쩔 수 없이 떠올리고 말았다.

여기서 영진은 두 가지 사실을 깨달았다. 사실 확인은 강여준을 통해 직접 하는 게 맞다. 그리고 강현민이 제 자리에 버티고 앉아 있는 걸 보게 된다면 오늘 저녁 식사 자리도 여기서 끝이다. 또 편의점에서 라면을 먹게 되는 사태가 벌어지기 전에 영진은 강현민을 보내 버려야 했다. 아니면 여기서 먼저 나가든지.

"먼저 일어날 생각 없으시면 제가 먼저 실례 좀 하겠습니다."

"윤주 얘기 들었어요?"

저 새끼가. 영진은 자리에서 일어나려고 엉덩이를 들썩이다 도로 앉았다.

"강윤주 씨에 대해 자세한 내용은 모르겠지만 그 입에서 나올 만한 얘기가 아니라는 건 알아요. 강여준한테 들을 테니까 이쯤 하시죠."

"아, 둘이 생각보다 엄청 친한가 봅니다."

강서원과 음색은 비슷한데 비아냥거리는 말투가 아주 거슬렸다. 강서원 부회장은 가식적이기는 해도 저렇게 면전에 대고 비아냥거리지도 않았고, 강여준과의 관계를 알면서도 알은척하지도 않았다.

"연회비가 1억이나 되는 비싼 식당에 데려와서 밥 먹는 거 보면 대충 감이 오지 않아요?"

이쯤에서 정말 끝내려고 했다. 아쉽지만 이 식당과의 인연은 여기까지인 것 같으니까, 다시 오지 않기로 하고. 그런데 강현민은 계속 영진을 도발했다.

"상처받기 전에 끝내는 게 좋을 것 같아서 충고해 주려는 건데, 그냥 가려고요?"

"저기, 강현민 씨."

기분이 나쁜지 강현민이 인상을 더럽게 구겼다. 저질 인격과 인성이 표정에 그대로 드러났다.

"상처를 받거나 말거나 그건 제 문제고요."

"여준이 그동안 발밑이 아주 위태로웠는데, 이번에 재수가 좋아서 우리 아버지 눈에 확 들었어요. 곧 좋은 혼처 찾는 대로 약혼 준비 들어갈 텐데 버틸 수 있겠어요? 최영진 씨처럼 자존심 강한 사람이 옆에 있을 자신 있어요?"

하. 영진은 코웃음을 쳤다. 겨우 저따위 소리나 하려고 음흉한 뱀처럼 기어 들어와서 남의 저녁을 망쳤다는 건가?

강여준과 영원을 생각한 적은 한 번도 없었다. 상대가 강여준이 아니라도 마찬가지였다. 사랑해서 결혼을 해도 이혼하는 사람들이 수두룩하다. 심지어 황혼 이혼까지 증가하는 시대에 저 무슨 촌스러운 소리를 하고 있는 건지. 영진은 진심으로 강현민이 한심스러워 속으로 혀를 찼다.

"내가 강여준을 만나면서 상처를 하도 많이 받아서 마음에 굳은살이 많이 박였어요. 웬만한 말에는 상처받지도 않을뿐더러, 강여준하고 결혼? 그런 미래 생각해 본 적도 없어요. 날 상처 줄 의도였다면 완전히 실패했어요."

"아, 그래요?"

인상을 긋고 있던 강현민 느닷없이 빙그레 웃었다.

"그런데 어쩌나. 난 최영진 씨한테 상처 줄 의도가 아니라 저 놈한테 상처를 줄 의도였고, 성공, 했는데?"

통쾌하고 즐거운 어투에 뒤를 돌아보니 여준이 딱딱하게 굳은 채 서 있었다.

"강여준, 왔어? 재수 없게 이 사람을 딱 만났네? 다른 데 가서 저녁 먹자."

이미 자기 기분은 망쳤고, 강여준까지 망치게 하고 싶지 않아 일어섰지만 여준이 옆자리에 천천히 앉았다. 이제껏 본 적 없는 분위기였다. 강여준은 속에 무언가를 잔뜩 품고 있는데 억누르고 있었다. 무섭도록 냉정하고 차분한 겉모습이지만 속은 팽팽하게 당겨져 있어 곧 끊어질 것만 같았다.

"어지간히도 급하신가 봅니다, 형님."

자리에 앉은 여준은 영진의 손을 끌어당겨 잡았다. 손이 몹시 도 차가웠다.

"우리 뒤까지 밟을 정도로 애가 타셨습니까?"

"그럴 리가 있냐. 너 같은 혼……."

"혼자 있기 좋아하는 은둔형 외톨이를, 뭐가 그렇게 무서워서 미행까지 시켰습니까?"

저 망할 놈의 혼외자라는 단어를 없애 버려야 한다. 도대체 이런 고급 레스토랑에 자리가 왜 이렇게 다닥다닥 붙어 있는 건지. 영진은 행여나 다른 사람이 들을세라 얼른 말을 가로막았다. 은둔형 외톨이라는 말이 이렇게 유용한 말인지 전에는 미처 몰랐다.

"뭐?"

"뭐라고요?"

두 이복형제가 동시에 영진을 쳐다보았다. 멍청한 강현민은 영진의 의도를 읽지 못했지만 여준은 금세 알아챘다. 여준은 손을 더욱 세게 그러쥐었다. 신뢰가 가득한 눈동자에 영진은 조금 전 강현민에게 뱉었던 말이 생각나 괜한 죄책감을 느꼈다. 강여준을 상처 줄 의도였고 저 못된 놈이 성공했다고 했다.

"강여준이 상대하는 사람이라고 해서 엄청 대단한 사람일 줄 알았는데 실망스러워서 웃음이 나네요."

"들었어요? 아버지가 지금 형님을 보는 감상이 딱 이럴 겁니다. 의미 없는 데 시간 할애하지 마시고, 그 시간에 형님 앞가림이나 하세요."

얼결에 같이 공격을 퍼붓고는 있지만 옆에 있는 강여준이 너무 낯설었다. 미국에서 모른 체하며 지나갈 때도 이만큼이나 낯설지는 않았다.

"저에 대한 도발은 언제든지 응해 드릴 생각 있습니다만, 최영진은 건드리지 마세요. 그때는 지금까지처럼 적당히 넘어가는 거 없습니다."

듣고 있는데 목소리가 소름 끼칠 정도로 음침했지만 강현민도 못지않았다.

"뭐 그래서 내 사생활 건드려 보겠다고? 그거 하도 자주 써먹어서 너무 지겹다. 이제 그런 건 아버지한테 먹히지도 않아."

"아, 그러셨습니까? 그동안 장난친 거는 너무 시시하긴 했어요. 혜윤이가 올해 여섯 살입니까? 혜윤이는 그래도 스무 살까지는 살아 봐야 할 텐데, 걱정 안 되십니까?"

영진은 저도 모르게 여준의 손을 놓아 버렸다.

"아, 혜윤이는 내 조카야."

확인 사살 하는 것처럼 여준이 친절하게 설명해 주었다. 온몸의 피가 싸늘하게 식는 기분이었다. 축축하게 땀이 배기 시작하는 손을 강여준이 다시 끌어당겨 붙잡았다. 이쪽으로는 돌아보지도 않고 강현민을 쳐다보는 눈동자에 아무런 감정도 없었다.

"배고프지."

분노해서 길길이 날뛰기 직전의 강현민을 내버려 두고 나온 여준은 영진이 알고 있는 강여준으로 다시 돌아왔다. 변덕스러운 일교차만큼이나 적응이 되지 않는 온도 차에 얼떨떨하기까지 했다.

인도 레스토랑에 주차를 하고 자리를 잡아 앉을 때까지 영진은 한마디도 하지 않았다. 여준이 많은 양의 음식을 주문하려고 할 때서야 입을 열었다. 평소라면 충분히 다 먹어 치울 만큼이었지만 지금은 도저히 식욕이 돋지 않았다. 그냥 밥맛이 떨어졌다고 하는 게 맞겠다.

"탄두리치킨 시키지 말고 그냥 커리하고 난만 먹고 일어나자. 강여준도 입맛 없을 거 아냐. 대충 배만 채워."

"나 배고파. 일단 시킬 테니까, 최영진은 조금만 먹어."

신경이 질기다고 해야 하는지. 그러고 보면 강여준은 때와 장소 가리지 않고 뭐든 잘 먹었다. 시카고에서 몸살을 앓았을 때도 게워 내기는 할지언정 꾸역꾸역 받아먹기는 했었다.

"잘 먹네."

신경이 질기기는 저도 마찬가지였다. 음식이 차례로 나오자 빠르게 식욕이 돌아오면서 닭을 순식간에 먹어 치우고 바스마티 쌀로 지은 밥까지 추가했다. 폴폴 날리는 쌀밥을 커리에 비벼서 다 먹기 전에 여준은 망고 라씨를 시켜 주었다. 완벽한 타이밍으로 디저트까지 해치운 둘은 잠시 숨을 고르며 서로를 마주 보았다.

"난 참 속도 없지."

"왜."

"레스토랑에서 그렇게 날을 세우고 나와서는 이렇게 잘 먹은 것 좀 봐."

여준이 입가 묻은 뭔가를 닦아 주며 입꼬리를 당겨 웃었다. 잘 떨어지지 않는지 손톱을 세워 겨우 떼어 냈다. 휴지에 닦아 내는 걸 보니 파슬리였다. 정말 속없이 이런 부스러기까지 입술에 묻혀 가며 잘도 먹었다.

"뭐 그 정도로 자책이야. 최영진한테는 별일이겠지만, 나는 자주 있는 일이라 아무 느낌도 없어."

"그래서 조카 목숨 가지고 협박하는 것도 그렇게나 자연스러웠던 거고?"

섬뜩하기까지 했던 일을 상기시키자 여준이 곤혹스러운 얼굴을 했다.

"최영진 앞에서는 말 가려서 했어야 됐는데, 미안해."

강여준은 겨우 여섯 살밖에 되지 않은 어린아이를 가지고 협박했다는 사실이 아니라 그 말을 영진이 보는 앞에서 했다는 데에 죄책감을 느끼고 있었다. 오로지 어른들의 이해관계 때문에 자신과 어린 동생이 죽을 뻔했음에도, 디에스그룹에서 자라는 동안 강홍만 전 회장의 사고방식을 그대로 물려받아 그와 다를 바 없는 짓을 하겠다고 한다.

"강현민이 강여준한테 무슨 짓을 했는지 조금은 알고 있으니까 그 사람은 무슨 말을 들어도 싸. 딱 죽기 직전까지 맞아도 싸. 지금까지 봐주고 있던 강여준이 정말 대단하다고 생각해."

영진이 이해를 했다고 여겼는지 굳어졌던 여준의 얼굴이 편해졌다.

"그런데, 강여준이 자란 환경에서는 사람 목숨 하나 우스울지 몰라도 나는 아니야. 아까 강여준 내가 모르는 사람 같았어."

"최영진."

여준이 팔을 뻗어 영진의 팔목을 붙잡았다. 레스토랑에서처럼 손이 차가웠다.

"진심이었어? 혜윤이라는 조카 어떻게 해 버릴 수도 있다는 거?"

"최영진."

"듣고 있어. 내 이름만 부르지 말고 솔직히 말해 봐."

"진심이야. 어떤 식으로든 최영진 건드리면 경고로 끝나지 않을 거야."

또다시 눈에 차가운 기운이 서렸다. 순식간에 바뀌는 강여준의 얼굴에 영진은 힘없이 웃으며 어깨를 축 늘어뜨렸다.

"사람 마음이 참 간사해. 시카고에서 강여준 만날 때는 비밀이 너무 많아서 지치더니, 이제는 너무 많이 알아서 혼란스러워. 혹시 나 더 알아야 될 거 있어?"

"없어."

여준이 팔을 세게 움켜쥐어 피가 통하지 않았다.

"팔목 아파."

눈썹을 찡그리니 얼른 팔을 풀어 주고 손을 감싸 쥐었다. 여준의 손이 너무나 차가워 영진은 두 손 안에 감싸 꾹꾹 주물러 주었다. 손목을 타고 올라가 팔꿈치 바로 아래도 살살 주무르는데 긴장으로 팽팽해진 근육이 만져졌다. 뿐만 아니라 온몸이 경직돼 있었다. 강현민을 마주했을 때부터 줄곧 이런 상태였을 것이다.

"나 사실 아까 너무 무서웠어."

"강현민 그 새끼 너한테 아무 짓도 못 해. 그리고 조만간 다 정리할 테니까 걱정 마."

"알아. 나를 어떻게 할 생각이었으면 진작 나섰겠지. 박도훈 이사 완전히 매장시켜 버리고, 나 만나겠다고 미국에서도 무턱대고 나왔는데, 나에 대한 감정이 뭔지 모르는 사람은 아마 강여준밖에 없었을걸. 그리고 그런 사람 백 명 모아 놔도 안 무서워."

차갑게 굳어져 있던 여준의 눈에 감정이 조금씩 일렁거렸다.

"강현민 그 모자란 놈이 아니라 강여준이 더 무서웠다고. 인격이 혹시 두 개야? 어떻게 사람이 그렇게 휙휙 변해? 내 앞에서 좋은 사람인 척 연기하는 건 아니지?"

"절대 아니야. 최영진 앞에서 난 매 순간 솔직해."

여준은 격해지는 감정을 다스리는 듯 머리를 몇 번 흔들더니 자리에서 일어섰다.

"집으로 가자. 다 비운 접시 앞에 두고서 할 얘기는 아닌 것 같아."

입맛 없다고 조금만 시키라고 했는데 다 비워진 접시를 보자 무안해졌다. 영진은 어색하게 웃으며 계산서를 집어 들어 여준에게 내밀었다.

"오늘은 강여준이 내. 원래 저녁 사 주기로 했었잖아."

"당연한 말을."

사람들이 제법 많은 식당에서 여준은 영진을 끌어당겨 가볍게 포옹했다.

"적당히 해. 여기는 시카고가 아니야. 그리고……."

에취. 뭔가 말하려는데 코가 간질간질하더니 재채기가 나왔다. 계산을 하고 주차장으로 가는 동안에도 연거푸 재채기가 나왔다. 이렇게 재채기가 계속 나는 건 감기가 오려는 조짐이었다. 큰 일 교차만큼이나 극과 극을 오가는 강여준이라는 남자의 온도 차 때문에 감기에 걸린 게 틀림없었다.

10. BITTERSWEET

연애, 그 달콤하고 씁쌀한

여준의 집에 도착하자마자 영진은 또 크게 재채기를 했다. 이번에는 골이 띵하고 울릴 만큼 크게 나왔다. 그리고 곧 기침까지 터졌다.

여준이 옷을 벗지도 않고 곧장 욕실로 달려가더니 상비약 상자를 들고 나타났다. 시럽 형태의 초기 감기약을 꺼내 포장지까지 손수 찢어 입에 물려 주었다.

"깨끗하게 먹어."

대충 짜서 먹고 버리려는데 여준이 끄트머리부터 쭉쭉 짜 올리는 바람에 한 방울도 남기지 않고 삼켜야 했다.

"물 받아 줄 테니까 잠깐 기다려."

아직 진짜 감기가 오지도 않았는데 영진이 몸살이라도 앓을세라 여준은 분주하게 움직이고 있었다. 사람 목숨 가지고 협박하던 그 남자가 맞나. 영진은 멍하니 쳐다보다가 커다란 소파에 털썩 앉았다.

이 집에 수시로 드나들고 있긴 하지만 혼자 살기에는 너무 큰 집이었다. 아무리 돈이 많아도 이렇게나 넓은 집이 필요할까 싶다. 결혼해서 아이와 함께 산다면 모를까.

영진은 별 뜻 없는 생각을 하며 천천히 감기는 눈꺼풀을 그대로 두었다. 강현민과 기 싸움을 하느라 쓸데없이 기력을 소모했다. 그리고 강여준 때문에 놀라기도 했고. 영진은 자기가 코 고는 소리를 들으며 까무룩 잠이 들었다.

"씻고 자, 일어나 봐."

"그냥 좀 자다가 집에 갈게. 이불이나 갖다줘."

눈이 떠지지 않아 그대로 소파에 기대고 있으려니 여준이 겨드랑이 사이에 팔을 끼고 억지로 일으켰다. 몽롱한 상태로 옷이 벗겨지고 속옷만 남은 채로 욕실로 비척비척 걸어갔다.

속옷까지 벗긴 여준이 영진을 안고 욕조로 들어갔다. 언제 옷을 벗었는지 강여준 역시 나신이었다. 뜨거운 물에 몸을 담그니 잠이 서서히 달아났다. 무엇보다 슬슬 일어서고 있는 여준의 몸이 신경 쓰여 잠이 더 깼다.

"그건 그냥 내버려 둬."

엉덩이를 꿈틀거리자 여준이 움직이지 못하도록 강하게 끌어안았다.

"하고 싶어서 발기한 게 아니라 최영진이 내 앞에 벗고 있어서 그래."

귓가에 대고 낮게 말하는데 간지럽기도 하고 기분이 좋기도 해

슬금슬금 웃음이 새어 나왔다.

"본능적인 반사 작용 같은 거. 아기들 손바닥에 손가락 쥐여 주면 꽉 잡잖아."

"말도 안 돼. 이런 엉큼한 걸 아기들 손바닥에 비유하는 게 말이 돼?"

팔뚝을 찰싹 때렸지만 여준은 아무 대답도 하지 않았다. 고개를 틀어 보니 표정 없이 저를 내려다보고 있었다.

"진심이었어?"

주어가 없어도 영진은 강여준이 무슨 말을 하는지 알아들었다. 강현민이 이죽거리며 지껄였던 말과 함께 여준의 상처받은 얼굴이 다시 생각났다. 그렇게 상처받은 얼굴은 지금껏 누구에게서도 본 적이 없었다.

"정말 나하고 함께하는 미래를 생각해 본 적이 단 한 번도 없어?"

"강여준, 처음에 나한테 했던 말 생각해 봐. 언제까지 만날 수 있을지 모르고, 당장 내일이라도 헤어질 수 있다고 했었잖아. 우리가 시카고에서 지낼 때보다 더 친밀해진 건 사실이지만 그때나 지금이나 별로 다를 게 없다고 봐. 그리고 남들도 다 마찬가지야. 사랑하고 헤어지고, 다를 거 있나?"

이미 마음에 생긴 생채기를 긁어 피를 내는 기분이었지만 솔직하고 싶었다. 강여준과 계속 함께하기에는 현실적으로 부딪힐 문제들이 너무 많다.

"그때 내 뺨이라도 한 대 때리지 그랬어."

"차라리 그럴 걸 그랬나? 뭐 이런 미친 여자가 이러면서 안 만났을 수도 있잖아."

영진은 머릿속으로 여준의 **뺨**을 때리는 상상을 하며 킥킥댔다.

"그래도 만나자고 했을 거야. 최영진, 여러 가지로 신기했거든. 잠자리에서 악수하자고 손 내민 여자는 처음 봤어."

"나도 잠자리에서 악수 청한 건 처음이었어."

어설펐던 하룻밤을 떠올리자 창피해졌다. 뜨거운 물 때문에, 꽉 끌어안고 있는 여준의 체온 때문에, 얼굴이 더 달아올랐다.

"작은형님이 뭐라고 했어. 나 도착하기 전에."

얼굴의 열이 다 식기도 전에 다시 분위기가 심각해졌다.

"음, 강여준이 위태로운 입장이었는데, 운이 좋아서 아버지 눈에 들었다며? 운 같은 소리 하고 있어. 발바닥에 땀 나게 뛰어 다닌 사람한테 어디서 운 타령이야."

오히려 운을 잘 타고난 사람은 강현민이었다. 돈 많은 집 적자로 태어나 그저 자기 아버지가 시키는 대로 따랐을 뿐인데, 겨우 서른여섯의 나이에 보통 사람은 언감생심 꿈도 꿔 보지도 못하는 자리에 올랐다.

아랫도리를 함부로 굴려도 겨우 승진에서 누락됐을 뿐 부사장이라는 직함은 여전했고, 힘 있는 금융 그룹 외가에 재력 있는 처가도 있겠다, 도대체 자기와 비교해서 강여준의 어디가 운이 좋다는 건지. 그런 사람이 대기업의 수장이 되겠다고 설치고 다니는 꼬락서니를 보고 있자니 디에스그룹의 앞날이 심히 걱정됐다.

"빨리 강여준이 디에스물산 총괄 사장 돼야겠다. 강서원 부회장이 승계받지 못하면 디에스 망할 것 같아."

"다른 소리 말고. 그리고 또 뭐라고 했어?"

"적당한 여자 만나서 약혼하게 될 거라던데."

"개새끼가 진짜 뒤지고 싶어서 안달이 났나."

거친 욕설에 영진은 몸을 움직여 여준을 똑바로 응시했다. 더할 수 없이 심하게 격앙된 얼굴이 지금이라도 튀어 나가 강현민의 멱살을 잡을 것 같았다. 여준은 턱을 악물고 화를 참으며 거친 숨을 뱉어 냈다.

"약혼 안 해."

여준은 단호하게 잘라 말하며 아랫입술을 살며시 깨물었다. 무언가 애원하는 것 같기도 하는 행위에 영진은 부담을 느꼈다.

"알아."

"절대 최영진 놔두고 다른 여자 만나지 않을 거야."

"내 생각에, 강여준 마음대로 되지 않을 것 같아."

강서원을 후계자로 만들겠다고 하는 사람이 과연 강차영 회장의 말을 끝까지 뿌리칠 수 있을까. 영진은 회의적인 생각을 거둘 수 없었다.

"그 약혼이라는 거 정말 해야 된다면 미리 말해 줘. 누군지 몰라도 그 여자랑 선을 봐야 한다면 그것도 말해 줘."

"왜, 또 헤어지자고 말하려고?"

"그럼 자존심 상하게 나 말고 다른 여자하고 선보는 남자를 만나라고?"

"그런 일 없을 거라고 했잖아. 도대체 너는 나를 좋아하기는 해?"

여준은 자제력을 잃고 영진의 감정을 추궁했다. 천천히 오겠다더니 이건 조금도 느리지 않다. 언제부터 자기에 대한 감정이 이렇게 커졌는지 몰라도 지금 강여준의 마음이 오롯이 자신을 향하고 있다는 건 알겠다.

"좋아하니까 만나지. 좋아하니까 키스하고, 좋아하니까 섹스하고, 좋아하니까 강현민하고 싸우고, 좋아하니까 강여준 힘들지 않게 하려는 거잖아!"

조금은 화가 난 고백에 여준이 크게 몸을 움직이더니 둘의 위치를 바꿨다. 영진은 어느새 욕조에 기대고 있었고, 여준은 그런 영진이 가라앉지 않게 강하게 붙잡고 있었다.

"그런데 왜 나를 밀어내려고 해. 미련 없이 나를 놔 버리는 게 정말 날 위하는 거라고 생각해?"

낮게 읊조리는 목소리에서 느껴지는 소유욕에 살갗이 오돌토돌 일어났다.

"네가 전화기도 없애 버리고 말도 없이 떠난 다음에 내가 어떻게 지냈는지 알려 줄게. 일이 손에 안 잡혀서 6시도 전에 퇴근하고, 밥맛이 떨어져서 제대로 먹지도 못하는데 쓰린 속에 수면제를 탈탈 털어 먹어도 잠이 안 왔어. 최영진 목소리 한 번만 들으면 살 것 같은데, 너는 날 철저히 외면하기만 하고. 내가 던져서 부순 전화기만 몇 대인 줄 알아?"

갑자기 가슴이 벅차올랐다. 이건 누가 들어도 열렬히 사랑한다는 고백이나 다름없었다.

"그래서 지금 강여준 감정이 어떻다는 건데?"

"미치겠어, 최영진 때문에. 단어, 문장 하나로는 설명할 수 없어."

멍청하게 사랑한다는 말을 하지 못해도 강여준은 최영진을 사랑하고 있었다. 어떻게 이런 남자를 밀어낼 수 있을까.

전화기를 부술 만큼 격양된 감정에 좌절하고 결국 일까지 뒷전으로 밀어 놓고 여기까지 찾아왔다. 놀랍도록 여유 있게 나타났던 모습이 얄밉기까지 했는데, 감정을 누르고 정말 천천히 다가오고 있던 것이다. 조금 전에 느리지 않다고 생각했던 건 취소다.

"그래, 고생 많았어."

팔을 들어 여준의 등을 도닥였다가 길게 쓰다듬기를 반복했다. 여준이 감정을 추스를 때까지 그렇게 그를 가만히 보듬었다.

"선도 보지 않을 거고, 약혼도 안 해."

"알았어."

"밀어내지 마."

"알았어."

"강현민 최대한 빨리 치워 버릴 거야."

"알았어. 기다릴게. 대신 조카는 치우지 마. 약속해."

"알았어, 약속해."

그제야 안심한 듯 여준이 긴장을 풀었다. 그리고 몸을 낮춰 목덜미에 입술을 가져왔다. 혀가 닿는가 싶더니 곧 귓불을 선정적으로 핥았다. 영진은 여준의 목을 끌어안는 동시에 다리를 휘감았다. 다리 사이로 다시 고개를 쳐든 여준의 몸이 닿았다.

"여기서는 안 돼."

여준이 영진을 그대로 안은 채로 몸을 일으켰다.

"그냥 여기서 해."

"안 돼. 여기선 자세가 안 나와."

"그냥 하라고. 나 벌써 준비 다 됐어."

"안 돼. 질 속에 세균 들어갈 수도 있어."

정말 사람 미치게 한다, 강여준. 영진은 여준의 몸에 매달린 채 강제로 그의 입술을 열고 혀를 깊숙이 집어넣었다.

"감기나 옮아라."

○ ◑ ●

환절기 감기는 보름이 지나도록 영진을 괴롭히고 있었다. 많이 아프지도 않지만 그렇다고 빨리 낫지도 않으면서 야금야금 체력을 고갈시키며 사람을 지치게 했다.

기침은 많이 잦아들었지만 코감기와 목감기가 문제였다. 더럽게 가래는 계속 나오고, 콧물이 줄줄 흘러 훌쩍거리거나 반대로 코가 막혀 입으로만 숨을 쉬어야 했다. 코를 푸는데 콧속이 너무 건조했는지 코피까지 묻어났다. 피 묻은 휴지를 보고 있는데 씻고 나오던 여준이 깜짝 놀랐다.

"코피가 왜 나?"

"콧속이 건조해서 그런가 봐."

"차 마셨어?"

챙겨서 마신다는 게 깜빡 잊어버렸다. 그저께 강여준은 값비싸 보이는 이탈리아산 작은 단지를 들고 왔다. 산삼청이라며 가져왔는데 너무 피곤해서 출처도 묻지 않고 한 잔 타 주기에 마시고 바로 뻗어 버렸다. 아침저녁으로 챙겨 먹으라 했는데 그날 저녁 이후로 한 번도 마시지 않았다.

젖은 머리를 말리지도 않고, 속옷 한 장만 입은 여준은 주방에서 산삼청을 뜨거운 물에 타서 가져왔다.

"저거 항아리 되게 예쁘던데, 이사장님이 그릇 좋아하시나 봐?"

국산 자기도 아니고 유럽산 자기에 담긴 산삼청이라니, 어울리지 않는 조합에 떠보듯 물어보는데 여준은 놀라는 시늉도 하지 않았다. 집에 있는 걸 몰래 가져올 성격은 아니고 여자 친구가 감기에 걸렸으니 산삼청을 내놓으라고 했나?

"다른 데다 옮겨 담을 테니까 집에 가져가."

"어머니가 빈 항아리는 그냥 가지라고 하셨어. 장식용으로 놔도 예쁠 거라고."

"이사장님이 정말 가지라고 하신 거야 아니면 달라고 한 거야?"

"달라고 했어. 이런 거 좋아하잖아. 잠깐만."

말을 하다 말고 여준이 급히 전화를 받았다. 요즘 강여준은 이른 아침, 늦은 저녁을 가리지 않고 걸려 오는 강서원의 전화를 자주 받았다. 도감청을 피하기 위해 스마트폰이 아니라 폴더형의 2G 폰을 사용하고 있었다. 그러나 영진이 들어도 상관없다는 듯 내용을 숨기지 않았다. 강여준은 그만큼 영진을 신뢰했다.

"차명 계좌 내역은 내일 직접 받으러 가겠습니다. 그리고 주식추가 확보 움직임 확인했어요. 위험 부담 때문에 나라은행과는 접촉하지 않고, 외국계 은행과 흑석동 사채 쪽 접촉한 모양입니다."

나라은행은 조명희 이사장의 친정이 운영하는 금융 그룹 계열의 은행이었다. 자기 외가에 손 벌리면 탄로가 나니 외국계 은행과 지하 경로에까지 손을 뻗고 있는 모양이었다. 현재까지 강현민이 전자 주식을 얼마나 확보했는지 몰라도 강서원을 흔들 만큼은 아닌 것 같았다.

내가 왜 이런 것까지 알아야 하나. 영진은 관자놀이를 주무르며 냉장고를 열었다. 산삼청이 든 항아리에 만든 이의 각인이 새겨져 있었다. 분명히 하나밖에 없는 물건일 텐데 염치없이 달라고 한 강여준은 제 남자 친구니 이해할 수 있어도, 덥석 주라고 한 조명희 이사장이 무슨 생각인지 알 수 없었다.

"내일 재단 병원에 연락해 놓을 테니까 연차 내고 다녀와."

"됐어, 감기에 무슨 종합 병원씩이나. 그리고 요새 바빠서 연차 낼 시간도 없어. 디에스반도체랑 입찰 경쟁 붙었더라."

매각이 결정된 대만 반도체 회사 경쟁 입찰이 한창 진행 중이었다. 영진이 다니는 엘케이반도체는 디에스반도체에 뒤처져 있어 반드시 입찰에 성공해야 했다. 그런데 그게 쉽지 않은 게 문제였다.

"아, 큰형님이 그것 때문에 더 정신이 없지."

"혹시 입찰 포기할 생각 있다고 하면 나한테만 슬쩍 귀띔해 줘. 초고속으로 승진하게."

농담 삼아 얘기했는데 강여준이 무언가를 심각하게 생각하고 있다. 듣기 싫은 소리일 것 같아 머그잔을 들고 거실 소파에 앉아 티브이를 켰다.

"스카웃 제의하면 올래? 단기간 내 동종 업계 이직은 불가능할 테니까, 모바일이나 디스플레이 쪽 어때."

"자기네 회사 말고는 다 이직시켜 주겠다던 사람 어디 갔어."

시카고에서 했던 말을 상기하자 여준이 미간을 찌푸렸다.

"어떤 새끼가 그런 말을 했어, 버릇없이."

여준의 농담에 영진은 크게 웃음을 터트렸다. 재미없는 사람인데 요즘 종종 이렇게 농담도 던져 사람을 즐겁게 한다.

"진지하게 생각해 봐."

생각해 볼 필요도 없는 문제다. 디에스로 이직할 생각은 조금도 없었다.

"요즘 여성 임원들 늘리려는 추세고, 최영진 정도면 일이 년 안에 부장 달고 5년 안에는 상무 아니, 이사 승진 가능해."

여준이 장담했지만 영진은 회의적이었다. 영진이 마흔도 되기 전에 이사 직함을 달 수 있는 건 오로지 강여준의 입김으로만 가능한 일이었다. 아무리 능력이 있어도 여자가 마흔도 전에 대기업 이사라니, 한국에서는 있을 수 없는 일이었다.

"싫어. 난 그냥 조용히 일하다가 희망퇴직할 거야. 대기업에서 일하면 얼마나 일하겠어. 강여준만 인생 계획 있어? 마흔 되기 전에 학교 선배들하고 사업하려고 준비 중이야."

영업직이 아니고서야 대한민국에서 여자가 대기업에서 생존할 수 기간은 남자에 비해 길지 않았다. 당연히 영진도 엘케이반도체 퇴직 후 먹고살 궁리를 해야 했다.

"사업?"

"사업은 아니고 확장이라고 하는 게 맞겠다. 같이 사업 구상 중인 선배 아버지가 반도체 설비 회사 운영하시는데, 전문 경영인한테 맡기고 은퇴하고 싶다고 하셨어. 그래서 선배가 운영하고 우리가 투자해서 더 키워 보려고. 맨땅에 헤딩하는 것도 아니니까 해 볼 만하잖아."

"그런 얘기 한 번도 못 들은 것 같은데."

여준이 실내복을 껴입으며 물었다. 셔츠를 입는데 예쁘게 짜인 등 근육이 물결쳤다. 다시 벗겨 버릴까 하는 참에 여준이 티브이 볼륨을 줄였다. 음악 방송에서 영진이 좋아하는 노래가 나와 잘 듣고 있던 중이었다. 영진은 리모컨을 빼앗아 다시 볼륨을 높였다.

"쟤들 만나게 해 줄 테니까, 잠깐만."

여준이 아예 음소거 버튼을 눌러 버린다.

"됐네요. 쓸데없는 선물은 70억짜리 뼈아픈 선물로 충분해. 강여준 힘 있는 사람인 거 아니까 그쯤 해."

"70억은 잊어. 어차피 큰형님 수중에 들어간 돈이야. 그리고 지금 그게 중요한 게 아니잖아."

"왜 그래 또 심각하게."

옆에 털썩 앉은 여준이 젖은 머리를 그대로 어깨에 기대 왔다. 수건을 가지러 가려는데 여준이 허리를 끌어안으며 움직이지 못하게 했다.

"내 옷 다 젖잖아. 애들처럼 이러지 말고 잠깐 있어 봐."

무겁게 의지해 오는 머리를 소파에 기대게 하고는 욕실로 갔다.

어두운 회색의 패브릭 소파가 물에 젖어 검은빛을 냈다. 지금 강여준 낯빛이 저 색깔과 비슷했다. 격하게 감정을 쏟아 낸 이후로 강여준은 문득문득 저런 표정을 할 때가 있었다. 손안에 쥔 풍선을 놓칠까 봐 불안해하는 어린애 같았다. 강서원 부회장이 전화해 골치 아픈 얘기를 할 때도 저런 표정은 아니었다. 일할 때의 강여준은 불확실한 상황에서도 언제나 냉정함을 유지하는 것 같았다.

"그저께 어머니한테 부탁드렸어."

수건을 가져와 머리를 털어 주는데 강여준이 한참 만에 집에서 있었던 일을 이야기했다.

"결혼을 꼭 해야 한다면 최영진이랑 할 수 있게 도와 달라고."

영진은 대충 흘려들으며 이마를 덮은 머리카락을 토닥토닥 두드리며 물기를 뺐다.

"어머니가 생각해 본다고 말씀은 하셨는데 이미 마음 정하신 것 같아."

"그걸 어떻게 장담해."

전혀 말이 되지 않는다고 생각해 헛웃음을 치는데 산삼청을 담은 항아리가 떠올랐다.

"항아리 도로 가져가."

조금 쌉쌀하면서도 달콤했던 차의 뒷맛이 너무나 썼다. 디에스 그룹 며느리? 강여준과 결혼? 둘 다 말이 되지 않는다. 감히 꿈도 꿔 보지 않았고 바라지도 않는 일이었다.

"그러지 마. 어머니가 아끼는 거 주셨어. 그리고 차는 감기 나아도 다 마시고."

마음 같아서는 산삼청 마신 것도 다 뱉어 내고 싶었다. 각인 인장까지 새겨진 값비싼 그릇을 선뜻 내주었던 게 그런 뜻인 줄 알았더라면 처음에 가져왔을 때부터 먹지 않고 돌려보냈을 거다.

디에스그룹 안주인이 마음을 전달하는 의미로 아끼는 그릇을 선물하다니, 어이가 없어 말이 나오지 않는 건 둘째 치고 전혀 현실로 와닿지 않았다. 조명희 이사장이나 그 비서가 봉투 들고 쫓아와 물이라도 끼얹는 게 차라리 더 현실적이었다.

"안 마셔. 도대체 이게 뭐 하자는 짓이야. 당사자 생각은 묻지도 않고 결혼이니 뭐니. 혹시 저거 어머니가 먹고 떨어지라고 주신 거 아니야? 우리 헤어져야 되는 거 아니냐고. 끝내야 돼?"

생각지도 못한 전개에 흥분한 영진은 강여준이 가장 듣기 싫어하는 말을 거르지도 않고 그대로 쏟아부었다. 여준이 자리에서 벌떡 일어났다.

"최영진, 나 밀어내지 않기로 했어."

강여준을 밀어내지 않고, 강여준과 함께하는 미래를 그려 보기로 했지만 그 결론이 꼭 결혼일 필요는 없었다.

"저기, 강여준. 누구 마음대로 결혼이야. 나 강여준 많이 좋아하지만 결혼은 아니야. 강여준이 서른일곱에 건설사업부 사장 되고 마흔둘에 물산 총괄 사장 되려는 계획 짜 놓은 것처럼, 나도 마흔 전에 내 사업 하는 게 목표고 계획이야. 아직까지 그 계획 중에 결혼은 없고."

영진은 화내지 않고 자신이 목표로 했던 인생을 재차 차분하게 설명했다.

"당장 결혼하자는 거 아니야. 그럴 생각 없는 것도 알고, 우리 집 사정 빤히 다 아는데 쉽게 오지 않을 거라는 것도 알아. 우선 시간을 벌어야 돼. 아무것도 없이 그저 시간만 늦추는 건 불가능해."

연애가 항상 달달하고 따뜻하지만은 않지만 며칠 새 온탕과 냉탕을 오가니, 롤러코스터만큼이나 정신이 없었다. 감기가 떨어지지 않는 건 다 강여준 때문이다.

"잘 알고 있으니까 다행이고, 시간을 벌어야 하는 상황도 알겠어. 대신 결혼은 아니야. 앞으로는 내 맘이 어떻게 변할지 모르니까 장담할 수 없지만, 일단 지금은 무조건 아니야. 가까운 미래도 아니고."

"알았어. 헤어지자는 말만 하지 마. 끝이라는 말 다시는 듣고 싶지 않으니까. 부탁이야."

강여준이 철저히 무너져 감정을 다 쏟아 내 버리면 여지없이 마음이 약해진다. 영진은 꽉 끌어당겨 안는 여준의 품에 순순히 안겼다.

"하는 거 봐서. 그리고 한 가지 놓치고 있는 게 있어서 말해 주는데, 내가 강여준하고 결혼한다고 하면 우리 집에서는 가만히 있을 것 같아? 내 성격이 어디서 왔는데."

분위기를 바꿀 겸 농담을 던져 보았지만 소용없었다. 저를 놓칠세라 꽉 끌어안는 여준에게 안겨 있는 심경이 복잡했다. 사랑하고 좋아하고 아끼지만 현실적인 문제를 언제까지 외면할 수만은 없었다.

○ ◑ ●

— 여준이 너 당장 들어와라.

강차영 회장이 비서를 통하지 않고 직접 전화해 집으로 불러들였다. 용건은 말하지 않아도 이미 잘 알고 있었다.

강현민이 자금을 모으는 데 혈안이 되어 아직까지도 납작 엎드리고 있는 바람에 어쩔 수 없이 먼저 싸움을 걸었다. 끝까지 망설이는 강서원을 어르고 달래느라 시간이 지체되어 짜증이 나려던 차에 수집한 차명 계좌 내역을 여준에게 넘겼다. 여준과 함께 찾아낸 차명 계좌는 삼백 개 남짓, 박현아 관장과 그 집안까지 합세하여 계좌를 개설하는 바람에 확인하는 데 시간이 너무 오래 걸렸다.

그리고 공개적으로 이사회에서 터트려 강차영 회장마저도 꼼짝할 수 없게 만들 것인가 아니면 강차영 회장에게 따로 알려 집안 문제로만 조용히 넘길 것인가 역시 고민해 보아야 할 문제였다.

전자의 경우 형제 싸움을 일으켜 회사의 근간을 흔들었다는 이유로 여준에 대한 강 회장의 신임을 잃을 수도 있다는 위험 부담이 있었다. 그리고 후자의 경우에는 강 회장이 피붙이인 둘째 아들을 감싸 줄 수도 있다는 위험이 각각 존재했다.

결국 여준은 후자를 택했다. 강 회장의 신임이 문제가 아니라, 강 회장을 공개 망신 시켰다가는 최영진에게 피해가 갈 수도 있기 때문이었다.

최영진에게는 흙탕물 단 한 방울이라도 튀지 않도록 해야 했다. 최대한 느리게 가겠다고 했지만 돌아가는 상황이 어쩔 수 없이 최영진을 몰아붙이게 했다. 스스로도 확신하지 못하는 결혼 문제로 최영진을 괴롭히고 꼴사납게 매달렸다. 이렇게라도 하지 않으면 최영진이 달아날까 봐 불안했다. 밀어내지 않겠다고 약속하고 거의 매일 밤 함께 잠자리에 들지만 불안감은 쉽게 사라지지 않았다.

꼭 생각이 통하기라도 한 것처럼 영진에게 전화가 왔다.

— 강여준, 오늘은 우리 집에 오지 말고 그냥 본가에서 자고 와.

집에서 이야기가 길어질 것 같아서 미리 영진에게는 말을 해 두었다. 저녁 같이 먹지 못해서 미안하다고, 늦어도 갈 테니까 먼저 자고 있으라고 했다.

"왜?"

— 갑자기 팀 회식 잡혔어. 오랜만에 실컷 마시고 들어가야지.

술이 세다는 걸 알지만 걱정이 되는 건 어쩔 수 없다.

"적당히 마시고 끝날 때쯤 연락해. 문 실장님 보낼게."

운전을 하던 문 실장이 룸미러로 흘끔 쳐다보며 고개를 끄덕였다.

— 대리 불러서 가면 돼. 그리고 제이…….

제이드 얘기를 하려다가 영진이 얼른 말을 멈추었다. 한시라도 마음 놓을 수 없게 하는 여자다. 제이드 한으로 또다시 꼬투리를 잡으면 영진이 화를 낼 게 빤해 그냥 못 들은 척하기로 했다.

"알았어. 그럼 조심히 들어가고 집에 도착하면 연락해 줘. 그리고 본가에서 일 끝나는 대로 집으로 갈 거야. 강현민이 미친놈처럼 날뛸 수도 있어서."

— 아, 혹시 그 일로 집에 가는 거였어?

"응. 큰형님이 벌써 아버지한테 보고드렸고, 나는 소환 통보받았어."

― 살벌하다, 강여준. 쫄지 말고 힘내.

"고마워."

본격적인 싸움을 앞두고 있는데 웃음이 나다니, 이상한 일이었다. 최영진의 힘내라는 한마디에 기분이 좋아졌다. 싸움에서 당당히 이기고 돌아가 누구의 방해도 받지 않고 온전히 최영진을 자기 사람으로 만들 생각을 하니 마음이 들썩였다.

평소에도 조용한 집 안이 더욱 고요했다. 사용인의 안내를 받아 강차영 회장의 서재로 들어섰다. 다들 입을 꾹 다물고 있는 모습에 숨이 턱 막힐 지경이었다. 습관적으로 넥타이에 손을 가져가려던 여준은 타이를 더욱 조이며 자리에 앉았다.

"저 왔습니다, 아버지."

"일하고 오느라 고생했다."

고개를 끄덕이는 것으로 인사를 받은 강차영 회장을 대신해 조명희 이사장이 반갑게 여준을 맞이했다. 강현민을 강 회장 눈 밖에 나게 한 데에 죄책감을 느꼈지만 정작 당신은 개의치 않는 듯 보였다. 슬그머니 여준을 노려보는 현민을 향해 작게 혀를 차며 나무라기까지 했다.

강현민 내외는 양손을 허벅지 위에 가지런히 올리고 죄인처럼 앉아 있었다.

"서원이하고 여준이가 모은 자료는 내가 잘 봤다. 아들이 셋이니 이런저런 치졸한 싸움은 귀엽게 지켜봤다만, 감히 내가 지목한 후계자의 경영권을 흔들려 들어? 여준이처럼 제 돈으로 물산 주식을 모은 것도 아니고, 대놓고 전자를 건드려?"

"물산을 여준이가 모으고 있었다고요?"

여준이 차명으로 물산 주식을 모으고 있는 건 몰랐던 모양인지 강현민이 눈을 치뜨며 항의하듯 되물었다.

"왜 저한테 얘기해 주지 않으셨습니까."

"내가 그걸 너한테 말해 줄 의무라도 있어? 저놈이 알아서 살아 보겠다고 주식 모으는데 굳이 그걸 왜 말려. 너처럼 경영권 흔들려는 수작도 아니고."

"경영권 방어 수단으로 모으고 있었던 겁니다, 형님."

여준은 그게 무슨 큰일이냐는 투로 여상하게 대꾸했다. 강차영 회장이 전자에 있던 여준을 물산으로 발령을 낸 건 뜬금없는 인사가 아니었다. 강현민은 그저 여준이 그룹의 요직에서 물러난다고 즐거워했겠지만 실상은 현민에게 경고를 하기 위함이었다.

"아버님 용서해 주세요. 아주버님 자리를 꿰차려는 속셈이었으면 주식이나 모으는 걸로 끝내지 않았을 겁니다. 저희도 경영권 방어 차원에서 그랬습니다. 다 디에스를 위해서 한 일입니다."

박현아가 혼신의 연기를 펼치며 눈물까지 글썽였다. 여준은 고개를 돌리며 터지려는 웃음을 참았다. 애원하며 비는 꼴이 하도 애잔해 우습기까지 했다.

"둘째 너는 나가 있어라."

조 이사장이 박현아를 서재 밖으로 내쫓았다. 아무리 강현민과 한통속이 돼 경영권을 위협하려 들었어도 박현아의 친정을 건드려서 좋을 건 없었다. 박물관과 미술관을 운영하는 사돈을 통해

자금 세탁을 한 적이 있었다. 언제든 서로를 겨눌 수 있는 미사일 버튼이라 입을 열지는 않겠지만 궁지에 몰리면 어떻게 나올지 알 수 없는 일이었다.

"어머니, 하지만."

"나가 있으래도. 자세한 이야기는 이따 현민이한테 듣고. 회장님 화내시기 전에 나가서 기다려라."

"도련님께서 아주버님한테 붙어서 저 사람 건드리지만 않았어도 저희 둘 조용히 살았을 겁니다."

"조용히요? 거짓말도 정도껏 하십시오, 형수님. 아버지 어머니 앞에서 다투는 모습 보이는 거 예의 아닙니다."

"현아, 나가 있어라."

강 회장이 한마디 더 하고 나서야 박현아는 눈물을 삼키며 밖으로 나갔다.

"서원이하고 상의를 대충 끝냈다. 현민이가 전자 주식을 불법으로 모은 건 죗값을 치러야 마땅하지만 그동안의 공도 무시할 수 없으니, 본사 물산 총괄 부사장직 내려놓고 중국 법인 총괄 사장으로 승진시켜 보내 주마."

말이 좋아 승진이지 사주의 아들을 해외 법인장으로 보내는 건 좌천이었다. 현민이 주먹을 움켜쥐었다.

"네, 잘 알겠습니다."

속에서 불이 나겠지만 성질을 드러냈다가는 그나마 중국 법인장 자리도 위태로워질 것이 분명해 강현민은 참고 있었다.

"중국에서 해 보이겠습니다. 다시 불러 주실 때까지 기다리겠습니다, 아버지."

"글쎄다, 네가 네 힘으로 입찰을 몇십 개 따 온다면 모를까, 이 사들이 널 쉽게 들이려고 할지 모르겠다. 아무리 우리끼리 쉬쉬해도 너하고 네 처가가 벌인 일들이 마냥 숨겨지기만 할 것 같으냐? 혜윤이는 미국으로 유학 보내고, 네 안사람은 저 하고 싶은 대로 하게 둬라."

현민이 패배감에 젖어 고개를 폭 숙였다. 강현민과 박현아는 특별한 경조사 없이는 이 집안에 발을 들이기도 쉽지 않게 됐다.

"현민이는 용건 끝났으니까 나가 보고. 서원아, 오 변호사하고 조 사장 불러라."

강 회장은 둘째 아들을 냉정하게 내치고, 법무팀 사장과 그룹 총괄 사장을 불러 강서원을 중심으로 한 후계 구도 재편을 본격적으로 추진하라고 지시했다. 이혼으로 처가가 없어진 첫째와 사생활이 난잡할지언정 쓰임새가 용이한 처가를 가진 둘째 사이에서 오랜 줄다리기를 하던 강차영 회장이 마침내 마음을 굳힌 것이다.

짧게 지시 사항을 전달한 강차영 회장은 자리를 파하기 전에 서원에게 타이르듯 한마디 했다.

"내키지 않겠지만 정수빈 이사 해고해라. 곁에 둬서 좋을 게 하나도 없어. 그리고 네 자손은 둘로 충분하다."

자리를 굳건히 다진 서원은 아쉬울 게 없었다. 시간은 강서원의 편이었다.

"그동안 고생 많았다, 여준아."

강 회장과 조 이사장이 모두 나가고 둘만 남게 되자 서원이 여준을 안으며 그동안의 노고를 치하했다.

"고맙다, 정말. 너는 내가 끝까지 책임진다."

"당연히 그러셔야죠."

오랜 시간 공들였던 프로젝트를 끝내자 너무나 홀가분해졌다. 여준이 입꼬리를 크게 당겨 웃으니 서원이 놀라며 함께 웃었다.

"네가 그렇게 웃을 줄도 아는 놈이었냐?"

"최영진 한정인데 특별한 날이라서 보여 드린 겁니다. 형님도 고생 많으셨습니다."

불안하던 마음이 싹 달아났다. 이제 최영진을 보러 가야겠다.

"기분 좋아 보이십니다, 상무님."

본채 앞에서 대기하고 있던 문 실장이 빙그레 웃으며 뒷좌석 문을 열어 주었다. 자동차 시트에 편하게 몸을 기댄 여준은 룸미러에 자기 얼굴을 비춰 보았다.

이 집으로 들어와 단 한 번도 즐겁게 웃어 본 적이 없었는데, 웃는 얼굴이 낯설다. 그러나 부드럽게 풀어진 얼굴이 스스로 보기에도 나쁘지 않았다.

"최영진 차장님 댁으로 모실까요?"

"네."

짧게 대답한 여준은 이내 말을 바꾸었다.

"내 집으로 가죠, 문 실장님."

뒤에서 차 한 대가 따라붙고 있었다.

"작은 형님이 뒤에 붙었어요."

"네, 상무님."

할 말이 남아서 쫓아오는 것 같은데 굳이 피할 필요가 없었다.

"경호원 따로 안 붙여 놔도 되겠습니까?"

"괜찮아요. 필요하면 문 실장님한테 바로 연락할게요."

어떤 멍청한 계산하에 따라오고 있는지 몰라도 강현민이 무서운 적은 단 한 번도 없었다.

○ ○ ●

정신없이 웃고 떠들고 마시느라 전화기가 꺼진 줄도 몰랐다. 보조 배터리도 없어 영진은 제이드에게 전화기를 빌려 여준에게 전화를 걸었다. 회의하는 중만 아니면 일하는 중에도 바로바로 전화를 받았는데 신호만 갈 뿐 받지를 않는다.

강현민이 미쳐서 날뛸 거라더니, 서른 넘은 사람들이 치고받고 싸우고 있는 건 아닌지 걱정이 돼 도저히 가만히 앉아 있을 수가 없었다.

"왜 그래, 영진. 강여준 씨 전화 안 받아?"

"응. 이상하게 전화를 안 받네. 미안한데 나 먼저 가 봐야겠어."

영진은 팀원들에게 양해를 구하고 자리에서 먼저 일어났다.

"데려다줄까?"

"아니야, 대리 불러서 갈게. 연락할게, 재밌게 놀다 와."

대리를 부르고 기다리는데도 속이 바짝바짝 탔다. 느긋하게 달리는 대리 기사에게 빨리 좀 가 달라 부탁하면서도 미안하다고 연신 사과하기를 여러 번, 드디어 강여준의 집에 도착했다.

비밀번호를 누르고 들어가는데 두 사람이 가만가만 이야기하는 소리가 들렸다. 싸우는 큰 소리가 나지 않아 안심했다.

"그래서, 나를 조금도 돕지 않겠다 이거야?"

긴 복도를 따라가다 보니 말소리가 점점 분명하게 들렸다. 강현민이었다.

"도울 생각이 있었다면 진작 도왔을 거고, 형님을 돕는다고 나서면 저는 뻘도 없는 미친놈 호구 되는 거 아닙니까?"

"그럼 이제 속 시원하냐? 나 중국으로 보내 버리니까 좋아?"

여준이 꼬아 말하자 현민이 바짝 독이 올라 버럭 소리를 질렀다. 아무래도 타이밍이 좋지 않을 때 찾아온 것 같다. 다시 나가려는데 여준과 눈이 마주쳤다.

"그걸 말이라고 하세요, 형님? 노래 부르면서 춤이라도 추고 싶은데 참고 있는 겁니다."

강현민에게 비아냥거리며 여준이 2층을 눈짓으로 가리켰다. 멱살이라도 움켜쥘 듯 자리를 박차고 일어난 강현민이 뒤를 휙 돌아보았다. 역시 눈 마주치는 것조차 꺼림칙한 사람이다. 삽시간에 표정을 바꾸어 빙그레 웃는 모습이 소름 끼치게 싫었다.

"미친 새끼. 내가 뭐 하나 알려 줄까?"

여준의 눈썹이 꿈틀했다. 무슨 비열한 소리를 지껄이려고 은밀하게 목소리까지 낮추는지 몰라도 상당히 기분 나쁜 소리를 듣게 될 것 같았다.

영진은 얼른 달려가 보호하듯 여준의 앞을 가로막고 섰다.

"윤주, 즉사했다고 들었지?"

"시발."

작게 욕하는 소리에 뒤를 돌아보니 여준의 가슴이 격하게 들썩이고 있었다.

"내가 윤주 쪽으로 핸들을 꺾은 건 알지? 차 유리에 머리를 부딪쳤는데도 바로 안 죽더라? 머리, 이마 여기저기에 피가 터져서 얼굴에 흐르는데도 안 죽었어. 너 그거 알아? 머리를 부딪치니까 안구까지 돌출되더라. 윤주가 얼굴이 참 반반하니 예뻤는데."

꼭 말아 쥔 여준의 주먹이 떨렸다. 너무 적나라하고 끔찍한 설명에 여준의 귀를 막아 줘야겠다고 생각했다. 영진은 팔을 뻗어 여준의 두 귀를 꼭 막았다.

"오빠, 살려 주세요. 살려 주세요. 나한테 계속 그러더라? 오빠 살려 주세요, 아직 그 여자 만나고 싶지 않아요. 그 여자 만나기 싫어요."

강윤주가 말했을 그 여자라면 두 남매의 생모였을 것이다. 낮게 속삭이는 강현민의 저열한 음성에 어린 강윤주의 목소리가 들리는 것 같아 영진은 자기 귀를 틀어막고 싶었다.

강윤주와 관련된 기사를 본 적이 있는데, 분명히 즉사라고 했다. 고통이 없었을 거라고 했다. 그런데, 겨우 열여섯 살 어린애가 전복된 차 안에서 사력을 다해 목숨을 애걸했다고 한다. 숨이 끊어질 때까지 얼마나 무서웠을까.

"나도 꼼짝 못 하고 있었는데 살려 달라니, 웃기지 않냐?"

"입 닥쳐! 저거 완전 미친 새끼 아니야!"

영진이 크게 소리쳤다.

"왜 술 처먹고 운전을 해! 그것도 어린 동생을 데리고! 이복동생이라도 네 핏줄이야. 그 어린애가 무슨 죄가 있다고 그런 미친 짓을 했어! 강윤주가 아니라 네가 뒈졌어야 했는데! 왜 너 같은 쓰레기가 살아남아서!"

여준의 귀를 계속 막은 채로 영진은 반쯤 뒤돌아 서 버럭버럭 소리를 질렀다. 이런 폭언은 한 번도 들어 보지 못했는지 강현민은 얼떨떨한 표정으로 코웃음만 쳐 댔다.

"강현민 씨, 그쪽이 머릿속에 뇌라는 걸 갖고 있으면 생각을 좀 해 봐요. 지금까지 그쪽이 그쪽 인생을 위해서 한 게 뭐가 있는지. 술 먹고 운전해서 여동생 죽이고, 처자식 놔두고 외도에 성추행, 성폭행 그리고 아버지 몰래 차명 계좌로 주식 수집해서 집안 뒤집어 놓고. 그게 그쪽 인생에 얼마나 도움이 됐는지 생각을 해 보라고."

그래도 강여준의 형이라 이 정도에서 그쳤다. 강여준과 생판 모르는 남이었으면 알고 있는 더러운 욕이란 욕은 전부 다 퍼부어 주었을 거다.

"겨우, 그거였어요?"

여준이 자기 귀를 막고 있던 영진의 손을 붙잡아 내렸다.

"난 또 뭐라고. 이미 형수님이 다 말해 줬어요, 아주 친절하고 상세하게. 형님이 아랫도리 함부로 굴리고 다니는 화풀이를 가끔 나한테 하시더라고요."

'울지 마, 너 안 보내. 그러니까 울지 마.'

'가끔, 꿈에 나와서 울어. 죽기 싫다고, 울어. 나도 보내고 싶어서 보내는 게 아닌데, 그 여자한테 가고 싶지 않다고 울어.'

영진은 눈물이 날 것 같아서 두 눈을 질끈 감았다. 어떤 심정으로 박현아 관장이 지껄이는 소리를 듣고 있었을까. 아마도 지금처럼 감정 한 점 흘리지 않고 가만히 듣고만 있었을 거다. 그리고 그 응어리를 차곡차곡 모아 겨우 경영 승계에서 멀어지게 하는 것으로 마무리했다.

"그때 화가 많이 나서 형님을 그냥 죽여 버릴까도 생각해 봤는데, 아무래도 어머니가 마음에 걸려서 방법을 바꾸었어요. 무조건 어머니한테 감사하면서 사세요."

강현민을 레스토랑에서 만났을 때 강여준의 몸은 비정상적으로 차가웠다. 그런데 지금은 비정상적으로 뜨거웠다. 극도로 흥분한 상태인데 억누르고 있는 게 눈에 보였다.

"돌아가세요, 형님. 피곤하실 텐데 돌아가서 쉬세요. 총괄 부사장 자리는 이번 주 안으로 공석 될 것 같던데, 쉬시면서 미래도 고민 좀 해 보시고요."

영진이 한마디 거들려는데 강현민이 탁자 위에 있는 크리스털 잔을 집어 드는 게 보였다. 크고 단단한 잔을 이쪽으로 집어 던진 건 순식간이었다. 영진은 저도 모르게 여준의 가슴을 밀치려 했지만 여준이 조금 더 빨랐다. 여준은 영진을 꼭 감싸 안은 채로 낮게 몸을 움츠렸다.

잔이 벽에 부딪히며 산산조각 났다. 영진은 얼떨떨한 정신을 수습하며 여준의 몸을 이리저리 살폈다. 직접 맞지는 않았어도 파편이 귓바퀴에 튀어 피가 흐르고 있었다.

"괜찮아? 귓속으로는 안 튀었어?"

"괜찮아. 안 다쳤어."

귀에서 피가 나는데 안 다쳤다니. 손수건을 꺼내 지혈하려는 영진의 손을 밀어 내며 여준은 자리에서 일어섰다. 그리고 영진이 깨진 유리를 밟지 않도록 멀찍이 떨어뜨려 놓았다.

"또 누구를 다치게 하려고 컵을 던집니까."

여준이 강현민을 덮친 건 컵이 날아올 때만큼이나 순식간이었다. 덩치로는 여준과 견주어도 결코 작지 않은 현민이 무방비한 상태로 멱살을 잡혔다. 퍽 하는 둔탁한 소리와 함께 강현민의 턱이 돌아갔지만 몸을 허투루 키운 건 아닌지 무릎으로 여준의 복부를 찍어 올렸다. 그래도 어린 여준을 당해 내기에는 역부족이었다. 게다가 강여준은 이성을 완전히 잃었다.

영진은 떨리는 가슴을 진정시키며 고개를 돌렸다. 뼈가 부딪치고 살이 터지는 소리에 겁이 나 몸이 절로 움츠러들었다. 말리자고 나서면 말릴 수도 있겠지만 그러고 싶지 않았다. 딱 죽지 않을 만큼만 얻어맞도록 놔둘 참이었다.

"여준아."

정신이 없는 통에 누군가 말도 없이 이 집으로 들어와 강여준을 불렀다. 포털 사이트에서나 보았던 조명희 이사장이 가드로 보이는 건장한 남자 둘과 함께 처참한 광경을 지켜보고 있었다.

바닥에 산산조각 난 유리 파편과 멱살잡이를 하고 있는 두 아들을 보고도 조명희 이사장은 크게 놀란 기색을 보이지 않았다. 오히려 안심한 듯 보였다.

"내가 상상했던 그림은 아니라 다행이다. 현민이 저놈이 내가 상상했던 것만큼 미친놈은 아닌 모양이다."

영진은 상상 이상의 미친놈을 낳으셨다고 대꾸하고 싶은 걸 꾹 눌러 참았다.

"현민이 데리고 나가요."

두 남자가 강현민을 데리고 나가려 해도 여준이 놓아주지 않았다.

"여준아, 나하고 얘기 좀 하자. 저놈은 일단 내보내고."

조명희가 타이르자 여준이 스르르 손에 힘을 풀었다. 반쯤 정신을 잃은 강현민을 가드 둘이 가뿐히 들어 밖으로 데리고 나갔다. 뭐가 그렇게 억울한지 강현민은 제 어머니를 향해 볼멘소리를 중얼거리며 질질 끌려갔다.

"이 시간에 어쩐 일이세요."

숨을 몇 번 고르긴 했지만 목소리가 너무도 차분해 방금 전까지 주먹질을 하던 사람으로는 보이지 않았다.

"현아가 저놈이 사고 칠 것 같다고 해서 따라와 봤다. 생각 밖의 전개라서 마음 놓여."

"생각 밖의 전개라서 저는 좀 놀랐어요. 차로 들이받거나 칼 들고 덤비기라도 할 줄 알았는데, 도와 달라고 비굴하게 빌더니 나중에는 윤주 일을 들춰내던데요."

"윤주 얘기? 영국에서 사고 냈던 얘기를 하더란 말이야?"

친아들과 의붓아들의 싸움을 목격하고도 시종일관 침착하던 조 이사장이 그제야 감정이라는 걸 드러냈다. 골치가 아픈 듯 이마를 꾹꾹 누르는데 눈가에 주름이 잡혔다.

"네. 제가 잘 알고 있는 얘기요."

"네가 뭘 알고 있는데."

"죄송해요, 어머니. 지금 좀 쉬고 싶어요. 내일 아침에 집으로 갈게요."

여준이 고개를 꾸벅 숙여 인사하며 영진의 팔목을 붙잡았다.

"산삼청 감사히 잘 먹었습니다, 이사장님."

제대로 인사를 해야 할 것 같지만 강여준이 우선이었다.

"여준이 잘 부탁해요, 영진 씨."

조명희 이사장이 여준의 등을 착잡한 얼굴로 바라보며 여준을 영진에게 맡겼다. 영진은 허리를 꾸벅 숙여 인사하고는 컴컴한 방으로 들어갔다.

11. 관계의 정의

결국, 너를 사랑하게 되었다

최영진은 미동도 없이 침대에 앉아 있었다. 빛 한 자락 들어오지 않는 어두컴컴한 침실에서 한마디도 하지 않았다.

　최영진이 충격을 받았을 수도 있다고 생각했다. 강현민에 강윤주에 조명희 이사장까지. 게다가 강현민이 던진 컵이 박살 나고 주먹질하는 꼴까지 봤으니 막장도 이런 막장이 없다고 생각해도 이상할 게 없다.

　짧지 않은 침묵을 끝내고 영진이 팔을 뻗어 옅은 주황빛의 침실 등을 켰다. 여준은 영진의 움직임 하나하나를 그대로 좇았다.

　미세하게 떨리는 손끝이 보였다. 품에 보듬어 안으려는데 영진이 쭈그리고 앉았다.

　"강여준, 이게 몇 개야?"

　그리고 뜬금없이 손가락 두 개를 눈앞에 흔들었다.

"한 개."

"그럼 이건 몇 개?"

다시 손가락 세 개를 펼쳐 흔들어 보였다. 심각해 보이는 눈빛에 어쩐지 장난이 치고 싶어져 이번에는 다섯 개라고 답했다.

"비정상이야, 강여준."

"두 개, 세 개. 나 이제 정상인 건가?"

"아니, 정상 아니야 지금. 귀에서 아직도 피 나. 그리고 손마디는 다 터졌고. 그런데 농담할 정신이 있어?"

듣고 나니 귀도 따끔거리고 손등도 욱신거린다. 대수롭지 않다는 듯 웃어 보이는 여준을 놔두고 영진은 구급상자를 찾아 왔다. 마른 거즈로 피를 닦아 내고 포비돈을 살살 발라 주었다. 귀에는 밴드를 붙이고, 손길은 서툴지만 꼼꼼하게 붕대를 감았다.

"내일 병원 꼭 가 봐. 밴드 붙이긴 했는데 피 아직 안 멎은 것 같아."

구급상자를 저만치 밀어 놓은 영진의 표정이 서러워 보여 쉽게 말을 시키지 못했다.

"물 마실래?"

영진이 물었지만 지금 필요한 건 그런 게 아니다.

"그냥, 나 좀 안아 줄 수 있어?"

"뭐 그런 쓸데없는 걸 부탁이라고."

팔을 벌리자 영진이 품 안에 안겨 들어왔다. 여준은 붕대 감긴 손으로 영진의 뺨을 감싸며 입술을 머금었다. 바짝 마른 입술을 핥고 깊게 혀를 집어넣어 세게 잡아당겼다. 손이 불편한 저를 대신해 영진이 셔츠 단추를 일일이 풀어 벗겨 주고 자신의 옷도 마저 벗어 버렸다.

아무런 준비도 없이 영진은 허리를 들어 자신의 밑으로 여준의 몸을 받아들였다. 단단하게 선 몸이 부드러운 속살 안에 삼켜지는 모습이 아찔했다.

여준이 살아 숨 쉬고 있음을 확인이라도 하듯 영진은 심장에 양 손바닥을 대고 끊임없이 허리를 움직였다. 빠르게 뛰는 심장 위로 겹쳐진 작은 손을 덧잡으며 엉덩이를 쳐올리자 영진의 입에서 작은 신음이 터져 나왔다.

가느다란 허벅지를 붙잡고 다시 밀어 넣는데 영진이 허리를 접어 몸을 겹쳐 왔다. 여러 감정이 한꺼번에 뒤섞인 탓이었을까, 절정은 너무도 쉽게 빨리 찾아왔다.

숨을 몰아쉬며 영진이 몸을 일으켰다. 그리고 다시 허리를 숙여 여준의 머리를 끌어안고 뺨을 맞댔다.

"울지 마."

영진이 몸을 떨며 울고 있었다. 서로 맞닿은 얼굴이 푹 젖을 정도로 영진은 눈물을 쏟고 있었다.

최영진이 왜 우는지 알고 있다. 여준은 저를 대신해 울고 있는 영진의 등을 토닥이며 달랬다. 이러다 탈수 증세가 오지 않을지 걱정이 앞섰다. 눈물이 그치게 달래야 하는데, 달랠 만한 다정한 말이 떠오르지 않는다.

"윤주가 어떻게 갔는지 나는 모르고 살았어. 그리고 나도 살아남아야 하니까 그냥 잊고 지냈어. 어린 동생을 보내고도 살아지기에 그냥 살았어."

영진은 더 크게 울었다. 울고 있다는 말로는 부족했다. 오열하고 통곡했다.

"윤주가 살고 싶어서 얼마나 애쓰다 갔는지 모르고 아주 잘 살았어. 나 그렇게 모진 놈이니까 그만 울고 나 좀 봐 봐."

영진이 흐느낌이 섞인 한숨을 토해 내더니 잠긴 목소리로 입을 열었다.

"강여준을 어떻게 감당해야 할지 모르겠어."

심장이 멈추기 직전처럼 가슴을 쥐어짜는 것 같은 통증이 느껴졌다.

"그런데, 강여준이 살아온 인생이 너무 안타깝고 불쌍해서, 짧게 살다 간 강윤주 인생이 아깝고 서러워서, 자꾸 눈물이 나."

울지 말라고, 강차영 회장의 혼외자로 태어나 그리 행복하지는 않았어도 생각만큼 불행한 삶은 아니라고, 나는 괜찮다고 계속 영진을 달래고 또 달랬다.

그래도 최영진의 눈물은 마르지 않았다. 최영진은 강여준에게 남은 마지막 숨 한 모금 같은 사람이다.

한 번도 입 밖으로 내지 못했던 말, 어째서 강현민이 아니라 강윤주가 죽어야 했는지, 그 말을 하지 못해 가슴이 터질 것 같았다. 눈을 뜨고 있으면 미쳐 버릴 것 같아서 하루 스물네 시간 중에서 스무 시간을 동면에 든 짐승처럼 잠만 자며 버렸다. 살아남기에 바빴던 삶에 눈물마저 말라 버렸는데 네가 대신 울어 주고 있다. 가슴이 벅차오르는 한편으로 불안했다.

한참을 울던 영진이 코를 훌쩍이며 천천히 눈물을 멈추었다. 눈물로 젖은 얼굴을 조심조심 닦아 주는데 영진이 얼굴을 피했다. 휴지를 뽑아 킁 하고 코를 풀어 내는데 웃음이 났다.

"콧물까지 닦아 주려고?"

"얼굴이 엄청 부었어, 너. 그리고 술 냄새도 나."

영진이 부은 눈을 흘겼다.

"씻고 올게."

같이 씻자고 했지만 영진이 고개를 저으며 거절했다. 코를 훌쩍이며 터덜터덜 욕실로 가 씻는 동안 여준도 샤워를 하고 옷을 갈아입었다.

최영진은 30분이 넘도록 욕실에 있다가 들어왔는데 머리까지 완벽하게 말린 상태였다. 기분 좋은 향에 이끌려 다시 끌어안으려 했지만, 집에 돌아갈 것처럼 옷을 차려입으며 벽을 세웠다.

"강여준."

목소리를 가다듬으며 저를 부르는데 차분한 음성이 서늘하게 가슴을 찌르고 지나갔다. 최영진이 헤어짐을 고하고 등을 돌린 시카고에서의 그날이 갑자기 생각났다. 설마 아니기를 바라지만 오늘 최영진은 너무 많은 걸 보았다. 지금까지 겪어 왔던 그 모든 게 짐처럼 느껴진대도 할 말이 없다.

"나는 약속은 지키는 사람이거든."

"알아."

"그래서 너한테 했던 약속 다 지킬 거야."

"고마워."

"그런데 시간이 좀 필요한 것 같아."

다시 가슴이 지끈거렸다.

"강여준 밀어내는 거 아니야. 끝내려는 것도 아니고. 머리가 복잡해서 정리가 필요해. 우리 만나는 동안 너무 많은 일이 있었고, 아직 강여준을 있는 그대로 받아들일 준비가 안 된 것 같아."

"알았어. 그러니까 울지 마. 마음 아프다고 했잖아."

영진의 눈에 또 눈물이 그렁그렁 맺혔다.

"나 원래 잘 안 우는 사람인데, 강여준 때문에 자꾸 운다."

"미안해."

감정 조절이 어려워 억지로 웃기도 힘들었다. 굳어진 얼굴로 자리에서 일어났다.

"마음 정리 될 때까지 기다릴게."

"고마워. 그리고 나 데려다줄 필요 없어. 혼자 갈게."

"그래, 그럼 조심히 가. 도착하면 연락 줘."

자동차 열쇠를 꺼낸 영진이 망설이며 대답을 하지 않았다.

"당분간 엄마 아빠 집에 가 있으려고. 이해하지?"

여준은 고개를 끄덕였다. 백 번이고 천 번이고 이해할 수 있었다. 최영진이 다시 돌아오기만 한다면 언제까지고 이해하고 기다릴 수 있다.

"아프지 말고, 잘 지내."

방문이 달칵 닫혔다. 그리고 여준은 바닥에 그대로 무너져 내렸다. 혼외자로 태어나 투쟁하듯 살아온 지난날들이 이렇게 저주스러울 만큼 끔찍해 본 적이 없었다.

끔찍한 일상에 더 끔찍한 문제가 더해졌다. 강현민 이 자식은 정말 돌아 버린 게 틀림없다.

중국 법인장 발령 통보를 내린 지 닷새 만이었다. 문 실장의 보고를 듣자마자 여준은 자리를 박차고 일어섰다. 재킷을 입지도 않고 문이 부서져라 나서는 여준을 보며 직원들이 놀란 토끼 눈을 하고 묵례를 했다. 문 실장은 본가로 향하는 내내 굳어 있는 여준의 눈치를 살필 뿐 한마디의 말도 꺼내지 않았다.

여준이 집 안으로 들어서자 사용인들이 경직된 얼굴로 그를 맞이했다. 평소처럼 침묵이 감돌았지만 사용인들의 움직임이 불안하고 어수선했다.

여준은 흥분을 가라앉히며 서재로 갔다. 벌써 강차영 회장이 한바탕 뒤집어 놓았는지 서재에 깨진 유리 파편과 골프채가 어지럽게 돌아다녔다. 힘도 좋으시지. 골프채로 서재 안을 쑥대밭으로 만들어 놓고도 분이 풀리지 않는지 욕을 하며 고함을 질러 댔다.

"아버지, 진정하세요. 작은형님이 집안 팔아먹었다고 자랑할 것도 아니잖습니까."

저도 이래저래 소리치고 욕을 해도 시원찮을 상황에 강 회장을 진정시키기가 쉽지 않았다. 처가와 비밀리에 뒤통수칠 궁리를 했어도 핏줄이라 봐주었는데, 은혜를 갚기는커녕 내부 고발이라는 악수를 던졌다.

"강현민 이 새끼 이거 대체 뭐 하자는 거야!"

"다 같이 죽자는 거죠."

말 그대로였다. 강차영 회장과 조명희 이사장의 둘째 아들 강현민 디에스물산 총괄 부사장이 화산재단을 통한 비자금 조성 내역을 검찰에 넘겼다. 검찰 내부에서 검토 중이라고 하지만 강서원 쪽 검사들조차도 쉽게 넘어갈 수 없을 거라 했다.

강현민이 공개하려는 비자금 내역은 1,600억 원이었다. 그 외에 강현민이 입수할 수 없는 비자금이 몇천억 원이었지만, 1,600억 원이라는 비자금이 결코 적은 액수가 아닌 만큼 수사를 피하기는 어려워 보였다.

여준이 인맥을 동원해 겨우 엠바고를 걸어 놔 아직 기사는 송출되지 않았지만 검찰 수사가 확정되는 즉시 디에스그룹은 도마 위 생선 신세를 면치 못하게 된다.

"일단 진정하시고, 자리 옮기세요."

여준은 열이 올라 얼굴까지 벌게진 강 회장과 안방으로 갔다. 남편이 혼외자를 둘이나 들여올 때도 침착했던 조명희 이사장이 초조한 낯으로 방에서 기다리고 있었다.

"어머니, 방에서 쉬고 계세요."

"내가 그런 미친놈을 낳았다니 믿을 수가 없다. 아니지, 만취한 놈이 어린 여동생 차에 태우고 운전한 것부터가 미친놈이었어."

강현민의 돌발 행동에 어지간히 놀랐는지 강차영 회장 앞에서 죽은 막내딸 얘기까지 꺼냈다. 강 회장이 듣기 꺼리는 주제라 장례식 이후로 한 번도 이 집에서 언급한 적이 없었다.

"윤주 얘기는 나중에 합시다, 여보. 그리고 당신 방에 가 있어요. 여준이하고 상의해서 알려 줄게요. 윤 부장, 이사장님 방으로 모셔라."

"어머니, 좀 이따가 방으로 찾아뵐게요."

부자가 함께 설득을 하고 나서야 조명희는 비서와 함께 자기 방으로 향했다. 조명희 이사장의 그림자가 사라질 때까지 방문을 열어 놓았고, 완전히 보이지 않게 되자 집사가 문을 닫았다.

"현민이랑 접촉해서 다 뒤집어쓰고 들어갔다 나오면 중국 법인장 자리하고 상속은 그대로 유지할 수 있도록 해 준다고 해."

강 회장으로서는 최대한 양보한 결정이었다. 이미 넘어간 자료를 되찾아 올 수도 없고 누군가는 희생을 해야 했다. 더군다나 재단 법인 화산은 조명희 이사장이 운영하는 것으로 되어 있어 두 내외가 함께 검찰에 출두해야 하는 상황까지 벌어질 수 있었다. 허나, 실질적인 비자금 관리 책임자는 강서원이었다.

"작은형님이 승낙을 할지 모르겠습니다. 검찰까지 끌어들여서 큰형님을 쳐 내려고 하는데 겨우 현상 유지나 하려고 그걸 다 뒤집어쓰겠습니까?"

분을 이기지 못한 강 회장이 재떨이를 집어 던졌다. 강현민의 더러운 성격이 바로 여기서 나왔다.

"일단 만나서 회유해 보겠습니다. 그래도 안 되면 맞불 놔야죠. 그리고 많이 시끄러워질 것 같으니까 애들은 형수님 댁에 보내 놓겠습니다."

강현민은 디에스를 차지하고자 제 부모와 형제까지 팔아먹었다. 회유는 사실상 불가능하다고 보면 된다. 강차영 회장도 잘 알고 있을 것이라 생각했다. 이제 완전히 끝을 봐야 했다.

○ ◐ ●

"누나, 괜찮아?"

여행 갈 짐을 챙기는데 남동생이 피로 회복제 한 병을 내밀며 걱정스레 물었다. 짧은 일정으로 여수에 다녀올 생각이었다.

"오늘 기자 회견 보니까 살벌하더라."

디에스그룹 법무팀 이사는 기자 회견장에 나와 강현민 부사장을 가문에서 제명하고 디에스그룹 내 모든 직위를 박탈한다고 했다. 아울러 강현민 부사장의 뇌물 수수 및 일감 몰아주기, 300억 원대의 개인 비자금 조성 및 횡령 혐의로 고발한다고 밝혔다.

차라리 진흙탕에서 멱살을 잡고 뒹굴어도 이보다는 깨끗하겠다. 포털 사이트를 켤 때마다 디에스그룹에 관한 뉴스뿐이었다. 뉴스 헤드라인은 물론이고 실시간 검색어까지 장악했다. 디에스그룹 홍보팀에서도 막기에는 역부족인 모양이었다. 온갖 매체마다 형제의 난, 패륜 등의 자극적인 제목들의 기사가 끊임없이 쏟아져 나왔고 디에스그룹 가계도까지 블로그에 돌고 있었다.

이 와중에 다행이라면 강여준은 노출 빈도가 다른 형제들에 비해 적다는 것이다. 강서원 부회장의 뒤에서 움직이느라 표면적으로 그는 형제의 난과 관계없는 사람으로 실제로 기사나 뉴스에 언급된 적은 없었다. 말이 좋아 형제의 난이지, 천박한 밥그릇 싸움의 당사자가 강여준이 아닌 것이 천만다행이었다.

"그리고 모르는 것 같아서 말해 주는데, 형님 또 밑에서 기다린다."

"형님 같은 소리 한다. 누가 형님이야."

영진은 해진의 엉덩이를 걷어차고는 커튼을 슬쩍 걷어 대문 앞 가로등 쪽을 훔쳐보았다. 강여준이 주머니 속에 손을 넣고 땅만 쳐다보고 있었다.

"여기가 무슨 고층 아파트도 아니고, 그렇게 보면 다 들킨다. 차라리 내려가서 만나."

"조용히 해라. 누나 하는 일에 이래라저래라 참견이야."

시선을 느낀 듯 여준이 고개를 들어 영진은 얼른 커튼을 쳐 버렸다. 기다린다고 하기에 얌전히 집에서 기다리는 줄 알았는데 강여준은 며칠째 남의 집 앞에서 기다리고 있었다. 차에 있을 때도 있었고, 차에 기대서 가만히 불 켜진 창문을 보고 있을 때도 있었다. 그리고 불이 꺼진 후에야 집 앞에 서 있다가 새벽녘에야 돌아갔다. 제대로 잠은 자고 있는지 걱정이다.

"상무님이라고 했더니, 형님이라고 부르라고 하셨어."

"만났어?"

아차 싶었는지 해진이 입을 막으며 재빨리 밖으로 빠져나가려는데 영진이 뒷덜미를 잡아챘다.

"도망갈 생각 하지 말고 솔직히 말해."

"서현 누나하고 한잔하고 있는데 형님이 오셨더라고."

으, 강서현과 남동생이 절친이 된 걸 까맣게 잊고 있었다. 오작

교 노릇이라도 하려는 건지 서현은 계속 강여준의 소식을 날랐고, 역시 이놈도 영진의 소식을 강여준에게 전달하고 있었던 모양이다.

"너 어디서 스파이 짓이야."

"스파이는 아니고 그냥 어쩌다 우연히 만났어."

"그래서 무슨 얘기 했어."

"누나 잠은 잘 자냐고 묻기에 잘 못 잔다, 밥은 잘 먹는지 물어서 밥도 평소의 반만 먹는다, 울지는 않느냐 또 물어봐서 가끔 훌쩍이는 소리는 들었다고 했지."

영진은 손바닥을 펼쳐 사정없이 동생의 등짝을 때렸다.

"적당히 걸러서 얘기하지. 네가 그런 소리를 하니까 저렇게 지켜보고 있는 거 아니야. 지금 집안이고 회사고 발칵 뒤집혔는데, 저러고 있을 시간이 어디 있다고."

후우 하고 숨을 고른 영진은 이마를 짚으며 화장대 앞에 앉았다. 충전기에 연결해 둔 휴대폰을 집어 들었다.

"통화할 거니까 나가 봐."

"누나 나는 솔직히 누나하고 형님하고 계속 잘 지냈으면 좋겠어. 형님 얼굴 많이 상했더라."

영진은 손을 내저으며 해진을 밖으로 내보냈다. 아직 뒤숭숭한 마음이 정리되기 전이라 강여준과는 통화할 수가 없었다.

"문 실장님, 최영진입니다."

— 네, 차장님. 안녕하셨습니까.

처음으로 문 실장의 목소리에서 피로한 기색을 읽었다. 문 실장도 어쩔 수 없이 피로에는 무기력한 인간이었다.

"강여준하고 같이 있어요?"

— 아니요, 저는 제 집입니다. 일찍 들어가라고 하셔서 퇴근했습니다.

영진은 시계를 흘끔 쳐다보았다. 아직 9시도 되지 않았지만 굉장한 무례를 범한 기분이다. 가랑비에 옷 젖는 줄 모른다고, 강여준과 지내다 보니 저도 모르는 사이에 문 실장을 제 부하 직원처럼 여기는 자신을 발견하고 당황했다.

"죄송해요, 문 실장님. 시간이 이렇게 된 줄도 모르고 전화드렸어요."

— 아닙니다, 차장님. 상무님 소식 궁금하셔서 전화 주신 거 아닙니까?

어차피 통화 연결이 되었으니 강여준이 어떻게 지내고 있는지 물어보아야겠다.

— 잘 지내고 계시다고 말씀드리고 싶은데 잘 못 지내십니다. 시카고에서보다 더 안 좋습니다.

문 실장이 숨도 쉬지 않고 길게 말해 준 내용은 이랬다. 수면제를 끊은 상태라 잠을 하루에 두 시간도 채 자지 못한 지 오래고, 강서원 부회장과 조명희 이사장이 곧 검찰에 소환될 거라 화산재단 장학생 출신 검사들을 직접 만나 대응 방안을 논의 중이라고 했다. 그 와중에도 밥은 잘 먹는다니 다행이라면 다행이었다.

"그래서 문 실장님 보기에 어떻게 될 것 같아요?"

— 이미 강 부사장님이 진 게임입니다. 곧 정리가 될 것 같습니다. 그래서 여쭤보는 겁니다만.

문 실장이 잠시 머뭇거렸다. 무슨 말을 하려는지 알겠다.

— 차장님께서는 어떻게 정리를 하고 계십니까.

예전 같았으면 차갑게 끊어 내 버렸을 텐데, 피로가 가득하면서도 자기 상사를 위한답시고 연애 문제에까지 신경 쓰고 있는 문 실장에게 함부로 대답할 수가 없었다.

아직 영진은 혼란한 마음을 한꺼번에 꺼내 놓고 차곡차곡 정리하는 중이었다. 드라마에도 나오지 않는 끔찍한 가족사에, 피도 눈물도 없는 아버지, 그리고 인간 같지도 않은 형제까지 받아들일 수 있나 하는 문제들이었다. 그럼에도 여전히 강여준을 사랑했다.

"강여준한테 얘기했는데, 나 약속은 지켜요. 언제든 꼭 돌아갈 거예요. 그리고 나 며칠 머리 좀 식힐 겸 여행 다녀올 테니까 집으로 찾아오지 말고 퇴근 후에는 쉬라고 해 주세요."

— 행선지를 알고 있어도 될까요? 혹시 모르니 경호를 붙여 드릴까 해서요.

"문 실장님."

강여준에게도 알리지 않을 여행지를 문 실장에게 알려 줄 의무는 없다고 생각했다. 신변의 위협을 받는 것도 아니니 경호도 필요 없었다.

— 강 부사장이 사면초가인 상황이라 무슨 짓을 할지 모르겠습니다.

"강현민 목표가 강여준이 아니라 강서원 부회장님으로 바뀌었는데 제가 위험하다니, 말이 안 돼요. 증권 회사 근무하는 친구한테 들으니 부회장님 아이들을 벌써 외가로 보냈다던데요. 저보다

348

는 정수빈 이사가 더 위험하지 않아요? 그리고⋯⋯."

경호가 필요하지 않은 이유를 하나하나 짚어 가면서도 영진은 문 실장이 말하는 대로 해야겠다는 쪽으로 생각이 점점 기울었다. 도망치듯 사라지면 강여준이 견디지 못할 것 같다. 이미 불면의 밤을 보내고 있다는 사람에게 또 다른 짐을 얹어 줄 수는 없었다.

"알았어요. 그럼 나 모르게 경호 붙여 주세요. 그리고 사진도 좀 찍어 달라고 해 주시고요."

— 네?

문 실장이 쩔쩔매는 걸 보는 것도 꽤 재미있다.

"제 인생샷 찍어서 강여준한테 보여 주세요."

— 아! 알아들었습니다.

"그리고 잠이 그렇게 안 오면 수면유도제라도 처방받으라고 해요. 뉴욕에 있을 때는 비몽사몽간에 전화한 것 같아서 약 먹지 말라 그랬던 건데, 하루에 두 시간도 못 자고 일을 어떻게 해요."

— 가끔 전화해 주시면 조금 더 주무실 것 같습니다.

"그게 쉬울 것 같으면 떨어져 있지도 않아요. 끊습니다."

○ ◐ ●

영진은 여수행 기차를 탔다. 표시 나지 않게 경호를 붙여 달라고 했더니 정말 누가 따라다니는 줄도 모르겠다.

추운 날 혼자 다니는 여행도 나쁘지 않았다. 한참을 걷기도 하고, 걷다가 힘들면 따뜻한 곳에 들어가 차를 마시고 배가 고프면 혼자 밥을 먹었다.

작은 횟집에서 회 한 접시와 소주를 시켜서 먹는데 뉴스 채널에서 뜻밖의 인물을 만났다. 조명희 이사장이 화산재단 비자금 조성혐의로 검찰에 출두하는 중이었는데, 동행한 인물이 강여준이었다.

— 오늘 디에스그룹 강차영 회장의 배우자인 조명희 이사장이 화산재단 비자금 조성 혐의로 검찰에 출두했는데, 그동안 언론에 거의 노출되지 않았던 삼남이 동행을 했다고요?

— 네, 그렇습니다. 강차영 회장과 조명희 이사장의 삼남인 강여준 디에스물산 상무인데요, 후계 싸움을 하던 장남과 차남 사이에서 중립을 지키던 인물이라고 합니다. 디에스그룹 내부 소식통에 의하면 두 형제가 검찰 조사 혹은 재판을 받을 동안 강여준 상무가 그룹의 중책을 맡을 가능성이 높다고 합니다.

도대체 저 정보는 어디서 주워 온 거냐. 중립은 개뿔, 저 판을 짜고 10년 동안 준비한 사람이 강여준이었다. 영진은 소주 한 잔을 더 털어 마셨다.

문 실장에게 들으니 조명희 이사장은 실제로 개입하지 않았으므로 무혐의로 풀려나게 될 테고, 두 형제 모두 실형을 살 가능성은 거의 없다고 했다. 두 형제가 서로 까발린 비자금만 1,900억 원인데 실형을 살지 않는다니, 어처구니가 없었다. 강서원이 아니라 강현민이라도 실형을 살았으면 좋겠지만, 비자금 규모로만 따지자면 강서원에 비할 바가 아니었다.

[식사 맛있게 하시랍니다.]

휴대폰이 진동하더니 문 실장에게서 문자가 왔다. 여수에 도착한 이후로 문 실장과 연애를 하는지 강여준과 연애를 하고 있는 건지 도통 모르겠다.

[강여준은 저녁 먹었어요?]

[검찰청 근처에서 국밥 드셨습니다. 이사장님 조사 끝나면 같이 본가로 이동하실 것 같습니다.]

[알았어요. 어머니 잘 모시라고 해 주세요.]

그리고 세 시간 후 영진은 여수 밤바다가 보이는 호텔 방에서 조명희 이사장이 조사를 마치고 귀가하는 실시간 뉴스를 시청하고 있었다. 서울에는 초겨울 비가 추적추적 내리고 있었는데, 여준이 직접 우산을 들고 조 이사장을 차에 태웠다. 그리고 강여준이 절제된 동작으로 맞은편으로 이동해 옆 좌석에 탑승하자 검정색 국산 세단이 재빨리 사라졌다.

불빛 한 점 없는 새까만 바다를 보다가 영진은 충동적으로 여준에게 메시지를 보냈다.

[티브이보다 실물이 더 낫다.]

회신은 기대하지도 않았는데 곧바로 답장이 왔다.

[어머니는 어떠냐고 물어보시는데.]

영진은 놀라서 딸꾹질을 했다. 이대로 휴대폰 전원을 꺼 버릴까 하다가 답장을 톡톡톡 적어 보냈다.

[미모가 워낙 출중하셔서 차이를 조금도 못 느꼈다고 전해 드려.]

[디에스전자가 첫 직장이라 그런지 사회생활을 아주 잘하는 것

같구나, 라고 하셨어.]

역시 보통 사람들이 아니다. 집안이 쑥대밭인데 농담할 여유도
있고.

[혼자서 잘 먹고 다니더라, 최영진.]

[맛집이 많으니까. 티브이에 나온 데는 다 찾아다니는 중이야.]

[적당히 몇 군데는 빼놔. 다음에 같이 가야 되니까.]

'같이'라는 말에 영진은 한숨을 푹 내쉬었다. 강여준과 함께해
야 하는 미래가 어디까지인지 아직 모르겠다. 보통의 연애처럼 사
랑하고 싸우다가 지쳐 나가떨어져 헤어질지 아니면 할머니 할아
버지가 될 때까지 연애만 해야 하는지. 냉정하게 생각할 때 결혼
은 도무지 가능성이 없어 보였다.

[그리고 어머니가 산삼청 잘 먹었으면 싱싱한 회라도 보내라고
하셨어. 회 힘들면 마른 오징어라도 사 가지고 와.]

동해도 아니고 여수에서 무슨 마른오징어야. 영진은 숨죽여 웃
다가 입술을 꾹 깨물었다. 한참 후에 보낸 강여준의 메시지 때문
이었다.

[보고 싶다.]

○ ◑ ●

'보고 싶다.'

이 한마디가 남긴 여운과 파장이 상당했다. 영진은 그 한마디
를 곱씹으며 밤새도록 뒤척였다. 머릿속에서 강여준의 목소리가

들려 베개 속에 머리를 파묻고 침대에 누워 발을 동동 구르기를 세 시간째. 갑자기 전화기가 울렸다.

강여준인가? 헐레벌떡 전화기를 집어 들었지만 제이드였다. 실망스러움으로 온몸에 힘이 다 빠졌다.

— 영진. 여행은 재미있어?

"재미가 있었는데, 지금은 모르겠어."

— 강여준 씨 때문에?

영진은 그렇다 대답하며 거울 속 저를 들여다봤다. 웃고는 있지만 우울증에 걸린 사람처럼 맥없는 얼굴이었다.

— 혹시 내가 필요해?

"아니. 미안하지만 필요하지 않아."

— 강여준 씨 정도는 힘들어도, 어느 정도 돈이 생기게 될 것 같아. 외할아버지가 상속권을 다시 주시겠대.

제이드가 동인일보 손자라는 말에 얼마나 놀랐었는지. 한국에 친척이라고는 아무도 없는 것처럼 귀찮게 굴더니 대형 언론사 손자라고 고백하는데 뒤로 넘어갈 뻔했다. 주변에 돈 있는 사람이 꼬이는 팔자인가 심각하게 생각해 보기도 했다.

그러나 결국 제이드는 제이드라는 결론에 도달했다. 동인일보 손자든 재미 교포 4세든 제이드는 여전히 좋은 친구였다.

그리고. 강여준은 그냥 강여준이었다. 디에스그룹 혼외자든 평범한 사람은 감당할 수 없는 과거를 가진 사람이든 그냥 강여준이다. 그리고 그런 사람을 좋아한다.

"제이드 끊어. 나 지금 바쁜 일이 생겼거든."

영진은 결국 짐을 챙겼다. 새벽 5시 첫차 타기를 기다렸다가 재빨리 체크아웃을 하고 기차역으로 갔다.

기차를 기다리는데, 차가운 새벽 공기에 노출된 뺨이 아릴 정도로 시렸다. 실내에서 기차가 올 때까지 앉아서 기다릴 마음의 여유가 없었다. 마음이 한없이 급해져 발을 동동 구르며 차를 기다렸다.

오래 지나지 않아 기차가 도착했고, 따뜻한 객실에 앉으니 얼었던 몸이 노곤하게 풀렸다. 한숨도 자지 못해 미칠 듯 피곤했지만 여전히 잠은 오지 않았다.

여행 가방을 들고 용산역을 나서는데 문 실장에게 전화가 왔다.

— 차장님, 어디십니까? 호텔에 물으니 이미 체크아웃하고 나가셨다고.

"빨리도 아셨네요. 지금 서울 도착했어요."

— 주무시는 줄 알았습니다. 죄송합니다.

"아니요, 아니요. 죄송하라고 드린 말씀은 아니고요. 강여준한테 할 말이 있어서 왔어요. 오늘 어디로 출근해요? 전자 아니면 물산?"

요즘 강여준은 전자와 물산을 오가며 바쁘게 움직이고 있다고 들었다.

— 오늘은 물산으로 바로 출근하셨습니다. 그리고 조금 전에 회의 들어가셨습니다. 서울에 오신 건 아직 모르시는데 직접 연락 주시겠습니까 아니면 제가 보고를 드릴까요?

"둘 다요."

영진은 전화를 끊고는 택시를 잡아 강여준의 회사로 향했다. 출근 시간과 겹쳐 차가 막혔지만 30분도 채 걸리지 않아 도착할 수 있었다.

문 실장이 안내 데스크에 미리 연락을 해 두어 강여준의 집무실로 가는 길은 뻥 뚫린 고속 도로를 달리는 것만큼이나 수월했다. 작지도 크지도 않은 깔끔한 집무실 소파에 앉아 강여준 기다리기를 20분, 문이 벌컥 열리더니 여준이 급하게 들어왔다.

"회의 시간 내내 미치는 줄 알았잖아. 경호 업체가 발칵 뒤집혔던 거 알아?"

"강여준 어디까지 갈 거야?"

거두절미하고 영진은 바로 본론으로 치고 들어갔다.

"무슨 말인지 모르겠어. 알아듣게 설명해 줘."

자리에서 일어나 여준의 눈을 마주했다.

"강서원 부회장 만들었고, 강현민 날려 버렸으면 목표 달성했잖아. 더 올라갈 생각 있어?"

"나 더 올라가야 돼? 디에스 안주인 하고 싶어? 최영진이 원하면 해 볼게."

원하면 해 보겠다니, 디에스그룹 주인이 되고자 하면 되는 그런 쉬운 자리였나? 그러나 강여준이라면 충분히 가능할지도 모르겠다.

"아니, 멈춰 여기서. 따라가기 힘드니까 여기서 멈추라고. 강차영 회장님이나 강서원이 비자금 몇천억 아니 몇조를 만들든, 강여준 너는 멈춰. 할 수 있어?"

"할 수 있어."

너무나 확신에 차 있고 조금의 망설임도 없어 오히려 더 믿기 어려웠다.

"강여준 의지대로 할 수 있는 일 말고. 아버지나 형님이 부당한 일을 지시했는데, 강여준은 그걸 충분히 해낼 능력이 있어. 예를 들면 지금처럼, 화산재단 장학생 출신 검사 판사들 구워삶아서 재판하기도 전에 형량을 조율한다거나 혹은 비자금 관리를 직접 해야 돼."

역시나 말이 끝나기도 전에 강여준의 얼굴에서 난처한 기색을 읽었다. 자리는 스스로 선택해서 올라갈 수 있지만, 그 자리를 지키기 위해서는 반드시 해야만 하는 일이 있었다.

"이해해."

듣지 않아도 이미 답을 알고 있다. 그리고 그걸 확인하러 왔고, 예상했던 답이라 실망할 것도 없었다. 그리고 강여준이 어렵게 살아남아 이만큼 올라온 자리를 박차고 나오라 할 권리가 없었다.

"이해하다니, 그게 무슨 뜻이야."

불안하게 떨리는 눈이 안쓰러워 여준을 끌어당겨 안았다.

"무슨 뜻이냐고 물었어."

여준이 영진을 밀어 내며 영진의 속내를 읽으려 애썼다.

"말 그대로야. 나 강여준을 이해한다고. 그리고 나 돌아왔어. 우리 사이 어디가 끝일지 모르겠지만, 일단 같이 걸어 보려고. 심심하면 가끔 뛰어 줄 수도 있어. 그러니까 그렇게 바보 같은 표정 하지 말고 나 좀 안아 줄래?"

영진이 말썽꾸러기 아이처럼 씩 웃으며 팔을 벌렸다.

"심심해? 나는 너하고 있는 매 순간 미칠 것 같은데, 넌 나하고 있을 때 심심했던 적이 있었단 말이야?"

"당연하지. 강여준이 얼마나 재미없는 남자인 줄 알아? 지금도 심심해지려고 하니까 빨리 안아 달라고."

"잠깐만."

여준이 정돈된 자기 머리를 마구 흐트러트리다가 리모컨을 들어 블라인드를 내렸다. 밖이 훤하게 내다보이는 사무실에서 대놓고 애정 행각을 벌일 뻔했다. 아니, 이미 다 들켰다. 블라인드가 끝까지 내려오기도 전에 강여준이 가슴이 으스러져라 끌어안으며 입술을 깊이 삼켰다.

○ ◑ ●

강서원과 강현민 두 형제 모두 검찰 조사를 받고 귀가했다. 대부분의 증거가 수집되었고, 증거 인멸 및 도주 위험이 없어 구속영장은 기각되었다. 강차영 회장은 차남을 보려고도 하지 않았다.

그사이 여준은 비자금 조성에 박현아 관장이 연루되었다는 조작된 서류를 들고 강현민의 처가로 갔다. 박현아의 부친과 모친 그리고 그 집 변호사가 여준을 기다리고 있었다.

"우리 현아는 재단에 소속된 사람도 아닌데 이게 증거로 채택이 될 거라고 보나?"

바깥사돈이 노기 띤 음성으로 서류를 탁 쳐 내며 눈을 번뜩였다.

"박현아 관장님 결혼과 동시에 재단 법인 화산의 운영실장 직함도 받았습니다. 사돈께서는 따님이 근무하는 곳도 모르고 계셨습니까? 강 부사장 뇌물 수수, 횡령 및 비자금 혐의 관련 고발 자료에 함께 제출할 생각입니다. 저희 쪽에서도 비자금 조성에 관해서 추가로 소명할 의무가 있어서요."

박 회장이 여준을 죽일 듯이 노려보거나 말거나 여준은 예의상 내온 차를 한 모금 마셨다.

"우리 딸한테 전해 듣기는 했지만, 자네 이 정도로 악랄한 줄은 몰랐군."

악랄하기로 치자면 댁의 따님도 만만치 않습니다만. 여준은 속으로 욕설을 씹어 삼켰다.

"그렇게 평가하셔도 할 말은 없습니다. 집안 정리를 위해서 제가 해야 하는 일이 있어서요. 어르신께서 너그럽게 이해해 주시기 바랍니다. 저도 좋아서 하고 다니는 일은 아닙니다."

"예의도 없고."

박 회장이 혀를 찼다.

"예의를 최대한 차린다고 했는데 부족하게 느끼신다니 유감입니다. 변호사 통해서 연락을 드렸을 수도 있었지만, 사돈어르신이라서 제가 직접 찾아뵌 겁니다. 다시 말씀드리지만 저도 사람이라서 안 좋은 소식 가지고 저희 집과 박 회장님 댁 드나드는 거 썩 내키지는 않습니다."

"이런 협잡꾼 노릇이 싫다면 다른 방법으로 풀 수도 있지 않나. 자네 부친하고 같이 진행했던 사업을 이참에 다시 해 볼 수도 있고."

아직도 강현민과 디에스그룹에 미련을 갖고 있는 것은 아닐 테지만, 디에스의 재산만은 탐이 나는 모양이었다.

"서로 정리를 하는 게 가장 좋은 방법이 아닐까 생각합니다,

회장님."

시종일관 고저 없이 일정한 톤으로 강 회장의 의견을 전달하자, 박 회장은 변호사에게 눈짓을 보냈다. 변호사가 어쩔 수 없다는 듯 고개를 끄덕였다. 박 회장이 옌장, 빌어먹을 등의 욕을 하더니 서류를 길게 찢어 냈다.

"이혼 서류 보내겠네."

"잘 알겠습니다. 그럼 박현아 관장은 비자금 조성 이전에 이미 재단 일에서 손 떼고 미술관 운영에만 힘썼던 것으로 정리하겠습니다. 그리고 이혼은 협의 이혼이 좋겠습니다. 디에스전자 주식 일부 확보하신 것으로 알고 있는데, 위자료로 그 정도면 충분하다는 게 저희 측 입장입니다."

대놓고 디에스그룹을 넘보던 시커먼 속내를 지적하지 않았지만 박 회장 내외를 당황케 하기에 충분했다.

"이미 시끄러운 집안인데 우리까지 거들 필요는 없지. 강 회장 뜻대로 하게."

"양육권 관련해서는 회장님 뜻에 맡기라고 하셨습니다. 다만, 강 회장님, 이사장님 두 분 모두 손녀 따님은 사돈댁에서 키우는 것도 나쁘지 않다고 하셨는데, 어떻게 하시겠습니까?"

조카의 이름을 부르지도 않고 손녀 따님이라고 칭하자 가만히 듣고 있던 안사돈이 가슴을 두드리며 자리를 박차고 나가 버렸다.

강현민이 상속자 지위를 박탈당했으므로 당연히 그 딸인 강혜윤 역시 디에스의 돈을 한 푼도 물려받을 수 없게 되었다. 어린 강혜윤이 강씨로서 물려받게 될 재산은 강현민이 가지고 있는 현금과 조부에게서 물려받은 유산 일부, 그리고 강현민 소유의 건물 서너 채 정도였다.

"내 손녀니 내 집에서 키우는 게 당연한 거 아닌가?"

"그렇게 말씀 전달하겠습니다."

여준은 예의 바르게 인사하고는 박현아 측 변호사의 명함을 받아 강현민의 처가에서 나왔다. 등 뒤에서 소금 뿌리라는 고성이 들리더니 개량 한복을 곱게 차려입은 직원 두 명이 정말 소금을 들고 나왔다.

이로써 강현민의 팔다리 모두 잘라 놓고 몸통만 남겨 놓았다. 남은 몸통으로 뭘 하며 살지는 본인이 알아서 할 일이었다.

"부회장님께서 오늘 늦게라도 뵙자고 하시는데, 어떻게 할까요? 정수빈 이사 통해서 연락 주셨습니다."

차에 오르니 문 실장이 반갑지 않은 소식부터 얘기했다. 여준은 대번에 인상을 찡그리며 서원에게 전화를 걸어 내일 회사로 찾아가겠다고 하고는 일방적으로 끊어 버렸다.

어차피 추징금과 집행 유예 정도로 끝날 일인데, 강서원이 초조해하는 이유는 하나였다. 추가 검찰 조사를 받고, 재판이 진행되는 동안 여준이 강 회장의 오른팔 노릇을 할 수도 있다는 증권가 사설 정보 때문이었다. 형제의 난을 수습하는 과정에서 여준의 능력을 재평가한 강 회장이 저를 다른 눈으로 보고 있다는 걸 알고 있다.

"문 실장님 혹시 출세욕 같은 거 있어요?"

"없습니다, 상무님."

"다행입니다. 난 내 목표치까지만 올라갈 생각인데, 혹시 더 높은 데를 보고 있으면 어쩌나 걱정했습니다."

"괜한 걱정 하셨습니다."

문 실장이 가볍게 대꾸하고는 디에스전자로 차를 출발했다.

"그런데 그건 갑자기 왜 물으셨습니까?"

"최영진이 원하지 않아서요."

"그러실 것 같았습니다."

디에스전자 사옥에 도착해 임원 전용 승강기를 타고 강 회장의
방으로 들어서자 비서진들이 일사불란하게 일어나 인사를 해 온다.

강 회장의 집무실에 들어온 건 처음이었다. 오랫동안 뉴욕 법
인에서 근무했고, 그룹의 요직에 있지 않으니 이곳에 올 일도 없
고, 강 회장이 불러들인 적도 없었다. 박 회장의 말마따나 협잡꾼
짓도 서슴지 않으며 강서원을 후계자 자리에 올려놓고 나서야 마
침내 이 방에 발을 들이려니 기분이 이상했다.

"회장님, 강여준 상무 오셨습니다."

문 실장이 옆에 있음에도 비서실 남자 직원이 허리를 굽히며
문을 열어 주었다. 강서원이 이런 사소한 달콤함에 취해 있다고
생각하면 초조함과 욕심을 이해하지 못할 것도 아니었다. 강 회장
과 회사에서 독대할 수 있는 자격, 강 회장 비서진들의 깍듯한 의
전, 나쁘지 않았다. 심지어 문 실장도 극진히 대우받고 있었다.

"우리 쪽에서 제시한 조건을 받아들이더냐?"

"네. 그쪽에서 먼저 변호사를 동석시켜서 깔끔하게 마무리 지
었습니다. 우리 쪽 변호사하고 합의 이혼 절차만 밟으면 됩니다.
혜윤이도 그쪽에서 데려가기로 했습니다."

"잘됐구나. 혜윤이 고 이쁜 녀석이 눈에 밟히긴 하겠지만 현민이 핏줄한테 한 푼도 못 내주지. 네가 고생이 많았다."

그렇게 많이 쥐고 있으면서도 손녀딸에게 돌아갈 몇 푼이 아쉬워 핏줄도 내버리는 사람이 아버지라는 게 새삼 새로울 건 없지만, 최영진에게 털어놓기는 꺼려진다.

"그래서 네가 바라는 일 하나를 들어주려고 하는데. 네가 만나는 최영진이라는 아가씨."

"제 연애는 제가 알아서 하겠습니다."

여준은 다 듣지도 않고 딱 잘라 냈다. 도움이 되지 않을 게 뻔하다.

"알아서 하기는. 네 어머니한테 사정해서 시간까지 벌어 놓고도 놓쳤는데, 그게 알아서 한 거냐?"

"놓친 거 아닙니다. 저희 사이 아무 문제 없습니다."

최영진과의 관계를 설명하는 말 중에서 헤어지다, 놓치다, 떨어지다 등의 끝을 뜻하는 단어는 사전에서조차 모조리 없애 버리고 싶은데 강 회장이 대놓고 말하는 걸 듣고 있자니 성질이 났다.

"그래, 뭐 네가 그렇다면 그런 거겠지. 그럼 데려와라."

"네?"

여준은 자기 귀를 의심했다.

"가정 환경도 괜찮고, 능력 있고, 성품도 바르다고 하니 며느릿감으로 나쁘지 않고, 네 어머니도 마음에 들어 하고. 서원이 재판 끝나자마자 바로 식 올려라."

"결혼 얘기 했다가 차일 뻔했습니다. 한 번 아닌 건 아닌 사람이라 괜한 소리 했다가는 정말 끝이에요."

디에스그룹 혼외자로 살아온 강여준을 이해했다며 이제 겨우 돌아온 사람에게 결혼이라니, 헤어지고 싶어 죽겠다고 고백하는 것이나 다름없었다. 갑자기 강 회장이 너털웃음을 터트렸다.

"너를 그렇게 절절매게 하는 아이라니 더 마음에 든다만."

"마음에도 없는 말씀 하지 마시고요. 그룹 이미지 쇄신에 최영진을 이용하자는 거 아닙니까."

천억 원대 비자금에 형제간의 후계 다툼으로 이미지가 바닥을 치고 있는 상황에서 디에스전자 출신의 평범한 셋째 며느리는 확실히 이미지 쇄신에 도움이 되겠지만, 최영진을 이 아수라장에 끌어들이는 건 있을 수 없는 일이다.

"차라리 정수빈 이사를 새 며느리로 들이는 게 낫겠습니다. 평범한 집안에서 자란 정수빈 이사와 유학 시절에 짧은 사랑을 나누다 헤어졌는데, 우연히 디에스전자에 입사해 재회한 스토리 어떻습니까."

여준이 불편한 속내를 드러내며 비아냥거리자 강 회장이 헛기침을 했다.

"알아서 하겠습니다, 아버지. 지금 이렇게 나서 주시는 게 전혀 도움이 되지 않습니다. 최영진한테 이미 제 밑바닥까지 다 보여 줬습니다. 작은형님께서 윤주가 어떻게 죽어 갔는지 친절히 읊어 주는 바람에 크게 충격받은 상태인데 갑자기 결혼이라니, 말도 안 됩니다."

"뭐야? 그 미친 새끼가 윤주 얘기를 들먹였단 말이야? 조 이사장이 달리 그 아이 얘기를 끄집어낸 게 아니었어."

잘 알아들었으리라 여기고 여준은 집으로 돌아갈 준비를 했다.

"윤주 얘기는, 너도 알고 있었냐."

강윤주는 피도 눈물도 없는 강차영 회장에게도 아픈 손가락이었다.

"네, 잘 알고 있습니다."

문을 열고 나오자 비서들이 역시 일제히 일어났다. 문 실장과 방을 나서는데 손을 가지런히 모으고 인사하는 비서진들이 보였다.

"대접받는 기분이 나쁘지는 않았습니다, 상무님. 상당히 달콤해서 중독되는 데 얼마 걸리지도 않을 것 같습니다."

그게 권력이었다. 달콤해서 쉽게 중독되고, 한번 중독되면 헤어 나올 수 없는.

"조심해요, 문 실장님. 거기에 한번 중독되면 죽을 때까지 못 끊어요. 죽어서도 못 놓을 겁니다."

"이번 주 주말은 전화기 꺼 놓고 쉬어도 됩니다."

표정이 거의 드러나지 않는 문 실장의 얼굴에 약하게 웃음기가 돌았다.

"전화기는 켜 놓고 푹 쉬겠습니다, 상무님. 그리고 최영진 차장님 댁 앞까지 모셔다드리고 가겠습니다."

문 실장이 품 안에 가득한 꽃을 쳐다보며 말했지만 여준은 편의점 앞에서 내렸다. 최영진이 좋아하는 멜론 맛 아이스크림을 사려고 들렀는데 꽃다발이 너무 커 아이스크림을 많이 살 수가 없었다.

적당히 대여섯 개 정도 골라 계산대에 올려놓으니 직원이 아이스크림 주변을 두리번거렸다. 이 편의점에 하도 들락거렸더니 서로 얼굴을 익혔다. 게다가 들를 때마다 구매품이 일정하니 의문스러울 만도 했다. 아이스크림, 라면, 콘돔 혹은 아이스크림, 콘돔 아니면 콘돔.

"오늘은 이것만 필요합니다."

"네, 알겠습니다. 그리고 저 아저씨, 아니 손님. 저 미성년자니까 그런 얘기 굳이 안 해 주셔도 되거든요. 안녕히 가시고, 또 오세요."

여전히 퉁명스러운 아르바이트생은 비닐 봉투에 아이스크림을 예쁘게 차곡차곡 담아 건네주었다. 품 안에 꽃을 조심스럽게 들고 한쪽 손에는 비닐 봉투를 든 채 오피스텔로 향했다. 비밀번호를 알고 있으니 초인종을 누를 필요도 없었다.

집 안이 이상하게 고요했다. 집 안의 온기는 그대로였고 불은 켜져 있는데 최영진이 보이지 않았다. 가슴이 선득거리는 느낌에 급히 전화기를 꺼냈지만 전화기의 전원이 꺼져 있다는 안내 음성 뿐이었다. 최영진의 동생에게 연락을 해 볼까도 생각했지만 괜한 걱정을 끼칠 수 없었다. 그래도 이상한 예감에 여준은 다른 상대에게 전화를 걸었다.

○ ◑ ●

"최영진 씨."

강여준이라면 비밀번호를 누르고 들어왔을 텐데, 초인종을 누르는 소리에 인터폰을 보다가 영진은 뒤로 넘어갈 뻔했다. 강서원 부회장이었다. 건장한 웬 남자를 숨길 생각도 하지 않고 당당히 카메라를 쳐다보고 있었다. 영진은 저 사람들을 들일지 말지 고민하다 인터폰 단추를 눌렀다.

"강여준 여기 없습니다, 부회장님."

"알고 있습니다. 최영진 씨 데리러 왔습니다. 급한 일이니 일단 문 좀 열어 주시죠. 여준이 일입니다."

강여준의 일이라니 문을 열지 않을 수 없었다.

"같이 저희 집으로 좀 가 주셔야겠습니다."

말투가 마치 구속 영장을 들고 온 경찰 같아서 본능적으로 경계심이 앞섰지만, 상대는 강여준의 형이었다. 강여준이 온갖 더러운 일을 마다하지 않으며 어렵사리 올려놓은 디에스의 후계자. 그런 강서원이 해를 끼칠 리는 없지만 본가로 향하면 강여준이 싫어할 것 같았다. 그리고 무엇보다 저 스스로가 먼저 저 집안에 발을 들이고 싶지가 않았다.

"여준이가 아파서 누워 있습니다."

아, 저 멀끔한 얼굴로 입에 침도 안 바르고 하는 거짓말이라니.

"거짓말이라도 좀 성의껏 해 주셨으면 대충 속아 넘어가 드렸을 텐데. 혹시 이사장님께서 저를 보자고 하셨습니까?"

"아니요. 회장님께서 뵙고 싶어 하십니다."

"싫습니다."

영진은 딱 선을 그어 잘라 냈다. 강차영 회장을 만날 이유가 없었다.

"혹시 헤어지라고 하시던가요?"

"그런 사소한 일로 시간 소비하시는 분이 아닙니다."

"그러면 왜요?"

밉살맞게도 강서원이 어깨를 으쓱하며 자기는 알지도 못하며 알 바 아니라고 또 성의 없이 답했다. 본인 입으로 말한 것처럼 이런 사소한 일로, 이런 누추한 곳에 직접 행차한 게 마음에 들지 않는 모양이었다.

"일단 갑시다, 최영진 씨."

"싫다고 말씀드렸습니다."

혹시 몰라 영진은 전화기를 만지작거렸다. 강서원의 눈이 전화기를 슥 보다가 다시 영진을 바라보았다.

"여준이는 제가 많이 아낍니다. 오랫동안 저를 많이 도와줬고, 지금도 많이 도와주고 있고요."

"그런데 왜 강여준이 싫어할 만할 일을 하십니까?"

커다란 덩치의 남자가 있어 완전히 마음이 놓이지는 않지만 충혈되고 피곤해 보이는 강서원 회장의 행색에 다소 긴장이 풀렸다.

"여준이가 싫어하다니요. 최영진 씨가 하도 질색하니까 여준이가 억지로 막아 내고 있는 겁니다. 결혼을 해야 한다면 최영진 씨라고 했다는데, 이 정도면 마음 다 보여 준 거 아닙니까?"

"강여준 마음은 제가 더 잘 알고요, 부회장님. 그것과 별개로 회장님을 만날 이유가 없습니다. 강여준이 원하는 일이었으면 직접 와서 데리고 갔겠죠."

"그래서 재판을 앞두고 있는 이 중요한 시점에 최영진 씨를 본

가로 고이 모셔 가려고 온 거 아닙니까."

돌림 노래같이 도무지 하나로 모아지지 않는 대화에 강서원은 점점 지치는 기색을 보였다.

"지금 가면 여준이 만날 수도 있는데 안 갈 겁니까? 혼자보다는 둘이 낫잖아요."

"강여준은 언제든 볼 수 있으니 강여준 집에서 보든 여기서 보든 상관없고요, 제가 여기서 저항을 하면 저분이 저를 억지로 끌고 갑니까?"

영진의 의중을 파악하려는 듯 강서원이 부지런히 머리를 굴리고 있었다. 저가 그렇게 호락호락한 사람이 아니라는 건 강여준을 통해서 익히 들었으리라 생각했다.

"아니요, 완력을 사용하는 일 절대 없습니다. 저 친구는 제 개인 경호원입니다."

"알겠습니다. 그럼 옷 좀 갈아입어도 될까요."

강 회장이 비서도 아니고 맏아들을 직접 움직여서까지 저를 보고자 하는 의지를 보였다. 언젠가 한 번은 꼭 만나야 한다는 의미였고, 그다음에도 이렇게 신사적으로 나오리라는 보장이 없었다.

"복장은 그 정도면 아주 훌륭합니다."

강서원이 재빨리 영진을 말렸다. 최대한 빨리 가고 싶어서 안달이 난 얼굴이었다.

영진은 주차장으로 내려가며 강여준에게 메시지를 남겼다. 그런데 이상하게 메시지가 전달이 되지 않는다.

"대단히 미안합니다만, 영진 씨 통신을 차단했습니다."

"뭐라고요? 미치셨어요?"

"여준이가 알면 날뛸 것 같아서요."

강여준이 날뛰다니, 웬만한 일에는 세상 차분하고 냉정한 남자를 두고 날뛴다고 표현할 정도면 따라가겠다고 한 게 아무래도 큰 실수였던 것 같다. 화가 치밀어 영진은 항의를 하며 주차장 벽을 뻥뻥 걷어찼지만 이미 물은 엎질러진 후였다. 강여준이 본가에 있을지도 모른다니 일단 올라타기는 했다.

분노를 가라앉힌 영진은 차 내부를 보고 혀를 내둘렀다. 강여준의 차도 어마어마하게 비싼 차였지만 자주 볼 수 있는 독일 혹은 미국산 차였고, 이 차는 실제로 한 번도 본 적이 없는 이탈리아 차였다.

"차 좋네요."

"여준이한테 사 달라고 하면 이런 차 몇 대쯤이야 일도 아닐 텐데, 그런 식으로 여준이 마음 얻었어요? 재산에 관심 없는 척, 여준이만 있으면 아무것도 필요 없는 척?"

떠보는 듯 물어보는 말투가 신경을 건드렸다. 이제는 직장 상사도 아니고 정중할 이유가 없었다.

"정수빈 이사님이 그렇게 하셨나 봐요? 재산에 관심 없는 척, 부회장님만 있으면 아무것도 필요 없는 척. 그런 지고지순한 사랑을 받아서 아이는……."

아직도 외국을 전전하고 있다는 숨겨진 아이 얘기를 하려다가 말았다. 정수빈 이사와 아이의 존재가 강서원에게 아킬레스건이건 역린이건 상관없지만 그저 누군지도 모르는 사람과 함께 해외를 떠도는 아이가 불쌍했기 때문이다. 목숨을 부지했어도 조명희 이사장이 거둬 주지 않았더라면 강여준 역시 그렇게 살았을지도 몰라서.

"됐습니다, 여기까지 할게요."

"왜요, 더 해 보지 않고."

"됐습니다. 부회장님 상처 입히려고 엉뚱한 사람 끌어들이고 싶지 않습니다."

뭐가 재미있는지 강서원이 씩 웃었다. 웃는데 그 모양이 강여준과 아주 비슷했다.

"왜 웃으십니까? 기분 나쁘게?"

"오랜만에 인간적인 사람을 만나니까 신기하네요."

미친놈, 웃기고 앉아 있네. 영진은 속으로 이죽거렸다. 지금까지 동생 등에 빨대 꽂고 쪽쪽 빨아먹던 사람이라 좋은 감정은 손톱만큼도 생기지 않았다.

디에스그룹 본가 근처에 다다르자 영진은 입을 다물 수가 없었다. 멀리서 볼 땐 무슨 학교나 공원인 줄 알았다. 담장과 나무로 둘러싸인 곳이 집이라니 믿을 수가 없다.

커다란 대문에서 한참을 지나 대저택 앞에 다다르니 주차 요원으로 보이는 사람이 일사불란하게 문을 열어 주었다. 집이 아니라 호텔이 아닐까 바보같이 생각하는데, 어느새 강차영 회장의 방 앞에 서 있었다.

유니폼을 입은 고용된 직원들이 생전 처음 보는 영진을 보며 인사를 해 왔다. 익숙지 않아 일일이 고개를 숙여 맞인사를 하니 강서원이 그럴 필요 없다며 방으로 안내했다. 심지어 방으로 들어서는데도 누군가 문을 열어 주었다.

웬만하면 주눅 들지 않는 평소의 성격은 온데간데없이 어마어마한 기세에 눌려 어깨를 움츠리며 강 회장 앞에 섰다.

"올 때 불편한 건 없었고?"

뭐지 저 말투는? 딸자식 대하듯 스스럼없고 다정한 태도는 뭐지? 영진은 머릿속으로 수십 개의 물음표를 그리며 죄지은 사람처럼 고개를 푹 숙이며 인사했다.

강서원은 앉으라고 자리를 권하고는 곧 방에서 사라졌다. 그나마 믿을 사람이라고는 저 사람뿐이었는데. 그리고 강여준이 있을지도 모른다더니 집이 워낙 커 찾는 것도 힘들어 보였다.

"얼굴 한 번 보기가 이렇게 힘들구먼."

"아, 죄송합니다."

지은 죄도 없는데 저도 모르게 사과가 튀어나왔다.

"그럼 당연히 죄송해야지. 대체 우리 여준이가 어디가 모자라서 결혼을 마다하고 있나, 응? 혼외자라서?"

"아니요! 전혀 문제가 되지 않습니다."

강여준이 혼외자인 게 문제가 된다면 그 비난은 강여준이 아니라 강차영 회장의 몫이었다.

"아직 서로를 알아 가는 단계이고 지금은 저희 둘 다 결혼 생각이 없습니다."

"우리 여준이가 평범한 집 아들이었으면 서로 알아 가는 단계를 거쳐서 결혼을 생각하기까지 시간을 가져도 되겠지만, 그게 쉽지 않다는 걸 너도 알지 않니?"

진짜 며느리라도 된 듯 거침없는 언사에 무례하다고 비난하기에는 강차영 회장의 나이가 너무 많았다.

"그리고 네 나이도 있고."

그 소리에 영진은 발끈했다.

"회장님, 백 세 시대에 제 나이면 아직 청소년입니다."

이 말을 끝으로 얼마나 긴 잔소리를 들었는지 모르겠다. 여자 나이 몇 살부터 난소 기능이 약해지는지 아느냐, 이 집안이 손이 귀한 집안은 아니지만 강여준에게 자식은 안겨 줘야 하지 않느냐 등 도통 21세기와 영진의 사고방식으로는 이해할 수 없는 얘기를 읊어 대며 지루한 시간을 이어 갔다. 간간이 받아치긴 했는데, 그게 더 강 회장의 흥미를 자극한 것 같았다.

강여준은 어디에 있는지 모르겠고 시간은 계속 흐르고 미칠 것 같다.

"회장님, 말씀드리기 외람되지만."

외람된단다, 여기 혹시 조선 시대야? 고종, 순종, 임금님 계신 거 아냐? 영진은 자기가 말하면서도 황당해 속으로 저를 비웃었다.

"회장님 고견은 잘 알아들었습니다만 제 생각에는 변함이 없습니다. 이 문제는 저보다는 아드님과 직접 상의를 하시는 게 더 좋을 것 같습니다. 두 분이서 결정해 주시면 따르겠습니다."

"아주 자신만만하구나. 너 진짜 내 며느리 할 생각 없나?"

정말 내 몸속에 강씨를 홀리는 DNA가 있나. 유전학적으로 전혀 근거가 없는 생각을 하면서 다시 한번 고개를 저었다.

강 회장의 말대로 강여준에 대해서라면 무조건 자신 있었다. 시카고에서는 전혀 상상도 할 수 없었지만 이제는 안다. 강여준이 먼저 저를 놓을 리가 없다는 걸.

"회장님."

안광이 번뜩이는 강 회장의 눈을 억지로 마주하는데 낯선 음성이 침범했다. 조명희 이사장이었다.

"도대체 왜 이런 짓을. 회장님하고 강현민 둘 때문에 아들 하나 더 잡겠습니다."

자리에서 일어나 어색하게 인사를 하는데 다짜고짜 전화기를 들이밀었다.

"전화 좀 받아 봐라. 문 실장이야."

영진은 떨떠름한 얼굴로 전화기를 받아 들었다.

"문 실장님, 왜 저한테 직접 안 하시고?"

그러다가 통신을 막아 놓았다는 강서원 부회장의 말이 생각났다.

"강여준 퇴근했어요?"

— 퇴근은 진작 하셨습니다. 퇴근하시고 본가에서 회장님 만나시고 댁으로 가셨습니다.

문 실장의 목소리가 잔뜩 초조하게 들렸다. 강여준에게 무슨 일이라도 생긴 것같이 다급했다. 싱가포르에서 다쳤을 때도 이렇게까지 급박하게 들리지는 않았는데.

— 강 부사장님한테 납치당하신 줄 알고 지금 청담으로 가셨습니다. 빨리 전화 주십시오.

"대체 왜요."

무슨 일인지도 모르고 잔뜩 사색이 된 영진은 강차영 회장과 조명희 이사장을 차례로 돌아보며 문 실장의 말에 집중했다.

— 강 부사장님이 술 취해서 옆에 여자를 태우고 도로를 질주했습니다. 두 가지 가능성을 두고 움직였는데 아무래도 그쪽이 더 위험하다고 판단하고 강 부사장님에게 가신 것 같습니다.

조용한 서재에 문 실장의 말이 그대로 전달되었다. 강여준의 모친이 머리를 붙잡으며 비틀거렸다. 영진은 얼른 조 이사장을 부축하며 소파에 앉게 했다. 그리고 문밖의 직원을 향해 물을 마시는 시늉을 하며 조 이사장을 손가락으로 가리켰다.

제 전화기는 구실을 못 하고 있으니 어쩔 수 없이 조 이사장의 전화기로 강여준에게 전화를 걸었다. 저장된 이름은 '아들 강여준'. 콧등이 시큰해졌지만 얼른 감정을 추슬렀다.

강여준은 한 번에 연락이 닿지 않았다. 서너 번을 더 걸고 나서야 여준의 목소리가 들렸다.

— 최영진! 어디야, 너!

"너희 집이야. 내가 자발적으로 왔어. 너는 어디야!"

강 회장의 눈치를 보며 '자발적'이라는 단어에 힘을 주는데 하아, 하고 여준이 안도의 한숨을 내쉬는 소리가 들린다. 영진도 덩달아 크게 숨을 토해 냈다. 강여준 정신이 무너졌을까 봐 걱정했는데 천만다행이었다.

— 정말 미치는 줄 알았어. 네가 어떻게 됐을까 봐. 정말 미치는 줄 알았어.

"나 괜찮아, 너희 집에 있을 테니까 진정하고 천천히 와. 아니면 문 실장님 불러서 같이 와. 그래, 그게 낫겠다. 문 실장님한테 연락할게. 위치가 어디야?"

— 최영진, 나 진짜 미치는 줄 알았어. 무서워서 돌아 버리는 줄 알았다고.

다행이라고 여길 게 아니었다. 강여준은 지금 흥분해서 제정신이 아니었다. 조 이사장의 비서로 보이는 사람에게 손짓을 하니 '윤 부장입니다, 작은 사모님'이란다. 여러 가지 의미로 돌아 버리겠다.

"문지성 실장님한테 전화 좀 부탁드립니다."

— 듣고 있어? 듣고 있냐고. 난 진짜 멍청한 새끼야. 너를 정말 사…….

강여준이 무언가 말하려는데 쾅 하고 부딪치는 소리가 났다. 그 소리가 너무 소름이 끼쳐 머리끝부터 발끝까지 살갗이 일어나 며 몸이 싸늘하게 식었다.

"여준 씨! 강여준! 여준아! 대답해! 대답하라고!"

영진은 직원들 사이를 헤치며 무작정 달려 나갔다. 쿵쾅거리며 윤 부장이라는 여자가 뛰어나왔지만 달리기 시합이라도 하듯 영 진은 재빨리 뛰었다.

빨리 강여준에게 가야 한다. 보고 싶어서 미치겠다. 무사한 모 습을 봐야 했다.

○ ◑ ●

디에스그룹의 차기 총수감이라며 있는 대로 추켜세우던 처가마

저 등을 돌렸다. 재판 전이지만 변호사를 통해 들으니 디에스 측에서 추징금과 집행 유예 정도로 마무리 짓고 있어, 이쪽도 추징금 10억 원에 징역 2년, 집행 유예 3년 정도를 받을 거라 했다.

다 정리하고 중견 토목 회사 하나를 인수하려고 하는데 강서원이 그마저도 방해할 기세다. 디에스그룹에서 제명당한 강현민이 강서원을 상대로 싸우는 건 불가능했다. 이제 강서원은 누구도 흠집 낼 수 없고, 감히 싸움을 걸 수도 없는 완전무결한 존재가 될 것이다.

아, 강여준이라면 또 모르겠다. 강서원의 모든 걸 알고 있으니 강차영 회장에게서 약간의 마음만 얻을 수 있다면 충분히 가능한 시나리오였다. 미친, 그러거나 말거나.

현민은 음주운전 사고를 낸 이후로 술을 마시고 운전대를 잡지 않았다. 그런데 지금은 도저히 참을 수 없었다. 힙 플라스크에 든 술을 크게 한 모금 마시고 차에 시동을 걸었다. 클럽에서 데리고 나온 여자는 이미 잔뜩 취해서 현민이 술을 마시거나 말거나 실실 웃으며 몸을 치댈 뿐이었다.

여자의 손을 끌어당겨 가랑이 사이를 만지게 했다. 여자가 손을 꽉 움켜쥐는데 머리카락이 쭈뼛 설 정도로 기분이 좋았다. 입을 벌리고 그대로 싸려고 준비하는데 전화가 울린다.

[강여준]

속으로 미친 개새끼, 더러운 잡종 새끼 온갖 욕을 퍼부으며 전화를 무시했다. 강여준이라는 이름 세 글자만 봐도 몸이 차갑게 식었다. 그러나 벨 소리는 멈추지 않았다. 여자가 팔을 뻗어 운전대의 통화 버튼을 멋대로 눌렀다.

"야이 씨, 죽을래?"

— 어딥니까.

여자에게 손찌검을 하듯 팔을 들어 올려 보지만 이미 강여준의 살기등등한 목소리는 울리고 있었다. '같잖게 나이도 어린 놈이'라고 생각하면서도 어딘가 사람 기를 죽이는 구석이 있어 그마저도 짜증이 난다.

"어딘지 알면 와서 술이라도 한잔 살 거냐?"

"문 좀 열어 줘요, 사장님."

추운 날씨에 여자가 옷을 훌렁훌렁 벗어 대며 작게 속삭이자 또 짜증이 왈칵 솟았다.

"입 좀 다물어, 너. 밖으로 던져 버리기 전에."

— 옆에 누구예요.

차분함을 가장하고 있지만 초조하고 흉흉한 기색을 숨기기가 어려운지 거칠게 숨을 몰아쉬고 있었다. 앞에서 상대가 발악을 하고 지랄을 해도 감정의 동요를 보이지 않는 놈이 최근 들어 자주 마음을 드러냈다. 그리고 그 대상은 최영진이라는 여자였다.

아, 혹시 그 여자가 없어지기라도 했나? 현민의 얇은 입술 선이 사악하게 길쭉한 호를 그렸다. 이 정도 사소한 장난은 그동안 저에게 했던 일에 비하면 아주 귀여운 수준이었다.

"옆에 누군지 알면 어쩌게."

— 어디야. 당장 차 세우고 어딘지 말해.

아하. 역시 그 여자가 눈앞에서 사라진 모양이었다. 현민은 딸

깍 전화를 끊어 버리고는 도롯가에 차를 세웠다. 덥다며 옷을 벗어 던지고 브라만 입은 여자의 목을 끌어당겼다.

"살짝 장난 좀 쳐 볼까 하는데, 너 소리 좀 질러 봐."

말이 떨어지기가 무섭게 여자가 귀가 찢어져라 소리를 질렀다. 현민은 여자의 입을 틀어막았다.

"시발, 지금 말고, 차 출발하고 전화 다시 오면 그때. 아무 말도 하지 말고 그냥 소리만 질러. 알겠어?"

다시 전화가 왔다. 기분 탓인지 몰라도 강여준 세 글자에서 이제는 초조함이 보였다. 현민은 바로 차를 천천히 몰기 시작했다. 그리고 통화 버튼을 눌렀다. 눈으로 신호를 보내자 여자가 비명을 질러 댔다.

"얘가 살려 달라고 하는데 어쩔까? 또 이쪽으로 운전대 꺾어 봐?"

— 아니지. 옆에 최영진 아니야.

천하의 강여준이 동요하는 걸 다 구경하게 될 줄이야. 현민은 여자의 비명 소리만큼 크게 웃으며 액셀러레이터를 세게 밟았다. 엔진이 크게 울리는 느낌을 즐기며 규정 속도를 넘어 차 사이를 질주했다.

"뭐, 너 좋을 대로 생각해라. 얌전히 좀 놀다가 데려다 놓을 테니까 너무 걱정은 말고."

전화를 끊는데 온몸에 희열이 들끓었다. 유치하게 이런 장난에 기분이 좋아지다니, 정말 갈 데까지 갔구나, 강현민. 자조하면서도 강현민은 즐거운 기분을 숨길 수가 없었다. 다시 여자의 팔을 잡아당겨 사타구니로 가져갔다.

"야, 소리 그만 지르고 잘 주물러 봐."

여자가 말을 잘 들으며 아래서부터 위로 힘을 주며 세게 훑어 올렸다.

"좀 더 벌려 봐요, 사장님."

귓가에 바람까지 집어넣는데 결국 참지 못하고 속옷과 바지 속에서 그대로 사정했다. 그리고 강여준에게 다시 전화를 걸었다. 한 번 싸지른 직후라 탈력감에 숨이 찼다.

"청담으로 와. 어딘지 알지?"

— 거기서 딱 기다려, 이 개새끼야.

속으로 무시하면서도 꼬박꼬박 존댓말이더니 반말에 욕설까지. 아마도 강윤주의 사고와 동일시되어 제정신이 아닐 거다. 얼마나 우스운 얼굴을 하고 있을지 그 낯짝이 궁금해졌다.

현민은 남은 술을 한 번에 털어 넣었다. 취기가 올라 기분이 끝내준다.

○ ◐ ●

"거기서 딱 기다려, 이 개새끼야."

여준의 목소리가 음산하게 빈집에 울렸다. 집 안에 난방을 해 두어 분명히 따뜻한 기운이 도는데 몸이 떨리고 있었다. 이 느낌이 틀리길 바라지만 강현민의 몽롱한 음성을 듣자마자 손에 땀이 차고 귓속에 이명이 울렸다.

전화를 끊은 여준은 석상처럼 가만히 서 있었다. 생각을 정리하기 위함이었다. 그러나 곧 주먹을 쥔 손이 부르르 떨리며 걷잡을 수 없이 화가 치솟았다. 불안감도 주체할 수 없이 커졌다. 목구멍까지 치밀어 오르는 더러운 욕설을 집어삼키느라 이를 악물었다.

숨을 고른 여준은 문 실장에게 연락했다.

"문 실장님. 강현민 차 위치 추적해 주세요. 그리고 최영진 동선 체크도 해 주시고."

거듭 냉정하고 차분해지려고 애써 보지만 최영진이 사라졌는데 그런 게 가능할 리가 없었다. 가슴팍에 있던 꽃다발은 이미 바닥에 떨어진 지 오래였고, 아이스크림을 담은 봉투도 발치에서 아무렇게나 뒹굴고 있었다. 머릿속이 뜨겁게 달아올랐다가 다시 차갑게 식었다.

생각을 해 보자. 하나, 최영진이 어떤 이유에서든 강현민의 차에 올라탔을 리가 없다. 또 하나, 최영진은 겁에 질려도 소리 지르는 대신 차분히 계산하고 해결책을 먼저 찾을 사람이다.

하지만, 제아무리 야무지고 똑똑한 최영진이라도 강현민이 완력을 사용했다면 이야기가 달라진다. 비명을 지른 목소리가 최영진이 아니라는 확신이 서지 않았다. 최영진이 그렇게 찢어져라 비명을 지르는 걸 들은 적이 없었다.

— 상무님, 강 부사장님이 소유하고 있는 차량 중 한 대가 영동 대교 방면으로 달리고 있습니다.

문 실장이 강서원과 강현민이 동시에 소유하고 있는 이탈리아제 차량의 모델과 위치를 보고했다. 차 위치는 강현민이 알려 준

곳과 동일했다.

— 번호판 식별 불가능하고, 시속 100킬로미터로 앞차 추월하면서 달리고 있다고 합니다. 차량 유리가 검게 도색되어 동승자 확인 불가능합니다. 그리고 최영진 차장님, 댁에 들어가신 후에 같은 차량이 주차장으로 들어갔습니다. 역시 번호판 식별이 불가능합니다.

"이런 미친 새끼들."

둘 다 번호판 식별이 불가능하도록 반사 스티커를 부착해 놓은 것이다.

"시간은요."

여준은 주먹을 움켜쥐며 두 가지 가능성을 체크했다.

— 차량이 주차장을 빠져나간 시각, 그리고 현재 올림픽 대교 달리는 시간 차이가 거의 일치합니다.

"알겠습니다. 일단 최영진 집에서 출발한 차량 어디까지 갔는지 계속 추적해요."

여준은 미친 사람처럼 달려 자신의 빌라로 갔다. 자동차 키를 집어 들려는데 손이 떨려 자꾸만 미끄러졌다. 손가락에 힘줄이 모조리 잘려 나간 것처럼 겨우 스마트키 하나를 잡아 들 수 없었다.

"정신 차려, 강여준."

주문을 외우듯 스스로를 다독여 보지만 손은 여전히 떨렸다. 손뿐이 아니라 독한 한파를 맞은 것처럼 온몸이 덜덜 떨리고 있었다.

최영진이 잘못될 수도 있다는 공포가 격한 분노를 불러왔고,

결국 여준은 멀쩡한 손에 자해까지 했다. 벽을 수십 번 내리치고 나서야 통증이 느껴졌고 그제야 자동차 키를 잡아 들 수 있었다.

그리고 주차된 독일제 차량에 올라탔다. 최영진을 데려간 사람이 강현민일 확률과 강서원일 확률은 반반이었다. 강서원이 데려 갔다면 골치는 좀 아프겠지만 위험하지는 않았다. 강현민이 데려 갔다면, 정말 그 비명 소리의 주인이 최영진이라면, 생각하기도 싫다.

여준은 강현민이 자주 가는 청담동 클럽으로 차를 몰았다. 애초에 이 자식을 멀쩡히 살려 두는 게 아니었다. 슬금슬금 건드리는 대신 한 번에 보내 버렸어야 했다. 머리 굴리고 생각할 여유를 주지 말았어야 했다.

청담동 입구로 들어서는데 강현민에게서 다시 연락이 왔다.

— 아, 술을 좀 마셨더니 갑자기 질주 본능이 나를 깨우네?

"너 이 새끼, 거기 가만히 있으라고 했어."

여준은 일방적으로 전화를 끊어 버리고 대로변을 지나쳐 고급 클럽이 있는 한적한 골목으로 들어섰다. 평일이라 사람이 많지 않았으나, 외제차가 곳곳에 주차되어 있었다.

잔뜩 흥분한 상태의 여준은 대충 차를 세우고 문을 열었다. 몸에 열이 들끓고 있는 탓에 눈 속까지 홧홧했다. 밝은 빛의 간판이 눈을 찔렀다. 술을 잔뜩 마시고 일어난 것처럼 눈앞이 아찔했다. 쓰러지지 않으려고 몇 분 동안 미동도 하지 않고 정신을 차리는 데에만 집중했다.

눈을 깜빡거리며 시선을 정돈하고 정신을 차린 여준은 조수석에 놓아둔 전화기를 챙겼다. '어머니'라고 저장해 둔 번호로 부재 중 전화가 세 통이나 와 있었다. 전화가 오는 줄도 모르고 있었다니. 곧 전화기가 다시 울렸다.

"어머니."

조명희 이사장의 목소리 대신 떨리는 숨소리가 들려왔다. 목소리를 듣지 않았지만 최영진이었다. 분명히 최영진이다.

"최영진! 어디야, 너!"

감사합니다, 감사합니다. 종교 같은 건 가져 본 적이 없는 여준은 어디에 있고, 누군지도 모를 존재를 향해 끊임없이 감사의 말을 중얼거렸다.

— 너희 집이야. 내가 자발적으로 왔어. 너는 어디야!

최영진이 무사하니 됐다. 이제 됐다. 다행이다.

"정말 미치는 줄 알았어. 네가 어떻게 됐을까 봐. 정말 미치는 줄 알았어."

— 나 괜찮아, 너희 집에 있을 테니까 진정하고 천천히 와. 아니면 문 실장님 불러서 같이 와. 그래, 그게 낫겠다. 문 실장님한테 연락할게. 위치가 어디야?

이제 강현민에게는 볼일이 없어졌으니 서둘러 다시 시동을 걸었다.

"최영진, 나 진짜 미치는 줄 알았어. 무서워서 돌아 버리는 줄 알았다고."

무사하다는 걸 알면서도 심장이 제멋대로 뛰어 댔다. 가슴이 터질 것 같다. 지금 이 말을 하지 않으면 정말 가슴이 터져 버릴 것 같았다.

"듣고 있어? 듣고 있냐고. 난 진짜 멍청한 새끼야. 너를 정말
사⋯⋯."

박현아 관장의 부친이 했던 말처럼 '옌장, 빌어먹을' 이다. 누
군가 뒤에서 차를 들이받았다. 얼마나 세게 들이받았는지 건물 외
벽에 차가 꽂혔지만 에어백이 터지지 않았다.

큰 충격에 골이 흔들렸고 갈비뼈가 죽을 것처럼 아팠다. 이마
가 터졌는지 눈썹과 눈 위로 피가 흘러내렸다.

— 여준 씨! 강여준! 여준아! 대답해! 대답하라고!

영진이 애타게 부르고 있었다. 얼른 대답을 해 줘야 하는데 숨
이 턱 하고 막혀 목소리가 나오지 않았다. 늑골에 금이 가거나 부
러지거나 둘 중 하나인데 색색거리며 숨이 새지 않는 걸 보면 심
한 부상 같지는 않았다.

여준은 어느새 끊어진 전화기를 주머니 속에 쑤셔 넣으며 밖으
로 나왔다. 예상한 대로 강현민의 차가 여준의 차를 뒤에서 들이
받았다.

길거리에 있던 사람들이 휴대폰으로 사고 현장을 찍어 대느라
정신이 없었다. 그러거나 말거나, 여준은 육중한 차체를 두드리며
강현민을 불러냈다.

비틀거리며 나오는 강현민에게서 지독한 술 냄새가 풍겨 왔다.
조수석에는 충격으로 널브러진 반라의 여자가 있었다. 그리고 우
연히 강현민의 바지 앞섶을 보다가 실소를 터트렸다. 무슨 짓을
했는지 앞쪽이 젖어 있었다.

여준은 두 번 생각할 것도 없이 곧바로 턱을 후려쳤다. 한차례 주먹질을 했던 터라 손마디가 욱신거렸다. 여준은 반쯤 풀어 헤쳐진 넥타이를 움켜쥐며 강현민의 목을 졸랐다. 그제야 사람들이 비명을 지르며 여준을 말리기 시작했다.

"강여준 씨! 정신 차려요! 여기서 사람 죽일 거예요?"

누군가가 여준의 손목을 붙잡으며 억지로 손을 떼어 내려 하고 있었다. 제이드였다. 이 자식이 왜 여기 있는지 모르겠지만 반갑지 않은 건 분명하다.

"이 새끼 죽이고 감방 가려고."

"그럼 영진은 어쩌고요. 제발 정신 차려요. 지금 강여준 씨 너무 무서워요. 영진이 도망칠 만큼 무서워 보인단 말입니다."

그제야 여준은 넥타이를 놓으며 옷을 털고 일어났다.

"병원에 가요."

제이드가 팔을 붙잡았다. 하지만 조금도 지체하고 싶지 않았다.

여준은 뒤 범퍼가 잔뜩 찌그러진 차를 몰고 본가로 향했다. 길이 엇갈릴까 봐 어머니에게 다시 전화를 했다. 아니, 최영진에게 했다.

— 강여준! 괜찮아? 어디야, 어디냐고!

"괜찮아, 멀쩡해."

손마디가 너덜거리고 갈비뼈도 몇 대 나간 것 같지만 괜찮았다. 최영진이 무사하니 괜찮았다. 당장 최영진을 만나야겠다.

여준은 크게 숨을 고르며 흥분을 가라앉히려 애썼다. 최영진은 무사하고 청담동도 문 실장이 잘 수습하고 있다고 했다. 하지만 차가 본가로 진입하자마자 심장이 다시 미친놈처럼 날뛰며 숨이 턱까지 차올랐다.

본채에 들를 정신도 없이 여준은 바로 별채로 향했다. 넥타이는 벌써 풀어 헤쳐 어디에 뒀는지 기억도 없었고, 목을 조이고 있던 셔츠 단추도 끌러 버렸다. 최영진이 무사하다는 걸 알지만 직접 눈으로 보기 전까지 안심이 되지 않아 속이 꺼멓게 타들어 가던 참이었다.

김 집사가 문을 활짝 열어젖히자 창백한 얼굴의 최영진이 고개를 빼꼼 내미는 게 보였다.

나쁜 상상을 하고 있었던지 꼭 감았던 눈을 슬금슬금 떴다. 얼굴과 셔츠 깃에 흐른 피를 보더니 숨을 집어삼켰다. 그러나 곧 닿을 듯 손을 뻗으면서도 가까이 다가오지 못하고 있었다. 낯가리는 아이처럼 쭈뼛거리는 모습에 가슴이 죄어들었다.

"나 괜찮아, 괜찮다고."

구둣발로 성큼 들어간 여준은 영진을 품에 꼭 끌어안았다. 맞닿은 심장이 펄떡펄떡 뛰고 있었다.

머리를 연신 쓰다듬으며 뺨에 키스를 하고 온기를 나누고 나서야 최영진이 겨우 입을 열었다.

"미안해, 정말 미안해."

사과할 사람은 정작 강여준 저였다. 이런 망할 집구석에서 태어난 강여준을 만나느라 아파하고 마음 졸이게 해 미안하고, 낯선 사람밖에 없는 이 집에 반강제로 끌려오게 해 미안하다고 백 번이고 천 번이고 사과해야 마땅했다.

"최영진이 왜 미안해."

"멍청하게 강서원을 따라오는 게 아니었는데. 강여준 식구들이 얼마나 못되고 이기적인 사람들인지 잘 알고 있는데 멍청하게 따라왔어. 미안해."

영진이 눈을 마주하지 못하고 떨리는 눈으로 애꿎은 셔츠 깃만 쳐다보고 있었다.

"그게 왜 미안해! 나 좀 봐 봐, 제발. 너 어떻게 되는 줄 알고 미칠 뻔했어. 너 집에 있다는 거 알고 있는데도 너무 무서웠어."

여준은 떨리는 숨을 삼켰다.

"너 이렇게 무사한 거 보고 있는데도 불안해. 너 없으면 나는, 못 살 것 같아."

잔뜩 쉬고 쥐어짜는 목소리가 흘러나왔다.

"사랑해, 최영진."

"응?"

영진이 눈을 빠르게 깜빡이며 되물었다. 이제는 수천 번이고 더 해 줄 수 있었다.

"너, 사랑한다고."

미친 새끼, 멍청한 새끼, 병신 같은 새끼. 이 한마디 하는 게 그렇게 어려워서 지금까지 애를 태웠나.

여준은 속으로 자신을 실컷 욕했다. 최영진은 너무나 과분한 상대였다. 한심하고 미련하고 아둔하기 짝이 없는 강여준에게 최영진은 차고 넘치는 사람이다. 그럼에도 불구하고 나는 너를 사랑한다. 그러므로,

"너 절대로 못 놔."

"누가 나 놓으랬어? 내가 언제 너 떠난다고 했냐고. 옆에 있겠다고 약속했잖아! 너 내가 하는 말 귓등으로 들었어? 그리고 이 피는 대체 뭔데!"

버럭 소리를 지른 영진이 바닥에 풀썩 주저앉았다. 픽픽 쓰러질 정도로 약한 사람이 아닌데. 생각할수록 화가 치밀었다.

억지로 최영진을 이 집에 데려온 강 회장과 강서원, 그리고 강현민의 손바닥 위에서 놀아난 저에게도. 여준은 영진의 겨드랑이에 팔을 껴 조심스럽게 일으켰다.

"그리고 너 손은 왜 이래?"

그제야 잔뜩 터지고 부어오른 손등이 눈에 들어왔다. 강현민에게 주먹질하고 다친 상처는 지금에 비하면 긁힌 수준이었다. 긴장이 풀리자 온몸의 통증이 일시에 몰려들었다. 어디 한 군데라고 정확히 짚을 수 없는 통증이 동시에 몸을 덮쳤다. 숨이 턱 막히며 눈앞이 흐려졌다.

"강여준! 정신 차려 봐! 왜 그래!"

시야가 핑 돌며 몸이 스르르 무너져 내렸다.

"여기요! 도와주세요!"

영진이 고꾸라지는 그를 받아 내다가 함께 바닥에 쿵, 하고 넘어졌다.

영진의 팔꿈치가 세게 바닥에 부딪히는 게 보였다. 저렇게 넘어지면 아플 텐데, 여준은 멀어지는 의식 사이로 영진을 염려하며 몸을 축 늘어뜨렸다.

○ ○ ●

　강여준은 가벼운 뇌진탕과 찰과상 및 열상 그리고 5번, 6번 늑골 골절 등의 진단을 받았다. 추돌 사고와 에어백 결함으로 입은 부상치고는 비교적 경상이었지만, 강여준은 제대로 정신을 차리지 못하고 하루에 열여덟 시간 이상을 잤다.

　피로 누적이라고 생각했지만 자는 여준을 억지로 깨워 뇌파 검사를 하고, 정신건강의학과 교수까지 찾아와 반강제로 심리 상담을 받게 했다.

　'윤주 보내 놓고 하루에 스무 시간 정도 잤다는 것 같아. 그때 의사들 말로는 현실 도피처로 잠을 선택했다고 했는데, 지금은 아니라고 하는구나.'

　여준이 억지로 상담을 받는 동안 밖에서 초조하게 기다리는데 조명희 이사장이 무심하게 툭 던지고 지나갔다. 살아남아야 해서 잊고 지냈다더니 죄다 거짓말이었다.

　입원 후 이틀이 지나자 점점 자는 시간이 줄어들긴 했지만 깨어 있어도 몽롱한 상태였다. 그래도 일어나면 몇 마디씩의 대화는 나눴다. 처음에는 심심하게 혼자 둬서 미안하다고 하더니 다음에는 간병하느라 고생시켜서 미안하다 하고, 그다음에는 출근해야 하는데 미안하다고 했다.

사흘째 밤에 눈을 떴을 때 영진은 여준이 사과를 하기도 전에 입술을 막아 버렸다. 수염이 까칠하니 올라와 따가웠지만 입막음으로 하기에는 나쁘지 않았다.

그리고 나흘째 아침, 여준이 입원한 재단 의료원이 발칵 뒤집혔다. 영진은 볼륨을 최대한 낮추고 뉴스 채널을 틀었다.

(속보) 디에스물산 강현민 부사장, 교통사고로 중태
  강차영 회장 차남 강현민 씨 교통사고. 척추 손상으로 전신 마비

강현민이 기어코 대형 사고를 쳤다. 술을 마시고 고속 도로를 달리다 중앙 분리대를 들이받아 차량이 전복되었다. 처참하게 뒤집히고 부서진 차량이 하루 종일 방송에 나왔다.

영진은 사과를 깎아 먹으며 새벽 시간이라 추가 피해가 없어 다행이라고 생각했다. 디에스그룹에서는 일부러 언론 보도를 통제하지 않는 것 같았다. 강서원 회장의 1차 공판을 앞둔 시점에 시선을 돌리기 좋은 주제였으리라. 가문에서 제명된 강현민의 쓸모는 여기까지였다.

"최영진."

부스스 잠에서 깬 여준이 저를 찾고 있었다. 영진은 얼른 채널을 음악 방송으로 바꾸었다. 디에스그룹의 비극이라는 제목으로 강윤주가 언급되고 있었기 때문이다.

"물 마실래?"

"괜찮아. 나 전화기 좀 줄래? 그리고 조금 전에 보던 채널로 돌려 줘."

누구와 통화할지 알 것 같아 탁자 위에 있는 전화기를 얼른 뒤로 숨겼다. 심하지 않은 부상이지만 안정을 취해야 했다.

그러나 강여준의 태도가 워낙 완강해 건네줄 수밖에 없었다. 영진은 여준의 손에 전화기를 쥐여 주며 눈을 흘겼다. 그러면서도 뉴스로 채널을 다시 돌렸다. 대신 강윤주를 언급하던 자극적인 채널은 건너뛰었다.

(속보) 전 디에스물산 강현민 부사장, 상태 위중

여준이 문 실장에게 보고를 들을 동안 영진은 먹고 있던 사과를 마저 깎았다. 강여준이 먹을 수 있도록 작게 잘라 접시 위에 살포시 올려 두었다가 통화가 끝나자마자 입에 넣어 주었다. 다 씹어서 넘기기도 전에 계속 입속에 넣어 주어도 잘 받아먹었다.

"이제 잠이 좀 깨?"

"응. 확 깼어. 강현민한테 내려가 보려고. 호흡기 떼기 전에 봐야지."

시트를 걷어 내고 자리에서 일어나는 강여준의 얼굴이 무표정했다.

같은 VVIP 병동이지만 집중 치료실은 한 층 아래에 있었다.

온갖 연명 치료 장치에 의존해 겨우 숨만 붙어 있는 강현민을 보는데 오직 한 사람밖에 떠오르지 않았다. 윤주.

여준은 결려 오는 옆구리를 잡으며 몸을 기울였다. 이제 사람의 것이라고 부르기도 힘든 강현민의 몸뚱이에서 독한 소독약 냄새가 났다. 눈이라도 뜨고 있었더라면 좋았을 텐데. 자동차가 전복된 순간에 의식을 잃어 아무런 고통도 느끼지 못했을 거라고 했다.

강현민에게 과분한 죽음이었다. 재산을 다 털어 내 완전히 무너지는 걸 보려고 했는데 이런 식으로 자기 인생을 말아먹을 줄이야.

"형님."

반응할 리가 없지만 여준은 가만히 불러 보았다.

"내 동생 죽이고 잘 먹고 잘 살았던 소감이 어떻습니까."

여준은 한쪽 입꼬리를 당기며 웃었다. 일정한 속도로 느리게 곡선을 그리던 심전도 모니터가 불규칙하게 날뛰기 시작했다. 목소리를 알아듣는 것 같다. 꺼져 가는 목숨을 붙잡고 화를 내고 있는 것 같기도 하다.

"살려 주세요, 해 봐."

기계에서 사나운 소리가 났다. 곧 의료진들이 다급하게 들어와 강현민을 살폈다. 심장 마사지라도 받을 줄 알았는데, 주사 하나에 곧 진정이 됐다. 생각보다 숨이 빨리 끊어지지 않을 수도 있을 것 같다. 누구에게도 말할 수 없지만 강현민이 고통스럽게 생을 연명하는 것도 나쁘지 않았다.

여준은 돌아서서 집중 치료실을 나왔다.

병실을 나설 때까지만 해도 사과를 알차게 깎아 먹고 있던 영진은 멜론 맛 아이스크림을 깨물어 먹고 있었다. 꼭 저렇게 크게 베어 물고는 입안에서 녹여서 먹는다. 하나를 먹어 치우는 데 세 입이면 충분했다.

성큼성큼 크게 걸어가 충동적으로 혀를 밀어 넣었다. 다디단 멜론 맛 키스가 코끝에 남아 있던 죽음의 냄새를 거두어 갔다.

허리를 붙잡고 더욱 깊게 파고들자 영진이 반쯤 남은 아이스크림을 바닥에 내던지며 여준의 목을 힘껏 끌어안았다. 가슴이 뻐근하게 당겼지만 이 순간을 놓치고 싶지 않았다. 작게 몸을 꿈틀거리니 영진이 입술을 떼며 가쁜 호흡을 정돈했다. 타액으로 번들거리는 입술을 제 혀로 다시 축이는데 그 사소한 행동마저 사랑스럽게 빛이 난다.

최영진과의 하룻밤이 아니었더라면 어떻게 됐을까, 생각해 본다. 집중 치료실에 누워 있는 사람이 강현민이 아니라 저가 됐을지도 모르겠다. 생모와 동생에 대한 끔찍한 죄책감, 강현민에 대한 증오, 키워 준 어머니에 대한 감정의 부채, 스스로를 갉아먹던 독한 감정의 틈바구니에서 저를 꺼내 준 최영진을 사랑한다.

"안 아파?"

영진이 제대로 손도 대지 못하고 안절부절 여준의 상태를 살폈다.

"안 아파."

"안 아프긴, 갈비뼈가 두 개나 나갔다는데. 절대 안정이라니까 좀 누워."

"난 정말 괜찮으니까 아이스크림이나 다시 꺼내서 먹어."

"아, 맞다!"

무언가 떠오른 듯 영진이 짝 하고 박수를 치며 느닷없이 눈을 흘겼다.

"우리 집 거실에 아이스크림 다 녹아서 냄새 진동했던 거 알아?"

아이스크림과 꽃다발을 잊고 있었다. 굳이 듣지 않아도 단내와 비릿한 연유 향이 진동하고 있을 집이 떠올랐다.

"냉동실에 아이스크림 챙겨 넣으면서 머리 좀 식혔으면 이렇게 안 다쳤을 수도 있잖아. 뭐가 급하다고 뛰쳐나와서 손등 다 깨지고 머리 깨지고 이마 깨지고, 갈비뼈 나가고."

팔이라도 찰싹 때리고 싶어 하는 게 눈에 보였지만 이마에 붙인 드레싱 밴드와 가슴을 동여맨 압박 붕대, 그리고 손등에 칭칭 감긴 붕대를 보고는 이내 손을 거두었다.

최영진이 아직도 잘 모르는 게 있다. 강여준은 최영진 앞에서는 절대 차분하고 침착해질 수 없다. 이성보다 감정을 우선하게 된다. 최영진 앞에서 강여준은 다분히 충동적이고 무모하며 통제가 불가능한 사람이 된다.

나를 사람이게 하는 너를 사랑한다.

아프고 다치고 부서지고 깨지고 나서야, 나는, 너를 결국 사랑하게 되었다.

에필로그

에필로그 1

조명희 이사장이 굉장히 화려한 곳으로 영진을 초대했다. 마치 유럽의 궁전을 연상시키게 하는 이곳은 무려 찻집이었다.

모델같이 생긴 남자들이 매의 눈으로 테이블을 보고 있다가 손짓 한 번에 우아하게 걸어와 주문을 받아 가거나 빈 크리스털 잔에 물을 채워 주고 갔다. 정말 배우가 아닌가 싶어 일하는 사람들 얼굴을 저도 모르게 흘끔거리게 된다.

"저 중에 관심 가는 사람 있어?"

조 이사장이 불퉁하게 묻는다. 이상하게 강여준을 대하고 있는 느낌이다.

"아니요. 강여준이 사람 보는 눈을 하도 높여 놔서 웬만한 사람은 눈에 들어오지도 않습니다."

영진은 입에 침도 바르지 않고 거짓말을 했다. 강여준이 예쁘고 잘생긴 건 알지만, 강여준과 다른 매력을 가진 사람은 참으로 많았다. 그리고 여기 와서 다시 한번 느낀다.

"여준이를 손에 올려놓고 쥐락펴락하는구나, 너."

"절대 아닙니다, 이사장님. 저는 피곤한 연애는 딱 질색이라서 밀당 이런 거 못합니다."

"그런데 왜 여준이하고 결혼 안 하니?"

다시 만난 지 얼마 되지도 않았는데 또 결혼 얘기라니. 강여준의 부모님이고 뭐고 성질대로 막나가고 싶지만 여태껏 강여준을 지켜 준 고마운 분께 그럴 수는 없었다.

"우리 애가 그렇게 모자라? 혹시 혼외……."

"네네, 혼자 있는 걸 좋아하는 은둔형 외톨이요."

혼외자, 혼외자 지긋지긋한 혼외자의 굴레에서 벗어나고 싶다. 지난번에 강여준이 데리고 간 식당도 그렇고, 도대체 고급스럽게 치장을 해 놓고도 자리는 왜 답답하게 다닥다닥 붙여 놓았는지 알 수가 없다.

"혼외자인 게 마음에 걸려? 아니면 부모님이 싫어하셔?"

"이사장님, 그런 말을 이렇게 공개적인 장소에서 하시면."

영진은 상체를 바짝 수그리고 목소리를 낮췄다. 이렇게까지 최영진을 쩔쩔매게 하는 사람도 드물었다.

"여기 있는 사람들 중에 여준이가 혼외자인 거 모르는 사람 없어. 그리고 난 그게 절대 여준이 흠이 될 수 없다고 생각하고. 회장님 입장에서는 그게 약점이라고 여겨질 수도 있겠지만, 난 여준이 내 자식으로 받아들인 그 순간부터 내 배 아파 낳은 친자식이

라 생각하고 키웠어. 이렇게 공개적인 자리에서 말하는 걸 꺼려
할 정도로 혼외자라는 게 그렇게 큰 약점이야?"

그런데 네가 뭔데 내 자식을 거부하고 있느냐, 이 뜻으로 들렸다.

"약점 아닙니다. 약점이 된다면 회장님의 약점이지 강여준의
약점이 될 수 없습니다. 강여준은 그냥 강여준이니 저한테 그런
거 전혀 중요하지 않습니다."

"그럼 대체 왜. 성격이 모나서?"

"아시는지 모르겠지만 강여준은 저한테 멜론 아이스크림 같은
사람입니다."

잘 이해하지 못하겠다는 듯 조 이사장이 이맛살을 찌푸렸다.
이렇게까지 부연 설명을 해야 하나 싶기도 하지만 설득하려면 어
쩔 수 없었다.

"그러니까 너무 달달하고 맛있어서 먹고 있어도 계속 먹고 싶
고, 떨어지지 않게 계속 채워 넣어서 실컷 먹고 싶은 사람이요."

분명히 아이스크림에 비유해서 달달한 사람이라고 말했을 뿐인
데, 조 이사장이 귓불을 붉히며 헛기침을 했다. 대체 무슨 상상을
하기에.

"아들의 성생활까지 알고 싶지는 않구나."

"이사장님, 아니 그게 무슨 말씀!"

이제는 영진이 귀를 붉힐 차례였다. 저가 한 말을 다시 곱씹어
보니 성적인 표현으로 들렸을 수도 있겠다고 생각했다.

"전 아이스크림에 비유해서 강여준이 아주 달달하고 다정한 사
람이라는 걸 말씀드린 겁니다."

"하긴, 요즘 여준이가 이중인격이 아닌가 생각할 때가 있어. 자랄 때부터 지금까지 한결같은데 영진이 너하고 있으면 사람이 달라지는 것 같거든."

그건 저도 종종 생각하는 바였다. 하지만 강여준이 이중인격이라서가 아니라 그저 사람을 가리는 것뿐이었다. 강요한과 강서현 그리고 남동생 최해진을 대할 때도 제법 살갑고 다정했다.

"아무튼 그게 문제가 아니고, 결혼은 언제 할 거야."

"저보다는 강서원 부회장님 재혼을 먼저 시키시는 게 빠를 것 같습니다."

여준이 그놈도 같은 소리를 하더니 너도 똑같구나, 답답하고 느린 게 아주 닮았어. 라고 못마땅한 듯 말하고는 갑자기 클러치 백에서 황금색 봉투를 꺼냈다. 아, 또 돈 봉투인가. 결혼할 생각이 없다면 먹고 떨어져라 이건가.

"오페라 티켓인데 둘이서 봐. 오페라 좋아해?"

아, 너무 앞서갔다. 하지만 오페라를 좋아하지 않는다. 차라리 아이돌 공연 티켓을 줬더라면 더 고마웠을 텐데.

"이거 보면서 잘 생각해 봐."

결국 오늘 대화의 주제는 결혼이었다. 머리가 아프다.

○ ◑ ●

"어머니 만났다며."

오늘도 늦은 시간에 퇴근한 여준이 샤워를 하고 나와 인상을 찌푸렸다. 오늘도 드로어즈밖에 입지 않았다. 시카고에서는 배스로브를 자주 입어 들추고 벗기는 재미가 있었는데, 속옷 차림으로 돌아다니는 게 이제 일상이 되다 보니 소소한 즐거움이 사라졌다.

"어, 차 마셨어."

"다행이네."

잘했다는 말도 아니고 다행이네?

"뭐가 다행이야."

"탁자 뒤집어엎었다는 말은 없는 거 보니까 돈 봉투 들이미신 건 아닌 것 같아서."

정말 기억력이 무섭도록 좋은 사람이다. 영진이 했던 말을 너무나 세세하게 기억해서 놀랄 때가 한두 번이 아니었다.

"그래, 뭐 다행이라면 다행이지. 오페라 티켓 주시더라. 강여준 지정석이 있다며?"

"응, 있는데 딱 한 번 가 봤어."

영진이 눈을 세모꼴로 만들며 침대에 앉아 있는 여준을 덮쳤다.

"어떤 여자랑?"

"어머니."

"착하다, 내 남자."

영진은 엉덩이를 토닥이며 여준의 드로어즈를 벗겼다. 여준이 허리를 들어 주어 벗기기가 수월했다.

키스를 하는 줄 알았는지 여준이 팔을 길게 뻗으며 얼굴을 감쌌지만 영진은 아래로 내려가 여준이 다리 사이에 바짝 몸을 낮추고 엎드렸다. 여준이 당혹스러운 얼굴로 몸을 일으켰지만 가슴 팍을 밀어 내자 쉽게 뒤로 넘어갔다. 당황한 기색이 너무나 또렷 해 멈춰야 하는지 잠시 고민했다.

"싫어하잖아. 억지로 해 줄 필요 없어."

그러나 몸이 먼저 반응해 조금씩 커지며 일어나고 있었다. 영 진은 바짝 일어선 몸을 크게 훑어 올리고는 곧바로 고개를 숙였 다. 뭉뚝한 끄트머리에 혀를 살짝 댔다가 앞니로 살짝 깨물었다. 여준은 튀어 오르려는 몸을 꾹 누르며 억눌린 신음을 뱉었다.

"소리 내 줘."

"미치겠네. 너 갑자기 왜 그래."

"어, 말할 정신이 있나 보다."

영진은 예고도 없이 커다란 몸을 입속에 집어넣었다. 깊게 삼 킨다고 했는데 반도 들어가지 않았다. 그래도 볼 끝으로 살짝 기 울여 아이스크림을 녹여 먹듯이 혀를 굴렸다.

"무릎 구부리고 다리 좀 벌려 줘, 강여준."

긴장한 여준의 하체가 단단해지며 근육이 튀어나왔다. 영진은 한 손으로는 성기의 아랫부분을, 그리고 남은 한 손으로 허벅지 사이를 쓰다듬으며 여준을 한계까지 밀어붙였다.

여준이 어느새 상체를 일으켜 영진이 입으로 해 주는 광경을 물끄러미 지켜보고 있었다. 시선이 느껴져 고개를 드니 강여준의 색정적인 얼굴이 시야를 가득 채웠다.

그가 아무것도 하지 않았음에도 다리 사이가 축축하게 젖어 들 어가고 있었다. 여준의 몸을 만지고 있지 않았더라면 아래로 손을 뻗어 저 스스로 만질 뻔했다.

여준은 밭은 숨을 뱉어 내며 때때로 묵직한 신음성을 냈다. 나지막한 신음이 육식 동물이 그르렁거리는 소리와 흡사했다. 혀끝으로 말간 액체가 느껴지고 여준의 하체가 더욱 긴장했다.

영진은 머리를 더욱 열심히 움직이며 여준이 절정에 달할 수 있게 더욱 자극했다. 윽 하고 여준이 다리 사이를 좁히고는 얼른 영진을 일으켰다. 입안에 사정하지 않도록 배려하며 영진의 손을 자기 손과 겹쳐 위아래로 훑었다.

여준의 이마와 관자놀이에 핏줄이 바짝 일어남과 동시에 여준은 길게 사정을 했다. 깊은 여운을 느낄 새도 없이 여준이 키스를 할 듯 얼굴을 끌어당겼다.

"나 방금까지 네 거 입에 물고 있었어."

"문제 있어?"

땀에 젖어서 진지하게 물어 오는데 도저히 문제가 있다고 할 수 없어 고개를 가만히 저었다.

"없어."

여준이 허리를 끌어당겨 자기 몸 위에 앉히며 입술을 열었다. 양치를 하고 난 여준에게서 박하 향이 났다.

에필로그 2

금요일 저녁. 둘은 영화를 보고 나오는 길이었다. B급 히어로물 영화를 본 감상을 열심히 토해 내는데 강여준의 휴대폰이 진동했다. 금요일 이 시간에 강여준에게 전화를 할 사람이 없는데. 영진은 불쾌한 느낌에 걸음을 멈추고 여준의 표정을 살폈다.

"알았습니다. 바로 갈 겁니다. 그 이야기는 회장님과 직접 할 테니까 그만하시고."

끔찍한 내용의 통화를 하는 사람치고는 무척이나 평온해 보이는 얼굴이었다. 주변이 왁자지껄했지만 통화 내용을 다 알아들었다.

영진은 말없이 손을 내밀었고 여준이 그 손을 꽉 붙잡았다. 통제 범위를 벗어난 분노로 강여준의 몸이 떨리고 있었다.

강현민은 쉽게 죽지 않았다. 잘 버티는가 싶었는데, 뇌사 상태에 빠졌고 한 달가량 연명 치료 중이었다. 강 회장은 억지로 생명을 유지하는 것이 무의미하다는 결론을 내렸다. 그리고 즐거운 금요일 저녁, 비서를 시켜 강여준에게 직접 제 형의 호흡기를 뗄 생각이 있는지 물었다.

"강 회장님, 네 아버지가 너무 상식 밖이라 할 말이 없다."

"왜. 나는 너무 아버지다워서 놀랍지도 않은데."

강여준의 집으로 돌아와 검정색 원피스를 챙겨 입은 영진은 검정색 타이를 골라 여준의 목에 둘러 주었다. 타이를 매는 내내 저를 향한 시선이 떨어질 줄 몰랐다. 천천히 타이를 매듭 진 영진은 발끝을 들어 여준의 이마에 키스를 했다. 딱히 할 말이 떠오르지 않는다.

강여준은 슬퍼하지도 않았고, 그렇다고 기뻐하지도 않았다. 그래서 위로를 할 수도, 함께 기뻐하며 방방 뛸 수도 없다.

복잡한 심경을 숨기며 기사를 불러 재단 의료원으로 향했다. 문 실장은 휴가로 자리를 비운 상태였다. 재단 의료원에 도착하니 집중 치료실에 최 회장과 조명희 이사장 그리고 강서원 부회장이 강현민을 둘러싸고 있었다.

"여준이 네가 호흡기 뗄 테냐?"

최 회장의 목소리에 소름이 돋았다. 아들의 호흡기를 뗄 사람으로 아들을 지목했다. 과연 정상적인 사람이 할 수 있는 짓인가.

"됐습니다. 의료진이 하게 하세요."

부자의 대화가 삭막해서 무섭기까지 했다. 같은 감정을 느꼈는지 강서원 부회장이 눈을 찌푸리고 있었다. 눈이 마주치자 제 감정을 알아 달라는 듯 한숨을 푹 쉰다.

결국 지켜보고 있던 의료진이 치료실로 들어왔다. 그리고 덤덤

한 음성으로 연명 장치를 제거하겠다고 보고하며 곧바로 차가운 기계들을 하나씩 떼어 냈다. 느리게 물결을 그리던 심전도 모니터의 곡선이 점점 작아지더니 마침내 날카로운 소리를 내며 강현민의 죽음을 알렸다.

의사가 사망 선고를 내리는 동안 누구도 동요하지 않았다. 열 달을 배 속에서 키우고 37년을 키운 아들을 보낸 조명희 이사장 역시 눈물 한 방울 흘리지 않았다.

언론사에 자료가 배포되었으나 조문은 받지 않는 것으로 했다. 강현민의 처와 딸 그리고 디에스그룹 직계와 방계 가족들만으로도 장례식장은 붐볐다.

장례식 준비가 진행되고 고용인들이 강여준에게 삼베 완장을 채워 준다. 여준은 국화꽃 더미 중간에 놓인 영정 사진을 쳐다보지도 않았다.

조문객이 된 예의로 절을 하려고 했으나 고용인들은 오히려 영진에게 리본을 달아 준다. 강제로 며느리 행세를 하게 생겼다. 이 분위기에서 이 집 며느리가 될지 아직 결정하지 못했다고 패악을 부릴 수도 없는 노릇이었다. 무거운 한숨과 함께 조명희 이사장을 찾았다.

"이사장님."

조 이사장은 가만히 앉아 있었다. 슬픈 기색도 없었다. 그렇다고 홀가분해 보이지도 않았다. 가면을 쓴 것처럼 아무런 표정이 없었다.

"너는 언제까지 이사장님이라고 부를 거니. 이 정도면 이제 우리 집 식구야."

이사장이 영진의 머리에 꽂혀 있는 삼베 리본을 가리켰다.

"지금 모인 식구들 중에서 너한테 이질감 느끼는 사람이 아무도 없어. 심지어 네 고모할머니는 식 언제 치를 건지 물어보시더라."

제 고모할머니가 아닌데요. 영진은 속으로만 생각했다. 뭐 씹은 얼굴로 가만히 서 있는데 조 이사장이 아들의 영정 사진으로 슥 시선을 옮겼다.

"차라리 낳지 말 걸 그랬나."

회한이 서린 음성에 코끝이 조금 찡하다.

"후회해 봤자, 어차피 벌어진 일. 네 시아버지는 내심 여준이가 호흡기 떼기를 바라셨는데 네 눈치 살피면서 더는 아무 말씀 안 하신 거, 눈치챘니?"

"아니요, 이사장님. 그리고 제 시아버지가 아니세요, 아직은."

"아직은이라고 여지를 남기긴 하는구나. 부모님하고 동생은 오시지 말라고 해. 호상도 아니고, 내용 다 알고 계시는데 우리 얼굴 보기 민망하실 거다. 나도 그렇고. 상견례 전에 한번 뵀으면 한다고 전해 드리고."

이쯤 되니 영진은 더는 항변을 할 수 없게 됐다. 모르겠다. 어떻게든 되겠지. 될 대로 되라는 심정으로 고개를 끄덕이고는 여준을 찾아 나섰다.

강여준은 상주 자리를 당연히 지키지 않았다. 장례식장 입구에서 담배꽁초를 쳐다보다가 발로 차는 여준이 보였다.

"하나 주워서 피울 기세다?"

"나 딱 한 대만 피우면 안 될까."

여준은 술을 마시거나 피곤할 때마다 피우던 담배를 아예 끊어 버렸다. 잘 참는가 싶었는데 오늘은 도저히 안 되겠는 모양이다.

영진은 멀찍이 서 있는 문 실장에게 다가가 담배와 불이 있는지 물었다. 커피를 마시고 있던 문 실장은 무언가 켕기는지 여준의 눈치를 살피며 주머니에 손을 넣었다 뺐다, 연신 불안하게 행동했다.

"계속 안 피우고 있다가 오늘 처음으로 피웠다고 좀 전해 주십시오, 차장님."

"아, 문 실장님도 금연 중이셨어요?"

문 실장이 침통한 표정으로 고개를 끄덕였다.

"사실 상무님 금연하신다고 해서 저도 같이하겠다고 말씀드렸는데, 지키지도 못할 약속을 드린 것 같아서 죄송스럽습니다."

이 담배 하나가 대체 뭐라고 큰 배신이라도 저지른 사람의 얼굴을 하고 있는지. 문 실장의 충정에 새삼 감탄하며 그가 건넨 담배와 라이터를 챙겼다.

"자, 여기."

담배를 입에 문 여준은 불을 붙이길 망설였다. 몇 번이나 손을 가져갔다가 다시 내리기를 여러 번. 지켜보기 답답해진 영진은 불을 아예 빼앗아 담배에 가져갔다. 그러나 여준이 몸을 뒤로 물렸다. 피우겠다는 건지 안 피우겠다는 건지 알 수가 없다.

"지금 나랑 장난하자는 거지. 아무리 문 실장님이라지만, 남한테 이거 빌리는 게 쉬운 일인 줄 알아?"

새치름한 말투에 여준이 픽 하고 웃더니 불을 문 실장에게 돌려주고 돌아왔다.

"너한테 담배 냄새 풍기고 싶지 않아서."

"착하다, 강여준. 그런데 아예 처음부터 안 물어봤으면 내가 덜 창피했을 텐데."

피가 섞인 가족들 때문에 여전히 고통받는 강여준을 보는 속이 쓰려서 미치겠다. 그래도 기분을 환기시키고자 일부러 더 톡톡 쏘아붙였다.

"최영진. 영진아."

낮은 음성으로 여준이 저를 부르고 있었다.

"응. 어떻게 해 줄까. 내가 어떻게 해 줬으면 좋겠어?"

"결혼해 줘."

"장례식장에서 퍽이나 로맨틱한 소리 하고 있다, 정말."

눈을 흘기는데 갑자기 코끝이 찡해졌다. 강여준의 눈이 벌겋게 충혈되어 있었다. 또 먼저 보낸 제 동생을 생각하고 있는 것이다.

"그거 빼고 다른 거."

"그럼 나 좀 안아 줄래."

"백 번 안아 줄게."

커다란 몸을 품에 보듬어 안고 강여준의 오래된 슬픔을 달래 주었다.

"이제는 다 털어 버리자."

"응. 고마워."

"나 그 소리 별로 안 좋아하는데."

"사랑해."

몸을 축 늘어뜨린 여준이 목덜미에 대고 간지럽게 속삭였다.

"그래, 나도 사랑해."

○ ◐ ●

강현민의 장례식이 끝나고 평온한 일상이 돌아왔다.

강서현은 오늘도 강여준과의 연애에 무한 참견 중이었다. 저나 잘할 것이지. 갈매기살집에서 열심히 고기를 굽고 있는 제 사촌 오빠에게 끊임없이 잔소리를 하며 별로 세지도 않은 술을 끊임없이 들이붓고 있었다. 제 뒷감당을 최해진에게 시키겠다는 거다. 제 몸을 온전히 맡길 정도로 의지하고 있지만, 저 둘은 사귀는 것도 아니고 사귀지 않는 것도 아닌 애매한 관계였다.

"언니, 우리가 사귀면 반대할 거죠."

"아니."

왜 그런 생각을 하지? 영진은 잘 구워지는 고기를 쳐다보며 대충 대답했다.

"겹사돈이 될 수도 있는데, 그래도 괜찮아요?"

"겹사돈이 될 가능성이 낮은데 상당히 앞서 나간다, 너? 야, 최해진. 너 서현이하고 결혼하고 싶어?"

"미래를 어떻게 알아. 사귀다 보면 결혼하고 싶은 생각이 들수도 있고 아니면 헤어질 수도 있는데."

강서현이 젓가락을 냅다 집어 던졌다. 철제로 된 둥그런 탁자에 젓가락이 마구 나뒹굴었다. 나무 탁자였으면 꽂혔을 수도 있겠다.

"어쩌면 남매가 이렇게 똑같을 수가 있지? 독신주의자도 아니면서 왜 이렇게 결혼에 회의적이지?"

강서현이 뿜어내는 분노에 남매는 흠칫 놀랐다. 고기를 굽는 여준은 크게 놀라는 기색이 없었다.

"강여준, 얘 좀 말려. 좀 있으면 또 고래고래 욕하겠어. 내 인생관에 왜 저가 참견을 하고 화를 내냔 말이야."

영진은 엄마에게 이르는 애들처럼 여준의 팔을 붙잡고 하소연을 했다.

"사실 나도 이 집게를 던지고 싶은 심정이긴 해. 그런데 난 서현이와 다르게 침착한 사람이고, 최영진을 언제까지고 기다릴 각오가 돼 있으니까 참고 있어. 그리고……."

뭔가 더 할 말이 있는 것처럼 애매하게 말을 끊고는 다 구워진 고기를 불판 끄트머리로 옮겼다. 그리고 강박증 환자처럼 열을 맞춰 붉은색 고기를 올렸다.

"야, 최해진. 고기 네가 구워. 맨날 나이 많은 형님이 구워야겠어?"

"나이가 많기는. 누나보다 어린데."

허공에서 주먹질을 하니 해진이 말을 멈추고 얼른 집게를 들어 자리를 옮겼다. 갈매기살 5인분을 구워 낸 여준이 드디어 자리에 앉으며 한숨 돌렸다.

"이제 앉았으니까 하던 말 좀 마저 해 줄래?"

"그리고 서현이하고 해진이 사귀는 거 나는 반대야."

"오빠! 도대체 왜! 요즘 같은 세상에 겹사돈이 무슨 흉이라고. 거기다 우린 친형제가 아니라 사촌이야."

"그래서 족보가 더 꼬이잖아. 차라리 친형제면 정리하기가 더 쉬운데."

여준은 자리에 앉아서도 영진을 챙기느라 바빴다. 식은 고기는 데워서 접시에 놓아 주고, 태운 부분은 가위로 잘라서 쌈을 싸 주기도 했다. 이렇게 섬세하게 잘 챙겨 주는 남자라는 걸 시카고에 있을 때는 미처 알지 못했다.

"시카고에서 지금 하는 만큼의 반만 했어도 오빠는 벌써 언니랑 결혼해서 애까지 낳았을지도 몰라."

마치 제 생각을 읽은 것처럼 강서현이 칭얼거리는데 소름이 오소소 돋았다. 저게 독심술을 하나, 아니면 궁예처럼 관심법을 할수 있나. 여준의 귀에 대고 속닥거리니 웃음을 터트렸다.

웃고 떠드는 와중에 불판의 뜨거움을 감당하지 못해 해진은 줄줄 땀을 흘리고 있었다. 에어컨이 아무리 세게 돌아가도 소용이 없었다. 서현이 벌떡 일어나더니 자기 손수건으로 땀을 톡톡 닦아주고 있었다.

"둘이 애매하게 벌써 몇 달째냐. 쓸데없는 고민 하느라 시간 낭비하지 말고 그냥 사겨."

"난 반대야."

영진은 집어 들려던 고기를 반쯤 던지고는 젓가락도 탁 내려놓았다. 별안간 굳어진 영진의 얼굴에 다들 긴장했다. 사나운 고양이처럼 계속 싸움을 걸어오던 서현이 눈치를 살피며 시선을 피했다.

"강여준. 나랑 밖에서 얘기 좀 해."

덩달아 굳어진 얼굴로 여준이 뒤따라 나왔다.

"나한테 하고 싶은 말 다 해 봐."

"무섭게 갑자기 왜 이러는데."

여준이 제 손을 끌어당기며 강하게 붙잡아 깍지를 꼈다. 풀어지지 않을 것처럼 손가락 열 개가 촘촘하게 맞닿았다.

"이런 기회 또 없으니까 하고 싶은 말 해. 다 들어줄게."

깜깜한 밤하늘을 보며 크게 심호흡을 한 여준이 머리를 숙여 영진의 눈을 마주했다.

"정말 사랑해. 사랑한다는 말보다 더 사랑해. 이보다 더 적절한 단어가 있으면 좋겠는데, 사랑해."

"또."

영진의 얼굴에 슬금슬금 웃음이 피어났다.

"너 없으면 나는 못 살아. 그러니까 무슨 일이 있어도 떠나지 마. 등 돌리지도 말고. 이건 부탁이야."

"또. 다른 할 말 없어? 말하고 싶어서 미치겠는데 못 하고 있는 말."

제 의중을 떠보려는 듯 한참을 말없이 쳐다보더니 마침내 큰 결심을 하고 다시 입술을 열었다.

"결혼하자."

그 순간 시끄러운 골목에 둘만 남은 듯 정적이 흘렀다. 정말 사위가 조용해졌는지, 사실은 시끄러운데 모든 소리가 차단된 것처럼 느껴진 건지는 모르겠다.

한 가지, 강여준이 숨 쉬는 법을 잊은 사람처럼 미동도 없이, 눈도 깜빡이지 않고 대답을 기다리고 있는 것만 보였다.

"응. 하자. 결혼."

숨죽이며 기다리던 여준의 입에서 낮은 웃음소리가 흘러나왔다. 강여준이 고개를 숙이더니 커다란 제 손으로 눈을 가렸다.

"설마 우는 거 아니지?"

키가 큰 남자가 고개를 숙이며 몸을 떨고 있고, 뜨거운 열기에 얼굴이 벌게진 여자가 그 남자의 등을 토닥이는 모습은 사람들의 시선을 끌었다.

고개를 든 여준의 얼굴에 웃음이 가득했다. 이렇게 행복한 얼굴로 웃는 강여준을 본 적이 없다. 그저 행복해 보였다. 그 외에 다른 감정은 읽히지 않았다. 아마 저도 이렇게 웃고 있을 것이다.

"사랑해, 최영진."

여준이 영진의 팔을 부드럽게 붙잡아 자기 품에 끌어당겨 안았다.

"세상을 다 주고 싶은데 아직까지 그럴 능력은 없고. 열심히 벌어서 다 줄 수 있도록 해 볼게."

뜨거운 여름밤, 시끄러운 골목길. 로맨틱하지 않은 장소에서 로맨틱하지 않은 사랑 고백을 들었다. 그러나 숨 막히게 뜨거운 한여름의 텁텁한 공기조차 사랑스럽다.

— *Fin*

작가 후기

안녕하세요, 이윤이입니다. 복숭아농장이라고도 합니다.

후기라는 것이 상당히 쑥스러워서 생략할까 생각했지만, 연재하는 동안 소중한 댓글 주신 독자님들께 감사드리고자 용기를 내 보았습니다.

흔해 빠진 소재로 시작한 이 글이 과연 재미가 있을까 고민을 하며 한 글자 한 글자 적다가 연재를 결심하게 됐습니다. 제가 쓴 글이니 당연히 제가 볼 때는 재미있지만, 평가를 받아 보고 싶었던 것 같습니다.

소소하게 시작된 연재 글에 한 분께서 매회마다 댓글을 달아 주시는 것에 흥이 나 더 열심히 달렸습니다.

연재 말미에도 인사드렸지만, 끝까지 연재할 수 있도록 힘을 주신 독자님들 너무 감사드립니다. 댓글이라고 표현하기에 죄송스러울 정도로 정성이 가득한 리뷰도 감사드립니다. 주인공들에게 감정 이입해 화도 내고 욕도 해 주시고, 매회 연재가 정말 즐거웠습니다.

독자님들 덕분에 꾸준히 작업할 수 있는 원동력을 얻게 되었습니다.

거듭 감사드립니다.

이 글이 나올 수 있도록 아낌없이 도움 주신 출판사 관계자님들께도 무한한 감사를 드립니다. 출간 작업이 이렇게 섬세하게 진행이 될 수도 있구나, 라고 감탄했습니다!

그리고 소중하고 또 소중한 우리 가족, 항상 고맙고 정말 사랑합니다.

이윤이 드림.

www.b-books.co.kr

www.b-books.co.kr